名家名译书系

WORLD CLASSIC
MASTERPIECES SERIES

三个火枪手

[法] 大仲马/著　伍光建/译

時代文藝出版社

图书在版编目（CIP）数据

三个火枪手 / (法) 大仲马 (Dumas, A.) 著; 伍光建 译.
—长春：时代文艺出版社, 2012.12（2018.1重印）

ISBN 978-7-5387-3826-1

I. ①三... Ⅱ.①大...②伍... Ⅲ. ①长篇小说－法国－近代 Ⅳ. ①I565.44

中国版本图书馆CIP数据核字（2012）第268920号

出 品 人　陈　琛
产品总监　郭力家
选题策划　方　伟
责任编辑　李　硕
装帧设计　孙　俪
排版制作　郑舒文

三个火枪手

[法] 大仲马 著 伍光建 译

出版发行 / 时代文艺出版社
地址 / 长春市泰来街1825号 时代文艺出版社 邮编 / 130011
总编办 / 0431-86012927 发行部 / 0431-86012957 北京开发部 / 010-63108163
官方微博 / weibo.com / tlapress 天猫旗舰店 / sdwycbsgf.tmall.com
印刷 / 三河市京兰印务有限公司
开本 / 710mm × 1000mm 1 / 16 字数 / 313千字 印张 / 24
版次 / 2013年8月第1版 印次 / 2018年1月第2次印刷 定价 / 58.00元

图书如有印装错误 请寄回印厂调换

出版前言

如果说文艺复兴是“黑暗时代”的中世纪和近代的分水岭，是使欧洲摆脱腐朽的封建宗教束缚，建立新的社会制度体系的前奏曲；那么，五四运动和新文化运动则堪称是“中国的文艺复兴”，因为它同样使中国摆脱了腐朽的封建统治束缚，引起了思想和社会变革，是中国建立新社会制度的舆论前提。人文主义哺育的这个时代，巨人辈出。

欧洲文艺复兴时期的巨人，他们为多种学科作出杰出贡献，是当时的博学家；中国文艺复兴时期的学者，也多少存留西方文艺复兴时期巨人的遗风。本社选辑的这套“名家名译书系”，就是为纪念在这个理性的萌芽时期，在文学、历史、心理学等方面作出卓越贡献的先辈们。

书系的译者大多是清廷派遣生、庚子赔款官费生或通过其他途径在英、法、美、日等国留学深造过的，他们有的是国内外闻名的作家、教授、文学评论家、文学史家、思想家、语言学家、翻译家、教育家、出版家，有的甚至还是著名的考古学家、收藏家、社会活动家、革命家等，这既使他们的翻译充满人文色彩，又使他们的创作闪烁理性光彩，比起其他译本，他们的译本有大量的注释，涉及神话传说、政治、社会风俗、地理、典籍引用等，显示了译者渊博的知识，可以增加读者的见闻和阅读趣味，非常值得一看。

而且，本次出版选辑的书籍，多是外国文学（包括诗歌、散文、小说、戏剧、文学评论、童话故事等）、历史、心理学名著等最初引进国门时的译本，多是开先河的中文译本，所以在编选的过程中，编者不但选择不同时代、不同国别的名家名著，还注重选择体现不同学科领域的经典译著，具有非常重要的人文阅读、研究和史料价值。

因为历史、社会和文化交流的种种原因，当时的那些民国大家翻译这些世界名著时，正值中国近代文言文向白话文过渡时期，原稿中存在大量民国时期的英译、法译或其他译本转译的人名、书名和地名等，为了更加符合现代读者的阅读习惯，本书都尽最大努力予以纠正。另外，这套丛书多是民国时期翻译的作品，所以文字叙述多是半白文，标点、编排体例等也不同于现在的阅读习惯，本次出版，在尽量保证原书的原汁原味的同时，也做了大量的修订工作，以使其更契合21世纪读者的阅读口味！

源远流长的世界文化长廊堪称是一个典藏丰富、精彩纷呈的文明与智慧之海。绵延千载的沉淀，逾越百年的积累，筑就了取之不竭、美不胜收的传世名著宝库。有熠熠生辉的思想明珠，也有不朽的传世之作；有刀光剑影的世界战争史实，也有皆大欢喜的民族融合赞歌。为此，“名家名译书系”系列的编选萃取世界文化史绵延数世纪、丰富积淀之宝藏，从古代的希腊、罗马到近代的印度、意大利；从日本文学的起步，到欧美文化的滥觞……沿着时光的隧道，让读者跟随美丽的文字从远古一步步走到今天，尽阅世界各国数千年的文化风貌，勾画出人类文化发展的演进脉络，并从中获得视觉的美感以及精神的愉悦，从而开始一段愉快的读书之旅。

序

予读国库书，搜罗路易十四一朝故实，偶见所谓《达达尼昂传》者。是书因触当时忌讳，刊行于荷兰。予取而读之，见其所述，大抵皆军人之行为，与夫当代名人之事实，如路易十三、奥地利安妮公主，黎塞留、马萨林——两红衣主教，其最著者也。作者独具写生神手，描画情景，惟妙惟肖，跃跃欲动，如在目前。最奇者，书中叙达达尼昂初见德·特雷维尔，遇三人焉，曰阿多斯、波尔多斯、阿拉米斯。予读而疑之，疑其为当代豪杰，或因遭逢不幸，或因怀才欲试，姑隐其名，以当军人，以假名行于世。予乃广搜当时记载，以采掇其事迹，久不可得，闷欲中止，忽友人得抄本见贻，题曰《德·拉费尔伯爵传》，则彼三人者之假名在焉。予得之甚喜，请于吾友，刊行之，以飨读者；亦欲借他人之著作，以博一己之功名。今先出第一部，续出第二部，倘读者以为无足观，是则予之过也，于德·拉费尔伯爵何尤。

目　录

第一章　客店失书

话说1625年4月间，有一日，在法国默恩镇，忽然非常喧闹，妇女们往大街上跑，小孩子们在门口叫喊，男子们披了甲拿了枪赶到弥罗客店来，跑到店前，见有无数的人在店门口，十分拥挤。当时系党派相争最激烈的时候，无端喧闹的事时时都有。有时因为贵族相争，有时国王与红衣主教[⓪] 相争，有时国王与西班牙人相争，有时无业游民横行霸道或强盗抢劫，有时因基督教民与天主教民相斗，有时饿狼成群入市。城中人时常预备戒严，有时同基督教民打架，有时同贵族相斗，甚至同国王相抗击的时候也有，却从来不敢同主教闹。这一天喧闹，却并不因为盗贼同教民。众人跑到客店，查问缘故，才知道是一个人惹的祸。

此人年纪约十八岁。外着羊绒衫，颜色残旧，似蓝非蓝。面长微黑，两颧甚高，颊骨粗壮，确系法国西南角加斯科尼人。头戴兵帽，上插鸟毛。两眼灼灼，聪明外露，鼻长而直。初见以为是耕种的人，后来看见他挂一剑拖到脚后跟，才知道他是当兵的。

这个人骑的马最可笑，人人都看这马。这马十三年老口，毛色淡

⓪ 红衣主教（Cardinal）是教宗治理天主教会上主要的助手和顾问，由教宗亲自册封，是天主教会神职人员中仅次于教宗的职位。选举教宗的时候，红衣主教有发言权；并且须在红衣主教中间选出教宗。当时欧洲各强国以天主教为国教者，每国有一个红衣主教，为该国教会中的最高主权。那时因为政教不分，所以红衣主教又可掌管政事，做事实上的国王——如法国路易十三时代的黎塞留。红衣主教的官服是红帽，红衣，故在中文环境里我们可以把“Cardinal”译做“红衣主教”。——编者注

黄，尾上的毛掉光了，脚上发肿，垂头丧气。入城的时候，众人看见那马模样难看，十分讨厌；因为讨厌马，就讨厌到骑马的人。这个骑马的少年，名叫达达尼昂，也知自己模样古怪，马的样子更难看；众人拥来看他，心中十分难过。当日从他老父手里要了这匹马时，心中已是十分难受，不过不好当面说出来。按下不提，且追说从前的事。

有一日，达达尼昂的父亲喊达达尼昂到面前，指着老马说道："这一匹马已经有十三岁了，在我们家里也有十三年了，总算是老奴仆了。你应该疼爱他才是，你千万不要卖他，等他好好地老死。倘若将来你入朝做官，总要做个君子。我们得姓以来，有五百余年，做官的人也不少。你要荣宗耀祖，你将来只要受国王或主教的吩咐，不可受他人吩咐。现在世上的人，要勇敢方能有进步，一时疑惑胆怯，就错过了机会，从此就难上进。你正在少年的时候，前程无限，只要你自己好好地去做。我今天告诉你，我何以望你有胆，却有两层的缘故：第一层，因你是加斯科尼人；第二层，因你是我的儿子。你遇见凶险的事，却不要怕；不但不要怕，并且时常要找极凶险的事来做。用剑的本事，我已经教过你了，你有的是铁筋钢腕，遇着机会，不妨同人相斗。现在虽然禁止比剑，胆子却要更大些，不妨多同人比剑。今日你与老父分别，我无甚相送，只有三件好事：第一件，就是刚才交待你的说话；第二件，就是这匹马；第三件，是十五个克朗[◎]。你母亲要传授你一条极好的医伤良方。此方神妙，身上的伤都能治，唯有心伤不能治。老父从前只打过仗，却未曾入朝做过官，可惜不能做你的榜样。我有一个邻舍，同我是老朋友，名叫德·特雷维尔，少年时和现在的国王路易十三是玩伴。他们从前时常因为玩耍打起架来，都是我的朋友打赢的次数多；但是国王却也奇怪，打架越输的多，越喜欢同德·特雷维尔做朋友。以后德·特雷维尔同别人打架的时候就更多。他从此处启程到巴黎，路上就同人打了五次，老国王死后，新国王登

◎ 克朗（crown）是英国古时钱名，和法国的古钱"écú"（埃居，约合3里弗赫）价值相等。本书是从英文转译来的，故依照英译"crown"，译为"克朗"。——编者注

位，中间德·特雷维尔又同人打架七次，打仗攻城的事还不算。自现今国王继位后，德·特雷维尔同人打架，总有一百多次了。我告诉你，虽然现在有许多上谕禁人比剑，德·特雷维尔居然无事——他一直做到了火枪营统领。他所带的火枪营，算是国内最体面的人，国王也很敬重他们。现在的主教算是天不怕地不怕的了，见了火枪营的人也怕三分。德·特雷维尔不但得人敬重，并且每年有一万克朗薪俸，总算是个极阔的人了。他虽算阔，但出身并不比你强。我写了一封信，你带去见他，就拿他做一个好榜样，学了他，你也可以做到他的地位。”老头儿说完，把剑挂在儿子腰间，亲了两边脸；儿子就去见母亲，收了医伤良方，母子洒泪而别。

达达尼昂装束好了，出了门，一路上就挥拳舞剑，寻人争斗。他所骑的马，模样古怪，过往的人看见，禁不住笑，但看骑马的人，腰挂长剑，两眼怒气冲冲，便不敢开颜大笑，只好拿一边脸笑。一路无事。到了默恩镇弥罗客店门口，没人出来执马镫，达达尼昂只好自己下马。他看见楼窗里一个贵人模样的人，貌甚严肃，同两个人说话。达达尼昂疑心那三个人总是评论自己。留心细听，听得那三个人虽然不是评论自己，却是评论自己所骑的老马。第一个人在那里说那马难看，另两个听完大笑。著书的人方才已经说过，达达尼昂看见人家一边脸笑，他已经发怒，现在听见人家大笑，岂有不怒之理。他暂时不发作，且把那人细看。见得那人年约四十余岁，双目甚黑，眼光射人，面白鼻大，两撇黑须，身上衣服虽新，却有许多皱纹，似从远路而来。

达达尼昂正在这里看，那个人又评论他的马，对面两个人也大笑，那人自己也微笑。达达尼昂手执着剑柄，怒气冲冲，向那人说道：“你们躲在窗后说什么？请你告诉我，让我也一起笑一笑。”那人慢慢将双眼从老马身上转到达达尼昂脸上，半晌不语，在那里疑惑，方才无礼的话，恐不是向自己说的，徐徐地皱住眉头，半嘲半诮地向达达尼昂说道：“我并未曾同阁下说话啊。”达达尼昂怒那人讥诮他，答道：“我正是同你说话！”那人听见，两眼又射在达达尼昂脸上，微微冷笑，徐徐行出店门，站在马前，离达达尼昂两步。那两个人见他面色侮慢，不禁大笑。达达尼昂看见那人来至跟前，便拔剑出鞘一尺。

那人并不管达达尼昂发怒，便向楼窗内两人说道："这匹马少年时候，毛色似黄花。在花木中，黄色不算稀奇，可是世界上黄色的马真算稀奇了。"达达尼昂答道："世上的人很有胆子笑马，却没胆子笑马的主人。"那人答道："我并不十分喜欢笑，你看我面貌便知，但是我要笑时，别人却管不得。"达达尼昂道："我若不喜欢时，却不许人来笑我。"那人便用冷语答道："果真如此，也无甚要紧。"转头便要行入店门。

达达尼昂忍不住火起，拔剑跟着那人喊道："你那无礼的人，回转过头来！不来，我就要砍你的后背了！"

那人并不介意地冷笑道："你想伤我！你莫不是疯汉吗！"又低声自言，"这事真可惜，王上正想招募有胆子的人当火枪手，这个疯汉，倒可以合适。"

话犹未了，达达尼昂已是一剑刺来，那人往后一跳，拔剑相向。那时楼窗内的两个人和那店主人，手拿棍棒火钳等物向达达尼昂乱打。达达尼昂不能上前。那人插剑入鞘，立在一旁观看，好像没事似的，一面嘀咕道："这些加斯科尼人，真是讨厌！你们按他上那黄马，由他去吧！"

达达尼昂被三个人围打，心更不服，大喊道："你这无耻的懦夫！我非杀你不可！"那人又嘀咕道："这些加斯科尼人，真无药可救！你们只管叫他自己跳，不久他也就跳够了。"

那人不知道达达尼昂的脾气却是从来不肯认输的，哪里肯罢手。几个人在那里打成一团，后来达达尼昂手脚渐渐软下来，手中的剑也丢了，被棍子打成两段，额上受了一拳，晕倒在地，满面鲜血。

城中的人拥来看热闹，正是这个时候。店主人忙将达达尼昂抬到厨房，替他医伤。那人又到了窗口，往里看。店主人走到跟前，那人问道："那疯汉怎样了。"店主人道："客官并未受伤吗？"那人道："我并没伤。我问你，那少年怎样？”店主人道：“那少年一开始晕过去，现在好些了。”那人道：“是吗！”店主人又道：“那疯汉未晕倒的时候，他要用尽全力，同你作对呢。”那人道：“这人必是魔鬼了。”店主人道：“他不是的。他晕倒的时候，我们搜他的衣包，搜不出别的东西来，只有十二个克朗，还有一件洁净的汗衫。他将晕倒的时候说，若是这事出在巴黎，你这时候必已经后悔了。现在事情闹在这里，不久也要报仇的。”那人道：“难道那汉子是个王子王孙乔装的不成。”店主人道：“我刚才告诉你的话，就是要你留点神。”那人道：“他发怒的时候，可说出什么人的名字没有？”店主人道：“我才记得了。他曾拿手拍口袋说，等我告诉了德·特雷维尔，你就知道了。”那人道：“他曾说出德·特雷维尔名字吗？我且问你，你曾搜他的口袋吗？”店主人道：“搜出一封信。是交御前火枪营统领德·特雷维尔的。”那人道：“是吗？”店主人道：“是的。”

说到此处，那人听了这话，神色略变，店主人却并没留意。那人颇不高兴，咬牙自语道：“真是怪事。难道德·特雷维尔密派这加斯科尼人来半路害我吗？这个人要干这种事，年纪还轻呢；但是年轻的人，人家倒不疑他。有时用小小的利器，倒可以破坏极大的事。”那人说完，想了几分钟，便向店主说：“你有法子替我弄走这汉子吗？我想杀了他，可是问心不过，但是他叫我讨厌得很。他现在在哪里？”店主答道：“他在楼上我女人的房内，他们张罗着养他的伤呢。”那人道：“他的衣包等物在哪里？他脱了外衣没有？”店主答道：“他的衣包等物都在楼下厨房里。如果他叫你讨厌……”话犹未毕，那人道：“讨厌之极。他在你店里吵闹，体面的人实在不能忍受。请你快快算账，叫我的随从来。”店主惊道：“请客官不要就走。”那人道：“我早已想今日走的，故要先把马备好。你备好了吗？”店主人道：“已备好了，现在大门口呢。”那人道：“既然如此，请你算账。”店主人意甚不乐，自言自语地说道：“难道这个客人倒怕那小孩子吗？”那客人怒目看他，他鞠躬走开了。

那人嘀咕道："我须要小心，不叫那汉子看见米莱迪[①]。她的车辆快到了，其实已经过了时候了，不如我先上马去迎她。不知那给德·特雷维尔的信，说的什么，我倒想要看看。"说毕，走到厨房来。

那时店主已跑到楼上自己女人的房里，看见达达尼昂已醒过来了，他就告诉他，如果再同贵人大官争斗，巡捕一定要重办他，现在既已醒过来，请他快快离这客店。达达尼昂听见这话，见自己又无外衣，头上又裹了布，只好站起来下楼。刚走到厨房门口，看见刚才笑他的那客人站在一辆双套马车旁边，同车里的人说话。

那在车里头的却是一个女人，从车外可以看见她的面貌。那女人年纪约二十来岁，其貌甚美：脸色雪白、头发甚长、眼蓝，而多柔媚之态，唇如玫瑰，手如白玉。达达尼昂听得那美女问道："主教要我做什么呢？"那客人道："要你马上回英国去，如果那公爵[②]要离开伦敦，你马上要给主教一个信。"那女人道："更无别的话吗？"客人道："有哪些话都写在信上，收在这箱子里。现在你不必看，等你过了海峡，再看吧。"那女人道："很好，你做什么呢？"客人道："我回巴黎去。"女人道："你不收拾那汉子吗？"达达尼昂听见这话，赶紧往外跑。不等那客人回答出来，达达尼昂已经站在门口大喊道："那汉子还要收拾你呢！你这趟可跑不掉了。"那人皱眉道："跑不掉？"达达尼昂道："在女人面前，你可没有脸面跑开了！"那女人见客人用手去拔剑，便止住他道："我们的事情要紧。耽搁半刻，便要误事。"那客人道："你说得没错。请你先走你的，我走我的。"说毕，同那女人点点头，跳上马鞍。那马夫立即上车，两人分道而去。

店主大喊道："客官，房费还没有算清呢！"那客人骂那随从为什么不先算清，随从把银钱数枚摔在地下，策马跟随主人而去。达达尼昂亦

---

① 米莱迪，一般来说，米莱迪后面要加个姓氏，但在原来的手写本《德·拉费尔伯爵传》中就是如此，所以我们也不作改动。——原注。米莱迪（Milady）是英语"My Lady"这两个词的变形，意思是"我的夫人"，译为夫人（尊称）。——编者注

② 指英国当时的首相白金汉公爵。——译者注

大喊道："无耻懦夫！匪徒！恶棍！"骂不绝口。那时重伤初愈，骂得太费力，晕倒在地，还在那里骂。店主把达达尼昂扶起，说道："你骂得实在不错。"达达尼昂说："他虽无耻下流，但是她——她可是很美。"店主道："什么她？"达达尼昂不好意思地道："米莱迪。"说着又晕倒了。店主自言道："懦夫也罢，美人也罢。我今日丢了两宗好买卖。但是这一个定要多住几天了，算来还有十一个银钱入腰包。"那时候达达尼昂身上只有十一个银钱，那店主盘算好了，住一天，算一个银钱，那达达尼昂恰可尚有十一天好住。

谁知第二天早上五点钟的时候，达达尼昂自己可以起来，走到厨房，讨了些油酒等物，照他母亲传授的方子，配起药来，敷在身上受伤的地方，自己裹好，不用医生帮忙。却也奇怪，一则因方子实在灵验，二则因无医生来摆布，那天晚上就能走动如常。到了第二天一早，几乎全好了。那两日达达尼昂不饮不食，倒不费钱，只是买些油酒药料，花钱也有限。马吃的本来也有限，却被店主人多开了账。达达尼昂把钱包摸出来，要结账，忽然摸不着那封要紧的信。摸来摸去，哪里有个信的影儿。他着急极了，大闹起来。店主人拿了铁叉，他的女人拿了扫帚，那些店里的伙计拿了前日打过他的棍棒，都赶来。听见他喊道："还我推荐信，还我推荐信！你不还我，我把你们都叉起来，同叉雀的一般！"达达尼昂一边喊着，一边就伸手拔剑，谁知那剑前日已折作两段了。那一段店主人收起来，将来要改作别的东西；带柄的那一段，仍旧插在鞘上，拔出来，不到一尺长的断剑，却是无用。

那店主人见达达尼昂实在着急，便问道："你那封信究竟丢在哪里了？"达达尼昂道："这句话，我正要问你。那封信是给德·特雷维尔的，一定要找着。如果不赶快找还我，我须想出法儿来找的！"店主听见大惊——因为那时的法国人，第一怕的是国王同主教，第二怕的就算是德·特雷维尔了。他赶紧把铁叉放下，叫他的女人同伙计们把家伙都放下，一齐去找那封信。找了好几分钟，找不着。那店主问道："你那封信，有值钱的东西没有？"达达尼昂道："怎么不值钱！我将来的功名富贵，全靠着这封信的。”那店主大惊，问道：“信里头可是有西班牙的汇票？”达达尼昂道：“不是西班牙的，是法兰西国库的汇票。”店主更怕起来。达达尼昂道：“光是钱，也算不了什么，不过那信是性命交关的。我宁可丢失一千镑金钱，不愿丢失这封信。”他本来要说两万镑的，因为忽然觉得不好意思，故只说了一千镑。

那店主无法可想，忽然想起一事，便说道：“你的那封信，并未丢失。”达达尼昂道：“你怎么讲？”店主道：“你的信被人偷了。”达达尼昂道：“偷了吗？谁偷的？”店主道：“就是昨天那客人。你的外衣脱在厨房，那客人在厨房好一会儿。我敢拿性命同你赌，你的信是被他偷了去。”达达尼昂半信半疑道：“你当真疑是那人偷的吗？”店主道：“我看当真是那人偷的。因为我告诉他，你是德·特雷维尔提拔的人，带了一封荐信。他听见了，当时脸上变色。他知道你的衣裳在厨房，马上就跑到厨房去了。”达达尼昂道：“如此看来，定是他偷的无疑了。我定要把这事告诉德·特雷维尔，德·特雷维尔必定告诉国王。”说完，拿出两个克朗，交给店主，拿了帽子，走出店门，上了黄马，平安无事地来到巴黎城外圣安东尼门，把那黄马卖了三个克朗。达达尼昂甚为得意，以为卖得好价钱。那买马的人，原来不肯出这大价钱，因为看见那马的毛色实在稀奇，故此出三个银钱买了。

于是达达尼昂步行入城，找了好几处，后来在掘墓人街租了人家顶楼的一间房。交了押金，搬了进来，先把衣服的边子缝好，到街上配好了剑，就跑到卢浮宫，碰见一个御前火枪营的兵，问明了德·特雷维尔的住址，原来就在哥林布街，离他的寓所不远。达达尼昂欢喜之极，到寓酣睡，第二天早九点钟起来，便去见那国中第三个阔人。

第二章　初逢三侠

话说德·特雷维尔原是加斯科尼人，出身却是寒微，同达达尼昂也差不多。他刚到巴黎，腰间并无一个钱，只是胆子大，人又聪明，到了后来，却比那些富贵的子弟好得多了。他的胆子既大，什么艰险的事情都不怕，兴致又好，最好同人争斗，恰好朝上有人帮忙，故此不到几时，富贵都到手了。

他的父亲，当日在朝，同老国王亨利四世极相好，替国家立了汗马功劳，老王那时因国库空虚，不能拿财帛来赏功臣。老德·特雷维尔虽立了大功，可得不着什么钱财，老王赏他一个狮子的徽章，上加“忠刚”两字。那老德·特雷维尔高兴得不得了，临死的时候，并无金银财帛，只好把自己所用的剑及老王所赐的两个字遗交他的儿子。

德·特雷维尔自此之后，常在宫内陪伴太子。德·特雷维尔用剑的本事，练得极熟。路易十三也算是当时有名的好剑手，故此时常对人说：“如果我有朋友因为争斗同人比剑，要请陪手，第一最好请我，第二莫如请德·特雷维尔。”路易十三同德·特雷维尔真是相得。那时世界扰乱，国王的身边总要有德·特雷维尔这种人。那时要找刚强之人，却也不难，说到个“忠”字，倒是极难的了。德·特雷维尔那个人，真算够得上那“忠”字。他对待国王极恭顺，极大胆，又善看风色，故此国王派他做御前火枪营的统领。

那时国里有个红衣主教，叫黎塞留，算得国内数一数二有权力的人。他看见国王有个火枪营，他也弄个火枪营，同国王针锋相对，当作自己的亲兵。这两营的统领，到处搜求，要寻那天下第一等好剑法的人，来当火枪手。国王同主教见面的时候，常常谈到火枪营，各人自夸各人的火枪营好，夸他们身体如何强壮，胆子有多么大。面子上虽不许那两营的人争斗，不许比剑拼命，暗地里却鼓励他们打架，哪一营输，哪一营赢，却是极留心的。

路易十三有一件短处，就是不甚念旧。好在德·特雷维尔是早晓得的，故此君臣相得。他时常把自己的火枪军操演给主教看。见他们军人的模样，极其骄横，那主教气得胡子都翘起来了。德·特雷维尔又晓韬略。当日情形，与现在不同，打仗时抢敌人的东西，太平时抢本国人的东西。他火枪营的人，也是如此。终日无法无天的，除了他们自己的统领外，没有人能降伏他们。那些酒店同热闹的地方，常常有御营的火枪手吃得半醉，在街上乱喊乱唱，总要借个机会，同主教的火枪手打架。若是被人打死，他知道自己死后，必有一番光荣，又有人给他报仇；若是打死了他人，德·特雷维尔总要想办法，不叫他监禁得太久，又不叫他受别样的委屈。故此那御营的人看见了他们的统领就如天神一般，这班人虽算是亡命之徒，见了统领，可害怕得了不得，服从得很，不问遇见大事小事，人人都肯拼命，保住那统领的名声。

德·特雷维尔有了手下这一班人，不单能替国王办许多事，并且可以增长自己的势力，或替朋友帮忙。但是德·特雷维尔的势力虽然大，却不肯假公济私，仍是一位极靠得住的人。他虽然常常同人打架，受伤的时候也不少，兴致还是好得不得了。人人都敬他，怕他，爱他。那时的达官贵人很多，王宫及主教府里，来的客人算是最多的。其余阔人的地方，还有二百多处，要算统领的宅子、宾客最多。夏天是午后六点，冬天是晚上八点，来的客人最多。总有五六十名的火枪手在那里，看来极是热闹。那楼梯上来往的人不绝，前厅坐的都是客人，德·特雷维尔在旁边那一间小客厅会客，得闲的时候就阅操。

再说达达尼昂来的那一天，可巧来往的人比寻常多些。大门里头便是院子，满院子的人都是军人装扮，在那里吵闹玩耍。除非是高等的武官或是贵人妇人，若是别人在那院子走过，总要被那班军人开玩笑的。达达尼昂走入院子来，赔着笑脸，剑长拖地，心里只管一上一下地跳。从第一群人里钻出来的时候，心里觉得安些，见那班人转眼看他，自己虽觉得无甚好笑之处，心里不免疑惑那班人在那里嘲笑他。

走到楼梯口，有四个火枪手在那里玩，旁边有十余人等着。那四个人里头，有一个人站在楼梯最高一级，手执利剑，不让那三个人上来，那三个人拿了剑攻打那一个人。倘若有人受了伤，不独旁观的人笑，受伤的人还跟着笑。那第一个人本事甚好，居然拦住那三个人。原来这种玩耍，也有规矩的。受伤的人，算输了，不许再玩，旁边的人来补他的缺。达达尼昂看了不到五分钟，看见那第一个人把攻他的三个人都伤遍了，一个伤手，一个伤颊，一个伤耳，他自己却并未受伤。那达达尼昂原是个天不怕地不怕的人，看见这种玩耍，心里不禁一惊。他自小在乡下的时候，玩过的淘气冒险的事真不少，却没玩过今天看见的事。

前厅外头，许多人闲谈，谈的都是妇女的事，达达尼昂听见，又害怕，又脸红。谈的都是贵人家里的人幽期密约的事，情节毕露，不留余地。达达尼昂是个好冒险的人，也有些思想的，从前也曾同那婢女仆妇闹过，却未曾听过那班人说的事情。

等到走入前厅，那些人谈的却不是妇女，谈的却是秘密国事，都是与欧洲各国极有关系的。又有许多人谈的是主教的隐私事情——从前有过人评论主教的行为，已经被主教杀了，谁知在这里倒可以放肆地谈。达达尼昂的父亲是最尊敬那主教的，谁知御前火枪营的军人倒可以拿主教来做笑话。有些人在那里唱歌，取笑主教的一个叫作代吉隆夫人的女相好；也有取笑主教亲眷[⓪]的，也有在那里想法子同那主教手下的人开玩笑的。这班人倒也奇怪，就是取笑主教到顶热闹的时候，若有人提到国王二字，马上不吵了，各人都前后四周地看，像是恐怕有人在那里窃听似的。等到又

⓪ 指主教的侄女卡芭莱夫人。——原注

有人谈到主教，各人又放言高论，不留余地。达达尼昂听见这些话，不禁打了一战，自己想道："这班人如此放肆，不问绞刑，也要监禁的了。我站在这里听，恐怕还要拖累到我呢。我若是同这班野人来往，我的父亲知道了会怎么样呢？我父亲是平日最敬重那主教的。"达达尼昂只管在那里听，可不便插嘴，但是听得有味，只管在那里留心地听，留心地看。那班人从来未曾看见这样的一个人，便有人问他在那里"要什么"。达达尼昂先自己通了名姓，然后把要见统领的话，告诉了那下人。那人请他略候。

达达尼昂重新又把那班人细细地看，看见中间一群人里头，有一个身躯壮大的火枪手，模样十分骄横，身上亦不着号衣，只穿一件天蓝夹衫，肩上挂了绣金带子，外罩红绒大衣，胸前露出那绣金带子，挂了一把大剑。这人值班才下来，故作咳嗽之状，说是受了点风，故披上红绒大衣。一面大模大样地在那里说话，一面拿手来捋胡须。那时达达尼昂同旁观的人羡慕那绣金的带子。达达尼昂听他说道："人总要赶时髦的事，本来没甚意思，也是没法，人有了家当，总得花几文。"内中一人答道："波尔多斯，你难道说那绣金带子是你父亲给你的钱买的吗？我肯同你赌，那带子是那蒙面纱的美人送你的。就是上礼拜那天，我看见在圣·奥诺雷门你同她说话的美人。"波尔多斯答道："我老老实实告诉你，的确是我用自己的钱买的。"又一个火枪手说道："不错的。你买那带子，同我买这新钱袋一样。我的相好，把钱装在旧袋子里，我拿那钱买了这新袋子。"波尔多斯答道："你虽是这样说，我却是花了十二个皮斯托尔[①]买的。"众人听见了，还是羡慕他，却不甚相信他的话。波尔多斯便转过头来，对一个同伴说道："阿拉米斯，我那一番话你可以作见证。"这一个同伴的面貌同波尔多斯却相反，年纪约二十二三岁，一脸的柔和，眼睛黑而温润，脸带微红，两撇细润的胡须，平常不肯多说话，说话的时候，声音低而慢，常常鞠躬为礼，笑时声音不大，牙齿白而整齐。那同伴对

---

① 皮斯托尔（Pistole），西班牙古金币，约值六先令，法国从16世纪开始使用这种钱币，折合十个里弗赫。——编者注

他说话，他略略地点头。众人看见了，才相信波尔多斯那带子是自己花钱买的。

众人犹是羡慕不绝，又谈到别的事情上。内中又一个火枪手问大家道："你们看沙莱[1]家臣告诉我们的那一件事，怎么样？"波尔多斯问道："他说的什么事？"那火枪手道："他说，他在布鲁塞尔碰见罗什福尔，罗什福尔是主教的好朋友，你是晓得的，他改了装，扮作方济各修士，那蠢人竟被他瞒过看不出来。"波尔多斯答道："他是个大蠢人，不必说了。但是你打哪里听见的？"那人答道："阿拉米斯说的。"波尔多斯问道："是你说的吗？"阿拉米斯答道："你晓得的，我昨天已告诉你了，现在不必再提吧。"波尔多斯答道："你的意思是说不必再提吧！为什么不必再提呢？你拦得太快了。主教说一个奸细来侦探一个人的事，又说一个无赖一个贼人，偷他的书信，又要把沙莱杀了，反要同人说，是沙莱要弑国王，把王后嫁与王兄。这件事是你告诉我们，我们才晓得的。我们听见了，好不惊讶，不知是件什么事，你倒要叫我们不必再提了！"阿拉米斯答道："既是这样，我们就谈这事如何？"波尔多斯道："假使我是沙莱的家臣，那罗什福尔总要受我一刻钟的窘。"阿拉米斯道："后来你可要受那主教的一刻钟非常之窘。"波尔多斯点头拍掌大笑道："你说得是。主教这意思好极了，我永远忘记不了。你说得也有趣，你为什么不按着你当初的意思，去做教士。你倒可以做成一个头等的教士。"阿拉米斯答道："这不过暂时的事。往后有一天，我总要做教士的。我现在时常学习教里的书呢。"波尔多斯对众人道："他是说得到，做得到的。迟早总要做教士的。"阿拉米斯道："我看还是早些做。"有一个火枪手接着说道："他现在等一件事，等到了，他便要披上那教士的大袍了我看那件教袍，是预备好的了，挂在钉子上，藏在军衣的后面。"又一个火枪手问道："他等的是哪一件事？"那头一个火枪手道："他等的是王后产太子。"波尔多斯拦住道："诸位不要开玩笑了。王后年纪并不老，还能生

---

[1] 沙莱是路易十三的宠臣，后来以谋害黎塞留的罪名被控告，于1626年被斩首。——编者注

太子呢。”阿拉米斯冷笑地说道：“有人说，白金汉现时在法国呢。”波尔多斯答道：“你这次可错了。你说话说得太聪明，有时说太多了；倘若我们统领听见你这番话，你可要后悔了。”

阿拉米斯听见，两眼发怒，对波尔多斯说道：“你要训我？”波尔多斯道：“我的好朋友，你要想做教士，就做教士；想做火枪手，就做火枪手。拣一样做，不要做两样。你可知道那天阿多斯说你的话吗？他说你什么事都要来一份。你记得我们三个人的约定，你就不必生气了。你跑到代吉隆夫人那里去充好汉，随后你又到德·布瓦-特蕾西夫人处去讨好。我知道你是她心爱的人。现在并没人查你的行为，也没人疑你办事没分寸，你也不必解说你何以运气独比别人好。你既然灵巧，这些事一句不提，你为什么单要提起王后的事呢？人家讲国王，讲主教，那都不甚要紧，但是王后的声誉，是神圣不可侵犯的。我们不谈王后就罢了，若要提起，总要尊尊敬敬地才是。”阿拉米斯负气地答道：“波尔多斯，你这个人自大得很。我不必隐讳，我最不喜欢你这样教训我。阿多斯教训我，我倒不甚在意，你不配摆出教士架子来训我。你肩上挂的绣花带子，不是训人的应该挂的。我要想做教士，就做教士，不过现在我当火枪手，我既然当了军人，我就可以要讲就讲。我现在就要说，你极其讨厌。”说毕，两人互叫名字，正欲相打，众人正劝，忽然有人开喊道：“统领传见达达尼昂。”那时众人便屏息无声。达达尼昂穿过前厅，进去见德·特雷维尔。

第三章　统领激众

德·特雷维尔面带怒容，见了达达尼昂倒是极恭敬的。达达尼昂深深地鞠躬，说了几句恭维的话。那统领听见他的乡音，想起自己少年的情景，不禁微笑。一面做手势叫达达尼昂略等一会儿，一面走到门口喊了三声："阿多斯！波尔多斯！阿拉米斯！"都是发号令的声音，内中还带好几分的怒气。那两个人听见，随即进来，把门关了。达达尼昂看见这两人走进来的模样，心里着实羡慕，他看这两个人就如同神仙一般，看那统领就如雷神一样。

门关了之后，门外又有议论的声音。那门内只有统领走来走去，皱着眉头；走了几遍，忽然站在那两人的面前，问道："你们可晓得，昨晚国王同我说的什么话？"波尔多斯迟疑半晌答道："我们并不晓得。"阿拉米斯答道："请你告诉我们。"统领道："国王告诉我，以后要从主教的亲兵营内挑选火枪手了。"那两人齐声问道："从主教亲兵营里挑选，这是何意？"统领道："国王的意思总是嫌水酒无味，要加点火酒。"那两人满面通红，达达尼昂恨不得沉在海底。

德·特雷维尔接着疾声说道："这是实在情形，不能怪国王。我们火枪营的人，实在不像话了。昨天主教同国王打牌，跟我说，'你的火枪手在一个酒馆里头闹事，我的亲兵没法，只好捉他们'。你们是知道的，我的火枪手，是给人捉的吗？你们两个都有份儿，那主教把你们的名字都说出来了。这也是我的错，我没眼睛，不会挑选人。阿拉米斯，你看看你自己的模样，你为什么要穿军人的衣服？你还是穿教士的袍子好！波尔多斯，你到底要那绣花带子何用？你挂的不过是把草刀子！阿多斯哪里去了，为什么他不来？”

阿拉米斯垂头丧气地答道：“统领，他病了，病得很重。”统领道：“病了！什么病？”波尔多斯接着道：“他出天花。恐怕将来连脸都要糟蹋了。”

德·特雷维尔怒道：“脸都糟蹋了！害的天花！波尔多斯，你不要胡说了，我都知道了！他是受了重伤，或者已经送命了！我就要查明白的。你们真不是东西，你们不许在那些不体面的地方消闲了！不许在大街上和市面上打架了！别的也还罢了，你们为什么让主教的亲兵，把你们当作笑柄。你们为什么同那流氓一样，被人捉去！那些亲兵，胆子比你们大，主意比你们多，他们是懂得规矩的。我晓得他们是不让人家捉去的，我也晓得他们宁可拼了命是不肯逃，不肯被人捉的。你们实在太不顾我的脸了。”

那两个人听了，顿时怒发冲冠，恨不得把那统领弄死。但是他们心里明白，因为统领爱惜他们，才说出这一番话。他们只好咬牙切齿，在那里顿脚，拿手紧紧握住剑柄。那门外听见的人知道是统领生气，立刻转述各人知道。不到一会儿，厅里头的人及院子上大门内的人，立刻喧嚷起来。

那时德·特雷维尔大怒，发狂似的喊道：“我告诉你们吧！御前火枪营的人，被主教的亲兵捉了！”他部下的军人听见这话，犹如刀刺一般。统领又喊道：“六个亲兵捉了六个火枪手，我此刻就去见国王，辞了这差使，不干了。不如投到主教那里，当一名帮统，他若是不答应，我只好出家，做教士了！”这时外边的人喧闹起来，实是可怕。有发誓的、有咒骂的、有喊杀的、有喊死的。达达尼昂亦觉得惭愧难堪，恨不得躲在帐后，或藏在桌子底下。

波尔多斯至此忍耐不住，同统领说道：“统领说得不错，我们是六个人对六个人，本来自有公道，可是我们尚未动手，已经被他们杀了两个。阿多斯受了重伤，他受伤之后，爬起来两次，同他们打，跌了两次。到了这个地步，我们并不放松。他们人多势众，把我们硬拖去，我们只好想法逃了。那时他们以为阿多斯死了，随他倒在地上。这就是实在的情形。统领是明白的，大凡打架，不能次次都赢。从前庞贝也有法萨罗之败。弗朗索瓦一世⓪算是名将，也曾败于帕维亚。”

阿拉米斯接道：“我是用敌人的剑把敌人杀死。因为我自己的剑，刚动手时便坏了。”

统领怒气平些，说道：“这话我倒不曾听见。原来主教的话，太过了。”

阿拉米斯道：“求统领千万不要告诉国王，说阿多斯受伤。他若知道国王晓得他受伤，他可就要拼命了。他受伤甚重，深入肩膀及前胸，恐怕……”话犹未了，门帘打开，忽见一极美貌的男子，面无血色，站在门口。

那两人一见，齐声喊道：“阿多斯！”统领也喊。那人微声答道：“我的同伴说是统领找我，我来听统领的吩咐。”说毕，脚步稳稳，向前直行。

德·特雷维尔见他如此义气，心也动了，即刻跳起，往前迎接，说道：“我刚要告诉这两位，我要请我部下的军人，不要无端冒险，自伤性命。因为国王最看得重的是有胆子人的性命。国王知道，那火枪手都是勇中之勇——你的手呢？”那统领不等阿多斯回答，便伸手来拉他的右手，亲热得了不得，却不觉得阿多斯虽是自己心里把持得住，身体却禁不住，微微地哼了一声，脸上颜色比之前更加灰白。阿多斯进来之后，并未关门，门外的情形，扰乱得很，因为众人都知道阿多斯受了重伤。听见统领末后那几句话，众人皆以为然。有两个人从门帘缝子探头入内，统领正要

⓪ 弗朗索瓦一世，就是法王弗朗索瓦一世，查理的儿子，1519年，神圣罗马帝国皇帝马克西米利安死，弗朗索瓦一世是候选人，有继位的希望，但其皇位竟为查理五世所得，于是弗朗索瓦一世遂起兵攻查理，连战数年，于1525年2月24日兵败帕维亚，弗朗索瓦一世被擒。——编者注

斥其无礼，忽然觉得阿多斯的手硬了，向他脸上一看，见有晕倒之势——阿多斯忍痛已久，至此不能支持，晕倒地下，如死人一样。

德·特雷维尔喊道："叫我的医生来！叫御医来！叫最好的医生来！不然，我的阿多斯要死了。"门外的人听见了，跑了好几个进来，围住阿多斯。幸而医生就在府里，推开众人，走了进来，马上把受伤的人搬到别的屋子，关了门。平常那统领的会客厅是闲人不得进来的，现在站了许多人，个个咬牙切齿地要同主教及他的亲兵为难。稍停一会儿，波尔多斯、阿拉米斯出来，只丢下统领同医生看守阿多斯。随后德·特雷维尔也出来，告诉众人："阿多斯已醒过来，医生说是失血太多，余无大碍。"说毕，摆手，叫众人出去，唯有达达尼昂一人留在后头。

那房门关了之后，德·特雷维尔看见达达尼昂仍在那里，便问他的来意。达达尼昂自己报了名字，那统领才想起来，对达达尼昂道："我的同乡，你不要怪，我简直把你忘了。我实在没办法，做了统领，也不过做人家父兄一样，手下的军人，就是子弟，不过国王的号令和主教的号令。是要遵守的。"达达尼昂微笑不答。那统领看见，知道这人是伶俐的，便不去闲谈，同他说正经话。"你的父亲我是素来敬重的，他的儿子，我是极愿意帮忙的。你简简捷捷地告诉我，我实在忙。"达达尼昂答道："我从家里来的时候，原要求你派我当一名火枪手。我到了这里，不过两小时，看见这里的情形，我便知道这火枪手是很体面的事，恐怕我还够不上。"统领道："火枪手确是极有体面的差使，你也很可以够得上，并不是可望不可即的，不过这件事我还要同国王商量。我老实告诉你，需要打过几次仗，立点军功，不然，也要在别的营里当兵，有了两年资格才可以补一名火枪手。"达达尼昂知道自己的资格未到，鞠躬不语。

统领知道他的思想，说道："念你的父亲和我是同事的交情，我还可以给你想想办法。向来从贝阿恩到这里来谋事的人大约都是不甚宽裕的，我离开加斯科尼已多年了，大约情形尚未改变。据我看来，你腰间未必有钱。"达达尼昂听见，站得直直的，脸上带点骄傲的意思，表明他并不是打秋风来的。德·特雷维尔说道："我知道你的意思，我领略你的面孔。这可不相干。我当初到巴黎来的时候，我只有四个克朗，那个时候，倘若有人微露意思，笑我无钱买不起王宫，我是要同他打架的。”达达尼昂因为卖了那黄马，腰间尚有八个克朗，比德·特雷维尔当时还多了四个克朗，不知不觉地那得意之色比之前更甚了。统领又道：“无论如何，你那几个钱可不要乱花了，凡是上等人应该晓得的技艺，你先得学习。我今天就写信给武备院的总办，你明天就可以去，也不必你花钱。你可不要看不起这件事，有许多富贵人家要想进去还不能够。你在那里学骑马、学比剑、学跳舞，还可以多交朋友。你常常来见我，我要知道你的情形，并且看看还有可以帮你忙的地方没有。”

达达尼昂虽然不知宫廷情形，倒觉得那统领待他无甚亲热的意思，达达尼昂叹气道：“我实在不幸，没有一封推荐信来见你。”德·特雷维尔道：“我觉得实在奇怪。你大远路来，并无推荐信——那却是少不得的。”达达尼昂道：“我离家时，原有推荐信的，是我父亲手写的，不过在路上被人偷了。”说毕，就把当日在客店的情形细说一番。统领问道：“这是奇怪了。你可曾说出我的姓名来？”达达尼昂道：“我说出来的。因为你的名字赛过护身符，碰见有了为难，我就依赖它。”那时世界最讲究恭维，不独国王主教好恭维哩，德·特雷维尔亦是个人，听见这话，不觉微笑，意甚快乐。

不过半晌之间，忽又露出严厉之色，德·特雷维尔问道：“你看见的那个人，颊上有个小疤吗？”达达尼昂答道：“有。好像是脸上受枪子刮过的。”统领道：“那人身材甚好吗？”达达尼昂道：“是。”统领道：“那人生得高？”达达尼昂答道：“是。”德·特雷维尔又问道：“是否头发深黄，脸色略淡？”达达尼昂答道：“是的。我要找寻这人，他要跑入地狱，我也要找着他。”德·特雷维尔又问道：“你想他在那里是等候一个女人？”达达尼昂答道：“好像是的。那女人坐车来的，他同那女人说完了话，他就上马跑了。”德·特雷维尔问道：“你可听见他们说什么话？”达达尼昂答道：“他把箱子交给那女人，说道，‘信条都在箱子里，你未到伦敦绝对不能打开看。’”德·特雷维尔问道：“那女人是英国人吗？”达达尼昂答道：“我却不晓得。只听见他称呼那女人作米莱迪。”德·特雷维尔自言自语道：“必是那人，无疑了。我还以为他尚在布鲁塞尔。”达达尼昂道：“统领如果晓得那人在什么地方请你告诉我。你应许我的事，我先不管，我先要找着那人，洗洗我受他的羞辱。”统领道：“你年轻鲁莽，我先关照你。你要留心，你若看见那人在街上东边走，你要改在西边走。那人好比是块极硬的大石，你好比是块玻璃，你若碰上了他，可是要粉碎的。”达达尼昂道：“我可不管，只要碰上他。”统领接着道：“现在你要听我的话，不要想法子去寻那人。”

忽然间德·特雷维尔疑惑起来，自己寻思道：那个人偷了达达尼昂的信，那也算不了什么大事，他何苦如此怀恨，难道里面藏了诡计，他所说那痛恨的话，不过是装来骗我的不成？难道这少年，是主教的奸细吗？特为来叫我上他那圈套，叫他来做我的心腹，打听我的秘事，日后害我！想到此处，把眼盯着那达达尼昂好一会儿，看见他脸上神色坦白，疑心稍释，心里想道：这人的确是个加斯科尼人，就怕他是替主教办事的人，我且来试试他。

德·特雷维尔慢慢地问道：“你是我老友的儿子，我相信你的话，那推荐信是被人偷了。现在朝廷秘密的事甚多，我要告诉你一二。外间谣传说，国王同主教不合，其实他两人好得了不得，假装不合，蠢人被他们瞒过了。你是我老友的儿子，我很不愿意你上那阴谋诡计人的当。你上了当，就坏了。我是一片忠诚，替国王尽力，替主教尽力的。那主教是法国最有才干的大臣。我现在同你说的话，你要自己细细斟酌。你若是因为家事，或因为你自己实在愿意，要同主教反对的人一气办事，我们的道路是要分开的，你我不能同在一处。我并不是无照应你的法子，但是现在我可不能安置你在我府内。我是以好友相待，故把实话相告。我同别的少年还没说过这样开诚布公的话。”

那德·特雷维尔心里又想道：倘使那主教叫这少年奸诈的人来探听我，必定叫这人在我面前，极力说他不好，叫我心里喜欢，如果我猜得对，这少年就要骂那主教了。谁知他此次却没猜着。那达达尼昂随口答道："我的意思同统领的一样。临走的时候，我的父亲告诉我，叫我只听国王、主教及统领的号令，不听别人的调度。他说这三个人，是法国至高无上的人。"——其实他父亲说的，只是两个人，达达尼昂自己加上统领，也不过恭维的意思，接着又说道："我是最尊敬那主教的。统领刚才说的话，我听见了，高兴得了不得，因为我借此可以表白我的想法，是同统领一样的，倘若统领不能尽以我的意见为然，请你仍旧照应我。我看统领的交情，比什么都重呢！"

德·特雷维尔听了这话，见他又坦白，又伶俐，颇为诧异。心里想道：如果这人是来当奸细的，越伶俐是越可怕。心里仍怀着疑团，面上仍是不露，挽住达达尼昂的手，说道："你是少年老成，不过现在我只能替你做到这个地步，但望你时常来见我，便可以常同我商量，将来总可以给你再想法子。"达达尼昂道："统领的意思大约是叫我找机会显些本事，无疑了，我想不久就可以做给统领看。"说毕，鞠躬，便要出去。德·特雷维尔止住他道："你且等等，我写信把你交给那总办，如果你看不起这信，我也不写了。"达达尼昂道："我很想得到那封信。我这次可小心了，不要丢失这信。哪个要想法子偷我的信，我是不肯与他干休的。"德·特雷维尔听了这话，不禁微笑，走到书桌前写信。达达尼昂无所事事，就看街上走过的火枪手。

德·特雷维尔把信封好，正站起，方要把信交与达达尼昂，忽然看见他面红发怒，跑出房外，大喊道："你这次可逃不出我的手心了！"德·特雷维尔叫道："谁，谁？"达达尼昂跑下楼，一面跑，一面喊道："那个贼，那个背叛者！"德·特雷维尔自言道："这个疯汉难道他见诡计不行，借此逃脱吗？"

第四章 达达尼昂惹祸

达达尼昂两步跳出前厅，赶下楼去，一跳四级，不提防碰了一个火枪手。一面跑，一面说道：“对不起，我忙得很。”刚跑到楼下，那人一手拉住他的带子，说道：“你忙得很吗？你想说一句对不起，就完了吗？这可使不得。统领今天还可以叫我们过不去，你可不能摆这种模样给我们看。”——那人原来就是阿多斯，医生看过之后，正要回去。

达达尼昂认得是他，答道：“我实在不是有意碰你的。我不妨再告诉你，我实在是忙得了不得。请你让我走吧，我的事要紧。”阿多斯放手说道：“你这个人，不见得懂礼法，我一看见就知你是乡下来的。”达达尼昂回头答道：“你也不必问我是哪里来的，你也不配教训我。”阿多斯道：“为什么我就不配？”达达尼昂道：“我是着急要捉一个人，不然，我要……”阿多斯忙接着说：“你不必远跑，就可以找着我。”达达尼昂道：“在哪里找你？”阿多斯答道：“就在加尔默罗－赤足修道院。”达达尼昂问道：“你几时在那里？”阿多斯答道：“正午的时候。”达达尼昂道：“正午我来找你。”阿多斯道：“你可不要叫我等，等到十二点一刻，我要来找你，割你的耳朵。”达达尼昂道：“我差十分到十二点时便到。”说毕，又跑，同鬼迷的一样，要追那个人。

那时波尔多斯站在大门外，同守门的兵说话。两个站得相近，只容一个人从中间走过，那达达尼昂像一枝箭一样从中间跑来。谁知那时刮了一阵风，刮起波尔多斯的外衣，刚好把达达尼昂全裹起来。波尔多斯死命地拉住那外衣，达达尼昂跑不出来，用力扯来扯去，使那人肩上挂的绣花带子的底全露了出来。原来那条带子，面上虽绣得好看，那阴面却是皮的，因为波尔多斯买不起整条绣金的带子，只买了一条半金半皮的，故此常怕冷，常披上那件外衣。

波尔多斯见了，大怒道："你这人疯了！哪里有这样碰人的？"达达尼昂摆脱出来，答道："对不起，我忙得很，我要赶一个人。"波尔多斯道："你忙的时候丢了眼睛吗？"达达尼昂道："不。我的眼甚好，别人看不见的时候，我的眼都看得见。"波尔多斯怒极了，说道："你这样碰火枪手，你是该打！"达达尼昂道："你说打吗？你这话说得太重了。"波尔多斯道："有胆子肯当面同仇家见仗的人，却不嫌这句话太重。"达达尼昂道："我明白了。你是见了仇人，不肯跑开的。"说毕，便大笑而跑。波尔多斯正要动手。达达尼昂道："等你不披外衣时，再打。"波尔多斯道："今日一点，在卢森堡公园后头相会，如何？"达达尼昂回头答道："我一点必到。"

说毕，转出街头，四处找寻，看不见那人。路上逢人便问，跑到河边，又转回来，不见那人踪迹。越跑越热，那怒气慢慢平下来了，想起那一早碰见的事，那时只有十一点——第一件，因为匆匆忙忙地跑出来，得罪了统领；第二件，得罪了两个火枪手，还要同他们比剑——那两个都不是等闲之辈，一个可以敌数个的。

细想起来，事情不妙。想起打架来，总要被阿多斯刺死的，那波尔多斯的一仗，可以不打的了。不过少年气盛，还盼望自己运气好，比剑两次，或者只受点伤，还不至于死，自己说道："我自己也实在太粗心了。阿多斯肩上受伤，我为什么刚要碰他那里，他一定痛得厉害。最奇怪的是，为什么他当时不拔剑，把我刺了。波尔多斯那件事，更不必讲了，实在是岂有此理。"说到这里，大笑起来，赶快四面地留心看，恐怕大笑又得罪了别人。又说道："那波尔多斯的事，实在好笑。我虽然没伤害什么东西，总不应这样碰人。假使我那时不说那几句取笑他带子的话，也可无事了。这些事，都是我自己招上身的。一件事未闹了，又闹第二件。"想到这里，自己向自己说道："达达尼昂，这次如果侥幸无事，我劝你学些礼法。你要晓得，懂礼数的人，并不是胆怯。你看那个阿拉米斯，他温柔讲礼得很，却没一个人敢说他是个懦夫。你要拿他做你自己的榜样呀。哦！原来他在这里。"

达达尼昂刚走到代吉隆府前，碰见阿拉米斯同三个御兵在那里说话。阿拉米斯原先看见达达尼昂不过因为刚才他们在统领那里，看见统领同他们发脾气，故此不去招呼。达达尼昂心里要同他周旋，含笑地走上前来。阿拉米斯看见他，不甚想理他，四个人顿时不说话了。达达尼昂看见他们不甚理他，正想借话走开，忽然看见阿拉米斯丢了手绢，又看他拿脚踏住，达达尼昂以为他是无意踏住的，低了头，从阿拉米斯脚下，把手绢扯出来，恭恭敬敬地送到阿拉米斯手里道："你若要丢了这手绢，你心里是不会爽快的。"原来那手绢，四边有通心花，一角上还有贵族的徽章。阿拉米斯看见，红了脸，把手绢抢过来。

有一个朋友道："阿拉米斯，你素来是小心谨慎的，德·布瓦-特蕾西夫人既然肯把手绢借给你，你为什么还说你同她不合呢？"阿拉米斯瞪了达达尼昂一眼，像是要刺死他的模样。忽而又十分和气地对那朋友道："这手绢并不是我的。我不晓得为什么这位先生交给我。我自己的手绢，还在袋里。"说完，果然将自己手绢掏出来，是细竹布的，并无花边，又无徽章，上面只有他名姓第一个字母作记号。达达尼昂知道自己鲁莽了。但其中有一个人，不肯放松，便假作郑重的样子，对阿拉米斯道："如果你说的是事实，请你把那手绢交给我。因为德·布瓦-特蕾西同我是很熟的，我不能让他拿夫人的手绢到处显摆给人看，像战胜品似的。"阿拉米斯答道："你的道理是不错，你对待我的样子却不好，我不能交给你。"达达尼昂迟疑地说道："我实在并不曾看见这手绢从阿拉米斯先生口袋里掉出来，我只看见他的脚踏住手绢，故我疑是他的。"阿拉米斯冷冷地答道："这可是你错了。"回头对那一个同德·布瓦-特蕾西相熟的人说道："我忽然想起，我也同那德·布瓦-特蕾西相熟，也同你一样，看起来，这条手绢也许是从你口袋里出来的。"那个人答道："我可以同你赌咒说不是的。"阿拉米斯答道："且慢。如果我们两个人都赌咒，总显出一个说谎的来。我的蒙塔兰[①]，我有一个妙法，我们何不一人扯一半？"那人答道："每人扯半条手绢？"阿拉米斯道："是的。"另一个人叫道："这是所罗门判案的法子。阿拉米斯，你的办法真不错。"众人听见，都笑起来，那事便从此不提。

一会儿众人皆散，阿拉米斯同那几个朋友是分路走的。当那几个人说话的时候，达达尼昂并未插嘴，等到他们同阿拉米斯分了手，达达尼昂要同他周旋。阿拉米斯走开，并不理他。他便说道："我刚才是错了，请你不要见怪。"阿拉米斯答道："我老实告诉你，你刚才所做的事不是君子所为。"达达尼昂道："什么？难道你……"阿拉米斯忙答道："我看你不是个呆子。你就算是打加斯科尼来，也要晓得人家无缘无故是不把手绢踏在脚下的，巴黎也不是拿手绢铺路的。"达达尼昂生气道："你不要侮慢我。我是加斯科尼人不错，你可要知道，我们加斯科尼人是不大能容人的。做错了事，道了歉，就完了。"阿拉米斯答道："我不愿意同你争闹。我不是强盗，又不是凶手，我不过暂时是个火枪手，我非到万不得已，不肯同人打架。我看打架的事情，无甚意思。但是刚才那件事不是玩的。你这么一来，把一个女人的名字牵涉在里头了。"达达尼昂道："那可不是我的错。"阿拉米斯道："我已经告诉过你，那手绢不是从我的口袋出来的。"达达尼昂道："你说了两次谎了。我确见那手绢是从你的口袋出来的。"阿拉米斯道："你还这么说吗？等我们来教你些规矩。"达达尼昂道："你是个教士，我请你做你的教士去。我正要同你较量较量，请你马上就拔剑吧。"阿拉米斯道："且慢。我们刚在代吉隆府前，主教手下的人甚多。主教大约很想要我的脑袋，不过我还要把我的脑袋装在两肩上，若讲到杀你，我可没有什么不愿意的。不过我要寻一个好点的地方，等你死了，你不能夸口说你是怎样死的。"达达尼昂道："你且不要太稳当。我请你把那手绢收好。不管那是谁的，将来总会有用的。"阿拉米斯道："你是加斯科尼人吗？"达达尼昂答道："是的。你说等等再打，可为的是妥当起见？"阿拉米斯道：

---

① 蒙塔兰，就是和阿拉米斯谈话的那个人。——原注

“是的。火枪手原是不讲妥当不妥当的，教士们却是要讲的。我不过暂时当火枪手，我不能不盘算。我今日两点在统领府内等你。见面的时候，我们再定相会的时刻和地方。”说毕，两人鞠躬而别。

阿拉米斯向卢森堡公园走去，达达尼昂记得十二点有事，便向加尔默罗-赤足修道院而去。路上自言道：“无论怎么样也要做到底。哪怕死了，也是死在御前火枪营军人手里。”

第五章 雪 耻

达达尼昂在巴黎无朋友，比剑找不着见证人，只好让阿多斯替他找见证。他心里算计定了，见面的时候，先向阿多斯赔不是，却不要自己太失了体面。他的意思，甚不想同那人比剑，为的是那人本已受了重伤未愈，自己若是输了，脸上更不好看，自己若是赢了，人家又要说他太占便宜。看官要知道，那达达尼昂并非等闲之辈，他自己知道同那几个人比剑，是凶多吉少的，不能不处处盘算。他先把各人的性情想了一想，然后定一个对付他们的法子。他最称赞的是阿多斯，要想同他分辩明白，就不相打。他见了波尔多斯，便先要告诉他，如果自己打赢了，是要把那绣花带子的故事到处传播的，叫天下的人都去笑话他。想到阿拉米斯，他是一点不怕的，他要好好地把他打倒了，至少也要在他脸上划一刀，把他俊俏的脸弄坏了。他想起父亲临别的话，主意打得更牢了，赶紧向那加尔默罗-赤足修道院而来。原来这有一个大院子，在旷野中间，那时法国人动不动就同人比剑，巴黎人比剑，都喜欢到这里来。

他走到教堂外的空地来，看见阿多斯已先到了——那时刚好十二钟点，看见阿多斯仍带重伤的病容，坐在那里等他，看见他来了，起身，恭恭敬敬地相迎。达达尼昂一手拿帽子，一手伸出来，同他相会。阿多斯先开口道："我请了两位朋友来同我作见证，现在还未到。他们来迟了，这也奇怪，他们平常不是如此的。"达达尼昂答道："可惜我没见证的。我昨日才到巴黎，除了我父亲的老友德·特雷维尔统领外，我是一个朋友都没有。”阿多斯想了一会儿，答道：“这是不幸的事。倘若我把你打死了，怎么样呢？你这样年轻的小孩子，我实在不愿意杀你。”达达尼昂答道：“你忘记了，你的伤还未好，身上还是痛。”阿多斯道：“痛得厉害。你碰我的时候，痛得更凶。我用左手同你打，我两手都会用的，你占不了便宜。你若从来没有同用左手的人交过锋，恐怕你要吃点亏，可惜我没有预先把这话告诉你。”达达尼昂鞠躬道：“你如此关照，我甚感谢。”阿多斯谦让地说道：“你叫我很不安。我们换别的话谈谈吧。啊哟，你碰得我好痛，我的肩膀，疼得同火烧的一样。”达达尼昂拿出刀伤药道：“让我同你……”话犹未毕，阿多斯诧异道：“这是什么？”达达尼昂道：“我母亲传授给我极好的刀伤药。我自己也用过，极灵验的，包你三天就好，等你伤好的时候，再同你打。”达达尼昂说得诚诚恳恳地，随便什么人看见，都晓得他是至诚的，并非规避。阿多斯答道：“你的意思甚好，我是领略你的好意。不过我不能照办。从前，查理大帝之世，那些侠义之士都是慷慨激昂的，都可以做我们的榜样，可惜我们不幸，没生在那个时代。现在是主教的时代，若等三天，人人都知道了，那便打不成。我想我那两个朋友，是永远来不了了。”达达尼昂道：“你不必着急。你若是急于把我打倒了，我马上就可以动手。”阿多斯道：“这话说得妙。我看得出你这个人，又明白，又仁慈，我是最喜欢你这样的人。我们倘若绝斗之后，彼此都不死，我要同你结交，做个得意的同伴。你若是不着急，我要等我那两个朋友来，我却并不着急，照规矩，是要见证的。哈！有一个来了。”远远地果然有一个身躯壮大的人来了。达达尼昂惊讶道：“波尔多斯是你的见证吗？”阿多斯道：“是的。你不嫌吗？”达达尼昂道：“好的。我并不嫌。”阿多斯又道：“另一个也来了。”达达尼昂回转头来，看阿多斯指的那一方，认得来的是阿拉米斯，达达尼昂喊道：“阿拉米斯也是你的见证吗？”阿多斯道：“是的。你还不晓得吗？我们三个人是离不开的。不论在城里或在宫里，那些禁军火枪手都知道阿多斯、波尔多斯、阿拉米斯三个人是分不开的。但是你从达克斯[1]来……”话犹未毕，达达尼昂拦道：“我是从塔布来的。”阿多斯道：“你是不晓得的。”达达尼昂答道：“人家说你们三个人的话，真是不错。”

说到这里，波尔多斯已经到了，对阿多斯见礼之后，站在那里，拿眼瞪着达达尼昂，显出不胜诧异的样子。著书人要补明一笔，那波尔多斯把带子换了，并未披外衣。波尔多斯问道：“这是怎么讲？”阿多斯指着达达尼昂，同他鞠躬答道：“我就是同这位比剑。”波尔多斯喊道：“我也是要同他比。”达达尼昂道：“那是一点的事。时候还早了。”那时阿拉米斯也跑上来，说道：“我也是要同他比。”达达尼昂道：“那是两点的事。”阿拉米斯问道：“阿多斯，你是为什么事要同他打？”阿多斯答道：“我也不甚晓得。不过为他碰了我的肩膀。”又问道，“波尔多斯，你又为什么也到这里？”波尔多斯脸红了，答道：“谁知为什么？我不过想打就是了。”阿多斯眼快，看见达达尼昂微笑着答道：“我们是因为论衣服，意见不合。”阿多斯问道：“阿拉米斯，你又是为什么呢？”阿拉米斯递眼色与达达尼昂，叫他不要说出实在情形，答道：“我们却因辩论宗教，意见不合。”阿多斯又看见达达尼昂微笑，阿多斯转头向他问道：“是为这个缘故吗？”达达尼昂答道：“是的。因为圣奥古斯丁经论[2]上有一段话，我们的意见不合。”阿多斯道：“真是聪明少年。”

达达尼昂道：“你们三位都在这里，让我赔不是吧。”他们听了这话，阿多斯皱了眉头，波尔多斯微微地讪笑，阿拉米斯摇头，露出看不起人的意思。达达尼昂做出骄傲的样子，对三个人说道：“你们不要误会我的意思。我刚才赔不是，为的我自己恐怕要失约，不能够同你们三个人都打遍了。第一次是阿多斯先同我比，波尔多斯露脸的机会，可就少了些，

---

[1] 达克斯，法国镇名。阿多斯只知达达尼昂是初到巴黎的乡下人，却不知道他是哪里人，故遂误以为是达克斯了。——译者注

[2] 圣奥古斯丁，最有名的拉丁学者，生于353年，死于430年。他研究基督教的经典，著作宏富。基督教徒辩论经典的时候，不论是天主教徒基督教徒，都喜援引圣奥古斯丁的议论以自重。——译者注

阿拉米斯更无望了，我是为这件事赔不是。阿多斯，你要预备了。”说完，拔出剑来，着急要动手，那时不要说三个火枪手，就是全营来了，他也不怕的。那时刚在正午，太阳在天顶，那空地上热得很，阿多斯拔了剑出来，说道：“天气甚热，我可不能脱外衣，因为我伤口又流血。你未刺着我出血，我不愿意你看见我的血讨厌。”达达尼昂道：“你体贴人情得很。不论是我刺的或是别人刺的，我看见你这样勇敢的人流血，心里可惜，既然如此，我也不脱外衣了。”波尔多斯着急道：“你们不要互相恭维了。我们还有两个人在这里排队呢。”阿拉米斯说道：“你说你的，我不着急。他们两个人说得没错。”阿多斯预备好了，问达达尼昂道：“你预备好了吗？”达达尼昂道：“我只等你。”说毕，两人交战起来。

才一动手，就有一队主教的亲兵由朱萨克统领着从那边来了。两个见证人嚷道：“主教的亲兵来了，快把剑收起来。”那时已是迟了，那两个人的样子，一看就知是比剑的。朱萨克一面上前，一面招他的手下人跟来，说道：“火枪手又打架吗？上谕都不管了吗？难道那上谕下来之后，是叫你们违犯的吗？”阿多斯恨极地答道：“这个太不公道。若是我们看见你们的人打架，我们是从来不干预的，你还是让我们打，你们在旁边看热闹。”朱萨克答道：“这是办不到的。上谕是要遵守的。收起剑来，跟我们走。”阿拉米斯学那朱萨克的样子说道：“你请我们走，我们是很愿意的，不幸我们做不到。特雷维尔统领吩咐过的，他的号令也是要遵守的。请你们诸位走开吧，你们在此没有什么事了。”那说话毫无忌惮的样子把朱萨克激恼了，说道：“你若不听我的号令，我就要叫他们动手了。”阿多斯低声说道：“他们有五个人，我们只有三个人，又要吃亏了。我只好死在这里，我再没脸面第二次败了去见统领。”

顿时阿多斯、波尔多斯、阿拉米斯三个，肩并肩地站齐了。那朱萨克也叫他们的人站好，预备攻打。当下达达尼昂自己思量，究竟帮哪一边，这是最要紧的当口，一个人终身的前程，就靠这顷刻之间。他要弄清楚是帮国王还是帮主教？择定之后，是不能追悔的。并且动起手来，就是犯法，就是同国里第一有势力的人作对，那个人的势力，也许比国王还大些。这几层的道理他都想到了。亏他马上拿定主意，回头向火枪手道：“刚才阿多斯说错了。他说三个人，其实连算我是四个人。”波尔多斯道：“你怎么也算一个呢？”达达尼昂道：“我虽未穿你们的号衣，我心里却是一个火枪手。不管怎么样，我跟你们一路走。”朱萨克劝道：“小兄弟，你走开吧！你若要保住你的身体，赶紧走吧！”达达尼昂哪里肯走。阿多斯拉他的手道：“你真是个好汉子。”朱萨克喊道：“你到底怎样？”波尔多斯对阿拉米斯说道：“这件事，赶紧要决定了。”他们看见达达尼昂年轻无见识，在那里半信半疑的，不敢要他帮忙。阿多斯道：“就是他帮我们的忙，我们也不过是三个大人，一个小孩子，那三个里头还有一个是重伤未愈的。”波尔多斯道：“我们万不能让他们的。”阿多斯道：“那是不能的！”达达尼昂看见他们犹豫未决，喊道：“诸位让我试试，我敢保打赢了。若打不赢，我也是不离开这里的。”阿多斯道：“请问这位好汉尊姓大名？”答道：“我叫达达尼昂。”阿多斯道：“好极，我们四个人在一路。”朱萨克又喊道：“你们打定了主意没有？”阿多斯道：“打定了。”又问道：“你们打的什么主意？”阿拉米斯拔出剑来说道：“我们要同你打。”朱萨克道：“什么？你们拒捕吗？伙计们攻上去！”那两边的人，顿时打起来。

两边都是好剑手，本事都是可观的。阿多斯敌住克荷萨——他是主教最得意的心腹，波尔多斯敌住毕克拉，阿拉米斯抵住两个，达达尼昂直攻朱萨克。他并不畏惧，不过跳到那身体壮大的人面前，他心里未免一跳。那达达尼昂跳来跳去，忽而在左，忽而在右，忽然跳到面前，忽然跳到背后，如活虎一般，一分钟里头，换了二十个招架的样子。朱萨克是个使剑的好手，费了许多精神本事，才抵得住达达尼昂这样不守常规的战法，他的一击一刺，达达尼昂却挡得甚妙。后来朱萨克力竭了，看见打不过一个小孩子，心中大怒，乱打起来。那达达尼昂看见机会来了，慢慢用起诡计来，加倍用力地打，朱萨克以为可以收功，用尽狂力，一剑扑来，达达尼昂早已留神，轻轻架住，趁他不及提防，一剑刺去，朱萨克顿时倒地，如死人一般。

那时达达尼昂略定一定，回头看他的朋友，打得怎么样。阿拉米斯打死了一个人，尚在同另一人斗；波尔多斯臂上受伤，把敌人的腿伤了，但是两个人的伤都不重，还在那里恶斗；阿多斯被克荷萨打伤，脸色死白，仍在那里招架，换了左手拿剑。按比剑的规则，达达尼昂可以帮他的朋友，一时拿不定去帮哪一个，一眼看见了阿多斯的情景，他跳过来对克荷萨喊道："你预备好了！不然，我是一剑把你刺死了。"那时阿多斯两腿酸软，站立不稳，对达达尼昂喊道："你不要杀他，等我歇一歇，同他算旧账。顶好你把他的剑弄丢了。"果然那剑便飞开了二十步远。阿多斯喝彩道："好极，好极！"克荷萨跳向前头拾剑，又被达达尼昂一脚踏住了。克荷萨跳向那死在地下的亲兵，夺了他的剑，又跳转来，攻达达尼昂。那时阿多斯喘息过来，又同克荷萨战。达达尼昂知道他歇过，不用帮手，走开了。不到几分钟，克荷萨咽喉受伤倒地。

那时阿拉米斯又把那一个亲兵打倒在地，在那里叫喊求饶。只剩了波尔多斯还在那里同毕克拉打。波尔多斯一面打，一面在那里笑话他的敌人，毕克拉却一点也不放松。他们两边打了好一会儿，时时刻刻怕巡兵来拿。阿多斯、达达尼昂、阿拉米斯等叫毕克拉降。毕克拉腿上虽受了伤，还是不肯罢手。朱萨克一只手按住地，抬起头来，对毕克拉说道："你投降了吧。"毕克拉也是个加斯科尼人，不肯降，把剑指地下答道："现在只剩我一个，我要死在这里。"朱萨克道："你一个人，如何敌四个人？我是你的统领，我叫你投降。"毕克拉道："你是统领，我是要遵号令的，我就投降了。"他却不愿把剑献与敌人，遂折断了，丢在墙脚，两手交胸，在那里唱歌。那火枪手们看见此人如此勇敢，不免肃然起敬。众人对他行了军礼，把剑都收起来。达达尼昂也收了，同毕克拉两个人，把克荷萨同那阿拉米斯所伤的亲兵抬到教堂里。第四个亲兵是死了。他们把教堂里的钟打了几下，拿了抢来的四把剑，便向德·特雷维尔府里来。路上高兴得如同发狂，手拉手地在街上走，一条顶宽的街不够他们走的。碰见火枪手就告诉他，让他也跟着热闹。达达尼昂夹在阿多斯、波尔多斯当中，乐到如登了第七层天一样，走到院子里的时候，说道："我虽然未曾入你们的军籍，我已经帮你们打了一仗了。"

第六章 路易十三

他们打架的事情惊动了许多人。德·特雷维尔当面教训他们，背地里禁不住高兴，但是不能不先告知国王，赶紧跑到卢浮宫，可惜已是迟了，那主教已先到了，国王并没传见德·特雷维尔。

到了晚上，国王斗牌赢了，十分高兴，德·特雷维尔入宫伺候，国王见他到了门口，说道："统领，你快进来，我要教训你。你可知道，主教又在这里说你的火枪手不好？他难受得很，今晚总不高兴。你可知道，你的火枪手简直是天不怕地不怕的，他们简直是些死囚。"德·特雷维尔是极会看风头的，看见这个情形，便答道："他们是极可靠的，同小羊一样驯良。他们不想别的，只想拔剑相向，替我王尽力。有些时候，他们也是没法，主教的亲兵总要同他们争斗，为的是本营的体面，他们怎么好让人糟蹋不去保护自己呢？"国王拦住说道："你听听我们这个好汉统领说的，好像他的人就是修道院里的修女一样。德·特雷维尔，我老实地说吧，我很想降伏你，把你的差使交给凯莫罗尔小姐，我曾经应许她一个修道院的院长。你可不要想我只听你的一面之词，我要听听两面的说话。你却不要忘记了，人家都叫我公道的路易。不必忙，我要慢慢地查。"德·特雷维尔道："我相信王上一定秉公办理的，我慢慢地等就是了。"国王道："你只管等吧，我不会让你久等的。"

过了一会子，国王的手运坏了，他赢的钱，慢慢输了。国王找起借口来，把赢的钱，装入口袋，说道："拉·维厄约勒，你来替我，我同德·特雷维尔有要紧的事商量，我桌子上还有八十个路易[①]，你也如数地拿出钱来，我不要输钱的人说闲话，公道要紧。”转过头来，把德·特雷维尔领到窗口问道：“统领，你说的是主教的亲兵先挑衅火枪手的？”答道：“他们常常是这样的。”国王问道：“是怎么样动起手的？两边的话，判案的都要听听。”德·特雷维尔答道：“开始是没什么的。我手下顶好的三个人——他们的名字，陛下是晓得的，他们的忠心，陛下是知道的，也不止一次了，那三个人，同一个加斯科尼人——那人是今日初到，来投效的，同他们才认得，他们约好要到圣热尔曼，在加尔默罗-赤足修道院会齐。到了那里，就有五个亲兵，朱萨克为首，也到那里，同他们闹起来。我看那亲兵们是因为自己的事，背地里要违犯陛下禁止比剑的谕旨。”国王道：“我看也是的，他们要在那里比剑。”德·特雷维尔道：“我也不能无故地指控他们，陛下也明见，五个人拿了兵器，到那里做什么。”国王道：“你的话不错。”德·特雷维尔接着道：“他们看见我的人在那里，他们自己的事先抛去了，要同我的人闹。陛下明见，火枪营是陛下的亲兵，是自然同主教的亲兵不合的。”国王很忧郁地说道：“是的。国里不幸。他们要分出党来，常常要争胜，也不是事。你说是他们先挑衅你的人？”德·特雷维尔道：“不过我看情形是很像，我可不能说一定是这样。陛下明见，要查出实在的情形，却不容易。哪能人人都能够明见万里如陛下这般被人家称呼为公道的天子呢？”国王道：“你的话不恰当，而且闹事的时候，除了你的火枪手，我听见还有一个年轻的人在场，是吗？”德·特雷维尔答道：“有的。内中一个是先前受伤的，还有那个年轻的，总共四个人，不仅独自抵挡住主教的五个最有本事的亲兵，并且把其中四个都打倒了。”国王高兴得了不得，说道：“这是大胜了，简直是全胜了。”德·特雷维尔道：“全胜之至，也比得上从前在赛桥那一胜。”国王道：“总共是四个人，一个先前受伤的，一个年纪还轻，那个年轻的人是谁？”德·特雷维尔道：“那个还算不了成年人，这回可出色得很，我要趁这机会保荐给陛下。”国王道：

---

① 路易（Louis），法国金钱名，当时折合二十四个里弗赫。——编者注

“他叫什么？”德·特雷维尔道：“他叫达达尼昂，是我老朋友的儿子。他的父亲，是打过仗，给老王出过力的。”国王道：“你说这少年很出色，你把情形告诉我，我最喜欢听大胆人做的事。”说毕，一手叉住腿，一手搓胡须。德·特雷维尔道：“达达尼昂不过是个大一点的小孩子，穿的是平民衣服。主教亲兵的首领看见他年轻，又见他不是营里的人，故此没有动手的时候，叫他先走开。”国王拦住说道：“德·特雷维尔，你晓得是他们先打？”德·特雷维尔道：“陛下说得是，那是无疑的了。不管怎样，他们叫他走开，他说他心里是个火枪手，要尽忠于王上，故此要帮火枪营的忙。”国王道：“好个胆大的少年！”德·特雷维尔道：“他果然帮我们的人，十分替陛下出力。出色得很，是他把朱萨克身子刺穿的。因为这一层主教很生气。”国王道：“这小孩子刺穿朱萨克身子吗？说来难以置信。”德·特雷维尔道：“我说的是实在情形。”国王道：“那朱萨克是国里有名的一个使剑的好手。”德·特雷维尔道：“他这次遇着敌手了。”国王道：“德·特雷维尔，我很想见见他。你叫他来，我们替他想想法子。”德·特雷维尔问道：“陛下几时见他？”国王道：“明日中午。”德·特雷维尔道：“只带他一人来见吗？”国王道：“四个一同来。我要谢谢他们，如此忠心的人，却不多，应该酬报他们。”德·特雷维尔道：“明日十二点，我们来卢浮宫伺候。”国王道：“等等，不要忘了从后楼梯上来，我们不必叫主教知道。”德·特雷维尔答应着。国王又道：“德·特雷维尔，你要晓得，谕旨是谕旨，打架可是犯法的。”德·特雷维尔道：“陛下明见，这次打架，同平常比剑不同，并未事先约好。请看他们五个人，我们三个人，又凑上一个小孩子，便知是没有预约在先了。”国王道：“这是不错。且不管他，你不要忘了从后楼梯来。”德·特雷维尔不禁微笑，看见居然把这懦弱的国王说动了，叫他同主教作对，心里觉得舒服。于是对着国王鞠躬，走出宫来。

当天晚上，那三个火枪手，都知道明天见国王——他们是常去的，不算什么稀奇，唯有那达达尼昂，他是个加斯科尼人，异想天开，以为这一次他的前程有了，一夜在那里做好梦。第二天早八点，他就走到阿多斯那里，阿多斯已经穿好衣服，正要出去。他原已约定波尔多斯、阿拉米斯两人，在卢森堡公园旁边打网球，顺便就约达达尼昂同去。达达尼昂从来没见过，又闲得没事，就同走了。到了那里，那两个人已经在开始打球了。阿多斯是个好手，同达达尼昂一伙儿，同那两个对打，打了几下，知道他伤尚未好，打不了球，因此这边只得达达尼昂一个人。达达尼昂因为自己不会打，只好罢了，抛球作耍子。忽然波尔多斯用力甚猛，那球在达达尼昂脸旁飞过，幸未打着。达达尼昂想了一想，如果脸上打了一球，是不能见国王的，岂不是弄丢了前程。想到这里，便对那两个人说，实在不会玩球，等学会再来，今日且先不玩。遂跑到旁边坐下。

谁知旁观的人中间有一个是主教的亲兵，因为同伴打输了，装了一肚子的气，昨晚销假回来，正想找机会来报仇。他这时看见了机会，特意大声地同他的同伴说道："想来那个人不过是个火枪手的学徒，你看他见了球就这样害怕起来！"达达尼昂听见了，同被毒蛇叮了一口一样，怒目看那说话的人。又见他一面搓胡须，一面叫道："你只管看我，你要看多久，就多久。我刚才说的话，的确是从心里出来的。"达达尼昂低声答道："你的意思明显得很，请你跟我来。"那亲兵问道："几时？"达达尼昂答道："就是现刻。"亲兵又问道："你可晓得我是谁？"达达尼昂答道："我不晓得，我不要晓得。"那人说道："你太莽撞了！你若是晓得我的名字，你就不这样快快地喊我出来。"达达尼昂问道："你是谁？"亲兵答道："我叫波那朱。"达达尼昂道："波那朱先生，我在外相候了。"那人答道："我就来。"他的同伴道："波那朱，你慢慢地去，不要叫人看见我们是一块出去的。我们不要叫人看见。"波那朱道："你说得对。"他心里却是诧异，为什么说出名字之后，那少年一点都不理会。原来波那朱喜欢打架最是有名，巴黎的人都晓得，唯有达达尼昂他是初到，故此不知。波尔多斯同阿拉米斯打球打得高兴，阿多斯旁观看得入神，都不觉得那达达尼昂出去了。

达达尼昂在外等候，不一会子，波那朱也来了。达达尼昂因为十二点还要见国王，心里着急，四围看了一看，见街上无人，便对他的敌人道："你今日侥幸得很，只要同火枪营的学徒较量。我总要尽力地对付，来吧。”波那朱道：“且慢。我看这里地方不妥，我看还是到圣热尔曼，或是柏力奥，似妥当点。”达达尼昂道：“你说得也有理。不过我是等不及，十二点还有要紧事。那赶紧预备吧！”波那朱立刻拔出剑来，跳过来就攻，要使出下马威来，吓唬小孩子。达达尼昂自上次打赢之后，有了阅历，有了把握，不独比从前镇静，还要胆子大些。交手之后，达达尼昂步站得很稳，波那朱倒退后了一步，把剑向旁边一闪，达达尼昂把剑一送，刺着敌人肩膀，波那朱说“不要紧”，直撞上来，碰着达达尼昂剑尖，幸没跌倒。他还不肯认输，直向特雷穆伊尔的宅子跑来，他的亲戚住在那里。达达尼昂还不知他重伤了仇人，苦苦地追来，几乎结果了波那朱。不料打球场吵起来，有两个人手拿着剑，跑出来，进攻达达尼昂，阿多斯、波尔多斯、阿拉米斯也赶来，把那两人打跑，救出同伴来。波那朱同时倒地。那两个人见势不妙，大喊道：“救命呀！特雷穆伊尔的人来救命呀！”就有一队人从特雷穆伊尔府里跑出来，攻火枪手及那少年。那火枪手见势不好，亦喊道：“救命呀！火枪手来呀！”原来那时候的军人，都是同火枪手要好得多，当下有德·埃萨尔禁兵营统领所带的三个禁兵，在那里走过，两个就上前帮火枪手，一个跑回统领府报信，统领府院子里是常常有火枪手的，听见了，都跑去帮忙。那时打得真是热闹，火枪手的人多，主教亲兵同特雷穆伊尔的人退入宅里，关闭大门。波那朱早已被抬进去了，伤得甚重。达达尼昂他们在门外大闹，要放火烧宅。忽听见打十一下钟，只好罢手，还弄了些大块石头砸门，砸不开，只好回府。

德·特雷维尔已知道又闹事了，催他们道：“时候不早，该到卢浮宫了。我们要先发制人，不要让那主教先去。我们要说，今日的事，是昨日的余波，两件事并作一件办。”他便带了那四个人，一直到卢浮宫来，谁知国王已经去了圣热尔曼的大树林打猎。德·特雷维尔以为不确，又问一番，后来见是真的，眉头皱了，问道：“是昨晚说定打猎的吗？”侍者答道：“不是的。今早围场总管来说，有个好鹿，王上最初不想去，但王上最好打猎，后来也就答应了。饭后动身的。”德·特雷维尔问道：“今早王上见过主教吗？”答道：“想是见过，我今早看见有人套主教的车。

我问他们主教要到哪里去，他们说是去圣热尔曼。”德·特雷维尔对四个人道：“他先去了。我今晚必定见国王，你们先躲在一边吧。”德·特雷维尔是知道路易十三脾气的，他的主意总是不错，那四个人只好听统领的话。统领遂吩咐他们回去听信。

德·特雷维尔到了府里，就首先发作，写了封信，叫人送到特雷穆伊尔府里，叫他把主教的亲兵轰出去，责成他惩办他的佣人，罚他们冒犯王上的火枪手。谁知波那朱的亲戚早已把事情告诉了特雷穆伊尔，特雷穆伊尔回信说：“是火枪手先滋事的。你们的人还要放火烧我的宅子。”德·特雷维尔看见打笔墨官司无用，自己当面对质。

两人见面，十分客气，两个都是极有胆子、极有体面的人。特雷穆伊尔信奉的是基督教，从来不附党，入宫的时候也不多，却不把党政来害私交的。他今日虽十分恭敬，却比平时冷淡些。德·特雷维尔先开口道：“今日的事，两边都有点错，我特为来商量了结此事。”特雷穆伊尔答道：“我也愿把这事结结实实地查究。我是已经查过的了，看起来是你们火枪手的不是。”德·特雷维尔道：“阁下是个公道人，最讲道理的。我有一个办法，想来阁下是听的。”特雷穆伊尔道：“我很愿意听你的办法。”德·特雷维尔道：“我先要问你，你的家臣的亲戚波那朱，怎么样了？”特雷穆伊尔道：“伤得很重。那肩膀的伤是轻的，但是肺伤甚重。医生说是了不得的。”德·特雷维尔道：“受伤的人尚省人事吗？”特雷穆伊尔答道：“尚省人事。”德·特雷维尔问道：“能说话否？”特雷穆伊尔答道：“尚能说话，但不甚容易。”德·特雷维尔道：“我们同去看他，劝他说实话。他说的话，我绝不驳。什么责成，我都担任。”特雷穆伊尔略想一会儿也答应了。两人到了受伤人所住的房间，他看见了，尚要起来，因伤重不能起，几乎晕倒。赶紧进药，吃了好些，德·特雷维尔就请特雷穆伊尔问话。德·特雷维尔料的不差，那人虽是奄奄待毙，说的却是实在情形，一字不假。德·特雷维尔意思就是要他说实话。当下同波那朱说了望他早日痊愈的话，辞别特雷穆伊尔，回到自己的府中，便请那三个火枪手同达达尼昂来吃饭。

德·特雷维尔是极好客的，只是座中从来没有主教的朋友。席上谈的都是那两次打架的话。达达尼昂两次都打赢了，座上的人都恭维他，那三个火枪手听见了，也毫无妒忌之意。到了六点，德·特雷维尔就说要入宫，因约定召见的时候过了，他同那四个人就不从后楼梯进去。国王打猎还未回来，只好先在前厅等候。等了半小时，王上回来了，立刻传见。达达尼昂心里乱起来，再等几分钟，他的前程就定规了，两只眼不停地看那扇门。路易十三果然出来了，还穿着打猎衣服，鞋子上都是尘土，手里拿了猎鞭。达达尼昂一眼望过去，就知国王不甚高兴。王上进来，百官分两旁站班，他们明知王上发怒，也觉得王上怒目看看他比不看的好。那三个火枪手前进一步，达达尼昂仍站在后面。王上原是认得那三个人，这时却并不理会。路易两眼落在德·特雷维尔脸上，德·特雷维尔两眼回看，神色不变。路易转眼看了别处，嘴里嘀咕着走了进去。阿多斯说道："这次情景不好，恐怕没机会得着封号。"德·特雷维尔道："你们四人在这儿等十分钟，等我先进去，如果我十分钟还不出来，你们先回府，久等是无益的了。"那四个人等了十分钟，一刻钟，二十分钟，德·特雷维尔还未出来，只好先走了，心上觉得不安，不晓得闹出什么乱子。

再说德·特雷维尔进去，脸上是个强硬的样子，看见王上十分不高兴，坐在椅子上，用鞭杆打那靴子，德·特雷维尔故作高兴的神气，恭恭敬敬地问王上圣安。王上答道："身体不好！身体不好！闷得要死"——路易是惯说这种话的，常常把百官拉开一个，到了一边，同他说道："让我们两个人今日去解闷吧。"德·特雷维尔听了，答道："怎么陛下觉得闷？今日打猎，不尽兴吗？"国王道："有什么兴！事情是一天坏过一天。近来的野兽，走过是不留气味的，不然，那些猎狗是没有鼻子的。我们放了一只大鹿，赶了它六小时，正要合围的时候，圣西蒙正要吹号筒，那群猎狗却嗅错了，跑去别的地方追，原来是个小鹿。你看，我是要丢开打猎了，同我从前丢开玩鹰一样。德·特雷维尔，我真是个没运气的国王。我只有一只大北雕，前天死了。"德·特雷维尔道："陛下着实失望，我听了也难受。但陛下现在还有许多鹰雕之类的。"国王道："有是有的，谁去教呀？教鹰雕的人，现在没有了，只剩我一个人还懂得点，等我死了，就没人打猎，只好拿陷阱、笼子、网子玩玩吧。我又没时候教几个徒弟，那主教又常常地来聒噪，不叫我有一点空。不是讲西班牙，就是讲奥地利、英吉利。不必说主教吧，德·特雷维尔，我也不高兴你。”德·特雷维尔是早已知道的了，他晓得国王的脾气，他晓得慢慢是要说到他自己身上的，遂故作惊讶的神气，问道：“陛下因什么事不高兴我？”路易说道：“你这样，就算尽职吗？就因为这样，我就叫你当火枪营统领吗？他们跑去行刺人，半城都闹起来，又要放火烧人家的房子，你坐在那里不管。我也许太着急了，说你不好，大约你现在来告诉我，你已经把那些人都监禁起来了，你是秉公地把这事办结了。”德·特雷维尔冷冷地说道：“没有。我是来请旨惩办犯事的人。”国王道：“你怎么说？”德·特雷维尔道：“我说的是人家冤枉我们的人。”国王喊道：“怎么样？这可是件新鲜事了。难道你刚才说我的话是靠不住的吗？难道你那该死的三个火枪手同那个小子没有同野人一样打波那朱，打得他快死吗？难道你说，他们没有把特雷穆伊尔公爵府围起来，要放火烧吗？论起他那府里，都被基督教人塞满了，打仗的时候是要烧的[⓪]。现在升平世界，岂不是反了吗？德·特雷维尔，难道这些事是赖得掉的吗？”德·特雷维尔问道：“陛下是从哪里听来的这一段奇怪的新闻？”国王道：“还有谁？就是那个人。我睡着的时候，他可睁着两眼，清醒得很；当我玩耍的时候，他可要翻天搅地地办他自己的事。他那个人呀，什么事都管，内政也管，外交也管，法国的事也管，欧罗巴全洲的事也要管，就是这个人告诉我的。”德·特雷维尔道：“除非陛下说的是上帝，不然，哪个能够比陛下的势力还要高出这么些呢？”国王道：“不是的。我说的是法国柱石之臣，很听我调度的一个臣子，我的唯一的好朋友，就是主教是也。”德·特雷维尔道：“主教并不是教宗呀。”国王道：“你这话怎么讲？”

⓪ “论起他那府里，都被基督教人塞满了，打仗的时候，是要烧的。”因为法王信奉的是天主教，而且法国的国教也是天主教，和基督教是对头。——译者注

德·特雷维尔道："我说的是唯有教宗立于不倒不败之地，主教还够不上呢。"国王道："难道你说他欺骗我吗？你要控告的可就是他，如果是的，你赶快说。"德·特雷维尔道："我并不是说他骗陛下，是说他自己听错了别人的话，自己骗自己。他向来同陛下的火枪手有意见，他诬赖了他们。他听来的话是靠不住的。"国王道："这话是特雷穆伊尔公爵说的，你可没得辩了。"德·特雷维尔道："这件事情，同公爵大有关系，他哪里肯说公道话。然而我却相信公爵是个顾体面的人，我很愿意拿他的话当凭据，可是要先约好一件事。"国王道："哪一件？"德·特雷维尔道："是请陛下叫他来，陛下自己盘问他，不许有旁听的人。问了之后，请陛下马上就传我来。"国王道："公爵判了案，你肯依吗？"德·特雷维尔道："肯依。"国王道："他要怎么办就怎么办吗？"德·特雷维尔道："自然。"国王当下就喊向来最相信的内侍，名叫拉·舍斯奈叶，说道："你马上打发人往特雷穆伊尔府，说我今晚要见他。"德·特雷维尔道："请陛下见了他之后，马上就传见我，不要先见别人。"国王道："一定。"德·特雷维尔道："我明早来伺候。"国王道："很好。"德·特雷维尔又问道："几时来好？"国王道："随便。"德·特雷维尔道："如果来得太早，恐怕惊扰陛下。"国王道："我哪里还有觉睡！我现在没有觉睡了，全是做梦。你只管早点来，七点吧。你可要记得，如果是你的火枪手不是……"德·特雷维尔忙接道："如果我的火枪手不是，自然是把那些人交给陛下，听候陛下秉公处理。陛下尚有话吩咐吗？"国王道："没有了，人家叫我公道路易，不是无故的。请了，明天见吧。"德·特雷维尔鞠躬，说了句祈祷的话，就出来了。

再说那天晚上，路易果然睡得不舒服，德·特雷维尔更是不必说了。第二天早上六点，那三个火枪手同那小子就到府里来，统领早已吩咐，叫他们入宫。他可没有许他们什么，不过叫他们知道，他自己的名誉同他们的名誉只靠今天这一点，前程是一点把握没有。到了后楼梯下，他叫他们在那里等，德·特雷维尔走去问拉·舍斯奈叶，才晓得公爵今早才到，因为昨晚不在府里，得信很迟。德·特雷维尔听了，很高兴，知道他自己未见国王之先，是没人造谣言骗国王了。等不到十分钟，公爵出来，碰见德·特雷维尔，说道："王上叫我来，问昨天打架的情形。我把实在情形告诉他了，就说是我府里的人不是。我是预备同你赔不是，幸而就遇见你，我很盼望我们两个人从此以后是两个好朋友。"德·特雷维尔道："我素来佩服你公道，顾体面，故此我就请你在王上面前替我说话。看起来我并没做错，我高兴得很，晓得法国还有一个人，当得起我刚才说的话。"谁知国王听见了，说道："好口才，说得好。不过你要补一句，说我也要算特雷穆伊尔的好朋友。我觉得实在孤独，无人理我。打那儿说起，我有三年没见公爵了，我不请他，他是不来的。烦你把这话告诉他吧，我自己是不好意思说的。"公爵说道："王上的话，我甚感激。不过陛下要晓得，那常见陛下的人，除了统领不算，不见得都是陛下最忠心的臣子。"国王从门里走出来道："公爵，你听见我的话了。德·特雷维尔，你的火枪手在哪里？我叫你带领他们来，你为什么不听我的话？"德·特雷维尔道："他们在楼下等着。陛下要见他们，请吩咐拉·舍斯奈叶，喊他们来。"国王道："叫他们马上来，现在近八点了，九点还有别人来见。请了，公爵以后常来些。"公爵鞠躬而退。

才开了门，那三个火枪手同达达尼昂，跟了拉·舍斯奈叶，到了楼上。国王喊道："你们进来。我要骂你们一顿。"三个火枪手鞠躬上前，达达尼昂跟在后头。国王道："你们干的什么事？不到两天，你们把七个亲兵打倒了。这是太过了。按你们这样，岂不是叫主教每三个礼拜就换一营新的亲兵吗？看起来，我是要把谕旨加严厉些了。偶尔闹一次，那是没法的事，两天弄倒了七个，未免太多些。"德·特雷维尔道："他们因为这件事，来见陛下求饶。我着实地作保，他们是十分懊悔。"国王道："什么懊悔，没有的事。他们那诡谲的脸，我不相信的，那一个像加斯科尼人的，我更不相信。你过来。"达达尼昂走上前，作出那副可怜的脸来。国王道："怎么说，德·特雷维尔，你说他是个少年，他不过是个小孩子。你难道说是这小孩子把朱萨克刺伤的吗？"德·特雷维尔道："是的。他很出色地亮剑，还把波那朱打倒了。"阿多斯道："还不止这样。

当日若不是他把我从克荷萨手上救出来，我今天是不能够来见陛下的。”国王道：“这加斯科尼人打起架来，倒像是个魔鬼。不过他们打架，衣裳总要弄破了，剑也折了，加斯科尼人是不见得钱多的。”德·特雷维尔道：“他们那里虽然山多，却还没有找出金矿来。他们从前给老王出过很大的力，也该得点好处。”国王道：“我所以有今天，也得加斯科尼人的力。拉·舍斯奈叶，你去看我的口袋，有四十个皮斯托尔没有？拿来给我。小伙子，你来告诉我，是怎样打的？”达达尼昂就把打架的情形细说了一遍。如何听见王上召见，欢喜得一夜没睡；如何起早，同那三个朋友去打球；如何怕球打坏了脸，不便见王上，故此躲开；波那朱如何讥诮他，几乎丧了命；如何到公爵府，几乎被他们放火烧了。国王道：“公爵也是这样说。那主教真是可怜，两天丢七个人，都是亲兵里头最出色的。你们众位听着，这可是够了，你们报仇，算报过头了，也该罢手了。”德·特雷维尔道：“陛下如果说是够了，我们也算是够了。”国王从拉·舍斯奈叶手里拿了些金钱，交给达达尼昂，说道：“我是很满意了。这就是我满意的凭据。”看官须知：那个时候风气不同，国王给臣下的钱，臣下收了，不算丢脸的。达达尼昂把钱收了，很感激地谢王上。国王看钟，说道：“现在已经八点半钟了，你们可以去了，我还要见别人。我谢谢你们替我出力，盼望以后，你们还要替我出力。”阿多斯道：“我们愿意粉身碎骨，报答陛下。”国王道：“很好。我要你们保全身躯，那是更有用。”

他们出去的时候，国王低声对德·特雷维尔说道：“火枪营现在无缺，生手也要练习练习才好进去。你把那小伙子送到你的亲戚德·埃萨尔所带的亲兵营去吧。想到主教因这些事情在那里生气，也倒有趣。我只好不管他，要怎样就怎样了。”国王说毕，摆手，德·特雷维尔走出来。

达达尼昂把金钱分给那三个朋友。

主教果然在那里大发雷霆，有一个礼拜总没来陪王上打牌，国王也不去理会。有时碰见了，就问主教道：“你那两个人——朱萨克、波那朱——这几天好点了吗？”

第七章　四大侠之随从

达达尼昂等离开了卢浮宫，就同那三个人商量这四十个皮斯托尔应该怎么花。阿多斯要吃馆子；波尔多斯说雇个底下人好；阿拉米斯劝他找个女相好。那天他们果然大吃馆子，随从在那里伺候。菜是阿多斯点的，随从是波尔多斯雇的。原来这人是庇卡底人，阿多斯从桥上走过看见他在那里闲逛，向着水面，吐唾沫玩，波尔多斯一想这个人一定是有思想的，马上就雇了他。

那人名叫布朗歇，看见波尔多斯的样子阔，心里很高兴，等到见波尔多斯已先有了随从，名叫穆斯克东，觉得懊悔，只好跟达达尼昂了。后来伺候吃馆子看他拿出一手的金钱来结账，心里又欢喜得了不得，以为是运气来了。到了晚上，去收拾床铺，看见达达尼昂只有内外两间房，一铺床，他又觉得难受。只好拿了主人的一条毯子，铺在外间睡了。

阿多斯的随从叫格里莫，很得了他主人不多说话的本事。原来阿多斯同波尔多斯、阿拉米斯两个人相处了五六年，他们两人从来没听见过阿多斯大笑。就是微笑的时候，也是少的。他若是觉得说一个字就够，他再不肯说两个字的。同他闲谈，是极没趣的，他说出来的，都是极简括的话，没甚枝叶的。阿多斯今年快三十岁了，人是聪明，脸是俊俏。从前有没有过相好女人谁也不知道，他从来是不肯谈女人的。他总觉得无趣，就是偶然谈到女人，他的话是说得极牢骚的，因此他倒有少年老成的模样。他同格里莫是不说话的，要他做事，只是略动动手或摆摆嘴，就是了。格里莫却倒是极恋主的，看见主人，十分害怕。有时不晓得主人意思，常把事弄错了，阿多斯责备他，那时话语略多些。

波尔多斯却同阿多斯的性格相反。他最好说话，说得又响，不管有人听没有人听，他总在那儿说。他听自己说话，高兴得很。他是样样都谈，就是不谈科学，他说从做小孩子起就恨极讲科学的人。波尔多斯的模样儿不及阿多斯，故此波尔多斯待阿多斯总欠公道。他们初相处的时候，波尔多斯觉得自己模样儿差，专要穿华丽的衣服。阿多斯虽穿平常号衣，波尔多斯还是比他不上，只好常常在营房夸口，夸他同女人得意的事情。阿多斯却从不说一字。波尔多斯好吹，起初就吹某阔绅的夫人如何同他要好，如何密约，随后就说到世爵的夫人。后来吹得更厉害了，就说是有一外国公主同他要好得了不得，还要送他许多钱用。俗语说得好，有这样的主人，就有同样的随从。且说他的随从穆斯克东是诺曼底人，他原另有名字，波尔多斯嫌不好听，把他改叫穆斯克东。他初跟波尔多斯的时候，原先说好的，穿得要好，住得要好，每日自己要两小时的假，自己办点私事。波尔多斯穿旧的衣服，就赏给他，他交给裁缝修改，所以穆斯克东出来伺候主人的时候，穿得倒也整齐。

阿拉米斯的随从叫巴赞，他因为主人不久要做教士，就常穿黑色衣服。他是贝里克人，年纪三十六岁，脾气极好，脸上柔和，得空就看一些宗教书籍，天天弄些好菜给主人吃，给自己吃，从来是不肯多说话的。不晓得的人，以为他盲聋哑。他却是忠心为主的。这是说的那三个人的随从，现在要说他们的住处。

阿多斯住在费鲁街，与卢森堡公园相近，两间很好的房子。房主人是个女人，年纪尚轻，也有姿色，常常两眼不转睛地看那少年火枪手，但并未引起注意。房里挂的，都是战利品；内中有一把剑，想大约是弗朗索瓦一世时代的东西，装饰华丽，剑柄镶了许多宝石，至少也值二百皮斯托尔。阿多斯穷极的时候，也不肯卖的。波尔多斯最喜欢的是这把剑，他常说：“宁可少活十年，也要得这把剑。”有一天，波尔多斯要去会一个公爵夫人，他问阿多斯借那剑，阿多斯一字不说，把他所有的宝石金链都取来，交给他，对他说道："这剑挂在墙上，不好动的，除非我离开了这里，我才取下来。"墙上还挂得一幅画像，似是亨利三世时候的人，挂了宝星，人家看见，认为阿多斯同那真像十分相似，一定是阿多斯的祖上了。墙桌摆一金盒子，上面的徽章同剑上的一样。桌上还有许多东西，都不如这个金盒子。盒子的钥匙，他常带在身上。有一天，他打开盒子看，刚好波尔多斯在那里，看见盒内全是信札，大约都是些情书家谱之类。

波尔多斯住在哥林布街，一个极阔房子里。他同朋友走过，总要指给他看，告诉他："这就是我的房子。"有人要去那里找他，他总是不在家的，他也从来不请人到他那里去，故此无人晓得他房里有什么东西。

阿拉米斯住的房子小，一间饭厅、一间客房、一间卧室，都在地下。卧房外边是一所有树阴极幽密的园子。

达达尼昂的住处同他的随从是说过的了，按下不提。

且说达达尼昂是个足智多谋的人，什么事都要打听，费了许多事，要打听他那三个朋友的来历。他晓得那三个人的名字都是假的。阿多斯世家子的模样，他看得最有味。他就要从波尔多斯那里打听阿多斯的来历，从阿拉米斯那里打听波尔多斯的来历，谁知波尔多斯也不过略知一点，阿多斯又是个不好说话的人，怎样也打听不出详细的来历。众人猜的是他从前爱过一个女人，未得好结局，有人对不住他，到底是怎样一件事，也无人知道。说到波尔多斯，他的来历是人人知道的，只不知道他的真名姓。他原同德·特雷维尔约过，不许说出来的。他为人是最好浮华的，性子又鲁莽，就同一片玻璃一样，一看就透。他最好吹，你若相信他自夸的话，可就上他的当了。

阿拉米斯外面是坦白的，骨子里却是城府甚深，人家要从他那里打听别人的事，他是不大答腔的。若是问他自己的事，他总是拿话来搪塞。有一天，达达尼昂问他波尔多斯同一位王妃要好的话，问完了，就要问他自己的事，说道："你讲别人同世爵夫人、王妃要好的事，讲的也不少了，你自己的事，怎样了？"阿拉米斯拦住，说道："你别怪我。我讲波尔多斯的事都是他告诉众人的，若是他叫我不要告诉别人，你是一字听不着我讲的。”达达尼昂道：“我晓得。但是你很熟悉徽章典故的，我还记得初次同你认识的时候，是因为一块绣花手绢。”这次阿拉米斯倒没不高兴的意思，客客气气地答道：“你要晓得，我不久是要当教士的，碰见世上浮华的事，我是躲避的。那块手绢，不是人送的，是朋友来探我，落在我房里的。我没办法，只好收了，不要害了我朋友同他相好的交情。我自己却没有相好的女人，也不愿意有，我学阿多斯的好榜样。他就没相好的女人。”达达尼昂道：“算了吧。你是个火枪手，不是个教士呀。”他答道：“不错。我暂时是个火枪手，也不是我愿意干的，我心里总爱当教士，是波尔多斯、阿多斯两个人硬拉我来的。你晓得，我正要当教士的时候，我有一件为难事……”说到这里，便不说了，赶紧又接着说，“这种事，你是不愿意听的，我也不必糟蹋你的时间。达达尼昂道：“不打紧，我要听，我现在一点事也没有。”阿拉米斯道：“我可有事。我还要念经，还要替代吉隆夫人作诗，还要到某街替谢弗勒斯夫人买胭脂。你虽没事，我却忙得很。”说毕，拉拉手，走了。达达尼昂想了多少法子，只打听得那三个人一点儿来历，他暂时且不追问，到日后，自然看见许多的。现在他看那三个，阿多斯就像是阿喀琉斯，波尔多斯是埃阿斯[⓪]，阿拉米斯就是个约瑟[⓪]。按下不提。

再说这四个好朋友，日子过得很快活。阿多斯赌钱，输的时候多，只有他借钱给别人的时候，他从来不向人借钱的，就是当天还不了的债，第二天早上六点，他一准送钱来还的。波尔多斯的运气颇好，赢了钱，他就吹得令人难受；若是输了，他就跑了，好几天不见面，等到再见面的时候，总看见他脸色青些，人也瘦些，不过他总要弄些钱回来。阿拉米斯是向来不赌的，总不算是个玩友，同别人也不大聊得上来，他时时刻刻都要办事。有时吃饭吃得最高兴的时候，别人在那吃酒闲谈，正想再吃再谈几

⓪ 埃阿斯（Ajax），据荷马的《伊利亚特》，有大埃阿斯和小埃阿斯之分。这里指的是大埃阿斯。他是萨拉米斯王，身材高大，胆气粗豪，而且自信。他亦从征特洛伊，因不得赫克托耳的甲胄，愤而自杀。——编者注

⓪ 约瑟（Joseph），这里也许是指耶稣的父亲，玛丽亚的丈夫，做木匠的约瑟。——编者注

小时，那阿拉米斯独自一个人站起来要走，嘴里说是要同一个极有学问的道学先生商量事情；有时说是要作一篇论，还要请众位不要搅乱他的心思。阿多斯到了这些时候，总微笑，波尔多斯饮一大杯，说："阿拉米斯只配做个乡村教士。"

再说达达尼昂的随从布朗歇看见他主人得意的时候，却是很遵循的，他每天的工钱是三十个苏[①]。第一个月，高兴得同百灵鸟一样，待他主人十分恭敬，等到主人那几个钱快花完了，他嘴里不停地叨叨，弄得阿多斯三个人极讨厌他。阿多斯劝达达尼昂把他打发了；波尔多斯的意思是，要打他一顿，再撵他出去；阿拉米斯的意思是，随他叨叨，不要理他。达达尼昂说道："你们都说得好听。阿多斯是从来不同格里莫说一句话，也不让格里莫说一句话，他们两个人，是不会搭理彼此的。波尔多斯的手段极阔，他的穆斯克东，看他同天神一样。阿拉米斯整天在那儿考究教里的经典，他的巴赞，看他的主人，以为十分了不得的。我又不是火枪手，连亲兵还够不上，我又没钱，你们叫我怎样叫我的布朗歇恭敬我，害怕我呢？"阿多斯答道："这虽算是件家里的事，可是件很要紧的事。待小人同待女人一样，你将来要怎样待他，开始就要怎样待他。你要细细地想透了。"达达尼昂果然想了，立定主意，先惩戒那布朗歇，随后不许他去跟别人，对他说道："我不久运气就要来了。你只要稍微等等，你的好事也来了。我是个有良心的好主人，我不愿等你快有好事的时候，轰你走。"那三个朋友看他如此办法，都以为然。布朗歇很害怕，不敢再说走了。

这四个人，后来闲得没事，达达尼昂尚没定性，看见巴黎样样是新鲜的，只好跟那三个人跑。冬天八点起来，夏天是六点，随即就到德·特雷维尔府里，听吩咐，打听新闻。达达尼昂虽然不算是个火枪手，却天天同那三个人在一块儿，他们值班，他也跟着去值班，火枪营的人，个个同他要好。德·特雷维尔极喜欢他，时常在国王面前，提他的名字。那三个

---

① 苏（Sou），法国的铜钱，二十苏合一法郎。——编者注

人同达达尼昂极亲热，他们四个人，不论在什么地方，或是打架，或办事，或玩耍，都是在一块的。四个人的交情深得很，是分不开的。

且说有一天，国王吩咐德·埃萨尔，让达达尼昂补了一名禁兵。达达尼昂穿起号衣，不禁叹一口气，为的是不知几年才能够换穿火枪营的号衣。德·特雷维尔答应他两年，如果出力，办得好事，立了功，还可以快些。达达尼昂只好作罢。第二日，就当起军人来。每逢达达尼昂值班的时候，那三个人也来陪他。德·埃萨尔添了一名禁兵，却用了四个人。

第八章 波那瑟夫妻

且说王上赏的那四十个皮斯托尔，不久就用完了。那四个人无法可想，起初是阿多斯帮忙，其后波尔多斯救急，忽然他跑得无影无形好几天，其后弄了钱来。四个人又过了两个礼拜，最后，阿拉米斯卖了些书，弄了几个钱，支持了几日。等到没事的时候，跑去同统领借钱，那三个是欠了债的，达达尼昂是没薪水的，弄不到几时，借来的钱都花光了。实在无法可想的时候，波尔多斯搜刮了几个皮斯托尔，跑去赌钱，谁知道赌运不好，那些钱输光了，还欠二十五个皮斯托尔，这可真弄到山穷水尽了。他们四个人带了四个随从，就在那码头上，或火枪营左近闲逛，要找机会，等朋友们请他吃饭。只要遇着朋友请他一个，他们总想出法子来，叫朋友把那几个都请了。达达尼昂是初到，没什么朋友，这样的请客他只去过两次，一次是一个教士请他吃早饭，一次是同营的小军官请他吃晚饭。他自然把他的朋友都带了去，吃得人家一桌精光。布朗歇就说道："任你能吃多少，也不过一次只能吃一顿。"达达尼昂吃了同伴许多顿，自己不过请了他们一顿半，心里觉得难受，他却忘记这一个月内，大家所花的钱都是他弄来的，反觉得叫他们受累，心里不舒服，要想想法子。他想到，四个年轻的人，有胆有力，不应该终日舞剑玩耍过日子。他们四个人既做了死友，只要把精神势力好好地用，不管是日里或是夜里，也不管是攻城、挖地洞，或是智取、力取，都是无坚不破的。达达尼昂想到这里就后悔，为什么不早早地行动起来。

自己在那里用心想，正是想得有味，听见有人来敲门。他把布朗歇叫醒了，去开门。看官不要把“叫醒”两字误会了，那时并不是晚上，也不是早起，正是午后四点。因为两小时之前，布朗歇要吃饭，达达尼昂就告诉他一句俗话，说是“睡觉就是吃饭”，故此布朗歇只好睡觉了。再说那布朗歇把门开了，领一个人进来，是个生意人的模样。布朗歇要听那人说什么话，谁知那人只要同达达尼昂一个人说，不叫旁人听见，他说是极秘密要紧的事。达达尼昂叫他的随从出去，请客人坐下；停了一会儿。达达尼昂点头，等那人说。那人开口道：“我听见达达尼昂是个极有胆的人，我有一件极秘密的事相商。”达达尼昂请他说。那人停了半晌，说道：“我的内人，是替王后做针线活儿的。人极聪明，脸儿也好看，我是三年前娶她的。她没什么妆奁，不过王后的一个心腹，名拉波特的人，是她的干爹很关照她。”达达尼昂道：“怎么呢？”那人道：“她昨天从针线房出来，就不见了，我怕是被人掳走了。”达达尼昂道：“你疑心是谁？”那人道：“有一个人，近来常在她身上用心。”达达尼昂道：“岂有此理！”那人道：“他找我的女人，看来不是贪色，恐有别的奸谋。”达达尼昂道：“你看其中是有诡计，你可知道是为什么事？”那人答道：“我不晓得这件事我该不该告诉你。”达达尼昂道：“我就不问你，是你自己来说，有秘事同我商量，说不说随你，你看不该说，就不说。”那人道：“不是的。我看你是个可靠的人，我很相信你，我老实告诉你，那个人掳了我的女人去，虽然不是因他同我的女人有什么爱情的事，却是因为一个很阔的女人爱情的事。”达达尼昂要卖弄他也知道内廷秘密的本事，问道：“是德·布瓦-特蕾西夫人吗？”那人答道：“比这人还阔。”达达尼昂问道：“代吉隆夫人吗？”那人答道：“还要阔。”达达尼昂问道：“谢弗勒斯夫人吗？”那人答道：“还要阔得多。”达达尼昂道：“难道是……”说至此，不敢大声说，只好低声了。那人低声答道：“是的。”达达尼昂道：“同谁？”那人道：“还有谁？就是同公爵——”达达尼昂道：“就是公爵——”那人道：“是的。”他们说话，说到名字，声音是甚低的。达达尼昂问道：“你怎么晓得的？”那人答道：“我怎样晓得的？”达达尼昂道：“你要通通告诉我。隐隐藏藏，是没用的。”那人道：“我的女人告诉我的。”达达尼昂道：“你的女人从哪里听来的？”那人道：“她的干爹拉波特告诉她的。拉波特是王后的心腹人，故此把我的女人放在王后身边，叫王后时时刻刻有个心腹人。你是晓得的，王上是不大理那王后的，主教时时刻刻地找王后的错处，那些大臣们，也想害她。”达达尼昂道：“我知道根源了。”那人道：“我的女人，数日前回家一次，从前原约定一个礼拜回家两次。我不妨告诉你，我的女人同我极相爱的。她那一次回来，曾告诉我说王后有极为难的事。”达达尼昂道：“是吗？”那人道：“是的。那主教天天想法害王后，因为萨拉班德舞那件故事，把王后恨得不行。你晓得这故事吗？”达达尼昂道：“晓得，谁人不知道呢？”——其实他并不晓得，只是不肯承认罢了。那人道：“主教不独恨王后，并且常常借机会来窘她。”达达尼昂道：“是吗？”那人道：“王后还相信……”说到此，又不说了。达达尼昂问道：“王后相信什么？”那人道：“王后相信有人冒她的名，写信叫白金汉公爵来。”达达尼昂道：“冒王后的名？”那人道：“是的。骗他来到巴黎，叫他入圈套。”达达尼昂道：“你的老婆同这件事有什么相干？”那人道：“他们晓得我的女人是王后的心腹，把她弄走了，或是吓唬她，叫她把王后的私事说出来或是拿钱收买她，叫她当奸细。”达达尼昂道：“这也许是有的。你可晓得谁把你女人掳去的？”那人道：“我晓得。”达达尼昂道：“他叫什么名字？”那人道：“我不晓得他的名字，我晓得他是主教的走狗。”达达尼昂道：“你看见过这人没有？”那人道：“有一天，我的女人指给我看过。”达达尼昂道：“他有什么异相，可以叫人一见就认得？”那人道：“有的。那个人，样子骄横得很，黑头发，黑脸，两只刺人的眼，太阳穴上还有疤。”达达尼昂听了，叫道：“太阳穴有疤，黑头发，骄横的样子，眼光射人。这是我在默恩镇会过的人。”那人道：“你认得他吗？”达达尼昂道：“是的。但是同你这件事不相干，你讲的人就是我遇见的人，一拳可以报两仇。他现在哪里？”那人道：“不晓得。”达达尼昂道：“你不晓得他的住处吗？”那人道：“全不晓得。有一天我送女人回宫，碰见他从宫里出来，我的女人指给我看。”达达尼昂道：“这件事，太没处下手了，影儿都没有。你究竟听谁说你的女人被人掳了？”那人答道：“拉波特告诉我的。”问道：“他可曾告诉你些情节？”那人答道：“一点也没有。”达达尼昂问道：“你从别处可打听些来？”那人答道：“我接了……”说至此，又停住了。达达尼昂问道：“你接了什么？”那人答道：“我说了，恐怕不应该。”达达尼昂道：“你刚才说过了，你已经说到这里，不妨都告诉了我。”那人道：“我就要说了。我波那瑟……”达达尼昂道：“你叫波那瑟吗？”答道：“是的。”达达尼昂道：“这个名字好熟。”那人道：“想是熟的，我就是你的房东。”达达尼昂鞠躬道：“原来你就是我的房东。”那人道：“是的。你住在我这里已经三个月了，因为你的公事忙，你也忘了付房钱了。我不是催你交房钱，我并不因为这事来啰唆你。”达达尼昂道：“我的好房东，你这样体贴我，感谢得很，只要是我办得到的事……”波那瑟接着道：“我极相信你，你的主意，我极佩服的。”达达尼昂道：“既然如此，请你说吧。”波那瑟从袋里掏出一封信来，交给达达尼昂。达达尼昂见了，喊道：“有信吗？”波那瑟道：“今早接到的。”达达尼昂拆了信，那时天将黑了，跑到窗子前来看，那人随了来。那信上写道：

你不用找你的女人，时候到了，自然回来。你若要找她，你自己先没命。

达达尼昂道：“说得倒也明白，没有别的，只是吓你的话。”波那瑟道：“够吓我的了。我不会打架，我也不想到巴士底狱那里去。”达达尼昂道：“我也不想到监狱里去，不过玩玩剑……”那人接着道：“我把这件事全托了你。”达达尼昂道：“好的。”那人道：“我看见你同德·特雷维尔统领的火枪手要好得很，他们是天下独一无二的人，我也晓得他们同主教是对头，故此我想，你同你们的朋友是喜欢替王后出力，保护王后名誉的，他们就是把主教的奸计破了，也是不怕的，也是要做的。”达达尼昂道：“那是自然。”波那瑟道：“三个月的房钱，是到期的了，我还没有说起。”达达尼昂道：“不错的，你刚才说起了。”波那瑟答道：“我的房子，任你住到几时就几时，说到房钱我们从此都不提了。”达达尼昂道：“你客气得很。”波那瑟道：“我现在送你五十个皮斯托尔。这件事情是要用钱的。”达达尼昂道：“你实在见爱。我只好收了，谢谢你。波那瑟，你很有钱啊。”波那瑟道：“我一年可以混到二千多克朗，有些是我开服饰铺弄来的，余外是做别的生意发财的，你看……”说至此，忽然叫起来。达达尼昂问道：“什么事？”波那瑟问道：“那人是谁？”达达尼昂问道：“在哪里？”波那瑟指道：“在街对过门口，披了罩袍的。”达达尼昂道：“就是那奸贼。”波那瑟道：“是他。”达达尼昂喊道：“他这次可逃不了了。”说毕，拔出剑来，往楼下就跑，走到门口，刚碰见阿多斯、波尔多斯来找他，赶忙给他让路，他跑到街上，他们两个喊道：“你到哪里？”达达尼昂道：“就是默恩镇的那个人。”答完，已经转了弯。

他们两个是听见达达尼昂说过在默恩镇遇着一个人偷了他的推荐信。阿多斯不信上等人会偷信的，总以为达达尼昂同那人打架把信丢了；波尔多斯以为那个男子同那女人是有幽期密约的，被达达尼昂碰得不凑巧；阿拉米斯说，这种事，内中藏了许多阴谋诡计，把这事揭露了是没什么好处的。现在阿多斯同波尔多斯两个知道他去找那仇人，不久就要回来的，只好等他。进门之后，看见没人——那房东是胆子极怯的人，看见达达尼昂跑了出来，恐怕惹祸，自己也跑了。

第九章　波那瑟被捕

过了半小时，达达尼昂回来了，气得不得了。他的仇人，不知用什么法子，又不见了。他走了好几条街，也看不见那人。达达尼昂最先是看见那人站在一家门口，只好去敲门，敲了几十下，也无人应门，却惊动了邻舍。他们就告诉他，那是空房，已经有六个月无人居住了。

当达达尼昂在街上乱跑的时候，阿拉米斯也来找他。等到达达尼昂回来时，看见三个人都在那里等他。他们见他回来，问道："捉着了没有？"又一个问道："你杀了他没有？"达达尼昂把剑摔在一边，喊道："我看来，那人就是个魔鬼。他就像一阵烟一下就没了影子了。忽现忽散，同鬼一样。"阿多斯问波尔多斯道："你信鬼吗？"波尔多斯答道："我看不见的，我就不信。我从没见过鬼，我是不信的。"阿拉米斯道："《新约》和《旧约》都教我们信鬼。据我看来，鬼是有的。"达达尼昂道："人也罢，鬼也罢，真也罢，假也罢，肉身也罢，神魂也罢。我也不晓得我的仇人是哪一种。总是我的晦气，捉不着他，若是把他捉住了，我们就发了大财了，顶少也有一百皮斯托尔，也许更多些。"波尔多斯、阿拉米斯一齐问道："一百皮斯托尔！你说什么？"唯有阿多斯半信半疑地看达达尼昂。那时布朗歇从门缝探头往里看，达达尼昂喊道："你同房东说，请他送半打好酒来。"波尔多斯笑道："好呀，你同房东有交情，可以通融的吗？"达达尼昂道："他很相信我，是从今天起的。布朗歇，你告诉房东，我要顶好的酒，坏的不要。"阿多斯说道："达达尼昂一个人的聪明，比我们三个人凑起来的还强些。”达达尼昂鞠躬谢他恭维。波尔多斯道：“你要告诉我们，这是怎么回事？”阿拉米斯道：“你要把我们当作心腹，除非这事与女人的名誉相关，说与不说，那就随你的便。”达达尼昂道：“你放心吧。我原要告诉你们的。就是内中有女人，她也不怪我同你们说的。”他就把房东的话，告诉了他们，又说，碰巧这个人就是他从前在默恩镇看见的那个人。

阿多斯尝尝那好酒，点头说道：“你说得不错，这件事也值四五十个皮斯托尔。不过万一办不成，我们四个人的脑袋恐怕保不住了。”达达尼昂道：“你们要晓得，一个无辜的女人，因为忠于其主，青天白日被人劫持了，现在或者在哪里受毒刑，怎么不要救她。”阿拉米斯道：“达达尼昂，你要小心，不要因为一时不平，做过了火，奋不顾身地去冒险，女人的事，常常叫我们受灾难的。”阿多斯听了，皱了眉，在那里咬牙。达达尼昂道：“我也并不专为波那瑟的女人，我为的是王后。王上不理她，主教要害她，王后亲信的人都被主教收拾完了。”阿拉米斯道：“我们最恨的是西班牙人同英国人，王后为什么偏要同他们要好呢？”达达尼昂道：“王后是西班牙人，怪不得她喜欢西班牙人。至于英国人，王后喜欢的不过是一个英国人，”阿多斯说道：“王后喜欢那个英国人是情有可原的。那个人是极可爱的，是女人看见都喜欢的。”波尔多斯道：“他穿的衣服，没人学得了。有一天，我在卢浮宫看见他掉了许多珠子，他也不去拾，我却拾了两个，每个卖了十个皮斯托尔。阿拉米斯，你看见过他吗？”阿拉米斯道：“我看见过他。他们在亚眠那个花园捉他的时候，我在那里，王后的管马官让我进去。我那时尚在学堂读书。那件事，实在令王上难过。”达达尼昂道：“那些事，我都不管。我只晓得，如果有机会，我是要把那公爵弄来，叫他同王后见面，破主教的诡计——他是我们一辈子的仇人。我只要能够把他的奸谋破坏了，就是丢了脑袋，也是愿意的。”阿多斯问道：“那封信是一封假信，说王后请公爵来的话也是一些假话，房东告诉你没有？”达达尼昂道：“王后知是假的。”阿拉米斯道：“等一等。”波尔多斯道：“做什么？”阿拉米斯道：“我想起一件事来了。”达达尼昂道：“我看他们把那女人掳了去，与我们现在所谈的事极有关系，同现在白金汉公爵到巴黎似乎有关。”波尔多斯极口称赞他道：“这加斯科尼人，真多主意。”阿多斯道：“我喜欢听他说话里带点土音，有趣得很。”阿拉米斯道：“请静听！我有一件事，要告诉你们。”达达尼昂等三人齐声应道：“请你说，我们在这里留心听。”阿拉米斯道：“我昨日去看我的教友朋友，要请教他……”阿多斯听着，微微地笑。阿拉米斯接着说道：“他住在一个极清静的地方。我告辞要出门的时候——”说至此，不说了。内中一个问道：“你出门的时候，怎么样？”阿拉米斯说不下去了；因为他说的话，连影子都没有，实在接不下去，他的朋友等得不耐烦了。他只好说道：“我那教友朋友，有个侄女[①]……”波尔多斯喊道：“这话有味了！”阿拉米斯说道：“那女人是极正派的。”这句话惹得众人都笑了。阿拉米斯道：“你们若是只管笑，不相信我的话，我只好不往下说了。”阿多斯道：“我们相信你的话，我们都同哑巴一样不开口。”阿拉米斯道：“好。我就讲。那个侄女儿，常去看她的叔伯，那一天，我去的时候，她刚好也在那里。等她告辞的时候，我领她上马车。”波尔多斯道：“你教友朋友的侄女有马车，那是便当极了。”阿拉米斯道：“波尔多斯，我从前说你说话不小心，好接话，女人们是不会喜欢你的。”达达尼昂看见这事有点线索，叫住他们道：“这是件很要紧的事，不可以当作笑话。我们众人听他说吧。”阿拉米斯道：“忽然间一个身高脸黑的人——达达尼昂，这人同你那个朋友一样。”达达尼昂忙接着说：“大约就是他。”阿拉米斯道：“想来总是他。这个人走到我跟前，他背后紧跟着五六个人。这人恭敬得很，称我公爷，又称我手扶住的女人夫人……”阿拉米斯尚未说完，波尔多斯道：“你说的就是教友朋友的侄女吗？”阿多斯道：“波尔多斯，你不要搅，你真是永远不会改的了。”阿拉米斯说道：“那个人说，请上马车，不要害怕，也不要抗拒。”达达尼昂道：“他认错了，把你当作白金汉了。”

---

① 这里的“侄女”，统指和侄女同辈分的女人。——原注

阿拉米斯道："是的。"波尔多斯道："他把那女人当什么人呢？"达达尼昂道："当是王后。"阿拉米斯道："你说得不错。"阿多斯道："这加斯科尼人太聪明了，什么都晓得。"波尔多斯道："你要晓得，阿拉米斯身材同白金汉一样，不过你穿了火枪营的号衣。"阿拉米斯忙道："我穿了罩袍。"波尔多斯道："七月天气穿罩袍！你的教友朋友难道怕人认得你吗？"阿多斯道："那是自然。罩袍是可以把身材遮掩住，可你的脸怎样呢？"阿拉米斯道："我戴着大帽子。"波尔多斯道："考究经典的人，要冒这些险，可了不得。"达达尼昂又喊道："不要说笑话来糟蹋时间了，让我们分头去找房东的女人。这件事的秘密线索全在她手里了。"波尔多斯问道："这样下等的女人，会这样，我不大相信。"达达尼昂道："他是王后心腹内侍拉波特的干女儿。秘密事情有时是要用下等人的。用了上等人，免不了主教疑心。"波尔多斯道："既然这样，我盼望你同房东商量好了，得些好处。"达达尼昂道："那却用不着，就是他不给我们钱，还有别人重赏我们呢。"

说到这里，忽然听得有人抢上楼来，脚步之声甚急。门推开了。房东跑进来，喊道："救命呀！救命呀！他们来捉我，四个人来捉我！"波尔多斯同阿拉米斯跳起来。达达尼昂道："慢点。"叫他们把剑收了，说道："这事要小心谨慎，不是蛮来的。"波尔多斯道："虽然这么说，我们难道就让……"阿拉米斯拦住他道："这个加斯科尼人是有主意的，我听他的吩咐。达达尼昂，你有何妙计？"这个时候，四个来人已到了前厅外边，看见四个火枪手带了兵器，不敢上前去。达达尼昂向他们说道："请进来，我们欢迎你们，我们彼此都是替国王、主教出力的人。"那些原来都是主教的人，为首的人说道："既然如此，我们奉命来办公事，你们就让我们办吧。"达达尼昂道："这是自然。我们还可以帮你们的忙呢。"波尔多斯嘀咕道："这可太难了。"阿多斯止住他道："呆子，你不要说话。"房东嘀咕道："你不是应许……"达达尼昂忙低声止住他道："我们先要自己有了手脚，无人来制我们，我们才能救你。现在若帮你，他们弄了许多人来，连我们都要捉了去。"房东又要说，达达尼昂喊道："请进来吧。你们要捉的人，在房里，我犯不着包庇他。我从来没看见他，他今天来，是要房钱。波那瑟，这话对不对？"波那瑟道："对的。你可没说……"达达尼昂忙拦住道："蠢材，不要多说了。你再多说，可要累我们了。来吧，我们把他捉住了，你们把他快弄走吧。"达达尼昂一手把房东推到那些亲兵手里来，一面骂道："你这财迷鬼，捉得好！你还来骚扰我，要房钱？把他关进监狱，教他学点好规矩也好。"那班亲兵谢了他，把人捉了，拉住走，正欲下楼，达达尼昂在那为首的肩上拍了几下，说道："等等，我请你喝喝酒。"就把刚才房东送来的酒，倒了两杯。那为首的说道："你请我吃酒，我觉得体面得很，我是领情了。"达达尼昂干杯道："望你好运气，请教贵姓？"那人道："我叫波里那。"达达尼昂道："波里那，祝你身体健康。"那人道："我也祝你身体健康，请教你贵姓？"答道："我叫达达尼昂。"那人道："达达尼昂，请了。"达达尼昂道："我们还要祝国王和主教的身体健康。"那人见他如此多礼，若是酒不好，他就要犯疑的了。但是那酒却是好酒，他便深信不疑地走了。

波尔多斯见达达尼昂如此行为，嘀咕道："这是无耻的行径，一个不得了的人，向我们求救，我们四个睁大眼睛，看着他被人捉去，这实在是丢脸。你还在那里同那人喝酒。"阿拉米斯说道："刚才阿多斯说你是个无知无识的呆子，我实在是相信这句话。达达尼昂，你真有见识，你若是做到大官，同德·特雷维尔一样，我若是要做一个大教堂的牧师，我一定是求你帮忙的。"波尔多斯道："我简直是没主意了。难道你说达达尼昂把这事办好了吗？"阿多斯道："我是说他办得实在好，佩服他的见识。"达达尼昂道："俗语说得好，我们众人的事，就是一个人的事；一个人的事，就是我们众人的事。"波尔多斯还嘀咕道："虽是这样说，我可不懂。"阿拉米斯道："波尔多斯，你伸手来，我们发个誓。"波尔多斯还要嘀咕，看见自己占少数，只得依了他们，伸出手来，把刚才说的"众人的事，就是一个人的事"那句话，重新说了一遍。达达尼昂道："你们都请回去，却不要忘了，从今以后，我们同主教就是仇人了。"

第十章　老鼠笼

这一回叫作老鼠笼。这不是新鲜名词，自古以来，地方人多了，设了巡警，就有老鼠笼。看官也许有不懂的，作者只好解说一番。大凡在一个人家里捉了一个人，那件事是先要弄得秘密，再在那屋里藏四五个人，若是有人来打门，就打开，让他进来，进来了便把他捉住。不等到两三天，常到那里的人都被捉住了：这个就叫老鼠笼。

波那瑟的房子，现在变成了老鼠笼，进来的都要被主教的侦探捉住了。幸而达达尼昂住的地方，另有便门来往，他的朋友却没被捉住，其实除了那三个火枪手，是没有别人来看他的。他们三个人各处打听，都没消息。阿多斯跑去问统领，统领也不知。不过说，最后一次见国王、王后、主教的时候，觉得主教像心里有事似的，国王是不舒服，王后的眼睛像是痛哭过的，又像是多夜没睡的样子——那也不足为奇，因大婚之后，王后是常哭的。统领吩咐阿多斯，要十分小心替国王办事。王后近日有些危险，叫他要专心保护，又叫他把这些话告诉他的同伴。

再说那达达尼昂终日不离他的住处，把那住房当作望台。他从窗子望见谁人进来，谁人被捉。他又把楼板弄掉几块，他们捉了人，在楼下的房间问话，他都听得清楚。他们问的话，大约都是那几句，第一句是问波那瑟的女人托你送东西给她男人没有？有东西送给别人没有？又问波那瑟有托你送东西给他的女人没有？或送给别人没有？又问他们夫妇两人有告诉你们什么秘密的话没有？达达尼昂听了这些话，心里寻思道：“如果他们知道一点踪迹，断不会问这种话的，他们到底是要探什么消息呢？看来大约是打听白金汉公爵在巴黎没有，打听他同王后通信没有，他们两个人见了面没有，安排好了见面没有。”达达尼昂也不晓得他想得对不对，只好在那里胡猜。那老鼠笼捉得人多了，他在那里候着，讨消息。

房东被捉去的第二天晚上九点，阿多斯刚从达达尼昂这里回去报告统领，布朗歇在那里收拾卧房，忽然听见敲门声。那门开了，马上就关上，又捉得一个老鼠。达达尼昂赶紧趴在楼板上听，听见呻吟哭泣的声音，像是有人被塞住嘴，不许出声，又听不见问的话。达达尼昂想道：这一定是个女人，他们在那里难为她。他气极了，要下楼搭救，又恐怕有些疏虞不妥，止住不去，忽听楼下说道：“我告诉你，我就是波那瑟的女人，这房子是我们的，我在宫里当差的。”达达尼昂听了很欢喜，想道：这就是波那瑟的女人！人人这时候都要找她。”听听声音微了，只听见挣脱的声音，同靴子响——那女人在那里死命地要逃。又听见道：“天呀！天呀！你们……”说至此，说不出来了。达达尼昂道：“他们用强硬手段，要把那女人拖到监狱里去了！”忙喊道：“我的剑呢？呀，原来在这里！布朗歇，你跑去看看波尔多斯三位在家没有，请他们带了兵器，赶紧来！我想起来了，阿多斯在统领那里。”布朗歇问道：“主人要做什么，要往哪里去？”达达尼昂道：“我要从窗户下去。这个法子最快。你把楼板放好了，打扫打扫，赶紧去送信。”布朗歇道：“主人，这样是要跌死的。”达达尼昂道：“你不要说了。我没事。”一面扶住窗边，跳下地来，幸而窗子离地面不高，马上站起来，跑来敲大门，自己嘀咕道：“我是第二个入笼老鼠，来捉我的那个猫，没有什么便宜处。”敲了两下，里头不响了，只听得脚步声，开了门，达达尼昂撞进去，手拿了剑，那大门关了。以后房里只有吵闹的声音，剑碰剑的声音，打破家具的声音。邻舍们听见吵闹，跑到窗子前看，看见大门开了，有四个穿黑衣的人逃出来。达达尼昂打胜了。因为那四个人之中，只一个手中有兵器，哪里敌得过达达尼昂。那三个拿了家具来动手，更是不济了。邻舍们是见惯打架的，看见四个人跑了，不愿再看，天也不早了，各人关了窗。达达尼昂轰了那四个人走，看看波那瑟的女人在榻上，有一半晕过去了。再细看时，这女人倒有几分姿色，年纪约二十五岁，黑眼睛，齿白，脸色若玫瑰，再看就知她不是富贵家女人，她的手虽白而大，又不甚细，双脚也大。达达尼昂见地下有块手绢，拾起来，看见角上的徽章，同那天阿拉米斯那脚踩的一样。达达尼昂把这手绢放到那女人口袋里，那女人才睁开眼，见那些人都跑了，只剩一个不认得的人，她伸出手，对达达尼昂笑。这女人笑得极可爱。女人说道："蒙你救我出了这帮无赖的手，我的感激之意。"达达尼昂道："不必谢我，是男人看见都要做的。"那女人道："我感激的意思，言之不尽，我是要酬谢的，这班无赖要什么？我起初还当他们是强盗。为什么我的男人不在这里？"达达尼昂道："这班是主教的人，比强盗可怕多了。你的男人昨天被人捉了，关在巴士底狱。"那女人喊道："我的男人关在监狱了，他犯了什么事？这是从哪里说起，他从来没有犯过事，害过人。"达达尼昂道："据我看来，就是因为他是你的男人。可见他做了你的男人，自然是他的福气，然而因为这个，他可也惹了祸。"女人道："我看你是晓得这件事的。"达达尼昂道："我晓得你被人掳了。"女人道："谁人掳我去的？你若晓得，快告诉我。"达达尼昂道："掳你的人，年纪约四十五岁，黑头发，黑脸，太阳穴有个疤。"女人道："是这个人。他叫什么名字，你晓得吗？"达达尼昂道："我就是不晓他的名字。"女人道："我丈夫晓得我被掳吗？"达达尼昂道："有一封信告诉他的。那封信就是掳你的人写的。"女人听见了，有点难为情的意思，问道："我丈夫疑心了吗？"答道："他知道为的是政治上一件秘密事。"女人道："我的丈夫没疑心。我起先也不知道为什么事，我现在也晓得是为这事了。"达达尼昂道："你的丈夫相信你的爱情，也晓得你是明白人，一点也没疑心。"女人听了，微笑。达达尼昂同道："你怎么逃出来的？"女人答道："我看见了空儿，趁着看守的人没留心，把被单当作绳子，从窗子爬下来。他们可没难为我，我就晓得因为什么掳我去。我以为丈夫还在家，就赶紧跑来。"达达尼昂道："你找他保护你？"女人道："不是的。他没力量保护我，他做不到。我找他，要告诉他一件极要紧的事。”达达尼昂道：“什么事？”女人道：“这是秘密，可不是我的，不能告诉人。”达达尼昂道：“那个自然。我佩服你的谨慎。这里也不是说话的地方，那四个人跑了，等一会儿，还要带许多人来的。我们久等在这里也不妙。虽说我已经叫人去请三个人来帮忙，却不晓得他们在哪里，能不能来。”女人道：“你说得不错。我们到别处去吧，一刻不可耽搁。”达达尼昂扶了那女人出来，问道：“我们到哪里去？”女人答道：“我们先离开这里再商量吧。”他们两个人走了好几条街，到了圣叙尔比斯广场。达达尼昂问道：“你怎么样？要到哪里去？”女人道：“我也不晓得。我原想先打发我的男人到拉波特家里打听这几天宫里有什么事，问问看，我可不可以安安稳稳地回宫。”达达尼昂道：“为什么不叫我去替你打听？”女人道：“原可以的。不过我的男人宫里熟，没人拦阻，你是生人，不大好进去。”达达尼昂道：“那个好办。你只要把暗号告诉我，那看门的人，自然让我进去了。”那女人留心地看了达达尼昂，答道：“我把暗号告诉了你，你能够这一次用过了，就把暗号忘记吗？”达达尼昂答道：“你请放心。我这次用了之后，就同没有听见过一样。”女人道：“你是个有胆子、有信誉的人，你是靠这两件求富贵的，我相信你。”达达尼昂道：“你也不用叫我发誓，我总是尽力替王上办事，保护王后。你只管叫我办，就是了。”女人道：“我现在跑到哪里去呢？”达达尼昂道：“你难道不能到朋友家去送个信，叫拉波特来接你吗？”女人道：“这件事情，实在要紧。我的朋友不甚可靠。”达达尼昂道：“且慢，我的朋友阿多斯，住得离这里不远。”女人道：“谁是阿多斯？”达达尼昂答道：“我的朋友。”女人道：“倘若他在家，看见我，怎么样呢？”达达尼昂道：“我晓得他不在家。我把你放在他房里，我把钥匙交给你，你自己锁在里头，等我回来。”女人道：“譬如他先回来，怎样呢？”达达尼昂道：“他还不能回来，如果回来，你就告诉他，我叫你在他那里等我的。”女人道：“你想想看，这个办法，有点不妥，叫人起疑心。”达达尼昂道：“不要紧的。谁也不认得你。现在事情很危险，那些小节，只能不管了。”女人道：“也罢，我们就去。他住哪里？”达达尼昂道：“住在费鲁街，离这儿不过几步路程。”女人道：“我们去吧。”

阿多斯果然不在家，达达尼昂拿了钥匙，领女人到房里，说道：“你就在这里舒舒服服地歇歇。钥匙在这里，你把门锁了，不让别人进来，等你听这样的敲门三下，你就知道这是我回来了。”女人道：“好的，该轮到我吩咐你了。”达达尼昂道：“我预备听你的调度。”女人道：“你到勒谐尔街卢浮宫的小门，问热尔曼，他一定问你来做什么，你只要说出两个词来，一个是‘图尔’，一个是‘布鲁塞尔’，你随后吩咐他什么事，他都替你办。”达达尼昂问道：“我该怎样吩咐他？”女人答道：“叫他请王后的马官拉波特来。”达达尼昂问道：“来了怎么样？”女人答道：“你就请他来找我。”达达尼昂问道：“这好是好了，我以后怎样找你？”女人答道：“找我不找，有什么要紧。”达达尼昂道：“自然要紧。”女人道：“很好。我自然会安排，你不要费心。”达达尼昂道：“我相信你的话。”女人道：“你请放心吧。”达达尼昂同那俊俏的女人告辞了，临行，还看她一眼，露出无限爱恋的意思。下得楼来，听见她把门锁了。

不一会儿，达达尼昂来到卢浮宫，进小门的时候，刚听见打十下钟。果然如波那瑟女人的安排，把暗号说了，不到十分钟，拉波特出来了，达达尼昂把他干女儿的话，告诉他，他马上就走。走不几步，回转头来说道：“我有一句话奉劝你。”达达尼昂道：“请教。”拉波特道：“这件事不是玩的，要惹出乱子来的，你晓得吗？”达达尼昂道：“你看有乱子吗？”拉波特道：“你可晓得你哪个朋友家里的钟是慢的吗？”达达尼昂道：“那便怎样呢？”拉波特道：“你何妨去探望他，日后他便可以发誓，说今晚九点三十，你的确是在他家的。”

达达尼昂看见这话有理，他就跑到统领德·特雷维尔府里来。他不到客厅，却到统领的书房来。达达尼昂是常来的，随从就去报，说他有要事求见。过了五分钟，德·特雷维尔来了，问他这时候来做什么。原来那随从去汇报的时候，达达尼昂就把那个钟的针往后拨，拨慢了三刻，统领问他，他就答道：“这时候不过九点二十，我以为还不算晚呢。”德·特雷维尔道："这才九点二十吗？我以为过十点了。"达达尼昂道："钟上只有九点二十。"德·特雷维尔道："不错，我还以为过了。你来做什么？"达达尼昂就把他听见王后有危险的话说了一番。又说他听见主教害白金汉公爵的话。一面说话，一面作出旁观人的样子。等到钟打十下，他告辞出来，德·特雷维尔还吩咐他用心打听。达达尼昂走了出来，忽然忘了出门拿他的手杖，又走回书房取手杖，轻轻地又把那钟针拨快三刻。

第十一章 达达尼昂之爱情

达达尼昂从统领府走出来，要回寓所，特地绕了许多路，心里像有件大事似的。看官要问他想的什么，为什么要绕许多路，为什么他抬头看看天上的星，有时叹口气，有时又微笑起来？著书的人，老实说吧。原来达达尼昂是在那里想波那瑟的女人。他年纪还轻，阅历又少，看见这个女人，以为是绝美的了。那个女人生得原是俊俏，宫里的秘密，她是知道的，国里什么阔人，她也认得的，言语举动，却也大方可爱并且风流自赏，讨人喜欢，看见风流少年，她心里也着实称赞。那年少心热的人，看见这样的女人是要动心的。达达尼昂从主教的手下那里救了她出来，就算是有了交情，也怪不得，从此交情或者可以变深了。达达尼昂是个异想天开的人，想到哪里就要做到哪里，自从救了那女人之后，他就在那里梦想，要同那女人幽期密约，传书递柬了。

著书的人已经说过，那时候少年人从王上手里接受几个钱是不算下作的。现在著书人要加一句，就是那时的少年是没什么长性的，妇女们若是同他们动了情，彼此相爱，她要送他们点值钱的东西，就保得住他们的性子长些。那时候的人，有许多都是亏他们的女相好常常接济。美貌的佳人自然是拿容貌来笼络男子，俗语说得好：美貌的女子，只要尽着自己的所有来笼络是不用再给钱的。若是女人只是有钱，她们只好给钱了。当时许多立了大功的武将，开始都是一贫如洗的，全靠相好的女人拿钱来接济他们。达达尼昂也是个穷汉，但是前程是不可限量的。他有了那三个朋友指导他，他把那些乡下的土气也去得干干净净，学起风流子弟的模样来。看见女人，以为他也有一分可以弄到手的，女人的财产，他也可以拿来用用的，无论是到外国打仗，或是自己办些私事都可以用女人的钱。达达尼昂这次倒不是为钱——虽是波那瑟告诉过他，说自己有钱，是他的女人管着的。达达尼昂却为的是那女人的可爱，从此就产生不可抑制的爱情。不过女人也知道钱的用处，有了钱就可以置衣服、置鞋袜。平常女人得了这些装饰，就可变得好看，好看的女人装扮起来就是美人了。况且有了钱，就可以歇息，不去辛苦，手脚本来粗糙，歇歇就可以变细了。达达尼昂并不是个百万财主，他心里也许在哪里想过发财，现在却并不在那里妄想做财主，现在只有恋爱的心，热得了不得。他就想到，把这个女人领来，给那三个朋友看看，同他们在大街上集市上逛逛，到那常去的地方吃饭。他心里想，有了这个美人做伴，又有三个朋友玩耍说笑，岂不是极乐的世界吗？至于那个房东，达达尼昂把他交给了主教的人，还说要搭救，但是现在达达尼昂实在还没有想到搭救的事，因为一段爱情的事，倒把他搭救的心弄淡了些。他心里盘算，虽然关在监狱里，眼前还没性命之忧，只好慢慢地设法，恐怕操之过急，反为不美。

且说达达尼昂一面走，一面想那女人，一面在那里微笑，不觉走到查斯米狄街，他想起阿拉米斯住此不远，他要告诉他刚才请他来的缘故。他心里想：阿拉米斯如果跑到掘墓人街，看见没人，或只看见那两个朋友，是要诧异的，他要告诉他这缘故，又要听他怎样说，并且要同阿拉米斯说说波那瑟女人的事。

那时天已颇晚，街上没人，听见钟打十一下。他从一条窄巷走过，旁边不远有一所花园，风吹来一阵阵的香。远远听得酒馆里头歌唱的声音。他转了弯，向阿拉米斯的住处走来。那住宅门前，有些树木，忽然看见有个人影，从塞万多尼街转过来。那人用罩袍裹住，倒像个男人。但看他身材甚小，脚步甚轻，走路有些胆怯，他晓得一定是个女人。那个人仿佛是不认得门口，常常往上看，看了又站住，回头来，又往前走。达达尼昂犯了疑心，自己想道：我要不要去帮她的帮？这个人好像年纪甚轻，也许长得俊俏。但是一个女人，夜深的时候，在这里跑，一定是找相好的了，如果我去惊她，她一定是不喜欢的。那女人还在那里走，一路走，一路数间数，数窗户。原来这边的街只有三间房子，临街两个窗子，一个窗子就是阿拉米斯那边的。达达尼昂想道：我想起阿拉米斯说的教友朋友的侄女来了。如果真是她，那可有趣了。我看这个情形，无疑是了。我的阿拉米斯，我今番可捉住你的破绽了。他一面想，一面躲起来。那个女人只管往前走，走近阿拉米斯的房子就低低地咳嗽了一声。达达尼昂知道这是他们的暗号，那个女人走到窗外，用手敲了三下。达达尼昂自言道："阿拉米斯，你这个老奸巨猾的人，干得好事，原来你考究的经典，就是这个样吗？"女人敲了三下，里面点着灯了。达达尼昂自己说道："就是用这个法子吗？哦！她打窗子进去，不从大门走，这是预先约好的。等一会儿，这个宝贝就要进去了。"谁知窗子还是关着不开，那灯光一会儿也没了。达达尼昂晓得这是他们的把戏还没唱完，且在那里等。提起全部精神，在那里看，在那里听。再等一会儿，果然来了，里边急急敲了两下，外边女人敲一下回答，窗子开了，可惜黑了些，不大看得清楚。幸而达达尼昂像只猫，晚上都能看见的。他却看得很清楚，那个女人从口袋里掏出一样白的东西来，好像是手绢，把手绢打开，用手指那一角。达达尼昂想起波那瑟老婆的手绢来，又想起阿拉米斯脚踩的手绢来，自己想道：这条手绢，倒有些秘密事在内。他在外边，可看不清楚里面的人，他心里知道是阿拉米斯无疑了，他却要看准了是不是他，又要晓得那女的是什么人。他就趁着窗子内外两个人说话的时候，挨到墙角，要看到房里。谁知里面并不是阿拉米斯，另是一个女人，却是不认得的，连面貌也看得不甚清楚。达达尼昂总想看个清楚，只见窗子里的女人也从口袋里拿出一条手绢来，同窗外人换了，再说了几句话，达达尼昂也听不清楚，窗子就关了。外面那个女人，转过脸来，把蒙头的东西披上了，就在达达尼昂身边走过，却不是别人，就是波那瑟的女人。

达达尼昂看见手绢的时候，已经疑心是波那瑟的女人。却想不到她是要拉波特领她回宫的，怎么一个人深夜在巴黎走来走去，不怕人家捉她关在监里，这件事一定是紧急的，但是二十五岁的女人有什么紧要的事呢？一定是为着爱情了。但是她如此冒险，是为别人，还是为自己呢？达达尼昂这个时候，开始有点醋意了。他要看这个女人回哪里去，就随后跟住她。谁知那个女人看见墙角跑出个男人来，听见他脚步跟自己来，那女人喊了一声，跑了。达达尼昂随后赶来，一会子赶上了，达达尼昂把手放在她肩膀上。她害怕了，跪在地下喊道："你杀了我吧！我一句也不告诉你的。"达达尼昂一手围住她的腰，把她抱起来。知道这女人快要晕过去，他就告诉她不要害怕。波那瑟的女人听见这话，原不放心的，她晓得这种好话里是藏着毒计的。但是她听见声音，就认得那说话的人，等看见脸，知道是达达尼昂，她欢喜得了不得，喊道："谢天谢地，原来是你。"达达尼昂道："是我。上帝叫我来照应你的。"女人微笑地问他道："你难道因为这事，一路跟着我吗？"答道："不是的。我刚到这里来，看见有人敲我朋友的门……"女人道："你的朋友？"达达尼昂答道："阿拉米斯是我的好朋友。"女人问道："阿拉米斯？谁是阿拉米斯？"达达尼昂道："算了吧，不要瞒我吧，你晓得的。"女人道："我真不晓得。这是头一次听你说。"达达尼昂道："那房子你从来没来过吗？"女人道："没有，这是头一次。"达达尼昂问道："你不晓得有个少年男子住在那里吗？"女人答道："实在不晓得。"达达尼昂道："他是个火枪手。"女人道："我从来没听说过。"达达尼昂问道："你不是来找他吗？"答道："自然不是的。你在那里偷看的时候，也晓得同我说话的不是个男子。"达达尼昂道："不错。那个女人许是阿拉米斯的朋友。"女人答道："我并不晓得阿拉米斯的事。"达达尼昂道："他们两个，倒像是住在一起的。"女人道："这事我管不了。"达达尼昂道："那女人到底是谁？"女人答道："这不是我能说的秘密。"达达尼昂道："波那瑟太太，你生得实在俊俏，却未免太鬼鬼祟祟。"女人答道："我望你不要因为这点，看低了我。"达达尼昂道："自然不看低你。你实在迷人！"女人道："既是这样，拿手过来扶我。"达达尼昂道："很高兴为你效劳。"女人道："你保护我回去。"达达尼昂问道："你要到哪里去？"女人答道："我有我的地方去。"达达尼昂问道："你到底要往哪里去？"女人答道："你一会儿就知道了，你只送我到门口。"达达尼昂问道："我在门外等你，好吗？"女人答道："不必费心了。"达达尼昂问道：

“难道你从那里出来，就一个人回家吗？”答道：“也许是的，也许不是的。”达达尼昂又问道：“若是有人陪你，那人还是男的，还是女的？”女人答道：“现在还不晓得。”达达尼昂问道：“我却要知道。”女人答道：“为什么？”达达尼昂道：“我在门外等你出来。”女人道：“既是如此，我同你要告辞了。”达达尼昂道：“为什么？”女人道：“我不要你了。”达达尼昂道：“是你请我的。”女人道：“我请你帮我，并没有请你做侦探、做奸细。”达达尼昂道：“这话说得太过了点。”女人道：“我不要那人，那人一定要跟我，不是奸细是什么？”达达尼昂道：“这种人是有点不体谅。”女人道：“这个字眼又太轻些。”达达尼昂道：“你这样吩咐，我只好听了。”女人道：“你快听了，是你的好处。”达达尼昂道：“难道悔过没点好处吗？”女人问道：“你是真改悔吗？”达达尼昂道：“我却不知道。不过我晓得，如果你让我护送你，你要我做什么事，我都肯的。”女人道：“我什么时候叫你走你就要走的。”达达尼昂道：“那个自然。”女人道：“你不在那里等我出来吗？”达达尼昂道：“说了不等就是不等的。”女人道：“让我扶住你的手，我们可以走了。”

波那瑟的老婆，扶着达达尼昂的手。到了拉哈普街，又停住了，忽然像是看见了什么东西，认得了房子，一面跑到门外，一面说道：“我在这里有点事。谢谢你的保护，不然，一个单身女人在街上走，不是开玩笑的。我已经到了，请你不要失约。”达达尼昂道：“你回家不害怕吗？”女人道：“就怕强盗，时常碰得着的，除了强盗，别的不怕。”达达尼昂道：“碰见强盗，不是玩的。”女人道：“我身上一个钱也没有，也抢不了什么去。”达达尼昂道：“你忘记了那有徽章的手绢了吗？”女人问道：“什么手绢？”达达尼昂道：“我从你脚下拾起来，放在你口袋里的那条手绢。”女人道：“你若不想毁了我，从今以后，再别提那条手绢了。”达达尼昂道：“我只说手绢两个字，你就发抖，怕人听见害了你，你如何能够叫我相信你不危险？”达达尼昂捉住她的手，定睛看着她，说道：“来吧，你放心吧！你看看我，难道你还看不出我是忠心为你的吗？”女人道：“你若是要打听我自己的秘密，我倒可以告诉你。不过这是别人的秘密，又当别论了。”达达尼昂道："你说得虽然不错，但是我一定打听得出这秘密来。这件事若是同你性命交关，我是一定要打听出来。"那女人正色说道："你要小心，你不要干预我的事。我现在做的事，你不要帮我。你搭救我一番，我是感激的，永远不忘。你既然有心关照我，请你再不要干预。你听我的话，不要干预我的事。你只当我是死了，当你从来没见过我。"达达尼昂听了，有点不高兴，说道："阿拉米斯，你也不许他干预你的事吗？"女人道："你对我说这个名字，二三次了，我告诉过你，我不认得这人。"达达尼昂道："你到他家里，敲他的窗子，你还说不认得他，我实在不能相信。"女人道："你老实说吧，你是故意造出阿拉米斯这个名字来，要同我多说话，是不是？"达达尼昂道："我并没造谣言，我说的都是实话！"女人道："难道你真有一个朋友住在那儿吗？"达达尼昂道："我已经告诉你两次，我的朋友阿拉米斯住在那里。"女人说道："这件怪事，将来总要弄明白的。现在你且耐心点，不要再问我吧。"达达尼昂道："你若看见我的心，你就晓得我对你的爱恋，你就告诉我了。我既然爱恋你，你还怕什么。"女人答道："你同我说爱情，未免来得太快些。"达达尼昂道："我今年才二十岁，从来没有恋爱过。"那女人听了，用心地打量他。达达尼昂道："你听着，这件秘密，我已经有点线索了。三个月前，因为一条手绢，我同阿拉米斯打架，你在窗口给那女人的手绢，仿佛同我从前看见的手绢一样。"那女人像不高兴似的，说道："你一定要打听，太啰唆了。"达达尼昂道："请你想想，万一有人捉住你，搜出那条手绢，你怎么得了？"女人道："手绢上两个字母，代表我的名字。"达达尼昂道："也许是代表德·布瓦-特蕾西夫人的名字。"[⑩]女人道："别想了，你真是改不了。你若是不为我，你也要为自己。"达达尼昂道："我怕什么？"女人道："你也有危险。你见到我，就是危险。"达达尼昂道："我打定主意不离开你。"那女人听了，合手哀求

---

⑩ 那条手绢上绣的两个字母是：C. B.，波那瑟太太的姓名是Constanco（闺名）Bonacieux（夫家的姓），缩写起来是C.B.，但是德·布瓦-特蕾西夫人的姓名是Camille de Bois-Tracy，缩写起来，也是C.B.两个字母。——译者注

道："你是个军人，你是个君子，你离开我吧，钟已经敲十二下了，他们在那里等我了。"达达尼昂道："我听你的话，我就离开。"女人道："你不跟我，你不等我回去？"达达尼昂道："我不等，我就回家。"那女人一只手够那墙洞的小门，一只手伸给达达尼昂，说道："我晓得你是个勇敢的好少年。"达达尼昂捉住那只手，尽情地吻，喊道："我宁愿从来没看见你！"说得十分诚恳亲切，是女人听见了，都要动动心的。那女人很怜爱地答道："我却不说这话。今天丢了的，明天也许找得着，哪个晓得呢？等到我可以自由，可以告诉你，我就告诉你。"达达尼昂问道："我爱恋你，你愿回报吗？"女人道："现在还说不到，全靠你以后的行动。"达达尼昂道："今天。"女人道："今天只能说到感激罢了。"达达尼昂道："你虽然迷人，却未免待我太刻薄了。"女人道："不是的。我知道你为人慷慨，我就趁此讨点便宜，你别灰心，到底总会好的。"达达尼昂道："你不要忘了今晚，不要忘了你应许我的事，我就是世界上顶快活的人了。"女人道："你耐心点，时候到了，我是不会忘记你的。你快走吧，我已经迟了。"达达尼昂道："不过五分钟。"女人道："有时，五分钟像五年呢！"达达尼昂道："你说的是指有爱情的时候。"女人道："别人也许在那里抒发爱情。"达达尼昂道："看来是有个男子等你。"那女人不耐烦，却禁不住地微笑道："哎哟！你又来了，又要重新再说了。"达达尼昂道："不是的。我就要走，我相信你，不管怎么样，我心总不改变。请了请了。"说完走了。那女人轻轻敲了三下，达达尼昂回头看时，门一开随即关了，波那瑟的老婆进去，已看不见了。达达尼昂既答应了不看，是宁死不再看的了。

不到五分钟，他自己就到了寓处，自思自想地说道："可怜那阿多斯，他不晓得是怎么一回事，也许睡着了，在那里一直等我，也许他回去了，看见个女人在他房里。那也不要紧，阿拉米斯房里也有个女人。实在奇怪，这件事不晓到底是怎样。"有人答道："不好得很，不好得很！"达达尼昂认得是他的随从的声音，谁知他在楼梯口听见了。达达尼昂问道："呆子，你说什么？怎么样了？"随从道："闹到不得了！"达达尼昂问道："怎样讲？"布朗歇答道："阿多斯先生被人捉了。"达达尼昂问道："捉了？为什么事？”布朗歇答道：“他在你房里，他们错认为是你，就捉了。”达达尼昂问道：“是谁来捉的？”布朗歇答道：“就是主教的侦探，带着亲兵，先前来过，被你赶走的。”达达尼昂问道：“他为什么不说出自己的名字来，他没辩明他不晓得这事吗？”布朗歇答道：“他一字也没说。他还低声同我说道‘现在你的主人，要自由，要办事，他知道的细节比我多。他们以为捉着他了。有了这点机会，倒可以叫他多办点事。等过了三天，我才把真名字告诉他们，他们就放我了’。”达达尼昂道：“想得好。阿多斯，想得好。真是个极可敬重的朋友。这才像他的为人。”又问道，“那亲兵怎样待他？”随从答道：“四个人捉他去，关在巴士底狱或主教堡监狱里。两个陪着的巡警搜东西，什么窟窿，什么墙缝板缝，都搜到了，什么字啊信啊，都掳去了。搜的时候，两个人把门。搜完了，就跑光了，门也不关。”达达尼昂问道：“波尔多斯、阿拉米斯两个在哪里？”布朗歇答道：“我找不着他们，他们也没来。”达达尼昂道：“你若留了信，他们随时都可能来的。”布朗歇答道：“是的。”达达尼昂道：“你不要走开，他们若是来了，你把这件事都告诉他们，请他们到松球酒店来会我，那里稳当些，这间房子，恐怕有人监视。我先见统领，禀明这些事，随后去会他们。”布朗歇道：“好的。”达达尼昂道：“你可要在这里。你害怕吗？”布朗歇道：“我不怕。主人还没晓得，我拿定主意的时候，是有胆量的。”达达尼昂道：“很好。你是宁死不肯走开吗？”布朗歇道：“是的。什么事我都肯做，只要能够叫主人知道我是讲义气的。”达达尼昂道：“很好。”自己觉得教随从的法子甚好。

达达尼昂出门就向哥林布街来。统领不在家，带了火枪手，在宫里值班。达达尼昂晓得事情紧要，一定先要告诉统领，便向卢浮宫来，因为穿了号衣，总可以进去。他原想坐摆渡过河，可巧身上没钱，只好过桥。走到某街上，看见那边街上有两个人来。一男一女，女的像波那瑟的老婆，男的像阿拉米斯。男的穿着火枪营的号衣，女的披了罩袍，蒙头盖脸，男的拿手绢遮了脸，都是不愿被人认得的意思。两个人从达达尼昂面前走过，过了桥，原来那是往卢浮宫的路。达达尼昂只好跟着他们走，走不到二十步，他晓得那两个人是阿拉米斯同波那瑟的女人，不禁吃起醋来，以为那个女人欺骗了他。波那瑟的女人发誓，说从没看见阿拉米斯，不过一刻钟之后，她就扶了阿拉米斯的手同行。达达尼昂却忘记了，他认得那女人，也不过在三小时之前。就是搭救了她，也只好望她感激，还谈不到别的事情。他却受不得，以为他们哄骗他，欺瞒他，一定要同她讲个清楚。

那两个人见有人随后跟来，只好加快脚步。达达尼昂赶过了头，重新又走回来，在桥灯之下，站住了。那火枪手问道："你要干什么？"说话带点外国人的口音。达达尼昂知是看错了，说道："你不是阿拉米斯吗？"那人答道："我不是阿拉米斯，你认错人了，我也不怪你。"达达尼昂道："你不怪我？"那人道："不怪。你同我既没什么事，你可以让我们过去了。"达达尼昂道："我同你没事，同这位夫人却有点事。"那人道："这位夫人，你并不认得她。"达达尼昂道："我却认得。"波那瑟的女人带着责备的意思，说道："我说你是个军人，又是个君子，我还以为你的话是靠得住的！"达达尼昂道："你也曾答应我一件事。"那人道："你扶了我的手，我们走吧。"达达尼昂看见这事，心也乱了，人也糊涂了，拦在前面。那火枪手走上前，推开他，达达尼昂退后一步，拔出剑来，当下快如闪电，那人也把剑拔出来。波那瑟女人跳上前，把那两人分开，喊道："爵爷且慢。"达达尼昂听见"爵爷"两字，忽然想起来了，问道："你就是……那……"波那瑟的女人低声接着道："他就是白金汉公爵，我们要糟了。"达达尼昂道："爵爷，夫人，希望你们饶恕我的冒犯。我实在为爱情起见。爵爷是晓得的，狭路遇着情人，便情不自禁了。请你恕罪，告诉我，有什么事都可以帮忙。"那公爵伸出手，让达达尼昂握住，说道："你是个有胆的少年，我很需要你帮忙。你离开二十步，跟我们到宫门。倘若有人监视，你就杀了他。"达达尼昂收了剑，想趁这机会替英国王上查理一世的大臣出点力。谁知并没有侦探，只好看他两个人从小门进了宫。

达达尼昂一个人跑回松球酒店，看见波尔多斯同阿拉米斯在那里等他。按下那三个人不提，下回且说公爵入宫的事。

第十二章　白金汉公爵

再说波那瑟的女人同白金汉公爵进了卢浮宫，并无拦阻。波那瑟太太是王后的人，公爵穿的是火枪营号衣，当晚又是火枪营值班，故此无人盘问。那守门的热尔曼，原是忠心为王后的，如果有人指责就说是波那瑟的女人带了自己的情人入宫，虽然名声不好听，但是服饰店女主人的声名是没人管的。

再说两个人进了宫院，便向边墙小路走，看见一道小门，那晚却未曾关，波那瑟的女人推开了，里头十分黑暗，幸而那女人认得路，关了门，拉住公爵的手，慢慢地走。遇着楼梯，上了楼，到了第二层，往右转，穿一条过路，下了楼，又遇一道门，那女人把门打开，轻轻地把公爵推进一间房——房内只点一支夜灯——对公爵说道："爵爷，请在这里等，一会就有人来。"那女人走出来，把门锁了，那公爵就像是在监狱里一样。这种情景，虽是十分危险，但公爵是最好冒险的，处此情形，也不觉得可怕。他平生冒险的事多了，这不算第一次。他晓得王后给他的信。请他来，是别人假冒，骗了他来的。但是已经到了巴黎，不见王后一面是不肯回去的。起先王后不肯见他，后来恐怕公爵做出危险的事情来，才答应见他的。波那瑟的女人原是去领公爵入宫的，谁知又被人掳了去，有两天不知下落，王后着急了两天。后来波那瑟的女人逃了出来，告诉了拉波特，居然把一件极险的事办成了。若不是被人掳了，早三天就要办成的。

再说白金汉一个人在那里，跑到镜子前面照照，那火枪营号衣很合身，他今年不过三十五岁，英国法国算他是第一个美男子。这位公爵极有钱，两代的国王，都最喜欢他，势力大极了。他主张打仗，就是打仗，他主讲和，就是讲和。他的为人，胆子极大，极好风流，极喜冒险，自己却自信得了不得，以为朝章国法，只是管他人，管不了他的，随你别人做梦都不敢做的事，他都敢做，他也不迟疑，要做就做了，一做就得手。因为这个原因，当时出名的美貌又骄傲的法国王后，也不由得不爱恋这位公爵。再说公爵对着镜，在那里弄头发，拧胡须，得意得很，在那里微笑。忽然绣帷挡住的一道门开了，有个女人走进来。公爵在镜子里看见，喊了一声。进来的就是王后！这位奥地利的安妮公主，年约二十六岁，正在盛年。十分艳丽，举止名贵，眼光射人，神情极有风韵，而又带端庄，口小唇红，笑时最能动人，侵犯了她的时候，那神气却令人难堪。皮肤细嫩，手臂软弱，光华射目——当时诗家，有许多诗称赞王后手臂的美丽，头发微红，一头鬈发，薄施粉黛，更显出异样丰神，白金汉看见了，立住脚，在那里赞美，一句话也说不出来。那从前看见的，都是艳妆，这时候，王后只穿了一件白缎袍，更是好看。王后身边只跟了一个人，叫爱丝特法尼娅夫人，是西班牙人，其余的西班牙人都被国王或主教轰走了。

王后上前两步，白金汉跪在地下，拿了袍脚来亲。王后说道："爵爷，你晓得不是我叫你来的。"公爵道："我晓得。我若是相信石头会熔化，雪会生热，我岂不成了个呆子。但是有了爱情的人，也望能够感动别人生爱情。我这次来了，见着你也不算白来了。"王后答道："你可晓得，我为什么见你？我看你心里狂乱得可怜，我看你住在这里，时刻有性命之忧，也与我的名誉有碍，故此见你。告诉你，样样事情都是叫我们分，不叫我们合——不独是一片大海分隔我们，两国的王上不合分隔我们，就是大婚的誓言也分隔我们。万万做不到的事情，你还是要做，也是枉然。我今日见你，就是要告诉你，我们从此再不能见面了。"白金汉答道："请你只管说，你极甜的声音，把你极苦的话，调和了好些。你说誓言是不可犯的！我且问你，上帝造就的两个心，要同在一块的，把它们分隔了，难道这是可犯的吗？"王后道："爵爷，你忘记了，我从来没有同你说起爱情。”公爵道：“你却也没同我说你不爱我。你如此说法是忘恩负义了。你敢说天下人的爱情还有比得上我的吗？我的爱情，不问长久，不问看见没看见，也不问有希望没希望，都是不变的。我的爱情虽然深到如此，只要你偶然看我一眼，或随便同我说句话，我就心满意足了。我第一次见你，是在三年前。我爱了你三年了！我第一次见你的时候，你穿的什么衣服，你要我说给你听吗？你戴的首饰，你要我数给你听吗？你当日坐在软垫上的情景，我还记得清楚，就像是今日才看见的一样。你穿的是绣金花和银花的绿缎子衣裳，袖子盖住绝美的肩膀，上面还有光彩射人的钻石。头上戴的小帽，同你衣服相衬，帽上有雪白的羽毛，我闭着眼，都能看见。我睁了眼，看见你现在的样子，比从前却又美过数百倍。”

王后受了他这一番恭维，说道：“这是疯病。你为什么把从前的事重新又翻起来，岂不是疯了吗？”公爵道：“我活在世上做什么？别的做不了，只好把旧事来想想，这就是我的快活事，我的至宝，我的希望。我得到你看我一眼，就如同得了至宝，就把它收藏在我的心里。这算是第四次得到至宝。这四年里头我只看见你四次。第一次，我刚才已经说了；第二次，是在谢弗勒斯夫人府里；第三次，是在亚眠花园。”

王后红了脸，说道：“爵爷，你别说那天晚上的事了。”公爵道：“你让我说说吧。那天晚上，是我一生一世最快活的时候！你还记得，那天晚上，天气最好，风和星朗，那时我独自一个人同你在那里。你正要同我说，你过的寂寞日子和你心里的忧闷。你扶着我的手，我每转头问你的时候，你的头发碰着我的脸，我每次都浑身发抖！你哪里晓得，我那时就如同在天堂一样！我宁可把功名富贵身家性命都不要了，只要再换得这样的一晚。我敢发誓，你那天晚上爱上我了。”王后道：“那天晚上的良辰美景同你的顾盼动人，还有数不尽的许多小事，可以叫女人失了把握的，都聚在我一个人身上。但是女人把持不住的事，王后却是守得稳的。你一开口说爱情的话，我就喊随从的人来，同你离开了。”公爵道：“是的。不过别人的爱情是可以消灭的，我的爱情是不能的。你想回到巴黎就可以离开我了。你以为我的君主叫我照管财宝，我不能离开——就是天下的财宝，我都看不上，天下的君王，我也不管！过了八天，我又回来了，你就没话好说。我是弃了前程，拿性命来冒险，特为来看你一会儿。我看见了你，却没拉手，你看见我如此悔过，如此下气，你就饶恕了我。”王后道：“不错的。但是已经有许多谣言污蔑我。主教在国王面前挑拨，国王叫我受了许多闲气；我身边的人，像谢弗勒斯夫人们，都被撵走了。后来你要来法国当公使，王上还不肯。”公爵道：“因为王上不肯，我们要同法国开仗。现在我虽然不能见你，你却天天听见我的消息。你可晓得，我这次为什么要同拉罗谢尔信奉基督教的人联盟起来，出兵攻打雷岛？我为的是要看你。我并不要带兵到巴黎，不过打完仗，是要讲和的，讲和要派钦差大臣的，那钦差大臣，就是我。你们却不能够不许我来。我那个时候就能够见你，就是看见一会儿，也是快活的。自然因为这一点，要糟蹋几千人的性命，我可不管，我只要看见你就是了。你看来又是说我不该，说我疯了。我且问你，天地间还有别的女人的情人有我这样热心的吗？天地间的王后的臣子，有如我这样忠诚的吗？”王后道：“爵爷，爵爷！你自己辩护的话都显出人家评论你的凭据。你自己表白你的爱情的证据，就是你的罪案。”公爵道：“那是因为你不爱我的缘故，你若是爱我，自然不这么想了。你若是爱我，我要乐死了。你刚才说的谢弗勒斯夫人，她的心，却没你的心狠，霍朗爱她，她也爱霍朗。”

王后看公爵的爱情太猛烈了，说道：“谢弗勒斯夫人却不是个王后。”公爵道：“然则你若不是个王后，你就可以爱我了！是否如此，请你告诉我。原来是因为你的地位太尊崇了，所以如此虐待我，不然，你是可以爱我的。谢谢你这几句极有价值的话！几百回的感谢！”王后道：“你误会了，你把我的话理解错了，我并不是说……”公爵拦住道：“停，停！你不要太狠了，从美梦中喊醒我。你告诉过我，说我中了人家的奸计，恐有性命之忧。却也奇怪，我近来常做噩梦，梦见我自己死了。”说到这里，公爵微笑，脸上带凄惨之色。王后喊道：“天呀！”这一喊，却露出一往情深的样子来。公爵道：“我不是说这句话来吓你，我是不信神怪的。但是你说的话，你所感动我的想望，也就可以补救我所受的苦了。”王后道：“唉！我也有噩梦。梦中看见你受伤，倒在地下流血。”公爵问道：“你是不是梦到我左边受了刀伤？”王后道：“是的，左边受刀伤。谁把我的梦告诉了你？我的梦唯有在祈祷的时候告诉上帝。”公爵道：“你爱我，这就够了，我不想别的了。”王后道：“我爱你吗？我……”公爵道：“是，你爱我。如果你不爱我的话，上帝为什么把我的梦送给你呢？我们两个人，若不是情感相通，怎么会有相同的梦呢？我的王后，你是爱我的，你替我滴点眼泪。”王后喊道：“我支持不住了，你走开吧。我不晓得我爱不爱你，但是我晓得，我是不说谎的。你可怜我，你走吧！你若是因为我在法国被人谋害，我一生一世不能饶我自己的了。我也要疯了，走吧，我求你走吧！”公爵道：“你这样真是美丽，我不晓得怎样爱你才是！”王后道：“我求求你走吧！等有好机会，再来！你再来的时候，做钦差，身边带了人保护你，我就不怕你遇险了。我那时一定喜欢见你。”公爵道：“你说的是真的吗？”王后道：“真的。”公爵道：“请你给我点东西，作为我们朋友交情的纪念。我看那东西，就晓得这件事不是一场梦。我要你身上戴的东西，戒指、颈圈、链子，都好。”王后道：“我给了你，你就走吗？”公爵道：“给了我，我就走。”王后道：“马上就走？”公爵道：“马上就走。”王后道：“你离开法国回英国去？”公爵道：“我肯发誓。”王后道：“你等等。”说完，走到自己房里，立刻就回来，拿了一个红木盒子，面上有金字，是王后名字的第一个字母，交与公爵，说道：“请你收了作纪念。”白金汉受了又跪在地下。

王后道：“你答应我立刻就走的？”公爵道：“我这就走，把你的手给我，我就走。”王后伸出手来，闭了眼，一手扶住爱丝特法尼娅的肩膀，王后心里着实混乱，快要晕倒了。白金汉握住王后的手重重地亲了几下，站起来，说道：“我若是还不死的话，过六个月，再来见你。就是搅到天翻地覆，也要把这件事做到了。”说完，费了好大力，回转头来，走出去了。到了过道，波那瑟的女人还在那里等他，把公爵送出了宫。

第十三章　入狱

再说文中有一个人与刚才的事很有关系，就是那房东波那瑟。他因为当日国事上同爱情上秘密的运动，受了许多委曲。那日把他捉了，就送到巴士底狱。他进去的时候，看见两旁的兵在那里装火枪，就害怕得了不得。那些人把他拖到地下一条巷堂，巡警见他并不是个阔人，就难为他起来。过了半小时，把他放松了，告诉他去审训。两个士兵领他到一间房。房里只有一张桌子，一把椅子，椅子上坐了一个巡官，在桌子上忙着写东西。两个士兵把他带到桌子前边，就出去了。巡官抬头看他。他看见那巡官，样子有点可怕，尖鼻子，黄脸皮，颧骨甚高，两只小眼睛，看人是不会转的，神气极像个狐狸。脖子又长，伸出头来，就像个乌龟出壳。他先问波那瑟的名字、年岁、职业、住址。波那瑟告诉了他，今年五十一岁，姓甚名谁，住在掘墓人街十四号。巡官至此，不问了，就训斥他一番，说："你这样的人，不要混在政事上去。"说着，又夸主教的才干和权力，说是大臣中独一无二的人，同他作对，是性命交关的。说完了，两只眼只管看波那瑟，叫他把自己危险的情形想一想。

波那瑟果然在那里想，想起拉波特把干女儿嫁给他，他的女人入宫当差，拖累了他，他恨得了不得。波那瑟是个极贪、极懦又极私心的一个人，虽然是疼他老婆不过，但这点爱情还抵不过他天生的下流性质。在那里想了一会如何对答，便说道："长官，我求你知道我的意思。世界上再没有第二个人，比我还领略主教的天生治国的本事。"巡官半信半疑地说道："是吗？你既然是这个意思，为什么跑到巴士底狱里来呢？"波那瑟道："这个我不能告诉你，我自己也不知道。我晓得是从来没得罪过主教，就是有，也是无心的。"巡官道："你一定是犯了罪，人家告你犯了大逆，故把你捉来的。"波那瑟几乎吓死了，喊道："犯了大逆？我不过是个卖衣服，我最恨的是基督教同西班牙人。为什么告我大逆？这真是没有的事。"巡官道："波那瑟，你不是有个老婆吗？"波那瑟答道："有的，现在没了。"他一面回答，一面哆嗦。他知道这事情要转弯了。巡官道："你说没了，你的老婆哪里去了？"波那瑟答道："被人掳了。"巡官道："掳了？"波那瑟觉得比先前还难受。巡官说道："被人掳了！你可知道谁掳去的？"波那瑟答道："我有点知道这人。"巡官问道："那人是谁？"波那瑟答道："长官，你要晓得，我并不知道实情，不过疑心罢了。"巡官道："你疑心谁，就告诉我。"波那瑟到了这里，却为难起来，若是推说全不晓得是叫巡官疑他不肯吐实；若是全告诉了，又怕冒险，巡官却不怀疑他。当下他就打定主意。把实情说出来，答道："我疑心是个贵族模样，黑脸的人，我时常到宫门外接我的老婆，我看见这个人跟了我们好几次。"巡官听了，有点不舒服，又问道："你晓得那人的名字吗？"波那瑟答道："名字全不晓得，这个人却认得。就是他夹在一千个人里，我也指得出。"巡官听了，皱着眉头，说道："在一千个人里，你还可以认得吗？"波那瑟知道说错了，答道："我说的是……"巡官拦住道："你说你可以认得他，这就够了。今天不必再问了。我还要告诉一个人，说你认得掳你老婆的人。"波那瑟急死了，说道："我并没说我认得是谁。我说的不是这样……"巡官不等他说完，喊那两个兵道："把犯人领走。"一个问道："关在哪里？"巡官道："囚牢里。"又问道："哪一个？"巡官着急道："随便哪一个都使得，只要锁得稳固。"波那瑟听了，怕得打战，叹口气道："唉！我真是倒运，我的老婆不晓得犯了什么大罪，拖累我受这个苦。我看她是什么都招了。女人心理弱，没把握的。关在囚牢，只有一夜工夫，明天不是绞死，就是拿车来裂死。上帝呀！可怜呀！"两个兵不管他在那里叫，一人捉着一只手，把他领走了。

巡官就写了一封信，派人送去。

那天晚上，波那瑟一夜没闭眼，坐了一夜。听见一点声响，就跳起来，看见天才亮，自己就害怕得快要死。听见有人弄门闩的声音，他又跳起来，以为是要送他到法场。后来看见是昨天的巡官同一个官员走来，他欢喜得了不得，要抱那两个官，他们说道："从昨天晚上起，你这件事生出枝节来了，你从实说了吧。你都供了，主教的气也就平了。"波那瑟答道："我什么都肯说，只要是我知道的。请你问吧。"问道："第一件，你的老婆在哪里？"波那瑟答道："我已经告诉你是被人掳了。"那官说道："不错，但是昨天傍晚五点钟，你想出了法子，让她逃走了。"波那瑟喊道："逃了！这个不相干的女人！我同你发誓，她若是逃了，却同我没相干。"那官问道："那天你为什么跑到达达尼昂的住处，同他商量了许久？"波那瑟答道："这是有的。我现在晓得不该了。"那官问道："你去是什么意思？"波那瑟答道："我去求他帮我找老婆。我那时还想我该找她回来，现在我才晓得是错了，请你恕了我的罪吧。"那官问道："达达尼昂同你说些什么？"波那瑟答道："他答应帮我找，后来我才知道被他骗了。"那官说道："你不要骗我吧！达达尼昂同你约好的，故意把那些捉你老婆的巡警都打跑了，把你老婆弄走了，现在找不着了。"波那瑟道："达达尼昂把我的老婆弄走了！你这话怎么讲？"那官道："好在我们把达达尼昂也捉在这里了，你可以同他对质。"波那瑟道："我倒要看看这个好朋友的面。"

巡官喊道："把达达尼昂弄进来。"有两个士兵把阿多斯领了进来。巡官问道："达达尼昂，你把昨日你同这个人交手的事说一遍听听。"波那瑟喊道："这个并不是达达尼昂。"巡官也喊道："怎么？这个不是达达尼昂？"波那瑟道："没一点儿像达达尼昂。"巡官问道："这个人叫什么？"波那瑟道："我不晓得，我不认得这个人。"巡官问道："你不晓得？"波那瑟答道："不晓得。"巡官问道："你从前见过他没有？"波那瑟道："见是见过的，却不晓得他名字。"巡官问那火枪手道："你叫什么？"火枪手答道："我叫阿多斯。"巡官迷糊了，说道："阿多斯是山名，不是人名。"阿多斯说道："这是我的名字。"巡官道："但是你说过你的名字就是达达尼昂。"阿多斯问道："谁，我说的吗？"巡官道："是，你说的。"阿多斯说道："不错的，你的士兵问我，你就是达达尼昂？我回答，你以为我是的吧？你的士兵说一定是的。我只好不同他们顶。也许是我自己错了也不一定。"巡官怒道："你不要开玩笑，不要藐视国法。"阿多斯说道："我一定不。"巡官道："你晓得，你就是达达尼昂。"阿多斯道："你是一定要这么说的。"波那瑟道："巡官，我告诉你吧，不必再问了。达达尼昂是我的房客——他虽然还没给过房钱——因为这事，我是该认得他的。达达尼昂是个年轻的人，还不到二十岁，这一位已过了三十岁了。还有一层，达达尼昂是德·埃萨尔部下的兵，这一位是德·特雷维尔统领手下的火枪手，你看他的号衣，你看他的号衣！"巡官嘀咕道："不错。"说到这里，忽然门开了，有一个送信的人把一封信交给巡官。巡官看了信，喊道："这个不得了的女人！"波那瑟忙问道："你说什么？你说的是谁？不是说我的老婆？"巡官道："说的是她！你这件事越弄越离奇了。"波那瑟急得失了魂地喊道："我请问你，我现在还在监狱里，为什么我老婆做的事情，倒可以把我拖累得更重了？"巡官道："她现在做的事情，就是你们两口子平日弄的诡计。"波那瑟道："我敢发誓，你疑心我的事，是一点根都没有。我老婆做的事，我真是全不知道。她犯的罪，同我无干。我就从此刻起，我休了她，我就诅咒她。"阿多斯说道："喂！你除非是要紧得很，要我在这里，那就罢了，不然的话，请你让我走了吧，我不要同你波那瑟打交道。"巡官道："把这两个犯人都领到囚牢里，要小心看管好了。"阿多斯不动声色地说道："若是达达尼昂同这件事情有关，我就不懂我为什么要替他蹲监狱？"巡官向那兵说道："听我吩咐，这件事不准泄漏，你们听见没有？"阿多斯耸了肩，一语不发，跟那士兵走了。波那瑟在那里啼哭叫喊，老虎听见，心也要软了。

波那瑟仍旧关在昨日那个监房，又关了一天，坐在那里哭。到晚上快九点，正想睡觉，听见过道有脚步声，一会儿有士兵进来，另有一个巡官跟着，对波那瑟说道："你跟我来。"波那瑟又害怕起来，问道："这是什么时候？跟你走，你领我到哪里去？"巡官道："上司吩咐，我领到哪里就是哪里。"波那瑟道："这是答非所问。"巡官道："只好这样答。"波那瑟自言自语道："天呀，天呀！这回可是糟了。"半睡半醒地跟了他们出来。到了大门，看见有马车等候，四个人守着，把波那瑟弄进了车，巡官坐在他身边，锁了车门，马车就走了。

波那瑟在里头什么也看不见，只看见街边的路同两旁的房子，幸亏他是本地人，看街上的店铺招牌，他认得是什么地方。走到圣保罗街，他晓得是国事犯的法场，害怕到几乎晕过去。他想马车一定停在那里。后来赶过去，他才放心。再走一会儿，到了死刑犯的坟地，他又害怕了一会儿，后来想起杀了头的犯人，才埋在这里，他自己的头还没丢，又放心些。等到了议事局，他以为没法子好想了，要在巡官面前把一切事情先供出来。巡官不理他，他喊起来，喊得可怜极的。巡官怒了，要拿东西塞他的嘴，把他塞死，巡官怒看了他一会儿，他倒安静了。再走一会儿，望见那平常犯人的法场，又害怕起来。离那地方还有半里，听见许多人声，那车就停了。他是已经害怕过多少次的了，到了这里，已经支撑不住，微微地喊了一声，晕倒了。

第十四章　默恩镇人

那法场上的许多人不是来看绞犯人，是来看已经绞死的一个人。马车在这里不过停了一会儿，又向前走，到了邦桑方街，在一个矮门前停住了。那门开了，把波那瑟带了进去，上楼，在前厅等候。波那瑟到了这会儿，什么也不晓得，看见听见的都不理会，若是趁这个时候把他杀了，他是不会抗拒的，也不会喊的。他背向墙坐在椅子上，两手下垂。等了一会儿，他抬头来看，看见眼前并没有危险。坐的椅子极其舒服，墙上是用皮裱的，窗后挂了帘子，用镀金链子钩起来，看看没甚可怕。他本来是坐的，后来站起来了。有一个阔武官拉开了门帘同里间房子的人说话。说完了，跑到波那瑟跟前来，问道："你就是波那瑟吗？"波那瑟半死不活，想说不说地，答道："是的。"那武官站在一边说道："你进去。"

波那瑟向房里一看，却是间大房子，墙上挂了各种兵器，那时虽是八月，房里生着火，闷得很。中间摆个方桌，桌上摆些书本同信件，还有一大幅拉罗谢尔的地图。有个中等身材、相貌威武的人，站在火前。那个人的目光慑人，脸长而窄，额高而开扬，三绺须，年纪不过三十多岁，头发却有变白的意思。虽没挂剑，却是武官样子，靴上都是尘土，仿佛是远行才到的。看官注意：这个人就是法国历史上最有名的红衣主教黎塞留！寻常人只当他是个老弱无能的人，身子伸不直，说话说不响，整天倒在椅子上，运用他的阴谋诡计，弄得一个欧罗巴洲日夜不安，这些人却是错了。著书的人说他的时候，他却不是这样！这个主教，正是年富力强的时候，他立的战功，已经有了好几次，他的权力，是史书上独一无二的。现在英兵占据了雷岛，主教正在设法要围拉罗谢尔。乍然间看，看不出他是个主教——不认得他的人，是断猜不出来的。

那个服饰店的掌柜站在门口，不敢进去。房里那个人看了他一眼，仿佛就要看透他的心里，问道："这就是波那瑟吗？"武官答道："是的。"主教道："把书信给我，你先出去吧。"那个武官把桌上的信件，交给主教，鞠躬出去了。波那瑟记得他在监里的口供问答都记在那信上。主教在那里看，时时抬头看波那瑟，看了有十分钟，细细地上下打量了波那瑟一会儿。主教嘀咕道："这个不是反叛的样子。也罢，我看他说什么。"主教慢慢地大声说道："有人告你谋反大逆呢！"波那瑟道："爵爷，有人告诉过我这话了。但我肯发誓，我是全不晓得。"主教忍住微笑，说道："你是同你的老婆、谢弗勒斯夫人、白金汉公爵，同谋叛逆。"波那瑟道："爵爷，那几个人的名字，我是听我的老婆说过。"主教问道："她说什么？"波那瑟答道："她说主教把白金汉公爵骗来巴黎，要害那公爵同王后。"主教怒道："她说这话吗？"波那瑟道："是的，我还劝她不要说这样的话，我还说主教是不……"主教拦住他道："你这呆子，不要说了。"波那瑟道："我的老婆也是这样说我。"主教问道："你晓得谁把你老婆掳了？"波那瑟答道："不晓得。"主教问道："你疑心是谁？"波那瑟答道："我原是有疑心的，不过巡官很不愿意我有疑心，我现在没疑心了。"主教道："我听说你的老婆逃走了，你晓得吗？"波那瑟答道："我不晓得。我到了监狱里，才听说的，巡官告诉我的，巡官倒很体贴。"主教又忍住微笑，说道："你老婆逃了出来之后，你不晓得她的踪迹吗？"波那瑟答道："不晓得。大约回到卢浮宫去了。"主教道："今早一点，她还没回去。"波那瑟道："天呀！她到哪里去了？"主教道："再等一会儿，我们就知道了。什么事都瞒不过主教的。"波那瑟道："爵爷，你看主教肯把我老婆在什么地方告诉我吗？"主教道："或者可以，但是你先要告诉主教，你的老婆是怎样同谢弗勒斯夫人串通的。"波那瑟道："我却从来没见过谢弗勒斯夫人。"主教问道：“你到那里接你的老婆，她可是直接就回家。”波那瑟答道：“直接回家的时候很少。她同别的服饰店有生意，我就领她去。”主教问道：“有来往的店有几家？”答波那瑟道：“有两家。”主教问道：“在哪里？”波那瑟答道：“一家在倭基拉街，一家在拉哈普街。”主教问道：“你同女人到那两个店去过吗？”波那瑟答道：“我从没进去，我总在门外等。”主教问道：“她总是一个人进去是什么缘故，她告诉过你吗？”波那瑟答道：“她从没说出道理，她叫我等，我就等。”主教道：“我的好波那瑟，你真是个听话的男人。”波那瑟自揣道：“他称呼我波那瑟，那事情有好转了。”主教问道：“你还认得这几个店吗？”波那瑟答道：“认得。”主教问道：“你记得门牌的号数吗？”波那瑟答道：“记得。”主教问道：“什么门牌？”波那瑟答道：“倭基拉街第二十五号，拉哈普街第七十五号。”主教说道：“很好。”伸手拿个银手钟来摇，那武官进来，主教吩咐道：“你去找罗什福尔来，倘是已经回来了，就叫他马上来。”武官道：“罗什福尔伯爵在这里，要来见主教大人。”主教忙说道：“请他来。”那武官即刻出去了。波那瑟听见武官称呼那人为主教大人，他才晓得面前的人是谁，睁大两只眼，在那里惊异。不到五秒钟，门开了，跑进一个人。波那瑟喊道：“就是他！”主教问道：“你说谁？”波那瑟道：“这就是掳我老婆的人。”主教又摇手钟，那武官又进来，主教道：“把犯人交给亲兵们看管好了。叫他在那里等，听我的信。”波那瑟喊道：“不是的，不是的，我弄错了，不是他，是另一个人，不是他这样的。这个人是个好人，我看得出来。”主教喊道：“把这呆子弄出去！”武官就把波那瑟领了出去。

那才进来的人，很不耐烦地拿眼盯着波那瑟看，等门关了，说道：“有人看见他们了。”主教问道：“谁？”伯爵答道：“一男一女。”问道：“王后和公爵吗？”伯爵答道：“是的。”主教问道：“看见在哪里？”主教答道：“在宫里。”主教问道：“靠得住吗？”伯爵答道：“靠得住之至！”主教问道：“谁告诉你？”伯爵答道：“兰诺夫人，她是最肯同主教出力的。”主教道：“她为什么不早告诉我？”伯爵道：“那事情是这样的，王后叫琐吉士夫人同她在一屋睡，一直到第二天，都留她在身边，王后留她，是因为起了疑心，抑或是偶然的，我就不晓得了。”主教道：“我们这次又输了！看看怎么样想个法子来报仇。”伯爵道：“我是无不尽力的，你可无疑的。”主教问道：“你可晓得他们在什么地方什么时候相会的？”伯爵答道：“后半夜。王后和身边的夫人们，还在——”主教又问道：“在什么地方？”伯爵答道：“在卧室。”主教叫他往下说。伯爵道：“有个人把她侍女的一块手绢拿进来。”主教道：“后来怎样？”伯爵道：“王后忽然失色，脸色青了。”主教道：“你说！”伯爵道：“王后站起来，声音打战的，对夫人们说一会儿就回来，开了门，就出去了。”主教问道：“兰诺夫人为什么不立刻来报信？”伯爵答道：“她打算多探些消息再来，况且王后吩咐过叫她们等的，她怎好违背她的话。”主教问道：“王后走开多久？”伯爵答道：“三刻钟。”主教问道：“有人随她去吗？”伯爵答道：“只有爱丝特法尼娅夫人。”主教问道：“没有会完的时候，王后回来过吗？”伯爵答道：“回来一次，拿了一个上面有名字的盒子，又去了。”主教问道：“等到末了回房的时候，把盒子拿回来没有？”伯爵答道：“没有。”主教问道：“兰诺夫人可晓得盒子里装的什么东西？”伯爵答道：“晓得，装的是王上给的钻石扣子。”主教问道：“王后回来没拿盒子？”伯爵道：“是的。”主教问道：“兰诺夫人说那盒子是给了白金汉了吗？”伯爵答道：“她晓得这错不了。”主教问道：“她怎样晓得错不了？”伯爵答道：“兰诺夫人是王后的衣裳侍女，第二天故意在那里找这个盒子，找不着，故意在那里着急，后来就问王后。”主教问道：“王后怎样说？”伯爵道：“王后脸红了，说是前晚弄坏了一颗，送到首饰店去收拾。”主教道：“那就应该去首饰店里打听。”伯爵道：“已经打听过了。”主教问道：“首饰匠怎么说？”伯爵答道：“首饰匠全不晓得。”主教道：“罗什福尔，很好。这件事我们还不算全输，有这个波折更好。”伯爵道：“是主教高明……”主教接着说：“可以补救他手下办事人的错误。”伯爵道：“这正是我要说的话，大人先替我说了。”主教问道：“你可晓得，现在谢弗勒斯夫人同白金汉在哪里？”伯爵道：“不晓得。我手下的人，都不知道。”主教道：“我却知道。”伯爵道：“爵爷知道？”主教道：“我却猜得着。一个住在倭基拉街第二十五号，一个住在拉哈普街第七十五号。”伯爵道：“你要我去捉他们吗？”主教道：“太迟了。他们已经走了。”公爵道：“我们可以去打听。”主教道：“很好。你就带十个士兵去，把那两处搜个清楚。”伯爵一面告辞出来道：“大人吩咐，我就去办。”

伯爵走后，主教想了一会儿，第三次摇手钟，那武官进来。主教道：“把犯人领进来。”波那瑟又进来，主教打个暗号，武官又出去了。主教严词厉色地说道：“你骗了我！”波那瑟喊道：“我骗了大人？”主教道：“是，你骗我，你的女人到那两条街上去，不是找买服饰的。”波那瑟道，“上帝在上！她到那里做什么？”主教道：“她去会谢弗勒斯夫人同白金汉公爵。”波那瑟忽然想起来，说道：“是的，说得对，我还记得我对老婆说那服饰店好古怪，既没招牌又没名字，老婆只对着我笑。”说到这里，跪在主教面前说道：“爵爷，你就是天下人皆敬服你的本事的大主教。”虽然一个不相干的卖服饰的人恭维，算不了什么，那主教听了，心里却是快乐的。主教忽然又有了主意，微微笑地伸出手来，说道：“我的朋友，你起来，你真是个好人。”波那瑟叫道：“主教同我拉手。这个阔人同我拉手，还叫我是他的朋友。”那主教露出一副慈父的面孔来——他用得着这副面孔时，他就做得出来，人家不晓得，是无不上当的——他弄出那副面孔，对波那瑟说道：“不错的，你是我的朋友。他们诬告了你，是要赔偿你的。这里有一口袋的钱，里面有一百个皮斯托尔，你拿了去，宽恕了我的不是。”波那瑟以为是开玩笑，几乎不敢拿，说道：“我宽恕大人吗？你要喜欢就把我关进监狱，把酷刑来收拾我，甚至把我绞了，我敢响一句吗？我怎样地饶大人不是！”主教道：“我的波那瑟，我看出来了，你真是个慷慨人，我还是一样地谢你，你把口袋拿了去，也许你觉得我有多坏了。”波那瑟道：“爵爷，我满意过分了。”主教道：“请吧，我盼望将来还要会面呢。”波那瑟道：“大人吩咐，我常常预备替大人出力。”主教道：“很好，我时常要见见你的，你说的话，很有趣味。”波那瑟道：“大人太客气了。”主教摆摆手，波那瑟鞠躬至地，恭恭敬敬地慢慢退了出去。到了前厅，主教在房里听见他在那里喊“大人长寿，主教长寿”。主教不禁微笑，自言道：“好，这个人从今以后，肯替我卖命。”

主教回到桌子处，细心地看拉罗谢尔地图，拿枝铅笔，画一条线——就是十八个月后封港口的一道坝。正在那里用神的时候，门开了，罗什福尔伯爵进来，主教很着急地问道：“怎么样了？”伯爵答道：“我打听到有一个年轻女子，约二十多岁，又有一个男人，年纪约三十五岁至四十岁的光景，在那里住了四五天。女人是昨晚走的，男人是今早走的。”主教望望钟，说道：“我猜得不错，恐怕现在追赶他们是来不及了。那个夫人现在到了图尔，伯爵到了布洛涅，我们没赶上他，他们已先到伦敦了。”伯爵道：“大人有什么吩咐？”主教道：“这件事，一字不许说，让王后在那里妄想这事没人知道，叫她好放心。不要叫王后晓得我们知道她的秘密，要叫她以为我们办别的事。你告诉掌印大臣薛吉尔来见我。”伯爵问道：“那个人怎么打发？”主教问道：“什么人？”伯爵道：“波那瑟。”主教道：“我打发得很好。我打发他去做他自己老婆的侦探。”伯爵佩服得五体投地，告了辞出来。

主教坐下，写了封信，用自己的印封了，摇钟喊人。武官第四次进来，主教说道：“你叫维特莱来，叫他预备出差。”等了一会儿，那人装束好，进来，预备出远差。主教道：“维特莱，你立刻动身，赶快到伦敦，在路上一刻也不许耽搁。这封信你交给米莱迪。这一张二百皮斯托尔的支票，你去支来用。你若把事情办得妥贴，六天就回来，我还赏你二百个皮斯托尔。”那个信差一语不发，拿了信同支票，鞠躬出来。原来主教这封信，写的是：

米莱迪：

你遇着宫里头一次跳舞会，请你留心看，白金汉公爵一定穿一件衣服，上面有十二个钻石扣子。你要靠紧他，割去两个扣子，割了之后，立刻报信。

第十五章　廷 辩

再说这件事出来的第二天早上，阿多斯并没回寓所。达达尼昂同波尔多斯把他不见了的话，告诉了统领。阿拉米斯早告了五天的假，说是回家办事。德·特雷维尔待他部下如子弟一般，只要穿上了火枪营的号衣，他就当亲兄弟看待。他听了这话，立刻就到捕局打听，知道阿多斯暂时被禁在主教堡监狱里。那阿多斯所受的苦，同波那瑟受的一样，前回已说过。他们两个人对质过了，阿多斯起先怕把达达尼昂的事弄坏了，并没供出什么来，只供自己是阿多斯，不是达达尼昂。又供说波那瑟夫妇他向来不认得，当天晚上去探望达达尼昂，未去之前，是在德·特雷维尔统领那里吃饭，若不相信，却有二十个人可以来作证，就把那些人名字说出来，其中就有特雷穆伊尔公爵。

那两个巡官听了他的话，摸不着头脑。大凡穿袍子的人同挂剑的人是相视如仇的，那巡官很想借他身上消消气，后来想到德·特雷维尔同特雷穆伊尔两个人的名字，他只好罢休。他们就把阿多斯送到主教那里，刚好主教进了宫。那时德·特雷维尔见了主教堡管监狱的，知道阿多斯并没关在那里，也到宫里去了。他是火枪营的统领，时常可以进宫的。

再说路易十三向来同王后不大合的，主教又常在那里搬弄，叫他们不和。主教知道这女人可以破他的奸计，故想出多少法子来，离间他们夫妇。王上最恨的是王后同那谢弗勒斯夫人要好。这两个女人结了党，王上害怕得了不得，叫他日夜烦心。他从前同西班牙打仗，及现在同英国不睦，或是有时筹算国用，还没有怎样地烦心。他晓得谢弗勒斯夫人不但帮着王后在那里安排许多秘密的政策，还在那里帮王后办秘密爱情的事，他心里恼极了。王上听主教说，谢弗勒斯夫人是已经被贬逐的人，现在又来到巴黎已经五天了巡警都捉不着，他大为生气。路易十三素来是喜怒无定、优柔寡断的，当时人都称他公道贞正，他是要保住这种好名声的。其实据历史看来，实在不配。那主教又告诉王上："谢弗勒斯夫人不单到了巴黎，还同王后秘密通信。我正要想破了他们的诡计，去捉那通信的人，又被火枪手把巡警打散了。"王上听了大怒，跑向王后房里来。那主教却没说出白金汉的名字，刚好德·特雷维尔进来了，看见王上、主教在那里生气，王上刚要出去。内侍来报德·特雷维尔的名，王上按捺不住怒气，向德·特雷维尔道："我听见你的火枪手办的好事！"德·特雷维尔不动神色地答道："我要告诉陛下，巡警办的好事。"王上道："你就说。"德·特雷维尔心平气和地说道："有一队巡警，同了巡官——这班人名誉倒也不坏，只是要同军人反对。这班人跑到人家家里，把王上的火枪手捉了，在街上乱拖，关在主教堡监里。我同他们要拘票看，他们不肯给我看。他们待名誉最好的军人，待最有胆的军人，待王上特别看待的军人，就是如此。他们捉去的，就是阿多斯。"王上听了，迟疑地说道："阿多斯，我记得这名字。"德·特雷维尔道："阿多斯就是打伤克荷萨的"。回头问主教道："克荷萨的伤，痊愈了吗？"主教咬牙切齿地答道："痊愈了，谢谢你。"德·特雷维尔又说道："阿多斯去看朋友，那朋友就是王上禁兵营的一名候补兵，德·埃萨尔统带的。那朋友不在家，他就拿本书来看，等朋友回来。谁知就有一群巡警同士兵，把房子围住了，把门打开了……"说到这里，主教向王上递眼色，王上拦住答道："我晓得的，这为的是公事。"德·特雷维尔道："原来如此。大约我的火枪手并未犯法，被人捉住在街上拖过，满街上的人看见，都在那里笑，也是为的公事。这个人不但并没犯法，并且有勇敢的特质。这个人替王上办事，流血也有十数次——这个人是随时都肯替王上拼命的。"王上听了，没了主意，哼道："这话靠得住吗？"主教道："德·特雷维尔却忘了说，那火枪手一点前，把我派去查办要事的四个巡警侦探打跑了。”德·特雷维尔说道：“请你拿出凭据来。一点之前，阿多斯在我那里吃饭，饭后还在我那里，同特雷穆伊尔公爵、沙莱伯爵谈天。”王上回头问主教。主教说道：“有巡官记录为凭。我的巡官被他打了，有禀帖上来。我就请陛下公断。”德·特雷维尔答道：“穿长袍子的人的口供，比得上挂剑的人嘴里说的话吗？”王上道：“德·特雷维尔，你别生气。”德·特雷维尔道：“若是主教怀疑我部下的人有了不是，也要公公道道地让我开堂审讯。”主教道：“巡警去搜的那房子，还住了一个人，是那火枪手的朋友。”德·特雷维尔道：“他说的是达达尼昂。”主教道：“德·特雷维尔，我说的是你的门下。”德·特雷维尔道：“不错，是我的门下。”主教道：“难道你不疑心他教坏……”德·特雷维尔拦住道：“阿多斯比达达尼昂的年纪长一倍，那是没有的事。况且那天晚上达达尼昂也在我那里。”主教道：“看来那天晚上，他们都在你那里。”德·特雷维尔十分生气地说道：“你不相信我的话吗？”主教道：“我并不疑你的话。他什么时间在你那里？”德·特雷维尔道：“时间我晓得极准。他进来的时候，我看见是九点半钟，我还以为那钟慢了些。”又问道：“他走是什么时候？”德·特雷维尔答道：“十点半钟，过闹事的时候一小时了。”

主教知道德·特雷维尔是不说谎的，觉得自己也没了把握，只好说道：“不管什么，他们是在掘墓人街把阿多斯捉着的。”德·特雷维尔道：“难道你禁止火枪手探望朋友么？难道是你不愿意他同德·埃萨尔部下的人做朋友吗？”主教道：“他们相会的地方，是巡警密查的，我是不许的。”王上道：“德·特雷维尔，那所房子里头的人，是形迹可疑的，或者你不知道。”德·特雷维尔道：“我实在不知道。那房子里的人，虽是形迹可疑，但是达达尼昂自己有自己的房间，不一定是同他们串通的。我不晓得还有别人比他忠敬王上，佩服主教的。”王上一面看那主教，一面问德·特雷维尔道：“他可就是在加尔默罗—赤足修道院打伤朱萨克的吗？”主教脸红了。德·特雷维尔道：“是的。他第二天又把波那朱打伤了，陛下记性甚好。”王上道：“这件事怎么了结？”主教道：“请王上公断。”德·特雷维尔道：“我说他无罪。陛下有司法官，请派司法官判结。”王上道：“我们把那案件交给司法官，让他们断。”德·特雷维尔道：“真是不幸的事！随你品行怎么好，替国家出了许多力，也要受巡警的气，受他们的糟蹋。陆军的人，因为巡警的事，常常受人骚扰，怎么叫他们心里舒服！”德·特雷维尔这几句，说得太过火了，他却是故意要闹到底，把这事即刻弄清楚了。王上喊道：“巡警的事，你晓得什么！你管你的火枪营，不要来惹我。听了你的话，就像是捉了一个火枪手，国家就要危了。为了一个火枪手，闹出多少事来。我若是要捉一百个火枪手，或是把全营都捉了，也不要听见一句闲话。”德·特雷维尔道：“王上一说火枪手有罪，他们就有了罪了。我是预备好把剑放下来。我晓得主教已经说我的部下不好，就要说我的不是，不如也把我收了，同阿多斯、达达尼昂关在一处——不久达达尼昂也是要被捉的。”王上道：“你这性急的加斯科尼人，你别着急。”德·特雷维尔声气一点不改地说道：“请陛下把火枪手放了，听候审讯。”主教道：“那是一定要审讯的。”德·特雷维尔道：“既然如此，我要请王上让我代诉。”王上晓得这事闹到极点了，说道：“倘若主教没把这事看得怎样关切……”主教知道王上的意思，赶快说道：“如果陛下疑我有私，我就不告这状了。”王上对德·特雷维尔道：“你敢向着老国王发誓说，闹事的时候，阿多斯的确在你府里，并不在场吗？”德·特雷维尔道：“当着老国王，当着陛下，我发这誓。”主教道：“请陛下再三斟酌。如果把阿多斯放了出来，我们就不能知道实在情形的了。”德·特雷维尔道：“阿多斯是什么时候都找得着的！律师随时都可以问他。主教请放心吧。我可以保他不逃走。”国王道：“我也知道他会不逃的。德·特雷维尔说得对，随时都可以找得着他的。”又把声音放低，望着主教，叫他不必再争的意思，说道，“不管怎么，先把他放了。有人监察着他，也不要紧。”主教微笑地说道：“随王上高兴。赦罪的权，是陛下的。”德·特雷维尔道：“赦罪是指犯了罪讲，我的火枪手无罪。我所求的，是公道，不是赦罪。”王上问道：“你不是说他被关在主教堡监狱里了吗？”德·特雷维尔道：“关在单间的囚牢，同最下等的犯人一样。”王上道：“这却怎样办？”主教答道：“请王上下旨放了他。德·特雷维尔说的话，是可以算数的。”德·特雷维尔鞠了躬，心里虽然高兴，却还害怕。他知道主教容易迁就，有时比极力反对还险。德·特雷维尔接了王上签过字的赦罪旨，正要告辞出来，主教回过脸来，微笑地向王上说道：“看见火枪营的人同他们的统领如此和睦，实在是高兴。可见是操纵得法，办事极可望成功的。”德·特雷维尔自思道：“主教又在那里想法来害我，这种人不容易胜他。我却不要耽误了，王上的主意是活动的，把人关了监狱是极容易的，若既放了出来，又再把他关了，却不甚容易。”德·特雷维尔就到了主教堡监，把阿多斯放了出来，按下不提。再说有一日德·特雷维尔碰见达达尼昂，说道：“你晓得他们替朱萨克报仇，报得很快。你这次便宜了，他们还要同波那朱报仇，你却要留心。以后不要全靠好运气，便宜地脱逃了。”

再说德·特雷维尔猜主教还要想法害他，猜得不错。等德·特雷维尔出来，关了门，他就对王上说道：“现在没人了，我们商量怎么办。陛下可晓得白金汉公爵来到巴黎了吗？住了五天，今早才走的。”

第十六章　搜 书

再说，王上听了主教那句话，脸上一阵红一阵白。主教知道刚才小有失败，这时候却又大胜了。王上喊道："白金汉在巴黎？他来做什么？"主教道："大约是来同陛下的对头，信奉基督教的人及西班牙人谋反。"王上喊道："不是的。我晓得了，他来同谢弗勒斯夫人、龙格维尔夫人、孔代亲王[①]等，要害我家庭的名誉。"主教道："陛下怎样会有这种意思。王后是明白人，不会做出这无耻的事，况且王后极恋爱陛下的。"王上道："女人的心性不定。王后同我的爱情如何，我是晓得的。"主教道："虽然这么说，我看准了，白金汉是为国事而来。"王上道："我也看得准，他不是为这事而来。倘若王后果然犯了罪，我却叫王后发抖。"主教道："说起疑心王后，我心痛得很。不过王后的举动，也着实不对。兰诺夫人今晚告诉我说，前天晚上，王后睡得很迟，在那里写信，常常哭。"王上喊道："写信给他无疑了！主教，我一定要把王后的信弄来。"主教道："用什么法子取来呢？陛下同我都不好去抢那书信。"王上极不高兴地说道："他们从前怎样对付邓克尔[②]的老婆的？先

---

① 孔代家族是波旁王朝的一支，亲王父子都信奉基督教，反对当时的王室，曾起过几次兵。——编者注

② 邓克尔，佛罗伦萨人，1600年路易十三的母后嫁给亨利四世时，他跟到法国。亨利四世去世后邓克尔大受重视，授陆军大将，封侯爵，为当时法国第一个权臣。终以权势太盛，招众人之忌，构成罪名，于1617年被杀于卢浮宫前御沟桥上。邓克尔的妻子，亦同时受了"用邪术蛊惑太后"的罪名，被杀。这里所讲，大概是指他们搜查邓克尔老婆的"邪术蛊惑太后"的证据的事。——译者注

是她的信包被搜，其次是她的房子，最后，连她的身上都搜到了。”主教道：“邓克尔的老婆不过是个佛罗伦萨的寡妇，陛下的王后，是奥地利的安妮公主，法国的王后，是天地间最尊贵的人。”王上道：“这并没把她的罪减轻了。她以最尊贵的人做出这种事来，她的罪名更大。我早已打定主意，要把这种秘密事情制止住。他用的一个人叫拉波特……”主教接着道：“我晓得这是王后的心腹人。”王上道：“主教，你也同我的意思一样，说王后在那里瞒着我吗？”主教道：“王后谋的是王上的权柄，却不是王上的体面。”王上喊道：“我告诉你吧，王后在那里两样都谋。我告诉你，王后并不爱我，她爱别人。我告诉你，王后爱那白金汉。他在巴黎的时候，你为什么不把他捉住？”主教道：“捉那公爵，他是查理一世的大臣，却要闹出乱子来的。王上疑心的事，我是不信的。万一是真有其事，岂不丑声播扬出去了吗？”王上道：“倘若他的行为，同贼一样，他一定……”说至此，停住了，口里要说的话，不敢再说出来。

主教等了一会儿，王上还不说，主教问道：“他一定怎么样？”王上道：“没怎么样，不过他在巴黎的时候，你可曾留心地观察他？”主教道：“观察了。”王上问道：“他住在哪里？”主教答道：“拉哈普街七十五号。”王上问道：“这是在哪里？你晓得王后同他见面没有？”主教答道：“王后的地位太高了，想来总没让他来见。”王上道：“王后同他通信，我一定要那信。”主教道：“但是……”王上道：“不管怎么样，我是要定了。”主教道：“虽然这么说，我请王上要斟酌……”王上道：“难道你也帮他们的忙来反对我吗？你也同着英国西班牙谢弗勒斯夫人、王后一班人串通吗？”主教答道：“我以为陛下不会疑心到我的。”王上道：“主教，你听见我说了，我一定要那些信。”主教道：“只有一个法子。”王上道：“什么法子？”主教道：“我看只好请王上传掌印大臣薛吉尔来，他是王上的心腹大臣，叫他办这件事。”王上道：“就叫他来。”主教道：“他现在在我家里，是我叫他来的。我入宫的时候，留下话，叫他等我。”王上道：“叫他立刻来。”主教道：“陛下的谕旨，立刻就照办起来。但是……”王上道：“但是什么？”主教道：“王后也许不奉诏。”王上道：“什么？王后不奉诏？”主教道：“是的。王后若晓得的确是王上的旨意，那就没话说了。”王上道：“要叫王后知道是我的意思。我自己先去告诉她。”主教道：“我已经尽力想法，免得有反目的事情。”王上道：“主教，我晓得你看待王后的意思，是存不为已甚的心。我觉得太过宽纵了些。将来有一天，我还要同你细谈这件事。”主教道：“我很愿意听王上有什么说法。我是要尽力让王上同王后琴瑟和谐的。”王上道：“主教，你的好意，我是相信的。请你先去叫薛吉尔来，我要到王后那里去了。”

说完，路易十三开了门，向王后那边去了。看见王后同那些夫人都坐在那里，在座的就是基多夫人，蒙伯桑夫人，萨布力夫人，格密弥夫人，那常在身边伺候的西班牙女人爱丝特法尼娅，另坐在角落里。格密弥夫人在那里读书给王后听，夫人们也在旁静听。其实王后心绪烦乱，一个人在那里沉思，特为请格密弥夫人读书，掩人耳目。王后为爱情所动，虽然有些快活，实在是凄惨得很。她晓得王上是同她极冷淡的，主教因为从前对待王后有过非分之想，被王后峻拒了，故此深怀痛恨，时时刻刻想法跟王后过不去。王后的最好朋友，或是最可靠的心腹已经驱逐完了。替王后尽力的人都是站不住的。谢弗勒斯夫人，华尔尼夫人，已经被逐了，拉波特现在已摇动，不久也是要走的了。王后觉得同她亲近的人，都是没好下场的，想到这里，不禁伤心。忽然房门开了，王上走了进来。那个在那里读书的，忽然不读了，余人都站起来，房里十分肃静。王上也不理会她们，一直走到王后跟前，说道：“掌印大臣一会就来见你，是我叫他来的，有话同你说。”可怜的王后，时时刻刻在那里怕王上来责她，或贬逐她出境。听了这话，脸青了，问道：“有什么话，王上可以自己对我说，为什么叫宰相来？”王上不答，转身出去了，同时统领亲兵的基多报道：“宰相来了。”薛吉尔进来的时候，王上已经走了。宰相走上前来，脸上有点发红，在那里微笑。

看官要晓得，这位宰相，名薛吉尔，性情是平和的。是主教的侍者推荐给主教的。主教见他人极可靠。当日相传他的故事，却有几件。有一件说是他少年的时候，性子甚野，什么事都敢做，忽然间进修道院修行。那修道院算是把他的身体关住了，却关不住他从前习惯的野性，天天想做坏事。他就告诉了院长，求他想法子。院长说：“你是被魔鬼迷住了。”叫他摇教堂里的大钟赶鬼。修道院里的修士听见钟响，知道是同门中有人着迷，都来祈祷救他。他照着法子，摇了大钟好几次，众人真来祈祷，但是魔鬼迷人，有了立脚地步，却不容易赶它出来。那些和尚越是出力祈祷，那魔鬼越把那着迷人的，抱得更紧。到后来，魔鬼闹得凶了，那个大钟，不分日夜地在那里摇，弄得修士们一刻也不得空，白天是跑上跑下，夜里不得睡觉，听了钟就要从被里爬出来，跪在地下念经。当时的记载，却没说明是修士胜了，还是魔鬼胜了。只晓得过了三个月，修士跑了出来，人家都知道他是被魔鬼缠得最凶的人。修士做不来，他就去学法律，居然做了司法官，入了主教的党，这就见得这个人的本事了。末后做到宰相，帮着主教，起先反对太后，后来反对王后。因为替主教出了许多力，主教极相信他，故此现在这件事情，就叫他去办。

他进来的时候，王后还是站着，看见他来了，自己坐下，叫那些夫人们也坐下，很带骄傲的意思，问他道：“你来做什么？”宰相答道：“我是奉王命而来，要搜查王后的信件。”王后道：“搜查我的信件？这事便使不得！”宰相说道：“我是照着王上的旨意行事，王上先来通知过了。”王后道：“请你搜！原来当我是个犯了罪的人。爱丝特法尼娅，把钥匙拿出来。”那宰相晓得当日王后写的那封信，一定不是藏在抽屉里的，他只好装作搜查的样子，来搜了一会儿。他却要搜王后的身，就跑到王后跟前，局促不安地说道：“还有一件极要紧的事，未曾办呢。”王后故作不知地问道：“哪一件？”宰相道：“王上晓得日里王后写了一封信，却未曾寄去。但是抽屉里没有，总在别的地方了。”王后怒目地看着他，说道：“难道你要搜我的身吗？”宰相道：“我是王上的忠臣，王上的旨意，我也没法，都是要照办的。”王后道：“你说得也是。主教的侦探真能办事，我今天是写了一封信，却没寄去，信在这里。”一面说，一面把手放在胸口。宰相道：“请你交给我。”王后道：“我只能把信亲手交给王上。”宰相道：“王上若是要这信交给他，他自然同你要。我奉命来要这信，自然是该交给我。若是不交……”王后道：“不交，便怎样？”宰相道：“不交给我，我就要动手拿。我奉的旨意，说得清楚明白的。你若不交，我却要搜了。”王后喊道：“真是可怕！”宰相道：“请王后不要让属下为难。”王后道：“这是件极丢人的事，你可晓得吗？”宰相道：“这都是王上的旨意，请王后不要怪我。”王后觉得他们太无礼了，太藐视了西班牙同奥地利了，喊道：“我宁可死了，一刻也不能受这种羞辱。”宰相深深地鞠躬，走上前去，便要动手。看官记得，作者说过，王后是个极美丽的女人，宰相来做的事情，是极难下手的，若不是路易吃白金汉的醋，万不会做出这等无礼的事来。当下宰相旧日的毛病发作起来，很要摇那修道院里的大钟，不过现在自己不在修道院里，只好大着胆子，伸出手来，真要搜。王后见了，退后一步，脸色都灰了，同死人一样，左手扶住桌子，免得跌倒在地，右手从怀里掏出信来，交给宰相，又气又怒，气得声音也不连贯地喊道：“这就是那封信。拿去吧！你也走吧！不要令我看见你生气！”宰相拿了信，鞠躬，走了，门尚未关。王后气得半死，晕倒在夫人们身上。

宰相拿了那封信，并不看，一路送给王上。王上接信在手，气得打战，等找到那信封的住址时，脸色先白了，看见并没住址，他慢慢拆开了，看见第一个字，知道是写给西班牙国王的，他就赶快往下读。原来信上并没什么话，不过是想夺去主教权力的法子，叫他兄弟◎及奥地利皇帝，同法国宣战，要求驱逐了主教。看官须知，主教时时要把那两国弄弱了，那两国是恨极了主教的政策。不过信里并无一字说起爱情的事情。王上看了信，高兴得了不得，就问主教走了没有。听说他还在办事房，王上就到那里，说道：“公爵◎，到底还是你猜着了，是我错了。那个秘密事情，是国政上的，并不是爱情的事。信上却有许多说你的话。”主教接

◎ 当时西班牙国王腓力四世是王后的弟弟。——编者注
◎ 因为主教曾于1631年晋位公爵。——译者注

过信来，慢慢读了，读了一遍，又读了一遍，说道："陛下现在晓得我的仇人恨我极深了。你若不把我罢免了，两国要来同你打仗。看来若是我做陛下，我只好不去同这两个强邻作对。在我自己，我却很愿意告退了。"王上道："公爵，你说什么？"主教答道："我说的是，我因为这些秘密的事，我的身体吃不住了。攻打那拉罗谢尔的事，我有点来不及了。我要请王上派孔代，或是巴桑披，或是别的人去。我是教里的人，还有应办的事，都被这些我不想办的不相干的事情耽误了。我走开了，陛下的家事也好了，外交也有起色了。"王上道："公爵，我晓得你的意思。你只管放心，信里说的人，连王后在内，我都要办他们的。"主教道："若是因为我叫王后受罪，天也不容的。王后总当我是她的仇人，王上是知道的，我不独帮王后，还有时帮着王后同王上作对呢。倘若是王后做出有害王上体面的事来，我也要请王上惩办的，现在却并没这种事。"王上道："你并没错，你向来都是对的。王后却叫我生气。"主教道："是陛下叫王后生气，也难怪王后。因王上待她未免太严……"王上道："我的仇人，你的仇人，我是要待得严。我也不管她的位分，我也不管冒什么险。"主教道："我是王后的仇人，陛下不是王后的仇人。王后是极爱陛下的，从来没有犯错，又是极柔顺的。请王上还是以恩情相待才是。"王上道："王后总要自己先低头，先来求我的饶恕。"主教道："应该王上先低头的。王上先疑王后，那是王上错了。"王上道："要我先低头，我是永远不会的。"主教道："王上还要斟酌。"王上道："我怎么做得到。"主教道："陛下可以想个法子，叫王后高兴。"王上道："什么呢？"主教道："开个跳舞会。王后是最喜欢跳舞的，王上若是这样做，王后必喜欢。"王上道："我是从来不喜欢这种无谓的事的。"主教道："因为王上不喜欢这种事，王后会加倍领情。况且王上送王后生日的那钻石扣子，王后从没戴过，有了这个机会，就可戴出来了。"王上因见王后犯的并不是那最可恨的罪过，他心里着实高兴，正想要同王后说和，就对主教说道："慢慢再讲，主教，你用意太宽厚了。"主教道："严厉的事是大臣做的，王上就交给他们做。王上是要仁慈为主，多做仁慈的事，将来是必多好效果的。”那时已打十一下钟，主教告辞，临走，还是请王上去同王后打圆场。

再说，王后因为那封信的事情，正在盼望王上来同她闹。到了第二早起，王上来了，却是笑容满面的，王后觉得奇怪。王后想起昨日种种羞辱她的事情，原是要先同王上发作。那些伺候的夫人们，苦苦相劝，只好先不发作，看王上说的什么。王上趁此机会，先说了不久要开跳舞会的话。王后因为许久没开过跳舞会，听了这话，高兴得很，气也不生了，竟不出主教所料，就要问是几时。王上说是要同主教商量。

王上果然天天问主教，几时好开跳舞会，主教却天天推。如是者，过了十天。搜信后的第八天，主教接着伦敦的一封信，写道：我得着了，不过没路费，不能离伦敦，速寄五百个皮斯托尔来。收到此款后，四五日就回到巴黎。有一天，王上又问主教，几时开跳舞会。主教屈指在那里算日子，心里想道：“她收到了盘缠，四五日就可到这里，那钱要四五日才到伦敦，由伦敦启程，又要四五日才到这里，共要十日，我们还要算风色，若是遇着逆风，还有那意外的耽搁，总要十二天。”王上催他道：“你算好了没有？”主教道：“算好了。今日是九月二十日，十月三日，城里的绅士有大宴会，这天最好。人家也看得那跳舞会并不是特为王后而设的。”又说道：“陛下却不要忘了请王后那日戴上那钻石来看看。”

第十七章　主教之手段

再说王上听见主教第二次说起钻石来，心里就犯了疑，知道其中有点古怪。路易常常因为主教用了许多侦探，打听到许多宫里事来，比自己还晓得真切，他要在王后嘴里打听，看是什么古怪事，也要主教晓得自己的消息灵通。他就去到王后房里，找出事来，责备那些夫人们，王后不理他，随他说，路易不高兴起来，特为要同王后理论，找出线索来，他就故意地责备王后。王后说道：“请陛下告诉我，因为什么事情恼了？我做什么事，犯了什么罪？我就是写信给我的兄弟，你也不能这样生气。”王上听王后把信的事情直说出来，却不好回答。主教虽是告诉王上，不要先说起钻石来，要等到开跳舞会前一晚再说的，路易因无话回答，就说起钻石来，说道：“城里议事堂不久就开跳舞会，我要你赏点脸给城里的绅士。你要穿宫妆去，最要紧是要戴起我前时送你做生日礼物的钻石扣子。”王后听了末后这个话，魂也没了。她自然以为王上都知道了，她也猜着主教是教王上预先不要说起的——主教的刻毒诡计，王后是知道的。王后听了，脸色也白了，扶着桌子，两眼现出害怕的情形，瞪着看王上，一句话也说不出来。

王上见王后难过的情形，心里着实高兴，却不晓得其中的底细，说道：“你听见没有？”王后口吃地答道：“我听见了。”王上道：“跳舞会你是要来的。”王后道：“来的。”王上道：“要戴钻石。”王后道：“戴的。”王后的脸色更白了。王上见她这样情景，更觉得意。不管人家难受，这却是路易十三品行最不好之一点。路易说道："这是商妥了的，也没别的事了。"王后问道："跳舞会究竟是几时开？"王上立意先不告诉她，说道："快了，我却不晓得是哪一天，我还要问主教。"王后道："原来跳舞会是主教的主意吗？"王上有点不好意思地答道："是的。你为什么要问？"王后道："大约钻石的话，也是他的主意了。"王上道："这事是……"王后拦住道："我说着了，是不是？是他的主意。"王上道："他的主意也罢，我的主意也罢，有什么要紧。难道叫你戴钻石是犯了罪吗？"王后道："不是的。"王上道："你听我的吩咐便是。"王后道："听你的吩咐。"王上得意得了不得，说道："很好。我相信你。"王后向王上弯腰屈膝——却不是要行礼，因为王后腿已软了，再支不住了。王上觉得自己把事办得出色，大乐而去。

王后自己嘀咕道："这可糟了！糟了！主教探出我的事了。王上现在还不晓得，不久却要晓得了。天呀！这可糟了！"说完，两膝跪着垫子，把头放在两臂上，在那里叫苦。看官须知此时王后的情景，着实可怜。白金汉已经回到伦敦了，谢弗勒斯夫人远在图尔，正是叫天不应，叫地不闻。王后晓得是有人侦探她，她身边的夫人们走了消息，却不知是哪一个。拉波特是不能离开的，身边没个可靠的人。想到绝望的时候，大哭起来。忽听得有极柔和极表同情的声音说道："我可以替王后帮忙吗？"王后急回转头来，看是谁说话。原来是波那瑟的老婆，站在门里。王上进来的时候，她在那里叠衣裳，躲避不及，什么话都听见了。王后起先看不清楚是谁，喊了一声。那女人看见王后如此凄惨，自己也快掉下泪来，说道："王后不要害怕，我是肯舍了性命替王后办事的。我虽是个下贱人，无权无力，我却晓得一个搭救的法子。"王后喊道："你呀，你敢抬头看我吗？我怎么样能相信你。四面八方都是害我的人。"波那瑟太太道："我却要舍命救陛下。"王后看她如此，知道她是的确可靠。波那瑟太太又说道："陛下说得对。奸贼是真多。圣母在上，我敢发誓，再没别人还比我忠心为陛下的。王上说的钻石扣子，陛下已经给了白金汉公爵了，是不是？那扣子是装在一个小红木盒内，白金汉公爵出宫的时候，还拿在手里，是不是？”王后浑身打战地说道：“是的。”波那瑟太太道：“我们要想法，把钻石要回来就是了。”王后道：“那个自然，不过谁去取来？”波那瑟太太道：“总要打发个人去。”王后道：“这样难办的事，我靠谁去办？”波那瑟太太道：“请王后放心把事交给我，我去找人。”王后道：“我要写封信。”波那瑟太太道：“那个自然。王后亲笔写几个字，用了私印，就是了。”王后道：“这几个字，就可以定我的罪，休了我，或是贬逐我。”波那瑟太太道：“仇人得了，自然不妥，我敢保这封信，交给本人。”王后道：“我的性命，我的名誉体面，都在你手上了。”波那瑟太太道：“是的。我都能保护得安稳。”王后道：“你告诉我，你打算怎么办？”波那瑟太太道：“我的男人已放出来两三天了，我还没工夫看他。他是个老实人，也不同人好也不同人坏，我叫他做什么，他就做什么。只要我吩咐他，他就动身，把信送去，也不问是谁送的，也不知道是为什么事。”

王后听了，拿了波那瑟太太的手，定了睛看她，像是要看到她心里。看她的两眼，倒是诚实可靠的样子，没一丝的奸诈。王后就搂着她说道：“你去办吧，救我的性命同我的名誉。”波那瑟太太道：“我给陛下办的，不过是点小事。我却是打好了主意，叫陛下不中他们的奸计。请陛下就写信吧，不要再耽误了。”王后写了信，用了私印，交给波那瑟太太。王后道：“还有一件要紧事，我们却不要忘了。”波那瑟太太问是什么事。王后道：“送信人的路费。”波那瑟太太红了脸说道：“不错的。我要老实告诉陛下，我的男人……”王后拦住道：“你的男人没钱，是不是？”波那瑟太太道：“他钱是有的，不过他不肯花。但是王后不必烦心，我们尚可以想法子。”王后道：“我也无钱。哦，有了，你等一等。”王后说完，走去拿首饰盒子，拿出一样东西来，说道：“人家都说这个戒指很值钱，是我的兄弟西班牙国王的，现在算是我的了。你拿了去，就可以换钱，叫你男人启程。”波那瑟太太道：“有一小时，就可安排妥当了。”王后低声地同波那瑟太太说道：“你看见信封了吗？是送给伦敦白金汉公爵的。”波那瑟太太道：“这封信是要交到公爵手里的。”

王后道："你真是个有胆子的女人，我怎样谢你才是。"波那瑟太太拿王后的手，吻了一下，把信收在怀里，走了出来。

不到十分钟，就到了家。波那瑟太太这几天真是没见过她男人，她却不晓得她的男人的心肠全变了。况且罗什福尔伯爵来找过他几次，很拉拢他，又告诉他，说他的女人被掳是政界上没法子的事，不要紧的。他以为伯爵是他的最好朋友，心肠全变坏了，同从前是两个人。

波那瑟太太回到家里，看见只有她男人一个人在那里收拾房子——女仆早跑了，家里东西破了许多，橱里抽屉里的东西都被丢得干干净净。波那瑟被放回来，就送信给他的女人，叫她赶紧回家。等了五天，按平时来说，波那瑟是要着急的，现在是情形不同了，有伯爵来探望他，有时他自己还要去见主教，心里忙得很，也就忘记了老婆许久还没回来。伯爵常称叫他好朋友。他以为主教很看得起他，他不久是要阔的了。波那瑟太太那些天，心里却也不闲，很在那里记挂那个有胆子的少年。见他同自己那番殷勤，心里却丢不下，她是十八岁嫁给波那瑟的，见的都是波那瑟的朋友，都不能动她的心。那时城里人看见上等人是了不得的，达达尼昂是个上等人。女人最称赞的是火枪手，其次就是禁兵了，况且，达达尼昂年纪又轻，面貌又好看，又有胆子，又表达过爱情。波那瑟太太今年不过二十三岁，见上这个人，自然是要动心的。

再说波那瑟太太回到家来，波那瑟伸手来搂她，搂了一会儿，波那瑟太太说道："我有话要告诉你。"波那瑟道："什么事？"波那瑟太太道："很要紧的事。"波那瑟道："是吗？我还有要紧的话问你。我要问你，当日你是怎么被掳去的？"波那瑟太太道："现在且别提这事。"波那瑟道："也好，你要说什么，要说我在监里的情形吗？"波那瑟太太道："出事的那一天，我都晓得了。我知道你并没犯什么罪，又没同人串通，做什么坏事，我心里就不着急了。"波那瑟见他女人一点不替他着急，有点不高兴，说道："你倒看得事情不要紧。这是你并不知道我关在巴士底狱监里一天一夜呢。"波那瑟太太道："一天一夜，过得快得很。今天我为一件事来找你，你请听听。"波那瑟道："原来你并不是因为久别了来看我的。”波那瑟太太道：“为的久别，我是要来看你；为的事情，我也要来看你。”波那瑟道：“什么事？”波那瑟太太道：“是件极要紧的事，我们将来的富贵，就靠这件事了。”波那瑟道：“自从同你分手之后，我们的运气很有进步了。等不到几时，我们的邻居，就要妒忌我们了！”波那瑟太太道：“是的，如果我叫你做什么，你就做吗？”波那瑟道：“叫我？”波那瑟太太道：“叫你。现在有一件极要紧的事，极好的事，叫你做。还有极大的酬劳。”——波那瑟太太是晓得的，只有钱财能动她男人的心，她却不晓得不但一个卖服饰的人，随你什么人，同主教说了十分钟的话，那个人就要变了的。

波那瑟道：“那件事可以得多少钱？”波那瑟太太道，“大约有一千皮斯托尔。”波那瑟道：“哼！要办什么事？”波那瑟太太道：“你立刻就要动身走。我把一封信给你，你送给一个人。那封信却不要被别人看见。”波那瑟问道：“要我送到哪里？”波那瑟太太道：“送到伦敦。”波那瑟道：“我去伦敦？你别开玩笑了。我去伦敦做什么？”波那瑟太太道：“自然不是你的事，是别人的事。”波那瑟道：“别人是谁？我老实告诉你，我再也不去在黑暗地里办事了。我要晓得我替谁办事，为什么要跑远路？”波那瑟太太道：“你替一个地位极高的人办事，送信给一个地位极高的人。我告诉你，那个酬劳大得很呢！是你梦想不到的。”波那瑟道：“又是秘密诡计，总是秘密诡计。我可再不干了。主教已经吩咐我，叫我留神了。”波那瑟太太喊道：“主教！你见着主教吗？”波那瑟很得意地答道：“主教请我去的。”波那瑟太太道：“你去了吗？你为什么做这不该做的事？”波那瑟道：“那却由不得我做主，是两个兵把我押着去的，那个时候，我因为素来没见过，却也不甚愿意见他……”波那瑟太太问道：“他待你好不好？还是吓你？”波那瑟道：“他跟我拉手，叫我是他的朋友。你听见吗？我现在是大主教的朋友了！”波那瑟太太啐道：“大主教！”波那瑟道：“难道你不相信他的阔处吗？”波那瑟太太道：“唉，不是的，我并不是不相信，不过这种人的话，是总靠不住的。你如果是相信，就是个疯子了。你可知道，还有别人比他更阔，势力比他更大，我们要依靠，还是依靠这种人，不要依靠主教。”波那瑟道：“别的人我不管，我就是依靠他。”波那瑟太太道：“啊，你替主教出力吗？”波那瑟道：“我是替主教办事的人。我不要你串通别人，谋害国家的治安。我不许你帮着王后去办那秘密的诡事。王后是西班牙人，存了西班牙人的心，好在有主教的两个眼睛在那里时时刻刻地查看，随你有什么诡计，他都有法子破的。”——这几句话原来都是罗什福尔伯爵说的，他听了，就拾了来，告诉他的女人。

波那瑟太太原要叫他的男人帮忙，故此才应许了王后，替她冒险出死力。听了丈夫这番话，着急起来，不独她自己有危险，连王后的事，也都无人出力了。后来想了一想，知道丈夫是个懦弱的人，性情又是极贪的，又拿话劝他道：“原来你是个主教党。他们辱待王后，又欺负你的老婆，你还是要帮他们吗？”波那瑟道：“先公而后私，我帮的是保护国家治安的一党。”——这两句话，又是罗什福尔伯爵说的，他得了空，就要说出来。波那瑟太太耸耸肩说道：“你晓得什么国家大事？你只好老老实实地做个安分百姓，做点发财的事，就完了。”波那瑟拿手拍拍一个大圆肥满的口袋，说道：“我的心肝，你晓得这里头是什么东西吗？”波那瑟太太问道：“那些钱是哪里来的？”波那瑟道：“你猜猜看？”波那瑟太太道：“主教的吗？”波那瑟道：“是他给的。还有我的好朋友罗什福尔伯爵给的。”波那瑟太太道：“罗什福尔伯爵，掳我的就是他！”波那瑟道：“也许是他。”波那瑟太太道：“你要他的钱吗？”波那瑟道：“你刚才告诉我，他掳你去为的是国事。”波那瑟太太道：“但是他们把我掳了，要我供出王后的私事来，坏王后的名誉，或者害王后的性命，也未可知。”波那瑟道：“王后是个西班牙人，是个坏人。主教做的事，没有错。”波那瑟太太道：“唉，我只晓得你为人懦弱，贪财无胆，我今天才晓得你是良心丧尽了。”波那瑟从没见过他女人这样生气，倒有点害怕，问道：“你说什么？”波那瑟太太见自己说的话，有点动了他，答道：“我说你是个下流东西！你还要讲国事，还要讲主教办的国事，你想想看，可配？你看吧，你要把你自己的身体灵魂，都卖给魔鬼了。”波那瑟道："不是。是卖给主教。"波那瑟太太道："一样的，主教就是魔鬼。"波那瑟道："小点声儿，恐怕有人听见。"波那瑟太太道："不错，若是有人晓得你这样无耻，我脸上真难为情。"波那瑟道："你老实告诉我，你要我做什么？"波那瑟太太道："我已经告诉你了。我现在叫你办的事，你马上就要启程。如果你肯干，我什么事都饶了你，什么事都不提。"波那瑟虽然是个懦夫、是个财迷，但却很疼他的老婆，听了这话，在那里犹豫。波那瑟太太道："赶快吧，拿定主意吧！"波那瑟道："我的宝贝，你也要想想，你叫我做的什么事。伦敦离巴黎很远的，路上是很危险的。"波那瑟太太道："那也算不了什么。只要你留心，避了险，就是了。"波那瑟道："算了吧。我是拿定主意，随你有什么好处，我都不去的了。我不愿意做那些秘密诡事，我看见过巴士底狱里面一次了，我可不要再看见了。想起来，心也寒，肉也麻了。他们当初还要拿苦刑叫我受。你晓得苦刑吗？夹棍是要夹到腿都要裂的，你晓得吗？夹棍之外，还有别的花样，我是不去的。你为什么自己不去？我是让你骗了。我当先以为你是个女人，谁知你简直是个男人，是个肯拼命的男人。"波那瑟太太道："你呢？你却是个女人，是个极没出息、极无用、极呆气的女人！你害怕么？你如果马上不去，我要请王后把你捉了，送你到巴士底狱里去，横竖你是喜欢的。"波那瑟听见了，盘算了一会儿，他确实是害怕那主教，马上盘算好了，说道："你只管捉我，我会求主教救我。"

波那瑟太太到这时候，才晓得自己把话说多了。看看他丈夫的脸，却是一脸的没出息，一脸的疲沓，就自己后悔已经把许多话告诉了他。波那瑟太太道："细细地想想，还是你的主意不错。讲到国事，自然是男人比女人懂得多些。你是常同主教来往的，又比别的男人懂得更多。不过我以为我最爱的丈夫，我素来依靠的，却如此待我，不爱我，我说的话，总不肯听。"波那瑟得意极了，说道："你说的话，太过难办了。我恐怕你没想透。"波那瑟太太道："就这样吧。我们丢开那主意，再不要提了。"波那瑟忽然想起罗什福尔曾经告诉他，叫他打听他老婆的秘密，可惜记得迟了些。他问道："你叫我到伦敦，到底是办什么事？"波那瑟太太觉得她丈夫问得奇怪，答道：“我们别提吧。不过叫你替王后买东西，你可以落几个经手钱。”波那瑟见他女人不肯告诉他，他更要打听了。他就立定主意，先透个信给罗什福尔，说是王后要打发个人去伦敦。他就向老婆说道：“你别怪，我要出去一会儿。我是不晓得你今天回来，我先同朋友约下了。你且等几分钟，我的事情完了，我就回来，领你到宫里去。”波那瑟太太道：“谢谢你，用不着了，我自己可以去，不必你费事了。”波那瑟道：“我的宝贝，随你便吧。你几时再回来？”波那瑟太太道：“下一个礼拜，我就没事了，我就可以回家收拾房子。这房子乱得不像样了。”波那瑟道：“很好。我到了下礼拜，就望你回来。你不是同我生气吗？”波那瑟太太道：“不是的。我并没同你生气。请了，再见吧。”波那瑟拉住老婆的手，亲了一下，就跑了。

波那瑟出了门，波那瑟太太关了门，独自一个人在那里说道：“这个呆子，没出息到极处了。他跑去做了主教的傀儡，我却应许了王后，叫他帮忙。哎哟！王后一定也怀疑我也是个主教的侦探了，啊！波那瑟，波那瑟，我本来就不甚稀罕你，现在我简直是恨你了！我把话说在前，你这个反叛是没好结局的。”说到这里，忽然听见有人敲楼板。过了一会儿，有人说道：“我的波那瑟太太，请你把小门开了，我下来。”

第十八章　懦夫出首

波那瑟太太开了小门，达达尼昂跑了进来，说道："你别怪我说，你的丈夫，真不是个东西。"波那瑟太太着了急，问道："我们说的话，你听见了吗？"达达尼昂答道："个个字都听见。"波那瑟太太问道："这是怎么讲？"达达尼昂答道："我想出一个法子，有人在楼下说话，我在楼上都可以听得见。你从前同主教侦探说的话，我都听见了。"波那瑟太太道："你听见我们两口子的话，你怎么看？"达达尼昂答道："我看出好几层的道理。第一层，你的男人是个没出息的东西；第二层，你这个人不得了，我却喜欢得了不得，因为我有了帮你忙的机会，赴汤蹈火，我都是愿意的；第三层，是王后要找个有胆子、有见识、靠得住的人，去伦敦。你要的是有那三样好处的人，才办得了这件事，我是有了两样的了，我在这里听候你的吩咐。"波那瑟太太先不答，心里却高兴得很，知道那件事可以成了，有了望了，问道："若是我把这件事交给你办，你有什么凭据，叫我相信你。"达达尼昂答道："我的爱情，就是凭据了。你只要说句话，吩咐下来，只要告诉我说，是你要我办。"波那瑟太太沉吟道："你不过是个小孩子，我能把这极危险的秘密事靠你去办吗？"达达尼昂道："你要我找个人作保吗？"波那瑟太太道："那样我可就放心。"达达尼昂问道："你认得阿多斯吗？"波那瑟太太答道："不认得。"达达尼昂问道："你认得波尔多斯吗？"波那瑟太太答道："不认得。"达达尼昂问道："认得阿拉米斯么？"波那瑟太太答道："也不认得——这些人都是谁？”达达尼昂道：“他们都是御前火枪营的人。你认得他们的统领德·特雷维尔吗？”波那瑟太太道：“我不认得，我却听见王后常说他是个忠勇不过的好汉子。”达达尼昂道：“你总不怕他把秘密告诉了主教吧？”波那瑟太太道：“不怕。”达达尼昂道：“请你去问问特雷维尔统领，把秘密告诉了他。问问他，我可靠得住。”波那瑟太太道：“这是秘密，我不好告诉他。”达达尼昂道：“你为什么还想告诉你的丈夫呢？”波那瑟太太道：“也不过当他是个装信的物件。就如我们把信放在树的窟窿里头，或是把信挂在鸽子翎膀，或是挂在狗的脖子上。”达达尼昂道：“你虽是晓得我爱你，你还不相信我？”波那瑟太太道：“那是你说的。”达达尼昂道：“我又是个有信实的人。”波那瑟太太道：“这个我相信你的。”达达尼昂道：“我也有胆量。”波那瑟太太道：“这个我也相信的。”达达尼昂道：“很好，你为什么不叫我做给你看？”波那瑟太太迟疑不决，两眼只管看他，见他眼上带着很踊跃的意思，说话的声音，也能叫人相信，就不由得不相信他。况且她自己所处的地位，又十分为难，除却他，还有谁可靠。这件事太相信人，固然是不妥，太不相信人，也是不好。波那瑟太太却又觉得这个少年可爱，想了一想，只好把整件事都告诉了他，说道：“你听着，我都告诉了你。上帝在上，我先发个誓，如果你害我，我自己就寻死，我的血淋到你的头。”达达尼昂道：“我也发誓，如果我去送办这件事，被人捉住了，我宁死也不吐出一句秘密来。”波那瑟太太就把这件事，从头至尾告诉了他——有些他那晚在桥边已经知道的了。因为他们两个人，同知道这件秘密，两个人的爱情从此就固定了。

达达尼昂见她又爱自己，又相信自己，欢喜得了不得，自己便觉得增加了力量，什么事情都敢去办了，说道：“我立刻动身。”波那瑟太太道：“你还要告假呢。”达达尼昂道：“可不是。我的康斯坦斯[①]，我却忘了。你说得对，还要去告假。”波那瑟太太沉吟道：“这却添了为

---

① 康斯坦斯，就是波那瑟太太的闺名。——译者注

难，又耽误了时候。”达达尼昂想了一想，答道：“你放心吧。我有法子想的。”波那瑟太太道：“你用什么法子？”达达尼昂道：“我今晚就去见统领，托他同我告假。”波那瑟太太道：“还有一件事。”达达尼昂问道：“什么事？”波那瑟太太道：“恐怕你没有钱。”达达尼昂笑道：“不要说恐怕了，就是没有。”波那瑟太太当下开了橱，拿出那包钱来，就是半小时前她的丈夫拿手拍拍的那一包。波那瑟太太说道：“你就把这包钱拿了去。”达达尼昂在楼上的时候，揭开楼板，都听见他夫妇说的话，笑问波那瑟太太道：“这是主教给你丈夫的钱？”波那瑟太太道：“是的。你看看，这个包儿还重呢。”达达尼昂道：“倘若我们真能够把主教的钱拿来救了王后，那可真好玩了。”波那瑟太太道：“你是个有胆的少年，将来王后一定重赏你。”达达尼昂道：“你已经许我爱你，这就是我的重赏了。”波那瑟太太忽然惊了，止住达达尼昂道：“别出声！”达达尼昂问道：“什么事？”波那瑟太太道：“我听见有人在街上说话。”达达尼昂道：“那个声音好像是……”波那瑟太太道：“是我男人的声音。”达达尼昂跑去，先把门关了，说道：“等我先走了，你再开门。”波那瑟太太道：“我也要走。不然，那一口袋钱丢了，怎么讲。”达达尼昂道：“不错。我们两个人都要走。”波那瑟太太道：“那个办不了。他一定看见我们走。”达达尼昂道：“你到我房里去。”波那瑟太太哭道：“我害怕得很。”达达尼昂看见她害怕，赶紧安慰她，说道：“你到我房里就同在教堂里头一样的安稳。”波那瑟太太沉吟道：“我们就去吧，我相信你。”

达达尼昂轻轻地把门打开，走到过道，上了楼，进了房子，达达尼昂先把门用东西拦了，两个人从窗缝往外看，看见波那瑟同一个披了罩袍的人说话。达达尼昂不看便罢，一看见那个人，他就拔出剑来，要出去，喊道：“那就是默恩镇那个人！”波那瑟太太喊道：“你做什么？你要把我们两个人都毁了！”达达尼昂道：“我是发过誓的，要杀这个人。”波那瑟太太道：“你现在是已经发过誓替王后办事。王后的事要紧，我不许你冒险。”达达尼昂道：“我替你出力，你就不管我去冒什么险了吗？”

波那瑟太太道："替我办事，我要你小心。我们且听他们说，他们在那里说我呢。"达达尼昂跑到窗口听。原来波那瑟已打开了门，看见房里无人，又跑出去，同那披罩袍的人说道："我的女人走了，想在宫里了。"那人问道："你的女人，不晓得你为什么事出来吗？"波那瑟道："她不晓得。她浅得很，想不到。"那人问道："那个当禁兵的，不在家吗？"波那瑟道："想是不在家。窗子关了，房里也没灯。"那人道："我们先要看清楚。"波那瑟道："怎么看法？"那人道："敲敲他的门。"波那瑟道："我先问问他的随从。"那人道："你就去问吧。"波那瑟又进来，上了楼，敲达达尼昂的门，没人应，原来他的随从去跟波尔多斯赴宴会了。达达尼昂听见敲门声，只是不作声。房里两个人，十分着急，听见门外说道："里头没有人。"那人答道："不管吧，我们到你的房里去，比站在大门外好。"波那瑟太太嘀咕道："这却叫人着急。他们两个说话，我们一字都听不见了。"达达尼昂道："不要紧。我们听得更清楚。"说完了，把楼板起出三四块来，铺一块地毯，两个人跪在那里听。

那人问道："你知道楼上真是没有人吗？"波那瑟答道："真是没人。"那人问道："你相信你的女人……"波那瑟答道："她回宫了。"那人问道："她只对你说，没向别人说吗？"波那瑟答道："她没看见别人。"那人说道："这一层很要紧的，你晓得哪吗？"波那瑟道："看来我告诉你的话是很要紧的。"那人道："要紧得很。"波那瑟道："主教晓得，总很喜欢我了？"那人道："那是一定的。我要问你，她同你说话的时候，说出什么人的名字来没有？"波那瑟答道："没有。"那人问道："说到谢弗勒斯夫人、白金汉公爵、华尔尼夫人没有？"波那瑟答道："没有。她只说要我去伦敦，替一个阔人办事。"波那瑟太太在楼上听见了，就骂他的男人是反叛。达达尼昂抓住波那瑟太太的手，叫她别响，波那瑟太太的手，并没缩回去。又听见那人道："这不要紧。但是你太呆了，你为什么不应许了她？那封信就到你手上了。他们的诡计也破了，你也算出了力，保全了国家了。"波那瑟道："我保全国家？"那人道："主教就可以封你一个爵位了。"波那瑟问道："主教告诉过你吗？”那人道：“是的。我知道主教要出其不意地封你一个爵位。”波那瑟道：“很好。不要忙，还有时候呢。你可晓得，我老婆很爱我，当我是一位尊神呢。”波那瑟太太听了，说道：“这个呆子！”达达尼昂把波那瑟太太的手更抓紧些，叫她别响。那人道：“还有什么时候？”波那瑟道：“我到宫里去找她，对她说，我想过了，还是去的好。她自然就把信交给我，我就把信送给主教。”那人道：“你马上就去，我再回到这里来听信。”说完，那人走了。

波那瑟太太听了，着实生气，骂她的男人，达达尼昂把她的手抓得很紧，叫她别作声。忽然听见人大喊，喊得可怕，原来波那瑟看见装钱口袋丢了，大声在那里喊道：“有贼，有贼！”波那瑟太太道：“他要把邻舍都惊吵出来了！”谁知那条掘墓人街时常有人吵闹的，况且波那瑟的房子，近来出过事，邻舍都不理会，也没人来管，他就跑到街上喊，一直喊到别条街上去了。波那瑟太太说道：“你该动身了。凡事要大胆，却也要小心。你总要记得，第一重要的是替王后出力。”达达尼昂道：“替王后出力，替你出力。我的宝贝康斯坦斯，你请放心，我总要替王后争脸，替你争脸，也不枉你爱我一场。”波那瑟太太听了，不响，脸却绯红了。等一会子，达达尼昂披上罩袍，挂了剑，出门去了。波那瑟太太看着他去，依依不舍地等到看不见了，她自己跪在地上，合了手，祷告上帝，保护王后及自己。

第十九章 送 信

达达尼昂一刻不敢耽搁，他知道那个人是主教的侦探，他一路到了统领府来。因为有这件要紧事交给他办，他觉得甚高兴，不独从此可望富贵，并且同他心爱的女人，可以日渐亲近起来。到得府来，刚好统领有客，他就走到统领的书房等，烦人去通知统领。不到五分钟，统领进来，一看就知是他有非常要紧的公事。达达尼昂在那里盘算，不知是把事情告诉了统领好，抑或只托得代告假。想到统领待他是极坦白的，素来又是忠心于王后，最恨的是主教，他就打好主意，把这件事详细地告诉统领。

德·特雷维尔先开口道："你来同我有话说？"达达尼昂道："是的。不晓得有什么不便没有，事情却是极要紧的。"统领道："是件什么事？"达达尼昂低声答道："这件事，与王后名声相关，或者同王后的性命相关，也未可知。"统领四围一看，见没有别人，问道："你说什么？"达达尼昂道："我碰巧打听出一件秘密事件。"统领道："你却不可泄漏了。"达达尼昂道："我一定要告诉你。我应许了替王后办的事情，唯有统领可以帮忙。"统领道："这件事同你自己有相干吗？"达达尼昂道："没有。只同王后有相干。"统领问道："王后有叫你告诉我没有？"达达尼昂答道："没有。王后不许我告诉别人。"统领道："你为什么又要告诉我？"达达尼昂道："因为没你的帮忙，我这件事办不成。我又怕倘若不把情形告诉你，你是不肯准我所求的事情。"统领道："你不要把秘密事情告诉我，你只要说你求的是什么事。"达达尼昂道："我求你同德·埃萨尔统领说，给我十四天假。”统领道：“几时请假？”达达尼昂道：“从今晚起。”统领问道：“你要离开巴黎吗？”达达尼昂答道：“是的。”统领问道：“你可以告诉我，你到什么地方去吗？”达达尼昂答道：“伦敦。”统领问道：“有人拦阻你吗？”达达尼昂答道：“主教肯花许多钱拦阻我。”统领问道：“你一个人去吗？”达达尼昂答道：“独自一个人。”统领道：“你顶多走到邦迪[1]就不能去了，我是晓得的。”达达尼昂问道：“统领何以见得？”统领道：“因为路上有人行刺你。”达达尼昂道：“我也只好拼命了。”统领道：“就是拼了命，你的事情却办不成。”达达尼昂道：“这话不错。”统领道：“办这种事，有四个人，比一个人好。”达达尼昂道：“统领说得是。你晓得阿多斯他们三个人，究竟能够帮我多少忙，还是全靠统领？”统领道：“我不要晓得的秘密，难道你都告诉他们吗？”达达尼昂道：“自然是不告诉他们。我们曾经发过誓，遇着为难的事，彼此都要相信不疑。若是统领告诉他们，说统领相信我，他们就没得说了。”统领道：“我可以给他们每人十四天的假。阿多斯伤未痊愈，就可以到福吉士地方养伤，那两个陪他去。我就给他们两个人的假，把假条给他们。”达达尼昂道：“谢谢统领，我感激不尽。”统领道：“你就去找他们，叫他们预备，你自己也要写封信告假。现在你的脚后跟，就许有人跟踪你，你有一封信，就可以解说清楚你来见我的缘故。我看你来见我，已有人报告给主教知道了。”达达尼昂写了告假的信，交给统领。统领告诉他，明天早上两点，那两个人就有准假的单子了。达达尼昂道：“请把我的准假单，送给阿多斯，我想，我不必回寓所了。”统领道：“很好。请吧，望你一去成功。”达达尼昂走了几步，统领喊他回来问道：“你有钱吗？”达达尼昂把口袋拿出来给统领看。统领问道：“够不够？”达达尼昂道：“有三百个皮斯托尔。”统领道：“走到天边都够了。请吧。”统领伸出手来，达达尼昂很感激地握了一下。

---

① 邦迪，是位于巴黎郊区的一个镇。——编者注

达达尼昂先找阿拉米斯——这几天很少见面，见面的时候，总觉得阿拉米斯愁眉不展的。这次见他坐在那里发愁，他就问了几句，要打听他发愁的缘故。阿拉米斯说是这几日忙得很，在那里用功，要给圣奥古斯丁第十八章作注解，用拉丁文注，一个礼拜就要注完，很有些累赘。那两个人正在那里谈天，忽然德·特雷维尔送了一封信来。阿拉米斯问是什么，送信的道："是告假的准单。"阿拉米斯道："我并未告假。"达达尼昂道："别管他，收了就是了。"掏出半个皮斯托尔，赏送信的人，说道："你回去告诉统领，阿拉米斯很感谢。"送信的人，鞠躬走了。阿拉米斯问道："这算什么事？"达达尼昂道："你要陪我出十五天的差。"阿拉米斯道："我不能走，又没人告诉我……"达达尼昂拦住，代他接下去说道："……那个女人，不晓得怎样。"阿拉米斯问道："你说的是谁？"达达尼昂道："说的是在你这里看见的女人，有一块绣花手绢的。"阿拉米斯的脸，变了死灰色，问道："谁告诉你这里有个女人？"达达尼昂道："我亲眼看见的。"阿拉米斯问道："你晓得是谁？"达达尼昂道："我倒晓得一点。"阿拉米斯道："你既然晓得这些了，你或者也晓得她到哪里去了。"达达尼昂道："她大约是回图尔去了。"阿拉米斯道："到图尔去了？也许是的。我看你是认得她。你可能够告诉我，她为什么回图尔去，也没给我个信。"达达尼昂道："她怕人家捉她。"阿拉米斯道："为什么总没信给我。"达达尼昂道："她怕拖累你。"阿拉米斯道："你叫我放心了。我以为她骗我，我很想再见她一次。我却从没敢相信她因为我来冒险，我却又不知道她因为什么事到巴黎？"达达尼昂道："我们今日就要起身往伦敦，也就为的是那个缘故。"阿拉米斯问道："什么缘故？"达达尼昂道："有一天，你总要知道的。现在我只好学那教友朋友的侄儿的样子。"阿拉米斯微笑，他晓得达达尼昂说的什么事。阿拉米斯道："很好，你既然知道她离开了巴黎，就没有什么事留我在这里。我就陪你走。你有个什么办法？"达达尼昂道："我们先要见阿多斯。你赶紧收拾，我们已经耽误了许多时候了。你别忘了带巴赞去。"阿拉米斯道："他也跟去吗？"达达尼昂道："我想叫他去。先别管，叫他先跟我们到阿多斯的寓所。”阿拉米斯叫巴赞跟去，自己拿了罩袍，一把剑，三把手枪，开了几个抽屉，看看有钱没有，找来找去，找不出一个钱。他就跟着达达尼昂出去，心里在那里想，怎么他房里有个少年女人，达达尼昂会知道的，一面走上前，把手放在达达尼昂肩膀上，说道："你没把看见女人的事告诉别人吗？”达达尼昂道："没告诉一个人。”问道："连波尔多斯、阿多斯都没告诉吗？”达达尼昂道："一字都没说。”阿拉米斯道："这就很好。”

两个人向前走，一会儿走到阿多斯的住处，看见他一手拿着准假单子，一手拿着德·特雷维尔的信，在那里发糊涂，见了他们，说道："这是怎么一回事？”一面读那信道："阿多斯足下，你的身体须要静养十四天。我劝你到福吉士去，那里的水好。不然，往别处合宜的地方也好。望你早日痊愈。”达达尼昂道："你要同我一路走。”阿多斯问道："到福吉士吗？”达达尼昂道："福吉士也好，别的地方也好。”阿多斯问道："替王上办事吗？”达达尼昂答道："王上的也罢，王后的也罢。反正我们当的是两个人的差。”说到这里，波尔多斯跑进来了，说道："你们听见没有，当军人的并没告假，就准了假了。”达达尼昂道："有的。许是我的朋友替他告了假。”波尔多斯道："是了。又有了新把戏了。”阿拉米斯道："是的。我们就要动身。”波尔多斯道："到哪里？”阿多斯道："我却不晓得，你问达达尼昂。”达达尼昂道："往伦敦。”波尔多斯道："到伦敦做什么？”达达尼昂道："这个我可不能告诉你。其实没有什么，你相信我就是了。”波尔多斯道："去伦敦是要钱的。我却一文也没有。”阿拉米斯道："我也没有。”阿多斯道："我也没有。”达达尼昂道："我却有钱。”就把那口袋摔在桌上，说道："袋里有三百个皮斯托尔，四个人分，一个人得七十五，去伦敦来回是有余的了。况且我们不是个个都到得伦敦。”阿多斯道："何以见得？”达达尼昂道："我们几个里头，或许有被人在路上截住的。”波尔多斯道："我们有仗打吗？”达达尼昂道："我先告诉你，我们打得很险的仗。”波尔多斯道："既然是性命交关的事情，我却要晓得是什么事。”阿多斯道："你就晓得了，也得不着什么便宜。”阿拉米斯道：“我却同波尔多斯一样的想法。”达达尼昂道：“譬如王上叫我们去打仗，他告诉我们什么缘故吗？他只要吩咐，叫我们去加斯科尼，或是去比利时打仗，我们只好去打。你难道还要问缘故吗？”阿多斯道：“达达尼昂说得不错。准假的单子，是有了，是统领那里来的。钱也有了，是三百个皮斯托尔，却不晓得是哪里来的。我们去送了命，就是了，还问什么。达达尼昂，不论什么地方，我都跟你去。”波尔多斯道：“我也去。”阿拉米斯道：“我也去。我要离开巴黎，找点热闹事情做做。”达达尼昂道：“热闹事情多咧。”阿多斯问道：“几时动身？”达达尼昂道：“马上就走，一刻都不能耽搁了。”说完，就叫他们的随从快快预备。随从们听了，就去马房备马。

波尔多斯道：“我们也要先安排个办法，先到哪里？”达达尼昂道：“我们从加来走，这是往伦敦的直路。”波尔多斯道：“很好，我有一个办法。”阿多斯道：“你打算怎样？”波尔多斯道：“你可晓得，四个人带了随从走，人家看见容易起疑心。我们分路走。达达尼昂应该把各人应办的事，先说好了。我先到布洛涅，两小时后，阿多斯起身往亚眠，阿拉米斯另走一条路，达达尼昂喜欢怎么走，就怎么走，却要扮作随从，叫他的随从，扮做主人。”阿多斯说道：“我们不要告诉随从，我们往哪里去。做主人的，偶然会泄漏机密，随从是最喜欢卖机密的。”达达尼昂道：“波尔多斯的法子，有点行不通。因为我没有一定的事情分派各人做，我自己也不过是带了一封信，我又不能把这封信抄作三封，我们是只好同走的了。我把信收在这个口袋里，如果人家打死我，你们总要一个人替我送信到伦敦。若是那个人又死了，另外一个去送信，只要把信送到了，这事就算办成了。”阿多斯喝彩道：“好极了，我很赞成。况且我们做事，也要不离谱。我是为的身体，要去洗澡，你们是陪我去的。我现在不去福吉士，我改了主意，去洗海水澡。若是路上有人拦阻我们，我们就把统领的信，同准假单子，给他们看。若是有人攻打我们，我们就同他打，有人来问我们，我们就说是去洗海水澡的。若是有人来拦，我们倘是一个人，那却抵敌不住，我们人多了，就不要紧，随从们也要带兵器，随他怎么样，只要有一个人逃得去送信，就完了。”阿拉米斯喝彩道：“阿多斯，你讲的话，都是有理的，我赞成的。波尔多斯，你怎么样？”波尔多斯道：“只要达达尼昂说好，我就照办。他是送信的人，他算是首领，他定规了，我们只好照办。”达达尼昂道：“我定规照阿多斯的办法半小时后就动身。”众人齐说道：“就这么定了！”各人拿了七十五个皮斯托尔去准备上路。

第二十章 抢照杀人

再说早上四点，四个人出了城，那时天色黑暗，恐有人暗算，都不敢响。等到天大亮了，都高兴起来。他们都骑了黑马，军人的装束，随从也都带了兵器，一路上走，十分威武。

八点，到一客店，吃早饭。入到店房，看见先有一个人在那里吃饭，说是从另一条路来的。彼此见面交谈敬起酒来。后来随从来说，马已备好，他们都站起来，正要出店房，那个先到的人，要同波尔多斯吃杯酒，恭祝主教长寿。波尔多斯说，要连着同王上祝寿。那人就说，他只晓得主教。波尔多斯说他醉了，那个人就拔出剑来。阿多斯说道："你上当了，但是不要紧。后悔来不及了，我们不能等你了。你把那人杀了，就跟我们走吧。"三个人上了马，剩下波尔多斯同那个人打架。

三个人跑了半里多路，阿多斯说道："已经少了一个了！"阿拉米斯问道："那个人为什么挑波尔多斯呢？"达达尼昂道："为的是波尔多斯说话声音最大，那个人当他是我们的首领。"阿多斯道："达达尼昂真是机灵。"这群人走了两小时，到了一处，他们停住了，叫马歇息，一面等波尔多斯。等了不来，他们又往前进，又走了几里，到了一个地方，名叫布威。那大路两旁有高堤，看见有十来个人，像在那里修路。阿拉米斯看见他们拿泥在那里填路上的窟窿，把那条路弄得更坏，就同他们说。他们就骂起来，阿多斯急了，拍马上前，推倒一个人，那些人跑到沟边，把藏在那里的枪取出来。这时，三个火枪手知道上了当。阿拉米斯肩膀上中了一枪，随从穆斯克东屁股上中了一枪，跌下马来，却不是为的伤重，为的是看不见中了哪里，以为是伤重了。达达尼昂喊道："这是伏兵，不要冒险，我们跑吧。"阿拉米斯虽受重伤，抓紧马鬃，就往前跑；穆斯克东的马，也跟着跑，却把骑他的人丢在地下。阿多斯说道："这匹马倒有用。"达达尼昂道："我宁可要件帽子。我的帽子被枪子打丢了，幸而信不在那里。"阿拉米斯道："我恐怕波尔多斯来了，他们要杀他。"阿多斯道："若是波尔多斯没受伤，这时候也该到了。我恐怕那个吃醉的人，打起架来是不醉的。"

他们又跑了两小时，马也乏了，不能再多跑了。到了加拉威，阿拉米斯是受了重伤的，不能走了，时时要晕倒。后来到了一个小店房，叫他的随从巴赞伺候他，那两个走了，要赶到亚眠。阿多斯说道："不算随从，只剩两个人了。我先发誓，不同人打架了，我把剑收了，把嘴关了，等到了加来再讲。"达达尼昂道："你别发誓了，赶紧跑吧！"两个人拍马上前，走到了半夜，就到了亚眠，在一间金莲旅店下马。店主人十分恭敬，一手拿着蜡烛，一手拿着睡帽，出来迎接，让他们到两间上等的客房。那两间房，却不连在一处的，他们不愿意。店主说："没有再好的客房了。"他们就要在饭厅睡。店主人还说使不得，他两个一定要睡在那里，也就随了他们。正要收拾睡觉，关了门，忽听见有人敲门，就问是谁，认得是他们自己的随从，就开了门，让他们进来。布朗歇说道："格里莫看马，我睡在门口，就没人能进来了。"达达尼昂道："你睡哪啊？"布朗歇指着一捆草道："我就睡在这个上头。"达达尼昂道："这倒不错。我看这个店主人，不是个好东西，太过恭敬了。"阿多斯道："我也不喜欢他。"布朗歇果然睡在门口，格里莫跑到马房，还说第二天早晨五点就起，把四匹马都预备好了。

晚上倒也安静，到了二点，忽然有人要开门，布朗歇顿时就起来，问是谁。那个人说是找错了，就走开。到了四点，忽然马房大吵起来，原来是格里莫去喊醒看马房的人，那人不高兴，打格里莫。达达尼昂叫他们把窗开了，看见那随从倒在地下，不省人事，头上受了重伤。布朗歇就去备马，谁知马都不能用了。穆斯克东的马没走什么路，原还可以用的，谁知晚上马医来替店房的马放血，错把穆斯克东的马放了血。阿多斯同达达尼昂只好在那里等。布朗歇跑去，要重新买三匹马。看见门前有两匹马，倒也合用，鞍垫都是齐备的，就打听卖不卖。有人告诉他，说是店里客人的，昨晚到的，现在算账，快要走了。达达尼昂同布朗歇站在店门，阿多斯去算房钱，店主人在后房。阿多斯拿了钱进去还账，店主人独自坐在柜台边，有一个抽屉半开着。他把阿多斯的钱接了来，反过来看看，说是假的，要把阿多斯及他的同伴捉住，要当铸假钱的办。阿多斯大怒，走上前道："你这个坏种，我要把你的耳朵割下来！"忽然间就有四个人，带了兵器，跑进来围住他。阿多斯大声喊道："我被他们捉住了！达达尼昂，你赶快先走，不要等我。"说完连放了两枪。达达尼昂同布朗歇就骑了门前两匹马，跑了。达达尼昂问布朗歇道："你看阿多斯怎么样了？"布朗歇道："我看见他拿枪打倒两个人，一手拿剑敌住那几个。"达达尼昂道："阿多斯真可以！我们把他丢在那里，实在不对，不过也是没法。我们或者也要碰着这样的事，也管不得了，只好向前走。布朗歇，你今天办得很好。"布朗歇道："我老实告诉主人，我们庇卡底地方的人，只要有了机会，就显出胆子来。况且我现在到了自己家乡，心里觉得更有把握了。"

两个人又向前跑，跑到一个地方，下了马，站在马旁边，在那里饮食；又跳上马，往前跑，离加来城不到几十步，达达尼昂的马乏了，倒在地下，布朗歇的马，多一步也不能走了；他们就离了马向码头走。到了那里，布朗歇就叫他的主人看，那一边有一主一仆站在那里。他们走近去看，看见那个人神色不定，靴子上都是土，像是跑远路的。在那里问："马上有船开往英国没有？"听见有一个快要开船的船主答道："原是容易得很。不过今早奉了主教的示谕，凡是没有主教特别护照，不能过海。"那人说道："我有护照。"就从袋里掏了出来。船主道："请你拿去，叫镇守港口的官员签了字，我就渡你过海。"那人问道："镇守官员住在哪里？"船主答道："在他的别墅。"那人问道："别墅在哪里？"船主答道："离此里把路。这里可以看得见，山下有间房顶铺石板的房子就是。”那人谢了他，带了随从，就向那房子走去。

达达尼昂带着自己的随从，离开几十步，随后跟了去，等出了城，刚好快到一个树林，达达尼昂就快跑，赶上去，说道：“你忙得很？”那人答道：“我是实在忙。”达达尼昂道：“我也是忙。我还有一点事，要借光。”那人问道：“什么事？”达达尼昂道：“我要先走。”那人道：“这却万万不成。我四十四小时跑了六百里，还要明天中午赶到伦敦。”达达尼昂道：“我是四十小时跑了六百里，还要明早十点赶到伦敦。”那人道：“那可没法，我先到先走。”达达尼昂道：“这怎么好，我虽是后到的，我却要先走。”那人问道：“你办的是王差吗？”达达尼昂道：“不是。我办我自己的事。”那人道：“看来，你是有意同我争闹吗？”达达尼昂道：“你乱说的什么？”那人道：“我不晓得你要什么？”达达尼昂道：“你要晓得吗？”那人道：“我要晓得。”达达尼昂道：“我要你身上的护照，我自己却没有，我一定要一张。”那人道：“我看你是同我开玩笑？”达达尼昂道：“并不是的。”那人道：“你让我走。”达达尼昂道：“你不能走。”那人道：“你这个小伙子，我晓得了，你要我把你的脑子打出来。”就喊他的随从道：“卢宾，拿我的小枪来。”达达尼昂也对布朗歇喊道：“你先弄住他的随从，我去对付主人。”布朗歇是好打架的，听了这话，早把那个人的随从打倒在地，不让他起来。主人看见，拔出剑来攻达达尼昂。不到三秒钟光景，那个人中了三剑，达达尼昂喊道：“一剑替阿多斯，一剑替波尔多斯，一剑替阿拉米斯。”那个人倒在地上，达达尼昂以为他死了，弯着身子去搜那张护照，谁知那个人手里还拿着剑，向达达尼昂胸口刺来，喊道：“这一剑给你！”达达尼昂急了，又刺他一剑，把他钉在地上，喊道：“再给你一剑，这是末了一剑！”那个人顿时晕过去。达达尼昂把护照搜了出来，看见上面的名字是狄倭达伯爵。达达尼昂看他的仇人，相貌魁梧，年纪不过二十五六岁，因为自己替别人办事，无缘无故地把他伤了，或者伤重致死，也未可知，心里着实难受，叹了一口气。他的随从还在那里喊，布朗歇叉着他的咽喉，不叫他喊，对达达尼昂道：“这是个诺曼底人，有名的倔强。我把他叉住了，他不喊，一放手，他又喊了。”达达尼昂拿条手绢，把他的嘴塞了。布朗歇道：“我们必须把他捆在树上。”他们把他捆牢了，把狄倭达拖到他随从身边。天色将晚，树林把那两个人遮住，过路的人就看不见。

达达尼昂说道：“我们去见那镇守官员。”布朗歇道：“你已受伤了。”达达尼昂道：“这算不了什么，先办公事，办完了再看伤。”两个人就向镇守官员家里跑，报了狄倭达伯爵的名，见那镇守官员。镇守官说道：“你有主教的护照没有？”达达尼昂拿了出来，说道：“这就是主教的护照。”镇守官道：“不错的。”达达尼昂道：“主教倒还相信我。”镇守官员道：“我知道主教是要截留一个人，不许他过海。”达达尼昂道：“是的。那个人叫作达达尼昂，从巴黎动身，带着三个朋友。”镇守官员道：“你认得那个人吗？”达达尼昂问是谁？镇守官道：“就是那个达达尼昂。”达达尼昂道：“认得之至。”镇守官问道：你可以把那人的面貌告诉我吗？”达达尼昂就把狄倭达伯爵的面貌细说一番。又问道：“有人同他一路走吗？”达达尼昂答道：“他带一个随从，叫卢宾。”镇守官道：“我们要留心他。我们若是捉着了，是要派兵送他回去巴黎的。”达达尼昂道：“你能够办得到，主教一定是喜欢的。”镇守官道：“你回来的时候，见主教么？”达达尼昂道：“一定要见的。”镇守官道：“请替我致意。”达达尼昂道：“那是自然。”镇守官高高兴兴地签了字，交给达达尼昂，还说了许多恭维的话。达达尼昂鞠躬出来，赶紧就走，另外走了一条路，进了城，走到码头，船主在那里候着，见了达达尼昂，问道：“怎么样了？”达达尼昂道：“你来看看，护照是签了字了。”船主道：“那一位客人呢？”达达尼昂道：“他今天不走。这是船钱，你收了吧。”船主道：“我们立刻开船？”达达尼昂道：“自然，不必等了。”说完，同随从跳上小船，不到五分钟，就上了大船，正是时候。等不了一会儿，听见炮响，就是关闭港口的炮。放了之后，船只就不许出海了。达达尼昂这时候才看看他的伤，幸而不重，不过伤了肋骨，汗衫子黏了伤口，血是早止住了。他确实乏极了，在船面铺块褥子，就熟睡了。第二天早晨一看，尚离英国口岸数十里，因为晚上没风，船走得慢，到十点钟，船到多佛尔，下了锚。

再过半小时，达达尼昂登了岸，高兴得很，喊道："我可到了！"主仆两个雇了马，同向导的人走了四小时到了伦敦。达达尼昂从来没到过伦敦，又不会说英国话，他把白金汉的名字，写在纸上，去问人，找着公爵府。原来公爵不在府里，去了温莎[0]，陪英国国王打猎。他找着公爵的家人，那人会说法语；他就告诉他，有一件性命交关的事情，要见他主人。那个家人叫帕特里克，听他这一番话，备了两匹马，叫他主仆骑了，自己亲自领他们去。布朗歇疲乏了，动不得，不能同去。达达尼昂跟帕特里克到了温莎，听说白金汉同英国国王在七英里外打猎，只好赶到那里去。帕特里克听见他主人的声音，就问达达尼昂道："我见着主人，怎么禀报？"达达尼昂道："你就说，在新桥要同他打架的人，要见他。"帕特里克道："这是句很古怪的话！"达达尼昂道："不要紧，这就可以的了。"帕特里克骑马跑了，把话告诉他的主人。那公爵记得新桥那件事，知道法国有事，同他有关系的，就问送信人在哪里，后来看见达达尼昂，他就跑过来，帕特里克远远地落在后头。白金汉的神色很着急，走近了，就问达达尼昂道："王后没事吧？"达达尼昂道："我盼望王后没事，但是王后有些危险，非公爵不能救她。"白金汉喊道："我……什么事？我只要办得到，我什么力都肯出。你赶紧说！"达达尼昂道："都说在这封信上了。"公爵道："谁的信？"达达尼昂道："王后的。"白金汉喊道："王后的信？"说的时候脸都青了，达达尼昂也不免惊怕起来。公爵见信穿了一个洞，就指着问道："为什么这封信破到这个样？"达达尼昂道："我却没留心！想是狄倭达伯爵刺我的时候弄的。"白金汉一面拆信，一面说道："你受了伤了？"达达尼昂道："不要紧的。不过皮外伤。"公爵读了信，喊道："老天呀！真是不幸的事！帕特里克，你在这里等，不是的，你去对王上说，我要告假，有极要紧的事，马上要回伦敦。"就拉住达达尼昂，一同跑回伦敦。

⓪ 温莎，英国的一个镇，离伦敦十余英里，是古时英国国王的猎场。现在，那处有许多宫殿，都是亨利二世、亨利三世、爱德华三世等朝的建筑。——编者注

第二十一章　钻石

再说白金汉同达达尼昂一路跑，一路盘问情形，他看了王后的信，又听了达达尼昂答的话，他晓得王后所处的情形是十分危险的。他最惊奇的是主教一定要拦达达尼昂，或者捉住他，不让他到伦敦，何以达达尼昂居然能到。达达尼昂就把一路上的情形和与狄倭达激战的话，说了一遍。公爵听了，睁眼看达达尼昂，看他不过是个小孩子，居然有这样的胆子，有这样的谨慎，把事办成。他们两个人赶快跑，不到几时，就到了城外。进了城，达达尼昂以为他是要慢慢走了，谁知公爵还是如飞地跑，不管碰人不碰人。跑到一处，碰了人，公爵也不管，连头也不回。达达尼昂在后头跑，听见后边的人仿佛是在那里骂。

到了府里，直跑到院子，跳下马，达达尼昂也下马。公爵从正门进去，跑得很快，达达尼昂几乎赶不上。穿过几间大房，铺陈得十分华丽，法国顶阔的世爵也赶他不上。后来到了一间卧室，铺陈更华丽了，墙上挂了帷帐。公爵打开门，拿把金钥匙，开了一道小门。达达尼昂立在公爵身后，不肯上前，公爵开了门，正要进去，回头同达达尼昂说道："你跟我进来。你回国之后，若见着王后，你要把今天听见的事，告诉她。"达达尼昂跟了进去，公爵把门关了。原来这间房子安排得同小教堂一样，四围挂的都是波斯国所出产的绣金帐，点着许多蜡烛，有一个像神座似的台子，上面摆一副全身的安妮公主画像，上面盖着蓝天鹅绒的罩帐，描画如生，像是要说话的。达达尼昂见了，惊奇得很，不禁喊了一声。画像之下，神座面上，摆着那个装钻石的盒子。白金汉走上去，跪在神座前，同教士跪在十字架前一样，把盒子开了，把钻石拿在手上，说道："这件宝物，我曾经发过誓，要同我陪葬的。但是王后给我的东西，王后仍可以取回。她既这样吩咐，我是要听的。"公爵把钻石拿到嘴边，要亲一亲，忽然大喊一声。

达达尼昂忙问道："怎么样了？"白金汉脸已青了，喊道："我们上了当了！丢了两颗钻石，只剩十颗了！"达达尼昂问道："是丢了的，还是被人偷了的？"公爵道："是偷了的！我晓得这是主教的手段。你看看，剪子痕迹还在呢。"达达尼昂道："爵爷疑心是谁剪的？那剪了去的人，总没卖去，还可以找得回来的。"公爵道："且慢。一个礼拜前王上在温莎宫开宴会的时候，我独是这一次戴过这钻石。我从前同温特伯爵夫人闹翻了的，那天晚上，她同我又好了。她同我重新要好是假的，她是醋性最大的女人，要借机会报仇。自从那天晚上之后，我却再没看见她了。她是替主教做侦探，我是晓得的。"达达尼昂道："看来他是处处有侦探的。"白金汉咬牙切齿地答道："他是个肉身魔鬼！你说跳舞会几时开？"达达尼昂道："下礼拜一。"公爵道："下礼拜一，还有五天。不要紧，还办得了。"就开了小门，喊家人道："帕特里克，你来。"帕特里克来了，公爵吩咐道："你去请首饰匠来，请书记来。"书记住在府里，先到，看见公爵在卧室写信。公爵说道："杰克逊，你把这个条子，交给宰相，请他立刻颁行下来。"杰克逊问道："倘若宰相要问爵爷为什么要这样办，我怎样答他？"公爵答道："你就说是我高兴要这样办，别人管不了我。"杰克逊问道："倘若王上问起来，为什么是船都不许出海，难道宰相也用爵爷那一番话回答吗？"公爵道："就是那样答。还可以请宰相同王上说，我已经决定要同法国开战。不许船只出口，就算是宣战。"那书记鞠躬而出。公爵回头来对达达尼昂说道："我们不怕了！若是那两颗钻石还没到法国，总要等你回国之后，才能到得了。"达达尼昂问道："爵爷是什么意思？"公爵道："我把国里海口的船，都扣留了，没有专照，是不能出海的。"达达尼昂看见公爵用到这种大力量来假公济私，觉得诧异得很。公爵看出他意思来，微笑地说道："只要安妮公主说句话，我是卖国，卖王上，卖天卖地，都来的！王后叫我别帮拉罗谐的基督教人，我就不帮。我从前原应许他们，帮他们的，这不是失了信吗？但是失信我也不管，只要偿得了王后的心愿。我却不是白做的，你看那副画像，就是王后给我的，就是我听她的话的好处。”看官要晓得，国家的大事，同个人所做的事，往往都受了这种不相干的小事影响，达达尼昂心里也是这样想。

那首饰匠已经进来了，这是个爱尔兰人，本事极好的。他说公爵给他的生意，一年有四万镑。公爵把首饰匠领到小教堂里头，说道：“奥莱利，你看这钻石值多少钱？”首饰匠细细看了一番，答道：“每颗值一千五百皮斯托尔。”公爵问道：“这样的钻石扣子，几天可以做两个？我这里只有十颗，我还要两颗。”奥莱利答道：“大约一个礼拜。”公爵道：“我每颗给你三千皮斯托尔，做两颗后天交来。”奥莱利答道：“后天一准交来。”公爵道：“你听着，这件事要做得秘密，不许人知道，我看你只好到府里来做。”奥莱利道：“不可能给别人。除了我之外，别人做的，恐怕同那十颗不像。”公爵笑道：“奥莱利，你是我的犯人了。你现在想走，也走不了。你只好想法子，把你的匠人器具弄进来了。”奥莱利没法，只好答应了，问道：“可许我同我的女人通信？”公爵道：“可以之至！我不要把你关在这里，叫你烦闷。你把这一千皮斯托尔收了，算是定价之外，赔补你几天的不便。”达达尼昂听了，心里想道：“这就是个大臣！把钱拿去千千万万地花，却把人当作傀儡。”首饰匠当下就写了信，把一千皮斯托尔的票子，装在里头，封了，叫他的女人把最有本事的匠人那顶大颗的钻石同一切器具送到公爵府里来。公爵安置奥莱利在另外一间房子里，门口派兵把守，只许帕特里克一个人进出，奥莱利同他的匠人是不许出门的。安排好了，公爵对达达尼昂说道：“我的小朋友，你要什么？”达达尼昂答道：“我现在什么都不要，只要一铺床。”白金汉就把紧挨自己卧室的一间卧房，让给他，好常常同他谈谈王后。

再说这些事情过了不到半小时，伦敦城就贴起示谕，说凡是开往法国的船，都不许出海，就是邮船，也不能开，人家都以为是要同法国开战。过了两天，那两颗钻石扣子，弄好了，果然制得不错，同原来的一模一样，就是极在行的人，也看不出。公爵喊达达尼昂说道："你来取的钻石扣子已预备好了。你是看见的，我因为要叫王后满意，我是什么人力都尽到了。"达达尼昂道："爵爷放心，我一定要告诉王后的。这钻石不装在盒子里了吗？"公爵道："有了盒子，反是累赘。况且只剩了一个盒子了，我宝贵得很。你就告诉王后，说盒子我留下了。"达达尼昂道："我照样告诉王后。"公爵道："我应该怎样酬谢你呢？"达达尼昂局促不安，脸红起来。他知道公爵要送他一份厚礼，但是因为这件事，去受英国的金钱，他觉得难受，便说道："我先要把我所处的地位先说了，不然恐怕爵爷要误会。我是德·埃萨尔所统带的禁兵营一名士兵，办的是法国王上王后的事。德·埃萨尔同德·特雷维尔是亲戚，都是忠心为王上王后的。我若不是替一个女人出力，这件事也不能这样用力地办，我为那个女人，就同爵爷为王后一样。"公爵听了，微笑道："我晓得那个女人是谁。就是那……"达达尼昂道："我却没说出那个女人的名字来。"公爵道："然则我还要感激那一个女人。"达达尼昂道："是的，我原是为她出力。现在英法两国总算是宣战了。我看英国人就是我的仇敌。我宁可同他在战场上相见，不愿在温莎宫或卢浮宫相见。不过我就是拼了命，也要把这件事情办妥了。"公爵道："我们有句俗话，说是骄傲赛过苏格兰人。"达达尼昂道："我们也有一句俗话，说的是，骄傲赛过加斯科尼人。加斯科尼人就是法国的苏格兰人。"说完了，鞠躬就要走。公爵叫住他道："你这样就要走吗？你怎样回得了法国？"达达尼昂道："我却没想起。"公爵道："你们法国人真肯冒险。"达达尼昂道："我忽然忘了英国是个岛，爵爷就是岛王。"公爵道："你到伦敦码头去，问一只船，船名桑德。你把这一封信交给船主，他就把你渡到法国一个小港口，就没人来理会你。那港口只有渔船到的。"达达尼昂道："那港口叫什么名字？"公爵道："叫圣瓦莱里。你到了，就一直到一家客店，那客店却没名字，也没招牌，只有水手来往。那个村里，只有一个客店，你弄不错的。"达达尼昂道："到了那里怎样？"公爵道："你叫店主来，告诉他一句话，说是——向前走。"达达尼昂道："这句话怎样讲？"

公爵道："这是个暗号。你说了，他就同你备马，告诉你路径。路上还有四处换马的地方，你只要把歇的地方告诉了，他们就送马来。那些马你是看见过的，那天我们从温莎回来，骑的就是那种马，你看见了，还在那里称赞。这些马都是预备临阵的。你虽然骄傲，我请你收用一匹，你的朋友，每人一匹，你还可以用这几匹马，替法国打仗。"达达尼昂道："我就受了这份厚礼，拿来好好地用。"公爵道："我们将来在战场见面吧！现在我们先拉拉手，还是好朋友。"达达尼昂道："我很盼望在战场同你相见，当你是个仇敌。"公爵道："不久我们就可以在战场上相见了。"达达尼昂道："我很相信你的话。"说毕，鞠躬而别，就向码头走去，找着那条船，交了信。船主见是镇守官员签了字的，就预备开船。码头上有四五十号船，都是想要出海的。

达达尼昂的船开出海关的时候，打一条船边走过，仿佛看见那条船上有个极美貌的女人，好像是他在默恩镇看见的那个叫米莱迪的美人。那时水流急，只看了一眼。第二天早九点，船到法国圣瓦莱里海口，登岸找着那个客店，店里却有许多水手在那里谈英法两国要开仗的话。达达尼昂找着店主，把暗号说了，店主即刻使手势叫他跟着走。走到马房里，看见马已备好，问他还要什么，达达尼昂就问他路程。店主告诉他道："你先到某处，由某处到某处，那里有个某客店，你把暗号告诉他，他就同你另备快马。"达达尼昂问他要花多少钱，店主说："钱是早付过的了，你要快走，就可以走。达达尼昂骑上马跑了。跑了四小时，就到那客店，果然说了暗号，马是备好了，皮包里还装了小手枪。店主问道："你到巴黎住在哪里？"达达尼昂道："住在德·埃萨尔的禁军营。"他就问路径，店主答道："你要走某路，不过要从右手的路走，走到某村，有个某店，在那里换马。"达达尼昂问他是否还用那暗号，店主说："是的。"他上马又跑了，到了那客店，马也是早预备好了，把住址告诉了店主，店主把路径告诉他。后来又换了一趟马，九点到了德·特雷维尔府——算是十二小时，跑了六百里。德·特雷维尔见了他，同他拉手，觉得比平常亲热些，就告诉他说，德·埃萨尔今日值班，叫他去宫里见他的统领。

第二十二章　跳舞会

再说第二天整个巴黎城里，谈的都是跳舞会。提前一个礼拜，已经在那里预备了。那天早上十点，禁军营的掌旗官拉各士，带了弓箭手，同两名巡警侦探，把议事厅各房间的钥匙，取了来，把出入的门口把守住了。十一点，杜哈力营官带了五十名弓箭手来把守。下午三点，又来了两队禁兵。六点，客人陆续来。九点，议事长的夫人到了——女客中王后是第一座，她居第二座。十点，王上吃晚饭，半夜始从宫里出来，到议事厅，议事员出来迎接，议长进颂词，王上答词，说因为同主教有事商量，来迟了些。跟随王上的，有王兄及各世爵。王上脸上略带愁容，像是心里有事似的。先前早已预备好各人有各人的房间，房里摆了各色新奇衣服同面具。王上吩咐侍从，主教到了，先通知他。半小时王后到了，各人迎接进来。王后也略带愁容，还有疲倦之色。王后进来的时候，帷帐后有一个人出来，原来就是主教，脸色略青，作西班牙壮士打扮，看见王后，他神气却高兴起来，因王后并没戴钻石扣子。

王后同厅里的夫人们周旋，忽然看见王上同主教出来，主教在王上耳边说话，王上听了，脸色变青。王上跑到王后跟前问道："为什么不带钻石扣子？我很喜欢你带起来。"王后听了，四围地看，脸上着实可怜，看见主教在背后，脸上洋洋得意。王后声音发战地答道："因为今晚人多，恐怕失了。"王上道："我送你钻石原是要你戴的，你不该不戴！"王上说到这里，在那里生气得发抖。众人看见，都不知为什么事。王后说道："你要我戴，我可以叫人到宫里取来，戴上就是了。"王上道："赶紧去取。再等一小时就要开始跳舞了。"王后点了点头，同伺候的夫人们回到自己房间，王上也回到自己的房间。众人看见，心里都不舒服，知道王上同王后有些不对，但是离得远听不到他们两个人说些什么。乐器奏起来，也没人去听。

过了一会儿，王上装扮好了，先出来，穿的是打猎的模样，装饰得极其华丽。王兄及侍从的世爵也照这样装扮。主教走到王上跟前来，送王上一个盒子，里头有两颗钻石。王上问道："这是怎么讲？"主教答道："王上送王后的钻石，我看是不在王后那里。如果王后还有，请王上数数，恐怕只有十颗。就请王上问问，那两颗哪里去了。"王上听了，望着主教，正想往下问，忽然厅上的人在那里低声说出好些称赞的话来，原来王后出来了，装扮个女猎户的模样，头上戴的帽子插着蓝色鸟羽，珠灰色猎袍，银线镶边的蓝缎猎裙，左肩上挂了蓝色带子，上面带着闪光的钻石扣子。王上一眼看见那钻石，着实欢喜，主教却发起愁来。那时王后尚离得远，王上主教却数不出有几颗钻石。王后到了大厅，音乐一齐奏起来，王上把手伸给议长夫人，王兄把手伸给王后，各人配对好了，跳起舞来。王上就在王后对面跳，跳得近了，拿眼不住地数那钻石，主教的脸上是大失所望的样子。跳了一小时，歇了，各人拍手喝彩。男人把女客引归了座位。王上就跑到王后跟前，说道："你带上钻石，我喜欢得很。但是恐怕是你已经丢了两颗，在我这里了。"说完，就把主教刚才给他的那两颗钻石，送给王后。王后诧异地问道："这是怎讲？你还送我两颗吗？凑起来，是十四颗了。"王上也觉得诧异，细细地数了一数，果然是十二颗。王上使眼色，叫主教来，严词厉色地问道："这是怎讲？"主教道："我原想送王后两颗钻石，我想只有这个法子，王后才肯赏收。"王后微笑，做出看破奸计的样子来，说道："我谢谢你。恐怕你这两颗钻石，花的钱，要有王上那十二颗的一样多呢！"说完，大大方方地点点头，就回到自己房里卸妆。

再说达达尼昂在议事厅正热闹的时候，站在一个门口，刚才那钻石的事，他也看见，不过别人看见了，是莫名其妙的，唯有他却晓得。看见王后回房，他也正要走，忽然有个少年女人，拍他的肩膀，叫他跟着走。那个女人戴着面具，达达尼昂一看，就认得她是波那瑟的女人。达达尼昂到巴黎的时候，同这个女人不过说了几句话。当下他跟着女人走，走到过道，看见没人，达达尼昂伸手来搂她，她跑开了，达达尼昂要同她说话，波那瑟的女人又止住他。走了一会儿，到一个门口，波那瑟太太开了门，让他进去。房里甚黑，波那瑟太太叫他等，半开了一扇门，射进些灯光进来。波那瑟太太把他一个人放在那里，自己走了。

达达尼昂听见有两三个女人说话的声音，又闻见一阵阵的香，他就晓得离王后的房间不远，安心在那里等。那些夫人们看见王后向来都是愁眉不展的，今晚看见王后十分高兴也觉得诧异。王后说是今晚跳舞，她觉得高兴。达达尼昂虽然未见过王后，因为她说话带外国腔，说话的样子与别人不同，故此在隔壁也辨得出来。还有几次，看见王后的影子挡住灯光，忽然看见一只极美丽的手，从门外伸进来。达达尼昂就跪在地下，恭恭敬敬地捧起来，亲了一下，那手立刻就缩进去了。达达尼昂自己手上觉得有一样东西，一看是个戒指，那门就关了。达达尼昂一个人在黑暗之中，把戒指戴在指上，等波那瑟太太来。他既得了王后的酬报，当下专等波那瑟太太的酬报。虽然王上王后的舞算是跳完了，那天晚上别的热闹，却还未完。三点才吃夜宵，王后房里人声渐渐少了，过了一会儿，全没声音了，再过一会儿，门开了，波那瑟太太跳进来。达达尼昂喊道："你来了！"波那瑟太太拿手塞住达达尼昂的口，说道："别响，慢慢地、轻轻地，从旧路回去吧。"达达尼昂问道："我几时可以见你，在什么地方见你？"波那瑟太太道："家里留下封信，你看见就知道了。你走吧，请了。"说完，开了门，领达达尼昂到了过道，达达尼昂一点也不嘀咕，乖乖地听她的吩咐就走了。看官要晓得，这就是达达尼昂深入温柔乡了。

第二十三章 第一次幽期密约

再说，达达尼昂当下就跑回家，大门没关，他跑到楼上敲房门，布朗歇开了门——原来布朗歇随到伦敦之后，达达尼昂先打发他回巴黎了。达达尼昂进了门，就赶紧问道："有人送信来没有？"布朗歇道："没人送信来，却有一封信，是自己来的。"达达尼昂说道："你这呆子，这话怎么讲？"布朗歇道："我刚才出去一会儿，回来看见你卧室桌上，有封信，钥匙在我身上，不晓得那封信怎样来的。"达达尼昂道："信在哪里？"布朗歇道："信还在那里。这样自己跑来的信，真是古怪。若是窗门没关，还说得过去，但是窗门是关了的。请你小心点，恐怕这里头有些妖术。"达达尼昂不去理他，跑到卧室，把信拿来看，是波那瑟太太的。他拆开一看，那信说道："我们谢谢你替我们办的事。明晚十点，请到圣克洛宫来，在德·埃萨尔房子旁边的亭子前头等。"达达尼昂读毕，十分高兴，这算是他所得的第一封情书。布朗歇问道："是不是的，这封信没甚好事？"达达尼昂道："不是的。这封信说的顶好的事。这里有一个克朗，你拿去吃酒吧。"布朗歇道："谢谢。不过关了门，信会进来的，一定是从……"达达尼昂道："从天上掉下来的。"布朗歇道："你很喜欢这封信吗？"达达尼昂道："布朗歇，我是天地间顶快活的人。"布朗歇道："我可以去睡觉了吗？"达达尼昂道："你尽管去。"布朗歇道："愿上天降你的福，那封信却有些古怪。"一面摇头，一面嘀咕着走了，心上还在那里疑惑。

达达尼昂一个人在那里读信，读完又读，读了好几遍，还拿到嘴上亲了几遍。后来上床睡觉，做了一夜好梦。第二天早上七点就起来了，喊布朗歇。喊了两遍，他才赶进来，像是不放心似的。达达尼昂说道："我今天要出门一天，晚上七点回来，你要备好两匹马。"布朗歇说道："我晓得了，又是去受枪子。"达达尼昂道："别忘了带火枪同小手枪。"布朗歇道："可见我说得不错。这都是那封信弄出来的。"达达尼昂道："不要烦心。这趟却是去玩的。"布朗歇道："就同前几天一样，在刀林弹雨中过日子。"达达尼昂道："你不愿意，就不必来，我一个人可以去。我宁可一个人去，不愿意胆怯的人陪我。"布朗歇道："你是晓得的。为什么说我胆怯？"达达尼昂道："我恐怕出过那趟差之后，你胆子怯了。"布朗歇道："有机会你就看见了。我的胆子还剩一点，不过不要太糟蹋了，往后还用得着呢。"达达尼昂道："今天晚上，你还有点胆子吗？"布朗歇道："总该还有。"达达尼昂道："很好，我指望你了。"布朗歇道："到了时候，我就预备好了，我却不晓得马房里不止一匹马。"达达尼昂道，"现在不过是一匹，今晚就有四匹了。"布朗歇道："哦，我晓得了。我们去伦敦，就为的是弄马来。"达达尼昂道："可不是。"说毕，出门去了。

走到门口，碰见波那瑟，达达尼昂原想不打招呼的，但是这房东恭敬得很，只好站住了，说几句话。况且晚上去会他的老婆，只好同她的男人客气点。波那瑟以为达达尼昂全不晓得他同默恩镇人说的话，他就把这事告诉了达达尼昂，又把巴士底监狱里的情形说了一遍。达达尼昂很耐烦地在那里听，听完了，问道："你可晓得是谁把你的老婆掳去的？"波那瑟道："他们谁都不肯说。就是我的老婆，也在那里赌咒，说连她自己也不知道。你这几天去哪里了？好几天没看见你同你那几个朋友。"达达尼昂道："我同几个朋友，出了一趟差，才回来。"问道："你离开过巴黎吗？"达达尼昂答道："离开不远，不过四百里。我陪阿多斯到福吉士，我就走开了。"波那瑟说道："你不得不回来了。我晓得了，你们年轻的人是舍不得同你们恋爱的女人离开久了的。有人在这里等你，是不是？"达达尼昂笑道："瞒不了你的，确是有人很不耐烦地等我。"波那瑟有点犯疑的样子，达达尼昂却不觉得。波那瑟又带着取笑他的样子，说道："你是要去讨点好处了？"

达达尼昂也不理会，笑答道：“我盼望应了你这句话。”波那瑟道：“我问一问，要晓得今天晚上你回来得晚不晚？”达达尼昂道：“你问这干什么，难道你候我的门吗？”波那瑟道：“不是的。我因为被人捉过，房子被人抢过，晚上听见门开，我是十分害怕。我不是个打架的人，我是没法。”达达尼昂道：“半夜两三点我回来，你却别怕，也许我今晚不回来了。”波那瑟听了，脸都青了。达达尼昂看见，问他什么缘故。波那瑟道：“没什么。我自从遭了难之后，常常发晕发抖。不要紧的。你去享你的福吧。”达达尼昂道：“我很享福。”波那瑟道：“你别着急，时候还早咧。”达达尼昂道：“不错的。你也是去享福吗？或者今天波那瑟太太回来看你。”波那瑟道：“她今天不得空，在宫里当差。”达达尼昂道：“我替你难过。我自己享福，也要别人享福，看起来，是做不到的了。”他说了这句笑话，以为只有他知道，乐得不得了，走了。波那瑟恨得他要死，说道：“你笑你的吧！”达达尼昂走远了，没听见这句话。因为他乐得了不得，就是听见了，也不相干。

达达尼昂一直向统领府来，要告诉统领好些话。看见统领在那里很高兴，因为在跳舞会的时候，王上王后都对他很好。主教那天晚上却很不高兴，一点就回去了，王上同王后是六点才散的。德·特雷维尔先看看四处无人，低低地问达达尼昂道：“你今天可好好把你路上的事，细细说给我听。我看起来，王上同王后的高兴，主教的生气，都是因为你出差办得好。你却要小心，因为你所处的是极危险的地位。”达达尼昂道：“王上王后既然都喜欢我，我还怕什么？”德·特雷维尔道：“虽是这么说，你眼前，还有许多危险。我晓得那主教，人家破坏了他的事，他是永远怀恨的。我是晓得的，有一个少年加斯科尼人破坏他的事好几次了。”达达尼昂道：“难道人家做的事，他都知道吗？难道他知道我到了伦敦吗？”德·特雷维尔道：“到伦敦！你到伦敦了吗？你手上闪光的钻石，就是伦敦带来的吗？你收受仇敌的礼物，却要小心。有一句拉丁话说得好，我想想看……”达达尼昂是不懂拉丁文的，接着说道：“许是有这么一句话。”德·特雷维尔道：“我晓得是有的。呀，我想起来了，说的是，受了仇敌的礼，是要留心的。”达达尼昂道：“这个钻石，不是仇敌送的，是王后赐的。”德·特雷维尔惊讶地问道：“王后赐的？御赐的东西，顶少也值一千个皮斯托尔。王后叫谁送你的？”达达尼昂道：“王后亲手送我的。”德·特雷维尔问道，“在什么时候，在什么地方送的？”达达尼昂答道：“在王后换妆的房间隔壁送我的。”德·特雷维尔问道：“怎么送法？”达达尼昂答道：“王后伸手给我吻，就把戒指放在我手里。”德·特雷维尔问道：“你吻了王后的手吗？”达达尼昂答道：“王后许我吻的。”德·特雷维尔问道：“有人看见没有？”达达尼昂答道：“没人看见。”就把当时的情景，细述一番。德·特雷维尔听了，喊道：“这些女人，未免太好新奇，太好脱俗了！你只看见那只手？你若是再遇着她，你认不得她，她也认不得你？”达达尼昂答道：“认不得。除非看见这个戒指。”德·特雷维尔道：“你听着，我有句话相劝。”达达尼昂答道：“我很愿意领教。”德·特雷维尔道：“你赶紧跑去顶近的一个首饰店，把这个戒指卖个好价钱。就是遇着个犹太人，他顶少也要给你八百个皮斯托尔。钱是没人认得的，那个戒指，却是有人认得的，就可以把你毁了。”达达尼昂喊道：“怎么？把戒指卖了？王后赐的东西，我永远不卖的。”德·特雷维尔道：“你是个呆子。你若是不肯卖，你也应该把钻石向里戴，不要叫人看见留神。人家都晓得的，一个加斯科尼的穷人，哪里会有这样好的东西。人家看见了，犯疑心，是要打听的。”达达尼昂问道：“统领看我真有危险吗？”德·特雷维尔道：“譬如有个人睡在一个地雷上，地雷的药线，已经点着了，你比那个人所处的还要险。”达达尼昂道：“见鬼！这却怎么好？”德·特雷维尔道：“你时刻都要小心。主教记性是好的，手段是有的。将来有一天，你是要晓得的。”达达尼昂道：“他会把我怎么样呢？”德·特雷维尔道：“那可难说。他收拾人的法子多咧！什么法子都有。譬如说，他可以把你捉了。”达达尼昂道：“王上的禁军，也可以捉的吗？”德·特雷维尔道：“为什么不捉。我在宫里三十年了，我从阅历上说的话，你可以相信我的。你不要自己高兴，说你的地位安稳，你要步步留心，防仇人来害你。假使有人寻你争斗，哪怕他不过是个十岁小孩子，你也要让他。不论晚上日里，有人攻打你，你只好躲开了。你若是过桥，你要试试桥板，看那块板承得住承不住你；若是在盖房子的地方走过，你就要留心，不叫砖打破了头；若是晚上回家太迟了，你要叫随从的人带兵器，若是随从靠得住，你还要叫他紧靠你身边走。总而言之，是人都要防，无论是你的朋友，你的兄弟，你的女相好，都是要防的。女相好尤其要紧。”

达达尼昂听了末后这句话，脸红了，问道：“女相好？为什么女相好要加倍地防呢？”德·特雷维尔道：“因为主教是最喜欢用女人做侦探的。女人有的很靠不住的，只要得十个皮斯托尔，就把男相好卖了。《圣经》上说的大利拉[◎]，就是个榜样。”达达尼昂听了，就想起当天晚上他去同波那瑟太太约会的事来，不过他却相信波那瑟太太，从不疑心她做侦探。德·特雷维尔问道：“你那三个朋友，怎么样了？”达达尼昂道：“我正要问统领，有什么消息。我只知道把他们三个人留在三处地方。一个在某处同人比剑；一个在某处受了伤，枪子伤了肩膀；一个被人诬赖使假钱，捉住了。”德·特雷维尔问道：“你却怎样跑得脱的？”达达尼昂答道：“真是侥幸。我胸口受了狄倭达伯爵一剑，我后来把他伤得半死，丢在加来路上。”德·特雷维尔道：“什么，狄倭达？他是主教的侦探，是罗什福尔的亲戚！我告诉你一个法子吧。”达达尼昂道：“什么法子？”德·特雷维尔道：“现在主教还在巴黎城里找你，你就静悄悄地跑到庇卡底路上，打听那三个朋友的消息。你也该照管照管他们。”达达尼昂道：“我明天就去找。”德·特雷维尔问道：“明天？为什么今晚不去？”达达尼昂答道：“我今晚有很要紧的约会。”德·特雷维尔说道：“呀，我晓得了，有了爱情的事了。我再告诉你，你要小心呀！男人的事，都是被女人破坏的。天地常存，永远是如此的了。你听我劝，今晚就走吧。”达达尼昂道：“万做不到。”德·特雷维尔问道：“你已经应许了今晚同人相会吗？”达达尼昂答道：“是的。”德·特雷维尔道：“那是没法。倘若明早你还没死，你一早就要

◎ 大利拉，据《旧约》，大利拉是以色列士师参孙的情妇，当时非利士辖制以色列人，萨姆森得耶和华圣灵的感动，有大力，常与非利士相抗，非利士人极恨参孙，因重赂大利拉，使以言聒参孙，侦得参孙所以有大力之秘密，以便设法破之。大利拉三次设计侦参孙之秘密，皆失败，至第四次，始成功，参孙遂为非利士人所执，剜其双目而囚之。——编者注

动身，探听那三个人的消息。”达达尼昂道：“我一定去。”德·特雷维尔问道：“你有钱吗？”答道：“我还有五十个皮斯托尔，总够的了。”德·特雷维尔问道：“你的朋友呢？”达达尼昂答道：“也总还有。我们临走的时候，每人身上有七十五个皮斯托尔。”德·特雷维尔道：“你动身之前，还来见我吗？”达达尼昂道：“除非遇着意外的事。不然，我是不来了。”德·特雷维尔道：“很好，请吧。望你遇着好运气。”

达达尼昂谢了统领，鞠躬辞别出来，跑到三个朋友的寓所打听，都没回来。又跑到禁军营马房，看见来了三匹马。布朗歇看见那三匹马，不禁诧异，正在那里刷马，看见主人来了，说道：“呀，主人来了。我有话要告诉。”达达尼昂道：“什么事？”布朗歇道：“我说的是房东波那瑟。你相信这个人吗？”达达尼昂道：“我不相信他的。”布朗歇道：“那就好了。”达达尼昂问道：“你为什么要问？”布朗歇答道：“主人同他说话的时候，我留心看他的脸，我看见他脸上很不好看。”达达尼昂说道：“胡说！”布朗歇道：“主人大约是不大留心，因为你全副精神都在那封信上，我是很留心看的。那封信来得太古怪，我总放心不下。”达达尼昂问道：“据你看来，是怎么样？”布朗歇答道：“据我看来，店主人是个反叛，是个光棍。我还看见他等你走了，就拿了帽子，关了门，反向着你走的一条路走了。”达达尼昂哼道：“这却有点古怪。也不要紧，我将来总要他解说清楚了，我才付房钱。”布朗歇道：“主人不要把这件事看轻了，我看是要紧的。”达达尼昂道：“据你的意思，要我怎么样？”布朗歇道：“何妨今天晚上不去。”达达尼昂道：“布朗歇，那是不能的。我不管波那瑟不波那瑟，人家已经有信来约，我是不爽约的。”布朗歇道：“主人一定要去？”达达尼昂道：“一定要去。你却不要忘了六点在这里等我，我来找你。”布朗歇看见主人不听他的话，他叹了一口气，去整理马。

达达尼昂想了一想，就没回寓所，去同一个教里的朋友吃饭——看官记得，这就是达达尼昂几个人没钱花的时候去打扰过他的。

第二十四章 大失所望

再说当天晚上九点，达达尼昂回到禁军营马房，他的随从早已把马备好，在那里等，那时四匹马都已到齐。达达尼昂带了剑，把两把小枪装在马上的皮包，主仆两人，上马就走。在城里的时候，布朗歇的马在后头，离他的主人颇远，出了城，到了空旷地方，他就紧跟着后头。及到了大树林，他同主人并马而行。布朗歇看见树枝摇动，心里就有点疑惧。达达尼昂看见了，问道："你怎么样了？"布朗歇道："没什么。我到了树林里头，就像到了教堂一样。"达达尼昂问道："这是什么缘故？"布朗歇答道："我说话不敢响。"达达尼昂问道："为什么？害怕什么？"布朗歇答道："怕有人听见。"达达尼昂问道："怕人听见？我们说的不相干的话，听见也不要紧。"布朗歇说道："唉，波那瑟的眼神不对，难看得很，我看他存了坏主意。"达达尼昂道："你为什么总撇不开波那瑟？"布朗歇道："我是撇不开。"达达尼昂道："你是个胆怯懦夫。"布朗歇道："胆怯懦弱是一件事，小心谨慎，又是一件事。小心谨慎是个美德。"达达尼昂道："我晓得了，你是有美德的。"布朗歇道："你看看那月影里头是不是有火枪？我们先不要让人看见。"达达尼昂想起统领告诉他的话，说道："这个人不久要把我变成懦夫了。"说完，拍马快走起来。布朗歇紧赶着，过了一会儿，问道："我们整夜都是这样跑吗？"达达尼昂道："不是的。你是到了的。"布朗歇道："你呢？"达达尼昂道："我还要往前走。"布朗歇道："我一个人留在这里吗？"达达尼昂道："怎么样？你害怕吗？"布朗歇道："不怕。不过今天晚上冷，受了冷，要闹风湿病的；受了风湿病，不好跟随着跑来跑去的主人。"达达尼昂道："你若是怕冷，不如到那边的酒店去，明早六点来找我。"布朗歇道："你早上给我的一个克朗，我已经花完了。我要御御寒，没钱了。"达达尼昂给了他半个皮斯托尔，说道："明早六点来找我。"说完，下了马，把马缰交给布朗歇，独自一个人跑入黑影里去了。布朗歇等到看不见主人，他就说道："我冷得很。"看见那边有一个像乡下的酒店，他就跑去敲门。

再说达达尼昂循着树林里的小路走，走到圣克洛，转到离宫旁一条小路，不久，就到了约会的地方。原来小路旁边是一道高墙，墙边上有个亭子。路那边是篱笆，篱笆外头是个花园，花园里头有个小屋。因为没约好暗号，他只好在那里等。夜深人静，达达尼昂靠着篱笆，两眼向黑影里看，还看得见花园同那间小屋，远远看见城里几点灯光。他想起相会的快活，就忘了眼前的寂寞。等了一会儿，听见十点的钟声，他两只眼只管看那亭子。亭子的窗子都关了，只剩楼下一扇没关，透出灯光，照着外边的树。达达尼昂心里想，波那瑟太太将来就在那里候他，两只眼往里看。等了一会儿，又听见过了半小时，达达尼昂打了一个冷战，忽然想起，恐怕是约的时刻不对，他跑到窗外再看看信，信里说得清清楚楚，是十点。他跑回原地等，等得有点不耐烦了。钟打了十一下，达达尼昂着急了，恐怕波那瑟太太遭了什么祸。他急得了不得，只好试试普通暗号，拍了三下手，一点动静也没有。忽然想起波那瑟太太也许因为等得不耐烦，睡着了，他就想爬墙看看，却找不着垫脚的东西。忽然想到爬树，他就爬上去。

不看房里便罢，一看里面，却不由得害怕起来。原来有一扇窗子已经打坏了，房门也打坏了，桌子上原摆了许多好吃的东西，也打翻了，酒瓶酒杯打得粉碎，吃的东西摔得满地，一看就知道是闹事不久的。达达尼昂还看见扯碎的衣服，桌布还有血迹。他心里一上一下，爬下树来，要去打听。下得树来，重新细看，才看见许多马蹄痕迹，还有车轮印。马车是来到亭边，就没向前去，后来仍回巴黎的。再看一会儿，找着一个女人的手套，沾了泥，撕破了的，却还看得出是新手套，香气还没散。

他越看越着急，急得一头汗，呼吸也快起来，他心里只管不愿意说是波那瑟太太遇了祸，心里只管在那里怕。他立刻跑到大路上，赶到渡口。摆渡人就告诉他，晚上七点，渡过一个女人，罩着黑袍，像是怕人认得她的，那个女人年纪尚轻，长得俊俏。那时巴黎城内外，这样的女人还多，不见得就是波那瑟太太，唯有达达尼昂听了，以为是波那瑟太太无疑了。他知道是出了乱子，赶紧跑回离宫来，再探察。那时路上还是没人。忽然想到园里的小屋子，也许有人住在那里，可以问他打听消息。园门是关了的，他跳了篱笆过去，狗叫起来，他也不管，就去敲门。敲了好一会儿，屋里一点儿响声儿也没有。他急了，用力地敲。听见屋里有悄悄的脚步声，他就哀求开门，并说明并无相害的意思。后来慢慢地开了一扇枯朽的窗门，一开，立刻又关了。达达尼昂已经看见一个老者的脸，他就喊道："老丈在上，请你听我说。我在这里很苦恼，你告诉我，今晚上你可听见或是看见什么异样的事没有？"那窗又慢慢开了，那个老人的脸，又探出来，害怕到脸色同死灰一样。达达尼昂把事情告诉他，却没说出名字，把如何约会，如何在树上看见亭子里的情形，说了一遍。那老者在那里摇头。达达尼昂问道："你晓得的？请你告诉我。"老者答道："你别问了，我就告诉你，也弄不出好事来。"达达尼昂拿出一个金钱来，摔给老者，说道："你总晓得一点，你就把你所晓得的告诉我，我万不叫你被拖累的。"那老人见他苦恼得可怜，就告诉他道："快到九点的时候，我听见路上有声响，我以为奇怪，就有人到我门口，想进来。我是个穷人，不怕人抢东西，我就开了门。我看见不远处站着三个人。树底下有一辆马车，有几匹马，在那里等着，还有三匹有鞍子的马，就是那三个人的，他们穿的是骑马衣服。我就说道'你们要我做什么'。有一个人，仿佛是为首的，就问我要梯子。我就说有一把梯，是我摘果子用的。那个人给我一个克朗，说道'借给我们用。你要记得，今晚上你听见的、看见的事，一字也不要同人说。你说了，要你的命'那个人说完了，给了我钱，把梯子搬走了。他们走开，我回到屋里，关了门。重新悄悄地从后门出来，走到篱笆旁边，躲在树后。他们说什么做什么，我都听得见，看得见。那辆马车慢慢地、不响地到了亭子前头。有一个黑脸人，身子很胖，年纪略大的，走出来，爬上梯子，向窗子里张望，赶紧爬下来，说道'是那个女人'那个为首的取出钥匙来，开了亭子门，进去，就关了门，那几个就爬上梯子，小胖子把门。车夫管着车，马夫管马。忽然听见叫喊起来，有个女人向窗口一张望，像是想跳下来，看见有人从梯子上下来，女人缩进去。两个人也就从窗口爬进去。到了这时候，我就看不见了，只听见桌子椅子跌倒的声音，女人喊救命的声音，不到一会儿，女人的声音被人塞住了，两个人把女人抬起了，从楼上下来，放在马车里，小胖子跟进马车，为首的关了窗——是末了一个下来的，看见女人在车里，同伙的上了马，他也上马，使了手势，马车就走，走得很快，三个骑马的跟着车。以后我就没听见什么，没看见什么了。"达达尼昂听了，知道他刚才害怕的事成了事实，失了魂地在那里说不出话来。老人道："还有一件事，你可以放心。那女人却没死，还可以救回来的。"达达尼昂问道："你可晓得这帮人是谁？"老者答道："我一点也不晓得。"达达尼昂问道："为首的你认得吗？"老者答道："不敢说一定认得。"达达尼昂问道："他同你说过话，他的模样，你还可以说得出来吗？"老者问道："你要我说他的模样么？"达达尼昂答道："那个自然。他是个什么样人？"老者道："那为首的，身材很高，很强壮的，黑胡子，黑眼睛，是个阔人的样子。"达达尼昂道："是那个人，默恩镇遇见的人！这个魔鬼，总要跟着我，害我的性命。那一个是什么样呢？"老者问道："你说哪一个？"达达尼昂道："那小胖子呢？"老者道："呀，那个不过是个平常人，没挂剑，那些人都不大理他的。"达达尼昂道："也许是个马夫。可怜的女子，他们要怎样对她。"老者说道："你说过的不害我？"达达尼昂道："你不要害怕。我不会失信的。"

说完了，达达尼昂又向渡口来，心里又苦恼，又痛恨，他想波那瑟太太许还有别的相好，因为吃醋，把她抢了，心里着实难受，盼望那三个朋友来帮忙，他们又没回来。那时已过了半夜，只好先去找布朗歇，找了几处，都找不着，正要再找，忽然想起恐怕走来走去，犯了人家的疑，好在是约在早上六点见面的，他想到了时候，他的随从是自己会来的。他又想到在附近的地方，或者可以打听出些消息来，他就走到一个小酒店，要了一瓶酒，坐在一角里，等天亮。那酒店里有几个粗人，说的都是不相干的话，一点消息也听不到，只好坐在那里睡一觉。他才二十岁，是容易睡着的。早上快六点，他醒了，晚上却没睡好，整整衣服，摸摸口袋，他就走去找布朗歇，不一会就找到了。

第二十五章　穆斯克东猎酒

再说达达尼昂找着他的随从，先不回寓所，一直去见德·特雷维尔统领，就把听来的情节，都告诉了统领。他晓得统领或者可以帮他想办法，况且统领是差不多天天能见王后的，或者可以打听点消息。德·特雷维尔统领听了这番话，知道这里还有别的事，不单是为的爱情一件，他就说道："这是主教的摆布无疑了。"达达尼昂道："这却有什么办法？"统领道："没办法。你只好赶紧离开巴黎，我去把波那瑟太太的事告诉王后，王后是一点都不知道的。王后可以打听，等到你回来，我或者有点消息给你。"达达尼昂知道统领说的话是算数的。听了这话，就告辞出来，立刻回到掘墓人街，预备出行，快到寓所的时候，他远远看见波那瑟穿了早上的衣服，立在门口，就想起布朗歇劝他的话，就加倍地留心看他脸色，晓得他有怀恨的意思，他笑的时候，也藏着一肚子恶意。

达达尼昂见了他，就无心去同他交谈，谁知波那瑟见了，先招呼起来，说道："小兄弟，近来应酬多得很呀！大早上七点，人家才起来，你才回家。"达达尼昂答道："那个自然。人家哪里能够个个都学得到你这个道学的样子，况且有了美貌少年的老婆，也自然在家里取乐。我说的对不对？"波那瑟脸青了，勉强地笑了，说道："哈哈，你是浑身的风流快活。你昨天晚上，到底在哪里——路上不少泥。"达达尼昂听了，看看自己的靴子，果然有许多泥，看看店主的鞋，也有许多泥，忽然想起来，老人所说的那个先爬上梯子从窗子探进房里的那个小胖子，许就是波那瑟，也许就是他同人串通了，把自己的老婆叫人掳去的，想到这里，就想把他的咽喉叉住了，当下弄死他，自己却按压住了火气。波那瑟看见他脸上变了色，就想退后，因为门挡住了，退不了。达达尼昂说道："你也不要笑我的靴子有泥，你的鞋袜也沾了泥。你也好像昨天晚上在外边过的夜。你这样年纪的人，家里有美貌老婆，还做这种事，你不惭愧吗？"波那瑟答道："不是的。我到某处雇个用人，路上泥多，我来不及换鞋。"波那瑟说的地方，却是同圣克路相反的。达达尼昂听到这里，知道他所疑的是确实了，心里倒宽了些，他心里想，如果波那瑟知道老婆在什么地方，可以想法子从他口里打听出来，就是用强硬手段也要叫他说出来。最要紧的是先打听看他晓得不晓得，就说道："对你不起。我渴得很，要到你房里喝口水，可以吗？"不等波那瑟回话，他就跑到屋里来。进波那瑟的房子一看，就晓得波那瑟的床是晚上没人睡过的，他也是才回来的，也许他跟着那班人，到了藏他老婆的地方。

达达尼昂喝完了水，说道："够了，谢谢你。我要到我自己房里去，叫布朗歇刷靴子。刷完了，叫他同你刷。"说完，跑到楼上，看见布朗歇在那里很着急。他一见了主人，就说道："简直是不得了！我以为你不回来了。"达达尼昂问道："又有了什么事了？"布朗歇答道："你万猜不着，你不在这里的时候，来的是谁。"达达尼昂问道："几时？"布朗歇答道："不过半小时前。"达达尼昂问道："谁来了？赶紧说！"布朗歇答道："克和阿。"达达尼昂问道："就是主教亲兵营的统带吗？"布朗歇答道："是的。"达达尼昂问道："你看他是来捉我的吗？"布朗歇答道："一点也不稀奇，他的脸上却是很好的。"达达尼昂问道："他脸上很好吗？"布朗歇答道："他太客气了些。"达达尼昂道："是吗？"布朗歇道："他说是奉主教命来的，等候你，还要请你跟他到巴黎皇家宫殿。"达达尼昂问道："你怎么答的？"布朗歇道："我说办不到。我的主人不在家。"达达尼昂问道："他说什么？"布朗歇道："他说，请你今天去看他，随即低声说让我告诉你，主教很看得起你，见面之后，一定有好处。"达达尼昂道："看来主教的手段，还不算十分高。"布朗歇道："我也看出点。我就说，我的主人回来，一定后悔没在家，他就问我，你的主人哪里去了，我就说是去了某处。他又问几时去的，我说是昨晚去的。”达达尼昂说道：“布朗歇，你很伶俐。”布朗歇道：“如果主人真要见他，自然会说是我回错了，我去担责任。”达达尼昂道：“布朗歇，不要紧，没有人说你说谎。我们一刻钟之后，又要走了。”布朗歇道：“这是最好的法子。我们到哪里去呢？”达达尼昂道：“我们去的地方，刚好同你说的相反。我看你也想打听打听格里莫、巴赞、穆斯克东三个人了。”布朗歇道：“不错的。你几时走我就走，乡下空气比巴黎的空气好些。”达达尼昂道：“把东西收拾好了就走吧。我把两只手放在口袋里，在外头闲逛，就无人疑心了。你在禁军营等我。我细细一想，我们这个房东，真不是个好东西。”布朗歇道：“我一向是这样想。我晓得你也是要看得出的。你要找坏种，就叫我，我会看他们的脸。”

达达尼昂先走了，到那三个朋友的寓所讨消息，讨不出什么，只看见有一封信，给阿拉米斯的，信封的住址写得很秀气，信封还有点香。达达尼昂把信拿了，就一直到了禁军营，自己备好马，布朗歇也来了。达达尼昂道：“把那三匹马备好了，一齐走。”布朗歇问道：“一个人两匹马跑得快些吗？”达达尼昂道：“呆子，不会的！不过若是找到他们，他们也要骑马回来的。”布朗歇道：“我盼望找着他们。”达达尼昂上了马，说道：“但愿我找得到他们。”

主仆两人，却是分路走，到了某处才会齐。一路无事，到了尚蒂伊。在前次出差歇过的客店下了马，店主人跑出来迎接。达达尼昂想了一想，已经走了一百多里，不如先歇一歇，慢慢再说找人的话。他叫人看好了马，跑进饭厅，要了一瓶顶好的酒，点了几样好菜，吃早饭。店主人看他是个阔人，就要自己伺候。达达尼昂又要了一个酒杯，叫店主人自己倒酒喝，说道：“让我先喝一盅，恭祝你生意兴旺。我不喜欢一个人喝，你陪我喝一盅吧。”店主人道：“你十分赏脸，我谢谢你。”达达尼昂道：“不要客气。我希望你的客店生意好，同你自己盼望的一样，我常在这条路上走的，总希望你们生意好。你们生意好了，我们走路的人也沾点便宜。”店主人道：“从前我好像见过你。”达达尼昂道：“也许是有的。我常在这条路上走，不过不一定总住一间客店。我前次住这里的时候，我的一个朋友，是个火枪营里的，同一个人，因为一点小事比剑。”店主道：“有的。我还记得，爵爷的这位朋友，叫波尔多斯。”达达尼昂道：“不错的。他没吃什么亏？”店主道：“他后来不能走了。”达达尼昂道：“我知道。他说随后就来，后来我们却没看见他。”店主道：“他还住在这里。”达达尼昂问道：“怎么讲，还住在这里吗？”店主答道：“住在这里，我们很替他着急。”达达尼昂问道：“为什么事？”店主答道：“为的是房钱饭钱。”达达尼昂道：“那个不要紧，他要还你的。”店主道：“我听你这句话，我就放心了。我们为他花了不少钱。今早外科医生还说，如果波尔多斯不给他药费，他是要同我们要的，因为是我们请他来看的。”达达尼昂问道：“波尔多斯受了伤吗？”店主答道：“我实在不能说。”达达尼昂问道：“你该晓得呀！为什么不能说？”店主答道：“不错的。我就是晓得，有的也不便说，况且人家已经有话在先，如果我的嘴松了，他要割我的耳朵。”达达尼昂道：“我可以去看看波尔多斯吗？”店主道：“可以。你到楼上去，敲第一号的房门，你就见得着他。不过你先要报你的名。”达达尼昂道：“这是为什么呢？”店主答道：“不然，你是要受伤的。”达达尼昂问道：“为什么就要受伤呢？”店主答道：“波尔多斯倘若不晓得，以为你是店里的人，他生了气，就要来刺你的，不然必拿手枪来打你。”达达尼昂问道：“你做了什么，叫人这样生气？”店主答道：“我们并没做什么，不过同他要钱。”达达尼昂道：“我晓得了。波尔多斯没钱的时候，是最恨人来要钱的，现在应该不这么样了。”店主道：“我们原是这样想。我们店里的章程是严的，一个礼拜一清账，我们照例开单送去，我们一开口要账，他就叫我们滚。昨天晚上，他还同人赌钱。”达达尼昂道：“同谁赌？”店主道：“我不大晓得是谁。有一位客人住在这里同他赌。”达达尼昂道：“波尔多斯输光了？”店主道：“是的。连马都输了。我看见那位客人，今早走了，骑了波尔多斯的马走的。我们就问他，他叫我们不要管。我们就告诉波尔多斯，他说，君子说话是靠得住的，那位客人，既然说那匹马是他的，就是他的了。”店主人又说道：“我见同他算账算不清，我就请他搬到别的地方去。他说这个店好，不肯搬，我听这句恭维话，不好怎的，只好同他商量，请他搬到三楼小房间住——他现在住的是店里顶好的房子，他又不肯搬，他说有一位女相好，是宫里的阔人，不久就要来同他住，现在住的这间房子，还不算好。我也不去同他争，只要他搬到小房子里去，他就急了，把小枪拿出来，放在桌上，说，不管是谁来叫他搬，他就要放枪打他。从此以后就没人敢近他，只有他的随从进去。”达达尼昂道：“穆斯克东还在这里吗？”店主道：“是的。你走了五天之后，他回来了，弄得很窘的样子，大约是路上遇了什么人和事了。谁知他的随从更不讲理，他要什么东西，响也不响，要什么就拿什么。”达达尼昂道：“这个随从，原是很恋主的。”店主道：“也许是的。不过我的店里，若多遇着几个这样恋主的随从，我们的店可要关了。”达达尼昂道：“不要紧。他总要还账的。”店主听了，在那里摇头。

达达尼昂道：“他是一个阔女人的相好，总不叫他因为这一点小事为难。”店主道：“我晓得这位阔女人是谁。”达达尼昂道：“你晓得吗？”店主道：“我晓得。”达达尼昂问道：“你怎样晓得的？”店主道：“你却不要说是我说的。”达达尼昂道：“你只管说。”店主道：“我们是要小心的。”达达尼昂道：“你说。”店主道：“有一天，波尔多斯叫我们寄信，给他的公爵夫人——那时他的随从还没回来。”达达尼昂道：“怎么样呢？”店主道：“我为的是稳当点，就派了伙计，到巴黎亲自送去。”达达尼昂道：“送去怎么样？”店主道：“你晓得这位公爵夫人是谁？”达达尼昂道：“波尔多斯同我说过，我却忘了。”店主道：“你晓得这位假公爵夫人是谁？”达达尼昂道：“我已告诉你了，我不晓得。”店主道：“原来是一个律师的老婆叫柯吉那，今年顶少也有五十岁了。我早就纳闷了，为什么一个公爵夫人，会住在那种街巷。”达达尼昂问道：“你怎样晓得这样清楚的？”店主道：“送信人回来说，那个女人读了信，大生其气，说波尔多斯没良心，总是为的别个女人去同人打架，受了伤。”达达尼昂道：“波尔多斯真受了伤吗？”店主道：“可了不得，我不该说的。”达达尼昂道：“他真受伤，无疑了。”店主道：“是的。不过他吩咐过我，叫我不要说。”达达尼昂道：“这又是为什么呢？”店主道：“波尔多斯好吹，他说一会工夫，就要把敌人打倒了，谁知他反被敌人打倒。他不愿意人家晓得，只要那位公爵夫人晓得，要那个女人可怜他的意思。”达达尼昂道：“他睡着不下来，总是伤重了。”店主道：“他受了很凶的一剑。幸而你的朋友身体结实，不然，是不得了的。”达达尼昂问道：“你在场吗？”店主道：“我跟去看他们打的，他们却没看见我。”达达尼昂问道：“是怎么一个情形？”店主道：“打得不久。交手不到几下，那个人把波尔多斯刺了。入肉三寸，就倒了地。那人就问他的名字，听见他不是达达尼昂，就扶他起来，送到店里，一语不响，上马走了。”达达尼昂问道：“原来那个人是要同达达尼昂打？”店主道：“是的。”达达尼昂问道：“他哪里去了？”店主答道：“不晓得。从前没见过他，后来也没见过他。”达达尼昂道：“我都晓得了。你说波尔多斯住在楼上第一号？”店主道：“是我们店里顶好的房间。”达达尼昂道：“你别着急，波尔多斯是要拿柯吉那公爵夫人的钱还你呢。”店主道：“我也不问她是不是公爵夫人，只要她肯给钱，但是她说在先，一个钱也不给，为的是她替还的债太多了，波尔多斯又没长性。”达达尼昂道：“你把这话告诉了波尔多斯吗？”店主道：“我们不敢说。说了，他就知道我们是派专差送去的。”达达尼昂道：“他还在那里盼望送钱来吗？”店主道：“他昨天还写了一封信，是他的随从拿去寄的。”达达尼昂道：“你说的是这位公爵夫人又老又丑？”店主道：“顶少也有五十岁了。送信人说，一无可取。”达达尼昂道：“你请放心。不久那位夫人是要后悔的。看来波尔多斯欠的钱不太多。”店主道：“不少了。不算药费，已经有二十个皮斯托尔了。他很不客气，只要吃好的，看来是吃惯了。”达达尼昂道：“即使他的女相好不理他，还有朋友帮忙呢。你只管让他吃吧，钱是可以放心的。”店主道：“你应许了，不提那个假公爵夫人的话，也不提受伤的话？”达达尼昂道：“那个自然。”店主道：“他晓得了，是要吃了我的。”达达尼昂道：“你别害怕，他没有这样凶恶的。”说完，就往楼上跑，看见第一号的房间，就敲开门，进去，看见波尔多斯睡在床上，同穆斯克东赌钱，火上烤着两只竹鸡，锅子里喷出一阵阵的香味，旁边一张小桌，桌上同一个抽屉柜上，摆了许多空瓶。

波尔多斯看见达达尼昂，很高兴地在那里喊。穆斯克东站起来，让座，去弄煮的东西。波尔多斯说道：“好朋友，你来了，好极了。可惜我不能起来欢迎你。你晓得我的事吗？”达达尼昂道：“不晓得。”波尔多斯很不放心地问道：“店主没告诉你吗？”达达尼昂答道：“我问你在这里没有，我就上来了。”波尔多斯放了心。达达尼昂道：“你怎么样了？”波尔多斯道：“我细细告诉你。我拿剑刺我的仇敌，伤了他三处，我想再一剑就结果了他，谁知石头滑，我滑倒了，伤了膝盖。”达达尼昂道：“运气真不好。”波尔多斯道：“可不是，不然，我一定把他刺死了。”达达尼昂道：“他怎么样？”波尔多斯道：“我也不晓得。大约他也够了，就走了。你这些日子做什么？”达达尼昂答非所问地说道：“你伤了膝盖不能起床，我看见了，难受得很。”波尔多斯道：“不要紧的，一两天就好了。”达达尼昂道：“为什么不叫人送你到巴黎？住在这里闷得很。”波尔多斯道：“我也晓得。我有一句话，要告诉你。”达达尼昂道：“请说。”波尔多斯道：“我因为太闷了，就同一位过路的客人掷骰子解闷，运气不好，我口袋里的七十五个皮斯托尔，到了他口袋里，我那匹马，也让他赢了。你自己怎么样？”达达尼昂道：“你还要什么呢？你不能盼望样样事都有好运气。你晓得那句俗语吗？赌钱的运气不好，爱情的运气就会好。你爱情的运气好了，自然赌钱是要输的。那有什么要紧，你的那位公爵夫人，自然是要帮你的忙的。”波尔多斯道：“我赌钱的运气，是岂有此理的坏。我写过信问她要五十个路易，我为的是受了伤用的。”达达尼昂道：“怎么样呢？”波尔多斯道：“她总也不复我的信，我恐怕她是到了乡下了。”达达尼昂道：“你从没接着她的信吗？”波尔多斯道：“没有。我又写了一封加紧的信。让我听听你的新闻，我为你，很在这里着急。”达达尼昂指着煮的东西同那些空瓶，说道：“店主人似乎待你还好？”波尔多斯道：“也还罢了。但是前个两三天，那个不识好歹的东西来要钱。我把那个人连他的账单都轰出去了。我现在算是在这里被围，还算没有被他们攻倒。但是我预备好了的，时时刻刻防他们来攻。”达达尼昂指着空瓶说道：“你攻打敌人的本事，却还不错。”波尔多斯道：“我因为伤了，不能起床，都是穆斯克东出去掳掠来的。”转头对他的随从说道：“穆斯克东，有了接济，你就该……”达达尼昂接着道：

"穆斯克东，我要问你。"穆斯克东道："什么？"达达尼昂道："我要你把秘诀传授给布朗歇。因为将来有一天，我也许被围，也要布朗歇办点接济。"

穆斯克东答道："唉，容易得很，只要留心地看，就是了。我是乡下生长的，我的父亲得空的时候偷野味过日子。"达达尼昂问道："没得空的时候，做什么呢？"穆斯克东道："他做的事，倒也能混几个钱。"达达尼昂问道："是什么行业？"穆斯克东道："当基督教同天主教争斗得最热闹的时候，基督教人要杀天主教人，天主教人要杀基督教人，嘴里都说的是为宗教出力。我的父亲，却奉了一种杂教，有时归的是基督教，有时归的是天主教。他常常背了一杆枪，在大路上篱笆背后走，若是碰着天主教的人来，他就要帮了基督教的忙。等那个人快到跟前，他就拿枪指住他，不许他走，在那里交谈，到临了那个人总要把钱包双手奉送，才得了命。若是碰见基督教的人，他马上就变了一个顶热心信奉天主教的人。我自己信奉的是天主教。我的父亲，是守定宗旨的。我们弟兄两个，我的父亲叫我信奉天主教，叫我的兄弟奉基督教。"达达尼昂道："你的父亲后来怎样？"穆斯克东道："不幸得很！有一天，在一条窄路上，碰见一个信奉天主教的，一个信奉基督教的，那两个人都认得他。他们两个人，就把他吊在树上。他们就跑到村里来，我们兄弟两个，刚在那里吃酒，他们两个人，在那里夸他们办的事。"达达尼昂道："你们听见了，怎么样？"穆斯克东道："我们就让他们说，等他们离了酒店，分路走了，我们两个人就分路去截他们。我截的是信奉基督教的，我的兄弟截的是信奉天主教的，不到两小时，我们把他们两个人结果了。想到我的父亲叫我们兄弟两个分开信奉两种教，法子真是不错。"达达尼昂道："据你说来，你的父亲很有见识。你刚才说，他闲的时候偷野味？"穆斯克东道："我是跟父亲学的本事。我看见店主人待我们不好，拿粗人吃的东西给我们吃，同我们吃惯的口味不对，我就显显我的本事。我就到亲王的大园子逛逛，开了几个捉野味的陷阱，走到湖边放几条线，我们现在鱼也有了，鳝也有了，竹鸡野兔也都有了。这种东西，又轻松，又适口，病人吃了，才能滋补。"达达尼昂道："你的酒怎样弄来的？

是店主供给的吗？”穆斯克东道：“不全是的。”达达尼昂道：“这是怎么讲？”穆斯克东道：“供给呢，是他供给的，他却不知道。”达达尼昂道：“这个谜我猜不着。请你解说解说。”

穆斯克东道：“我从前在各处混的时候，碰着一个西班牙人，这个人走了许多地方，连新大陆都去过。”达达尼昂问道：“新大陆同那桌子上的酒瓶，有什么相干？”穆斯克东道：“你不要忙，等等你就知道了。”达达尼昂道：“请你说。”穆斯克东道：“这个西班牙人，有个随从，跟他到过墨西哥。这个随从，是我的同乡，我们又有同好，我们很要好，我们喜欢打猎。他就告诉我在墨西哥打猎的事情，说的是他们在墨西哥，用条粗索子，打个活结，去打老虎，打野牛，我就不信离二三十步，怎么会套得准，他就做给我看，离三十步远，摆个酒瓶，把索子一甩，果然把酒瓶套牢了。我就常常地练习，我现在甩索子的本事，也比得上墨西哥人。你现在晓得我说这段故事的意思了。店主人有个酒库，藏的好酒却不少，那把酒库的钥匙，从不肯交给别人。那酒库却有一个天窗透气，我就从天窗甩索子。我还晓得，顶好的酒，藏在什么地方，我就向那里甩。哈！你现在晓得新大陆同桌上的酒瓶有相干了吧！你请尝尝看，我们的酒好不好？”达达尼昂道：“谢谢了，我才吃了早饭。”波尔多斯道：“穆斯克东，不要管，你去摆饭。我们一面吃早饭，一面听听达达尼昂这十天里头的事。”果然当他们在那里放量吃饭的时候，达达尼昂把伦敦路上碰着的事，都说了一遍。到了伦敦后来的事，一字都没说，只说带了几匹马回来，送他的那一匹在楼下马房。

说到这里，布朗歇进来说道：“马已备好了。如果这个时候走，晚上还赶得上到克莱蒙。”达达尼昂就先告辞，约一个礼拜后回到尚蒂伊，同他一路回去。波尔多斯说：“膝盖还要过几天才能好，并且还要等公爵夫人的回信。”达达尼昂还了账，留了一匹马给波尔多斯，同随从走了。

第二十六章　阿拉米斯谈经

再说达达尼昂恐怕波尔多斯见怪，伤了交情，故此他受伤同伯爵夫人的话，一句没提。不过晓得他有这一段故事，倒可以利用利用他。再说达达尼昂一路上愁眉不展，心里害怕波那瑟太太中了主教的计，还有主教的亲兵统带来找他，不晓得为什么事，可惜又没见着，不然，还可以打听点出来。心里有事的人，不管其他，故此一路上的风景他也没在意。走了只七十里，到了克拉威，进了从前把阿拉米斯留下的客店，女店主出来迎接，达达尼昂不同前番的绕了许多弯子来打听，径直就问道："好太太，你可晓得我前十四日留在这里的一位朋友吗？"女店主问道："是不是问个美貌少年，年纪约二十四岁的？"达达尼昂道："是的。他肩膀上还受点伤。"女店主道："是的。他还住在这里。"达达尼昂听了，跳下马，把马缰交给布朗歇，问道："他住在哪里？我很想见他。"女店主道："你别怪。我不晓得他这个时候，见客不见。"达达尼昂道："为什么不能见？难道他有女客吗？"女店主道："不是的。可怜的孩子，并没女客。"达达尼昂问道："谁在那里？"女店主道："某处的教士，同亚眠耶稣军的院长。"达达尼昂道："了不得了，他病得这样重吗？"女店主道："不是的。他受伤之后，就立定主意，要当教士。"达达尼昂道："是了，我记得他说过，不过是暂时当火枪手的。"女店主道："你还要见他吗？"达达尼昂道："要见之至。"女店主道："在院子里的楼梯上去，他在二楼，第五号。"

达达尼昂走上了楼梯，那第五号却是很幽密的，同他在巴黎住的房子一样。巴赞在过道把守，不许闲人乱闯。巴赞早已想伺候教里的人，天天盼望主人做教士，若不是他的主人常常安慰他，他早走了。阿拉米斯因为受了伤，又为他的女相好弃他跑了，心里很难受，他就打定主意要改行。巴赞见了达达尼昂，就嫌他来得不是时候，但是女店主已经让他来了，也是没法，只好告诉达达尼昂说，他的主人同两个教里的人，商量要事，不便惊吵。又说事情重大，一天恐怕还商量不了。达达尼昂哪里去管他，一只手把巴赞推开了，一只手推开门。一进门，看见房里却真是有趣。原来阿拉米斯穿了一件黑长袍子，坐在桌旁，头戴一顶教士戴的圆帽子，右手坐着的是耶稣军的院长，左手坐的是一位小教士，桌子上都是些纸张同大本一样的书。窗帘都放下了，房里很黑暗，盔帽、手枪、长剑等物，都收起来。一开了门，阿拉米斯就认得他，却还是很用功，好像不甚理会。阿拉米斯先说道："达达尼昂，你好呀，我看见你，很欢喜。"达达尼昂道："我也极欢喜见你，不过我几乎不知道是同我的旧伙伴说话不是。"阿拉米斯道："自然是的。你为什么还疑心？"达达尼昂道："我起初还以为走错了，走到教士们的房子。我见了这两位，我以为是你病重了。"那两个教士听见了，很不高兴。达达尼昂不去理他，又说道："阿拉米斯，我惊吵了，你在这两位面前忏悔吗？"阿拉米斯脸红了，答道："不要惊吵。我看见你安然无恙，我很高兴。"达达尼昂心里想道：哈，我就要把他念头回转过来。

阿拉米斯指着达达尼昂同那两个教士说道："我的这位朋友，才打极危险的地方逃了出来。"两个教士同时点头说道："要求上帝的慈悲。"阿拉米斯也点头道："我也在这里祈祷。"又说道，"你来得正好，帮我们讨论，这两位在这里讨论宗教里的问题，我要领教你的意思。"达达尼昂听了，有点不安，答道："这种问题，军人的话是不能算数的。你还是听这两位的指导吧。"两个教士点头，很以他这句话为然。阿拉米斯道："你的话，是很有价值的。"院长道："我那篇论文，应该抱住古人的家法，要发挥明白，以示学者，这就是我们的问题。"达达尼昂惊讶道："你在这里作论文吗？"那个耶稣军的人答道："要做教士的，一定要作篇论文。"达达尼昂更惊异道："你要做教士吗？"阿拉米斯说道："院长说，我那篇论文，要守古人家法，我是要发挥我的意思。题目是有了——"阿拉米斯说出一句拉丁文的题目来。达达尼昂是不懂得，阿拉米斯就解说道："题目说代天赐福是要两手并用的。"那耶稣军院长说道："这是个很好的题目。"那个小教士也是不甚懂得拉丁文的，只好去附和那个院长，说道："题目很出色。"达达尼昂却不去附和。阿拉米斯说道："好是很好，不过问题太难了。不在经典及古时经论家身上很用点功是做不出来的。我当了这些日子的兵，常常要值班，我哪里有工夫去用功呢。如果我能够自己找个好点着手的问题，就好些。"这一番话，达达尼昂同小教士听了，都不耐烦。院长听了，说了一句话，用了一个拉丁字，小教士也说了一句，凑了几个拉丁字。阿拉米斯看见达达尼昂打哈欠，几乎嘴都合不拢，就说道："院长，我们还是讲法国话吧。达达尼昂听了，还可以懂。"达达尼昂道："我路走多了，我也倦了，不大能懂拉丁文。"院长听了，颇不高兴，小教士听了，却很感激达达尼昂。院长说道："我们看看，讨论出什么道理来。你可晓得，当日摩西是用两只手的，福音书上说的，也是两只手，不是一只手。"说到这里，小教士摆了两个手，做个注解。院长接着说道："圣彼得⓪说的，却是用手指。这两说，就有点不同了。"阿拉米斯答道："不同的地方我很看得出，不过这个道理太深奥了。"院长说道："圣彼得用手指，教宗也用手指，你们晓得用几个手指呢？是用三个手指，一个代圣父，一个代圣子，一个代圣灵。其余的小教士是用刷子洒，那个刷子是代无限若干大小仙女的手指。就是这个道理。有了这个题目，我可以写出两大本书来。"院长说得极高兴，把手在桌上的大部头的书上一拍，桌子几乎断了。达达尼昂发起抖来。阿拉米斯道："这个题目，真是不错。我恐怕是太难了。我自己拣的题目，达达尼昂，我说给你听听。我的问题是：侍奉上帝是要带点追悔的

⓪ 圣彼得（Saint Peter），耶稣的十二大门徒之一，本为渔夫。——编者注

意思。”院长说道：“这个问题，有点离经叛道。你要小心，不然，你是不得了的。”小教士摇摇头说道：“你不得了的。”院长道：“你是要讲到主意自由了。这是很可怕的。况且你怎样能证实，我们一面服侍上帝，一面还要去追悔这个世界？上帝是上帝，世界是魔鬼，你为什么要追悔魔鬼？”阿拉米斯正要说，又被院长拦住了。达达尼昂听了头痛，以为是到了疯人院，只好不响，他们说的话，他有大半不懂。阿拉米斯有点不耐烦，说道：“我并没说追悔魔鬼的话。”院长伸出两只手向天，小教士也学他。阿拉米斯道：“我们不喜欢的东西，还拿来供养上帝吗？”达达尼昂道：“你说得对。”院长同小教士听了，跳起来。阿拉米斯说道：“我的意思是，我们这个世界，很有可以留恋的事，我也弃了不要，这就是牺牲了自己。《圣经》上说过的，要牺牲自己，以事上帝。”院长道：“有的。”阿拉米斯道：“我去年曾经用这个意思，作了一首诗，也还有人称赞。”院长听了，露出很看不起的意思，小教士也学他的样子。达达尼昂道：“念给我们听。”阿拉米斯念了一遍：

当你们过着烦恼的生活，
为过去的欢乐而哭泣的人们呀，
倘使你们拿这些眼泪向上帝去哭，
那么你们的痛苦都可消除了，
你们这些哭泣的人！

达达尼昂同小教士听了都很喜欢，唯有院长在那里摇头，院长说道：“你的诗，或者夫人们听见了会喜欢。”阿拉米斯道：“但愿可以叫她们喜欢。”院长道：“你一定执着在那个问题上吗？”阿拉米斯道：“我不换的了。我论文作完了，明天送你看。”小教士道：“慢慢做。”院长道：“种子是播了的，就恐怕有些到了石田上，有些到了路边上，有些被麻雀吃了。”说完，又说了一句拉丁话，达达尼昂听得实在不耐烦。小教士道：“明天见吧。”院长道：“明天见。你这个人，倒可有望将来将宗教发扬光大。但愿你不要太过了，变了一团大火。”说完了，两个人走了。巴赞听得久了，领了他们出去，阿拉米斯也送出去。

阿拉米斯回到房间，因为谈经谈久了，略歇一歇，说道：“我又回到我起初的老主意了。”达达尼昂道：“是的。”阿拉米斯道：“我主意打了好久了，你总听见我说过了。”达达尼昂道：“我一向以为你是说笑话的。”阿拉米斯道：“这个怎么好当作笑话呢？”达达尼昂道：“人家还拿死当笑话咧！”阿拉米斯道：“他们错了。死就是个门，上天堂，下地狱，都是从这个门走。”达达尼昂道：“阿拉米斯，我经也听够了，拉丁文我是外行。我要告诉你，自今早十点到如今，我没吃东西，我饿得要死了。”阿拉米斯道：“马上就开饭。不过今天是礼拜五，不许吃肉，只能让你吃点素菜。不过为你起见，我可以让你吃鸡蛋，这也是犯例的，你晓得，鸡蛋可以孵出小鸡的。”达达尼昂道：“这种菜，我原不稀罕，只好依了你吧。”阿拉米斯道：“你肯牺牲这点，我很感激。不过你的身体虽然得不着什么好处，你的灵魂却占点便宜。”达达尼昂道：“你打定主意当教士了吗？你的同伴特雷维尔统领听见了，要说你是个逃兵的。”阿拉米斯道：“我不是第一次当教士，我算是重当教士。我从前是出了教堂去当军人的。”达达尼昂道：“我却不知道。”阿拉米斯道：“你不晓得我为什么从教堂里出来吗？”达达尼昂答道：“不晓得。”阿拉米斯道：“我告诉你。我九岁的时候就进教堂读书，到了近二十岁的时候，我将要升小教士了。有一天晚上，我去看朋友。年纪轻的人是没什么自持力的。我白天到了朋友家，读书给女主人听，有一个武官看见了，很忌恨我。当天晚上，我作了一首诗，读给那位女人听，她扶着我的肩膀。武官进来，看见了，先不说话。等我出了门，他跟着我，说道：‘小教士先生，你愿意挨打吗？’我答道：‘从来没人打过我，所以我不能回答。’那武官说道：‘你听着，如果你再进这家门，我就要打你。’我听了，很害怕，两条腿直发抖，一句也答不出。那武官大笑，跑回那家去了，我就回到教堂。我是个君子，觉得受他这番羞辱，实在难过，一句也不敢响，我就先同院长说，今年不能行受职的礼，请延缓一年。我就跑到巴黎，跟好手学比剑。每天学一趟，学了一年。到了受辱的那一天，我脱了长袍子，装起壮士的模样，赴一个朋友家的跳舞会，我知道那武官一定在那里的。他果然在那里，很巴结地对着一位女客唱歌。唱到第二段，我就去打岔，说道：‘先生，你还是不许我到某街上某家吗？我若是进去，你还打我不打？’武官听了，很诧异的答道：‘我不认得你。’我就说道：‘我就是那个小教士，读某书给人听，还作了一首诗的。’武官答道：‘我记得了，你要什么？’我说道：‘我请你出去走一走。’武官道：‘明早吧。’我说道：‘不能等，要现在走。’武官道：‘你一定要这样吗？’我答道：‘我一定要。’武官道：‘来，我们走。夫人们不要等我，只要几分钟，把这个人杀了，我回来再唱。’我们两个出去，领他到了去年他羞辱我的地方。那天晚上，月亮极好，我们就动手。我第一剑，就把他刺死了……”达达尼昂哎哟了一声。阿拉米斯接着道：“我知道人家一定晓得是我把武官刺死的，我只好不去行受职的礼。后来阿多斯、波尔多斯就劝我投到特雷维尔统领营里当军人。幸而先父是在某处打仗阵亡的，王上是认得的，我就补了一名火枪手。你就知道我为什么要回教堂去了。”

达达尼昂听了说道：“你为什么不先不后，一定要这个时候回教堂呢？近来遇了什么事，叫你想这种没趣的主意？”阿拉米斯道：“我因为受了伤，其中仿佛有点天意。”达达尼昂道：“伤已快好了，难道你心里还想着这一点的伤吗？”阿拉米斯脸红了，问道：“你说是什么呢？”达达尼昂道：“据我看来，是你的心伤叫你难受。”阿拉米斯作出很不相干的样子来，说道：“你猜错了。我要恋爱做什么？那都是身外浮云。你以为我真是因为恋爱不遂吗？我爱谁？爱的是生意人的老婆，还是女仆？”达达尼昂道：“你不要怪我说。我以为你爱的人，身份要高你许多。”阿拉米斯道：“身份高？我是个什么人，有这种奢望！一个火枪手，无名无位的。”达达尼昂很不相信地说道：“阿拉米斯呀阿拉米斯。”阿拉米斯很愁闷地答道：“我也不过是尘土，尘土复归尘土，人生在世，不过都是愁苦人。同人相系的结子是极容易散的。我们心里的愁苦，不必告诉人。人家都为的打听新闻，才来探你的心事。”达达尼昂也叹一口气道：“你这句是有阅历的话，我也是这样说。”阿拉米斯道：“是吗？”达达尼昂道：“我有一个极爱的女人，才被人用强硬手段抢去了，我不晓得她现在怎样了，也不晓得她在哪里，她也许被关进了监狱，也许已经死了。”阿拉米斯道：“不管怎样，你的那个女人，并没有把你丢开了，不过是人家不许她同你通信，至于我这件事……”达达尼昂问道：“你的事，怎么样了？”阿拉米斯道：“并没什么。”达达尼昂道：“你是立定主意要离开世界的了。”阿拉米斯道：“是的。今天你是我的朋友，明天就是个路人了。我当你是没有这个人，世界算不得什么，不过算是座大坟罢了。”达达尼昂道：“你说的话，有些胡扯。”阿拉米斯道：“不是，怎么了？”达达尼昂微笑不响。阿拉米斯说道：“我现在还在世界上，我还要同你谈谈你的事和几个同伴的事。”达达尼昂道：“我也想谈谈，不过你什么都不关心。同你谈爱情的事，你摇头，你说朋友不过是个影子，世界不过是座大坟。”阿拉米斯叹气道：“我说的都是实情。你将来就知道了。”达达尼昂道：“我们再也不提那些话，说到这封信，恐怕又是令你失望的，倒不如烧了吧！”阿拉米斯着急得很，问道：“什么信？”达达尼昂道：“你出门之后到的。我给你送来。”阿拉米斯道：“不晓得是谁的信？”达达尼昂道：“许是生意人的老婆，不然，就是谢弗勒斯夫人的女仆，她也许已经同她的女主人到了图尔，想起来要拿香笺写封信给你，用公爵夫人的私印封了，以为阔得了不得。”阿拉米斯道：“你说的什么？”达达尼昂要同他开玩笑，故意作出找不着那封信的样子来，说道：“恐怕这封信我丢了。其实也不要紧，世界不过是座大坟，男人女人也不过是些影子，爱情也是件虚浮的事。”阿拉米斯喊道：“你别叫我等了，赶快拿出来吧！”达达尼昂掏了口袋，说道：“在这里！”就把信拿出来。阿拉米斯跳上前，抢了信，拆开就读，脸上高兴得很。达达尼昂道：“这个伺候夫人的女仆，写的信还不错。”阿拉米斯道：“我谢谢你送这封信。那个女人是回图尔去了，她还是爱我。我高兴得很。”

这两个人，就高兴得同疯子一样，围着那本《圣经》跳。地下满地都是些散张的经论经解，也不管，只在上头跳。巴赞刚好把素菜鸡蛋拿进来，阿拉米斯把教士帽摔了，喊道："呆子！谁吃这种东西！还不赶快去拿一只烧兔子、烧公鸡、还有四瓶顶好的酒来？"巴赞看他主人变脸变得太快，莫名其妙地把鸡蛋丢在素菜里，素菜丢在地下。达达尼昂还拿刚才教士说的拉丁文来取笑他，阿拉米斯说道："别说了，我们吃吃酒，谈谈旧事吧。"

第二十七章　阿多斯之妻

再说，达达尼昂吃饱了，很高兴地说道：“我们要去找阿多斯了。”阿拉米斯道：“他是个比剑的好手，又镇定，不会吃什么亏的。”达达尼昂道：“阿多斯本事胆子都有，就恐怕敌人多了。我想赶快去看他。”阿拉米斯道：“我也想同你一路去，不过恐怕还不大能骑马。”达达尼昂道：“你病重了，头脑恐怕有点不清醒。”阿拉米斯问道：“你几时去？”达达尼昂道：“明天一早。你今晚睡个好觉，明天也许能同我一路走。”阿拉米斯道：“能同去更好。我看你也要歇歇，再赶路。”两个人都去睡了。

第二天早上，达达尼昂走到阿拉米斯房里，见他倚着窗子，往外望。达达尼昂问他看什么。阿拉米斯道：“那个马夫牵着的那三匹马着实好看。骑上这种马是极快活的。”达达尼昂道：“你也可以享受。一匹是你的。”阿拉米斯道：“哪一匹？”达达尼昂道：“随你拣。”阿拉米斯道：“鞍垫呢？”达达尼昂道：“也是你的。”阿拉米斯道：“你别开玩笑了！”达达尼昂道：“你不说拉丁语，我也不开玩笑。”阿拉米斯道：“那些华丽的鞍垫缰勒，都是吗？”达达尼昂道：“是的，那一匹是我的，那一匹是阿多斯的。”阿拉米斯道：“这几匹马好极了。”达达尼昂道：“我看你喜欢，我很高兴。”阿拉米斯道：“除了王上，没人能够送你这一份厚礼。”达达尼昂道：“却不是主教送的。你也不必问是谁送的，你只管收了一匹就是了。”阿拉米斯道：“我就要那一匹。我就是中了二十枪，这匹马也可以治好我了。你看马镫有多好看！巴赞快来。巴赞来了，却是垂头丧气的样子。阿拉米斯道：“把我的剑擦亮了，把我的帽子和罩袍刷刷，把小枪装好了。”达达尼昂道：“马上有小枪，不必去装了。”巴赞在那里叹气。达达尼昂道：“不必难过。不论做哪一行，都可以上天堂的。”巴赞几乎要哭似的说道：“我的主人，经论教务已经很熟了，不难做到主教。”达达尼昂道：“你想想看，做教士有什么好。做了教士，也还是免不了要打仗的。你看第二次打仗，主教还要去带兵。某主教也是要去的。你不信，去问问，他的随从常常要给主人裹伤呢。”巴赞叹气道：“我晓得了，现在是天翻地覆的世界。”一面说，一面主仆两个人走到院子。阿拉米斯道：“巴赞，给我拿住镫子。”他一甩，就上了马，谁知那马一跳，阿拉米斯脸青了，晕起来。达达尼昂扶他下来，送到房里，说道：“你别去吧！好好地照应着自己，我一个人去找阿多斯吧。”阿拉米斯道：“我看你是个铁铸的！”达达尼昂道：“不是的，我不过运气好。我走了，你怎么样消遣呢？不要再谈经吧。”阿拉米斯微笑答道：“我作诗。”达达尼昂道：“作诗送谢弗勒斯夫人的女仆吧。我看你倒不如教巴赞作诗，也可以安慰他。你可以天天骑骑马，慢慢把身子养回来。”阿拉米斯道：“你不要挂念。等到你回来，我就可以同你一路走。”于是两个人分手，达达尼昂就向亚眠而去，交代女店主同巴赞照应病人。达达尼昂记得那一日阿多斯所处的情形十分危险，不晓得他这几天什么样，又不晓得他在哪里。

再说，那四个英雄头里算阿多斯的年纪最长。他的性情、嗜好、举动，同达达尼昂完全不同。但是几个人之间，达达尼昂最敬重的，就是阿多斯。阿多斯的举止，极其高贵，本领最好，性情最安静，胆子却是极大。讲话模样同对待人的样子有时比德·特雷维尔还好。身材不长不短，却极强壮，比起力气来，波尔多斯还比不过他。脸上英光四射，一个笔直的鼻子。两只手极其细嫩，阿拉米斯最喜欢收拾自己的手，见了阿多斯那只手，还是羡慕的。阿多斯说起话来，声音最好听，平常不大说话，见闻却是极广的。他的样子摆出来，人家一见，就知道他是在最上等的社会走惯了的。遇着大宴会，阿多斯知道安设座位的先后；讲到家世及国里的贵族，无不原原本本地说得出来；说到臂鹰打围，他是无一事不在行，路易十三听了，也要诧异的；至于骑马比剑，更不必说了，他是极在行的。那时候的上等人，不大肯讲究学问，阿多斯却不然，阿拉米斯好弄拉丁文，有时错了，阿多斯同他改正。那时候的军人，不大考究宗教伦理，做人都是极放荡的，阿多斯却极正派，不肯乱行一步的。总而言之，在那时候的人，他算是个特别的，不幸的是他受过不如意的事，未免常带忧愁。那时，他的眼神也差了，话也不大说了，只好拿酒去解忧。有时同他的同伴在一起，也不肯说句话。达达尼昂从来没打听出来阿多斯伤心的缘故，从来没看见有人寄信给他。他所去的地方，朋友都晓得的。

再说达达尼昂一路走，一路说道："阿多斯也许是死了，也未可知。如果是死了，就是我对他不住，原是我拉他来的，他也不晓得为什么，也得不着好处。"布朗歇道："不但这样，我们有了性命，还亏得他！你还记得他说，你们走你们的吧，我是被他们捉住了。那时候，我看见他拿着剑，在那里打，就像是有二三十个人打架。"达达尼昂想起那天的情形，更着急起来。主仆两人，赶快跑。那天早上十一点，就看见亚眠了，十一点半到了客店。达达尼昂要收拾那店主，他就一直跑到院子里，把帽戴压低了些，一手拿马鞭，一手抓住剑柄，见了店主人，就问道："你还认得我吗？"店主人答道："我不认得。"达达尼昂问道："你当真不认得吗？"店主人答道："爵爷，不认得。"达达尼昂道："我说两句话，你就认得了。两个礼拜前，你诬赖一位客人用假钱，这位客人在哪里？"店主人脸都青了，答道："再也不要提起了。我为那件事，吃了大亏了。"达达尼昂道："那位客人在哪里？"店主道："你听我说，饶了我吧。请进来，先坐坐。"达达尼昂坐下了，在那里很生气。布朗歇站在后头，脸上很凶。店主人在那里发抖，说道："你就是那天先走的客人？"达达尼昂道："是的。你就讲实话。倘有半个字不对，我是不饶你的。"店主道："你别着急。让我慢慢讲。"就说道："原先，有人送信给我，说有一个惯使假钱的人，不日就要到，假扮作火枪手的模样——主仆的面貌同马的样子都说得很清楚的。地方官还派了六个人，帮我忙，我自然就预备着，捉这班使假钱的人……”达达尼昂问道：“你们捉着的那个人，在哪里？”店主人道：“让我说。那天你先跑了，我更疑心了，你的朋友打得很好，他的随从不幸同马房的人闹起来，那马房的人，原来都是一班侦探……”达达尼昂道：“可恨极了！原来你们都是一班侦探。我要把你们杀光了，一个也不留。”店主道：“我可以证实我们不是串通的。你的朋友拿手枪打倒两个，拿剑打倒一个，把我也打倒了……”达达尼昂道：“你几时才说完？我问你，我的朋友怎么样了？”店主道：“他一面打，一面退，退到地下酒库的楼梯口，他抢了钥匙，跑了进去，把门锁了。我们就让他在里头。”达达尼昂道：“你的意思，并不要杀他，只把他关起来就算了。”店主道：“好一个被禁的人！是他先杀了一个人，又重伤了两个人，自己关在那里。我跑去告诉地方官，地方官说，他全不晓得。还说，如果我说出他的名字来，他要把我吊死了。看起来，我是关错了人。那个真的，却跑了。”达达尼昂道：“阿多斯现在哪里？你还没告诉我。”店主道：“我因为着急得很，要把事情弄清楚了，我就跑到酒库，放他出来。谁知酒库里头藏的不是个人，简直是个魔鬼！我要请他出来，他说不相信我的话，怕上我的当，说要同我立合同。我就说，原是我的不是，不应该误得罪了火枪手。他就说，第一条是要他的随从带了兵器进去，我答应了。他的随从叫格里莫，虽然受了伤，也进了酒库，进去之后，马上又把门关了，轰我们走。”达达尼昂问道：“现在阿多斯在哪里？”店主答道：“还在地下酒库。”达达尼昂喊道：“你这个混蛋！你把他关在酒库这些天吗？”店主道：“天呀！他在酒库里不能怪我，是他自己愿意关在那里的。你如果能够劝他出来，我就感激你一辈子。”达达尼昂道：“我到酒库里，找得着他吗？”店主道：“找得着。他自己要关在那里，不肯出来。每天我们用叉子，叉些面包，从小窗口送给他们两个人吃。他们要肉，我们就送肉——他们还不止吃面包吃肉咧。有一天，我同着两个伙计要进去，他就大生其气，主仆两个就装起枪来。我就问他做什么，他就说，如果我们一踏脚进去，他就要开枪。我就跑去告诉地方官，地方官不管，还说是我不应该得罪有体面的人。”达达尼昂也禁不住笑了，问道：“你怎么样呢？”店主道：“从此以后，我们就窘到不得了。我们的货物，都在酒库里，里头藏的是瓶装的酒，桶装的酒，还有啤酒，香酒，菜蔬，咸肉，香肠。我们不能下去取东西，就不能供应客人。生意一天比一天坏。你的朋友，若是再住一个礼拜，我只好关店门了。”达达尼昂道：“这都是你的错。收拾得好！你不该把体面人当作使假钱的。”店主道：“你说得不错。你听听，他又吵闹起来了。”达达尼昂道：“又是你们去吵他了。”店主道：“不得不吵他的。刚才来了两个英国人……”达达尼昂道：“怎么样呢？”店主道：“英国人好吃好酒，你是晓得的。我的老婆，去同你的朋友求情，要进去取好酒，他不让进去。你听他吵得多凶！”达达尼昂一听，果然吵得厉害，店主在那里发抖，达达尼昂拉了他，就向库门口来。布朗歇装好枪，跟着来。

两个英国人也在那里吵，说是走了远路，要吃的喝的。有一个用法国话说道：“真是虐政！为什么让一个人霸占住了，叫我们挨饿？我们去攻门吧！他若是同我们打，我们就杀了他。”达达尼昂拿出手枪来，说道：“慢点。我们不要讲杀。”阿多斯在门里喊道：“让他们来，我们收拾他。”那两个英国人虽然有胆，不晓得酒库里到底是个什么人在那里，迟疑不决。有一个淘气些的，跑下几级梯子，用力踢门。达达尼昂把手枪弄好，同布朗歇说道：“你对付楼下那个人，我对付楼上的。”回头对英国人说道：“你要打吗？我们预备好了。”阿多斯喊道：“达达尼昂，是你吗？”达达尼昂也喊道：“不错的，是我。”阿多斯道：“好极了，我们一会儿就把这些强盗收拾了！”那两个人已经拔剑在手，见地势不便，又不肯罢手。那一个又把库门一踢，裂了一条大缝，阿多斯喊道：“达达尼昂，你站开，我放枪了。”达达尼昂原是个有分寸的人，说道：“你们两位且等一等。阿多斯，你也且不动手。你们无故地去丢性命做什么？我同我的随从，送你三枪，酒库里头还要送你几枪，况且我们还有剑。我现在看，不必流血，就可以把这事了结。你等一会儿，就有酒吃。”阿多斯在里头喊道：“还不晓得有酒剩没有。”店主听了，又发抖，说道：“什么，没得酒剩了？”达达尼昂道：“总还剩许多，两个人不能把库里的酒吃光了。先生们请先收了剑。”两个英国人答道：“你把枪收了，我们也把剑收了。”达达尼昂道：“那个自然。”一面说，一面收了枪，叫布朗歇也收了枪，英国人也收了剑。达达尼昂把阿多斯的事说了一遍。两个英国人听了，也说店主的不是。达达尼昂说道：“请你们在饭厅等一会儿，酒就来了。”英国人到饭厅去了，达达尼昂说道：“没有别人了，请你开门吧。”阿多斯搬开了许多东西，开了破门，达达尼昂跳上前，抓他的手扶他上楼，阿多斯走不了，达达尼昂惊讶，问道：“你受伤了吗？”阿多斯道：“不是的。我吃醉了，我是最会趁机会的。好店主，我至少喝了一百五十瓶酒。”店主叫道：“随从若是只喝了七十五瓶，我的生意是毁了。”阿多斯道：“格里莫是懂规矩的，不敢同主人比，他吃的是桶里的酒，吃了忘记塞桶，酒还在那里流咧。”达达尼昂听了大笑，店主在那里着急。格里莫走出来，扛着火枪，吃得烂醉，遍身沾了一种东西，店主认得是橄榄油。三个人一齐到了另一间房子。

店主夫妇两人到酒库一看，看见满地空桶，一洼一洼的，又是水，又是酒，浮了许多板片，还有许多火腿骨，一角上堆了许多空酒瓶。一个大桶，没塞子，酒在那里流，几乎流干了，五十串大香肠，也快吃光了。夫妇两个看见这种情形，在那里哭，在那里喊，达达尼昂听了，也有点难受，阿多斯一点也不动。谁知店主哭了之后，生气起来，拿了火钳，跑进房来。阿多斯看见了，喊道：“快拿酒来！”店主道：“你吃的酒值一百多个皮斯托尔，我是毁了！”阿多斯道：“没有的话！我们吃的还不够解渴。”店主道：“你吃也罢了，还打碎了许多瓶。”阿多斯道：“这是你的错，是你把我推在一堆瓶子上的。”店主道：“油也糟蹋了。”阿多斯道：“你打伤格里莫，我们拿油给他敷。”店主道：“香肠也吃完了。”阿多斯道：“老鼠吃的。酒库里多得很。”店主道：“你要赔的！”阿多斯道：“你这个老东西！”想站起来，又坐下了。达达尼昂拿了马鞭子，店主退后了。达达尼昂道：“我要教训你，往后待天上送来的客人，你要同他客气些。”店主道：“魔鬼送来的客人！”达达尼昂道：“你还要同我们争辩。我们四个人就要一同再回到酒库里去住，看看糟蹋多少！”店主道：“原是我的不是，我也认了。请你们饶了我吧。你们是上等君子，我不过是个穷店主，我求饶吧。”阿多斯道：“得了得了，你再这么说，我的心要碎了，我的眼泪也要同你桶里的酒一样流了。我们并不是魔鬼，我们慢慢地商量吧。”店主慢慢地走到跟前。阿多斯道：“你记得那天我要还账，我的钱包摆在桌上。”店主道：“是的。”阿多斯道：“里头有六十个皮斯托尔，哪里去了？”店主道：“在县衙门里，他们说是假的。”阿多斯道：“不是假的。你要了回来，就给了你。”店主道：“你是晓得的，到了官的东西，是要不回来的，除非钱是假的，或者还许要得回来。”阿多斯道：“我可不管。你想法子要回来。”达达尼昂道：“来，我们谈别的事情吧。阿多斯的马在哪里？”店主道：“在马房。”达达尼昂问道：“你看那匹马，值多少钱？”店主道：“不过五十个皮斯托尔。”达达尼昂道：“顶少也值八十，你拿了去，就算清了账吧。”阿多斯道：“你把我的马卖了，我骑什么？难道骑在格里莫背上吗？”达达尼昂道：“我带了一匹马来给你。”阿多斯道：“另外一匹吗？”店主道：“是的。那匹马，好得很。”阿多斯道：“你就把我那匹拿了去，再送点酒来。”店主脾气变好了些，问道：“你喜欢什么酒？”阿多斯道：“酒库顶里头的，现在大约还剩两打酒，那几瓶在我跌倒的时候都坏了。拿六瓶来。”店主自己说道：“这个人，饮酒同鱼一样，若是他再住两礼拜，酒账算清，我还可以赚回几文来。”达达尼昂喊道：“再拿四瓶给英国人。”阿多斯道：“他们拿酒去了，你告诉我，我们的同伴怎么样了？”达达尼昂把波尔多斯伤了膝盖、阿拉米斯同两个教士谈经的话说了一遍。

店主送酒来了，还弄了一条火腿来。阿多斯倒满酒，说道：“我们喝一盅，恭祝他们两个！但是你为什么总不高兴？”达达尼昂道：“怪不得。我的运气算顶不好。”阿多斯道：“你怎么运气不好，你说给我听。”达达尼昂道：“等一会儿说。”阿多斯道：“为什么等，你以为我醉了吗？我吃了一两瓶，心里最是清醒的。请你说吧。”达达尼昂把波那瑟太太的事说了一遍。说完了，阿多斯道："不好，不好。"达达尼昂道："你只管说不好，你常常都说这句话。但是我自然不能希望你向我表示同情，你是从来没恋爱过的。"阿多斯听了，眼睛冒火。一会儿，又没事了，同平常一样，说道："不错的，我从来没恋爱过。"达达尼昂道："看来你的心是硬的；我们的心是软的。你就不该说我们。"阿多斯道："软心，硬心，我看恋爱的事情，就同买彩票一样。中了的，就是赢得个死字；你输了，倒是你的运气。我劝你还是输的好。"达达尼昂道："你不晓得，那个女人好像很爱我。"阿多斯冷笑道："好像吗？"达达尼昂道："她很爱我。"阿多斯道："天下的男子都是同你一样的想法，以为女人爱恋他，其实都是受了骗的。"达达尼昂道："就是你一个没上当，你是从未有过女相好的。"阿多斯停了一会儿，答道："是的，我从来未有。我们喝酒吧。"达达尼昂说道："你是个哲学家，可以教教我，我很需要人教教，安慰安慰。"阿多斯道："为什么要人安慰？"达达尼昂道："因为我倒运。"阿多斯道："你的倒运算得了什么？我若是告诉你一个恋爱的故事，你听了，又不知还要说什么呢！"达达尼昂道："是你的事情吗？"阿多斯道："是我的也罢，是朋友的也罢，都不要紧的。"达达尼昂道："我很想听，你说吧。"阿多斯道："喝酒吧。我喝酒的时候，说得好点。"达达尼昂道："你一面喝，一面讲吧。"阿多斯道："这个法子，倒不错。"喝了一盅，又倒满了。达达尼昂道："我留心在这里听。"

阿多斯直一直身子，提一提精神，达达尼昂看见他的脸也青了，阿多斯是有点醉了，若是别人是要酣睡的，他却坐直了，同说梦话一样。阿多斯问道："你真要听吗？"达达尼昂道："真要听。"阿多斯说道："这个故事，是这样的——这是我朋友的故事，不是我的，你不要弄错了。我这个朋友，是个贝里省的伯爵，在国内数一数二的，很有名望。他二十五岁的时候，爱上一个十六岁的长得极体面的姑娘。那位姑娘，年纪虽轻，却十分聪明，她同兄弟住在村里，兄弟是个小教士，什么时候搬到村里住，却无人晓得，外面看来，却是个安分人家。那个时候，我的朋友，势力极大，硬把她抢来，也是无人敢说一句话的，不过我的朋友是个君子，就把那姑娘娶了来，这个人真是个大呆子！”达达尼昂问道：“你既然说他爱那位姑娘，你为什么说他是个大呆子？”阿多斯道：“你听着，他娶了那位姑娘，就做了他家里的女主人，论起那姑娘的才貌，却还配得起。”阿多斯声音微了，很快地说道：“有一天，他夫妇两个去打猎，女人跌下马来，晕过去了。那伯爵就去救她，拿出刀子来，把衣领割开了，叫她好呼吸。割开衣领，就露出肩膀来。达达尼昂，你猜猜看，她肩膀上有什么？”达达尼昂道：“我怎么猜得着。”阿多斯喝干了一盅，说道：“肩膀上刺了一朵花！”达达尼昂道：“刺了一朵花！有这样事情吗？”阿多斯道：“我说的是实话。这个女子，原来是个女贼。”达达尼昂问道：“这位伯爵，怎么样呢？”阿多斯道：“伯爵原是当地极有势力的人，可以侦办刑事案件，就把她的衣裳撕了，捆起来，吊死了。”达达尼昂道：“这岂不是犯了杀人的罪名吗？”阿多斯脸上变了黄色，答道：“可不是。”接着又说道，“达达尼昂，我渴了，请你把酒拿来。”他倒了酒，一饮而尽，把头藏在两手上。

达达尼昂见了，惊惧得说不出话来。阿多斯抬起头来，就说这位伯爵，就是他自己。又说道：“从此我爱恋美人的病，就治好了。但愿你的病，也可以治好了。”达达尼昂道：“她死了吗？”阿多斯停了一会儿答道：“大约是死了。达达尼昂，酒喝完了，吃点火腿吧。”达达尼昂低声问道：“那女人的兄弟呢？”阿多斯道：“他兄弟吗？”达达尼昂道：“那个小教士。”阿多斯道：“我原要找他，也把他吊死的，他却先跑得无影无踪了。”达达尼昂问道：“你到底考察他是个什么的身份吗？”阿多斯道：“我看他是那女人的相好，串通来做的，原也是个上等人，假装成小教士。我盼望他在这时候也吊死了。”达达尼昂听了，脸也呆了，阿多斯切了一块火腿，送到达达尼昂的盘子上，说道：“吃块火腿吧，好得很，可惜酒库里没得火腿，不然，我还可以多吃五十瓶酒。”达达尼昂听了阿多斯那番话，把头藏在两手中，一点也动不得。阿多斯看他这样子，就说道：“这些年轻的人一点酒也不能喝了。”

第二十八章　赌马

再说达达尼昂听了阿多斯所说的故事，一夜不得好好安睡。第二天一早起来，一个字也没忘记，再要去详详细细地盘问，阿多斯一句也不说了，只同达达尼昂拉拉手，说道："我昨天晚上，一定喝得很醉。我的舌头发热发肿，脉搏也不正常，我一定说了许多不相干的话。"达达尼昂道："你没说什么特别的话。"阿多斯两眼瞪着达达尼昂道："我记得了，我告诉了你一段极凄惨的故事。"达达尼昂道："看起来，还是我比你醉。我一句也记不得了。"阿多斯放了心，说道："各人喝醉酒有各人的样子。我喝了酒，倒动起忧愁。若是醉了，就好说叫人害怕的故事，就是这样不好。不然，遇着谁，我都敢同他对喝。"达达尼昂道："是了，我仿佛还记得吊人的事。"阿多斯脸青了，说道："是了，我最好做吊人的噩梦。"达达尼昂道："不错不错，我记得仿佛还有个女人。"阿多斯面无血色地说道："是的。我最喜欢说这一段故事，说的是一个美貌女子，我说这段故事的时候，总是喝醉了。"达达尼昂道："是的。那个美貌女人，身长、面白、眼蓝。"阿多斯道："是的。她被吊了。"达达尼昂很留神地对着他说道："那个女人的丈夫是个贵族，是你的朋友。"阿多斯道："你看，一个人喝醉了，就乱说，拖累了自己，可见这种是顶不好的脾气，我往后只好加倍地小心了。"达达尼昂不答。

阿多斯改说别的话，说道："我还得谢谢你送我的马。"达达尼昂道："你喜欢吗？"阿多斯道："很喜欢，不过恐怕那马不能多跑路。"

达达尼昂道："我不晓得你为什么要这样说？我不到一个半小时，差不多跑了一百里。那匹马一点也不见苦。"阿多斯道："我可追悔了。"达达尼昂问道："你怎么样了？"阿多斯道："我卖了！"达达尼昂道："为什么？"阿多斯道："我今早六点起来，你还在那里酣睡。我昨晚虽醉糊涂了，却一早起来，跑下楼。我跑到客厅，就听见那一个英国人同一个卖马的讲价钱，要买马。我跑近了，听见他肯出一百皮斯托尔，我就说道：'我有马卖！'英国人道：'是匹很好的马，我昨天看见了。'我就问道：'你看那马值一百皮斯托尔吗？'英国人道：'值的，你肯卖吗？'我说道：'不卖，我同你赌吧。'我们就赌起来，我输了，后来我把鞍垫赢回来。"达达尼昂听了，很不高兴。阿多斯道："你很不高兴？"达达尼昂道："我是不高兴。那匹马到了战场，可替我们立功。况且又是人送的，你犯大错了。"阿多斯答道："在你的立场，也是这样。我不喜欢英国马，马是会死的。"达达尼昂禁不住大笑起来。阿多斯道："我不晓得你看这些牲口看得这样重。我还有别的话告诉你。"达达尼昂问是什么。阿多斯道："我把我的马输了之后，很想拿你的马去赌。"达达尼昂道："总盼你没赌。"阿多斯道："赌了！"达达尼昂很着急地问道："怎么样呢？"阿多斯道："又输了。"达达尼昂道："输了我的马？"阿多斯道："是的，你的马。"达达尼昂道："阿多斯，你疯了。"阿多斯道："我昨天告诉你那段故事的时候，你该说这句话。我今天不过输了两匹马就是了。"达达尼昂道："真疯了！"阿多斯道："等等，你还没听完。我若不是糊涂了，我算个头等赌手。我醉了，也是一样地糊涂。"达达尼昂道："你现在输光了，不能再赌了。"阿多斯道："还有。我昨天还看见你手指上的一个戒指。"达达尼昂看看戒指，说道："我的钻石。"阿多斯道："我从前玩过钻石，还算识货。你这一颗钻石最少值一千皮斯托尔。"达达尼昂道："你没提起我这颗钻石吧？"阿多斯道："我说起的，因为只剩了一颗钻石了，我以为或者还可以把那两匹马赢回来，或再赢几个钱，路上用用，也好。"达达尼昂道："你疯了！"阿多斯道："我把那钻石的话，也告诉了我的赌友。"达达尼昂道："你说吧。"阿多斯道："我算把钻石分成十份，每份值一百皮斯托尔。"达达尼昂怒发直竖地说道："你简直是同我开玩笑了！"阿多斯道："我并不开玩笑。我有十天没见过人面，天天同酒瓶做朋友，我有点变坏了。"达达尼昂气极了，说道："你总不该拿我的钻石去赌！"阿多斯道："你还没听完了。赌了十遍，都输了。总共赌了十三遍，全输光了。十三这个数目，同我很不对。"达达尼昂拍桌子跳起来，喊道："你见了鬼了！"阿多斯道："耐心点儿，我还有一个机会。那个英国人很有点心思，我看他今早同我的随从说话。格里莫走来告诉我说，英国人要他改跟了他。我就把格里莫拿来赌，也分作十份。"达达尼昂听了，禁不住大笑起来，说道："怎么样呢？"阿多斯道："整个格里莫，原不值半个皮斯托尔。我就把钻石赢回来了。"达达尼昂放了心，说道："我从来没听过这样古怪的事。"阿多斯道："你可晓得，我因为运气转了，我又拿钻石去赌，把你的马同鞍子赢回来，我的马同鞍子也赢回来了。其后又输了。一句说完，我们现在只有了鞍子。"达达尼昂更放心了，问道："钻石还是安然无恙的？"阿多斯道："无恙。鞍子也无恙。"达达尼昂道："有鞍子没马，中什么用？"阿多斯道："我有个主意。"达达尼昂道："你的主意叫我发抖。"阿多斯道："你且听我说，你许久没赌了。"达达尼昂道："我不想赌。"阿多斯道："你别急，我说你许久不赌了，一赌起来，赌运总是好的。"达达尼昂道："怎样呢？"阿多斯道："那两个英国人还在那里，他们还想要这两副鞍子，你却想要那匹马，你为什么不拿鞍子去赌马？"达达尼昂道："他们要的是两副鞍子。"阿多斯道："两副一起赌。你只管有私心，我是没私心的。"达达尼昂道："这个法子好吗？"阿多斯道："为什么不好？你试试，赌一赌。"达达尼昂道："马是输了，我不愿意再输这两副鞍子。"阿多斯道："拿钻石。"达达尼昂道："不行。"阿多斯道："拿布朗歇赌。"达达尼昂道："我什么也不愿意赌。"阿多斯道："可惜了，那个英国人的钱，满地滚，何妨掷一掷呢？一会儿就完了。"达达尼昂道："输了怎么样？"阿多斯道："你一定赢的。"达达尼昂道："也罢，我去掷一掷……如果输了？"阿多斯道：

“你要把鞍子送给人。”达达尼昂道：“我就掷一掷。”阿多斯就去找那个英国人，他在马房看马。阿多斯就同他商量，两副鞍子赌一匹马，不然，就赌一百皮斯托尔。英国人算了一算，那两副鞍子，顶少值三百皮斯托尔就答应了。

达达尼昂手抖着在那里掷，一掷是个三点，脸都青了，阿多斯看了，都害怕。达达尼昂道：“伙计，掷得不好，鞍子恐怕是英国人的了。”那个英国人以为是一定能赢了，也不摇骰子，就掷。阿多斯说道：“这真奇了，只得两点。我生平只看见四次，一次在某人那里看见，在我自己家里看见一次，在特雷维尔统领府里看见一次，在酒店里看见一次，那一次是我自己掷的，输了一百个皮斯托尔同一顿晚饭。”那英国人说道：“那匹马，还是你的。”达达尼昂道：“那个自然。”英国人道：“不用再掷吗？”达达尼昂道：“我们说好的，只要一掷。”阿多斯道：“且慢，让我同朋友说句话。”他就把达达尼昂拉开了。达达尼昂道：“你说什么，我晓得了，你还要叫我再掷。”阿多斯道：“不是的，我要你想想再定夺。”达达尼昂道：“想什么？”阿多斯道：“你不是要把马拿回来吗？”达达尼昂道：“自然。”阿多斯道：“你错了。你倒不如拿一百个皮斯托尔。随你拣的。是我的话，我宁可拿钱。”达达尼昂道：“我却要马。”阿多斯道：“你错了。两个人要一匹马做什么？我们不能两个人都骑那一匹马。我是一定要钱，无钱我们怎样回巴黎。”达达尼昂道：“我很想要那马。”阿多斯道：“马是会摔倒的，伤了膝，况且还会得病，主人还要喂马，一百个皮斯托尔反可以喂主人。”达达尼昂道：“我们怎样回巴黎？”阿多斯道：“我们就骑随从的马也没什么。”达达尼昂道：“那像什么？况且波尔多斯、阿拉米斯骑的都是好马。”阿多斯大笑。达达尼昂道：“你笑什么？”阿多斯道：“两样拣一样吧。”达达尼昂道：“你却劝我……”阿多斯道：“我劝你拿钱。这就够我们用到月底的了。我们近来受了许多辛苦，歇歇也没什么。”达达尼昂道：“阿多斯，我是不能歇的。我到了巴黎，马上就要找寻波那瑟太太。”阿多斯道：“马比不得钱有用。我劝你拿钱，你拿钱吧。”达达尼昂果然听了他的话，拿了钱，就要动身回巴黎。花了六个皮斯托尔，还搭上阿多斯的老马，就还了账。两个人骑了随从的马，随从顶了鞍子，随后跟着。

到了克拉威，远远望见阿拉米斯在窗口看，看那远远的尘土。达达尼昂喊道："你看什么？"阿拉米斯道："我在这里，想起世事真同浮云，我那匹英国马走了，只剩一片尘土。"达达尼昂道："怎么讲？"阿拉米斯道："一小时走五十里的马，只值了六十个路易。"他们两个听了一笑。阿拉米斯道："我把你的一份厚礼送丢了，你别怪我。逼到那了，没得法，况且是我自作自受。那个买马的，叫我上了他五十个皮斯托尔的当。我看你们得小心，你们骑随从的马，叫那两匹好马慢慢随后来。"等一会儿，一个破菜车到了店门口，布朗歇同格里莫顶了鞍子出来——那个车是要到巴黎的，同他们约好了，载他们回去，只要路上有酒吃就好。阿拉米斯惊问道："这是怎么讲，只剩了鞍子吗？"阿多斯说道："你现在才明白过来了。"阿拉米斯道："我们的运气是一样的，我也只剩了鞍子。巴赞，你去把我的鞍子拿来，放在一起吧。"达达尼昂道："你那个教士哪里去了？"阿拉米斯道："不要提了。你走了第二天，我请他们吃饭，店里有的是好酒，我就把他们灌醉了。小教士就叫我还是穿号衣好，不要换了。院长却要当起火枪手来。"达达尼昂道："不作论文了？我们不要论文。"阿拉米斯道："后来我们的日子，过得很有趣。作了好几天的诗，用的都是单音字，却是不甚容易。题目倒有趣，一共是四百韵，不过五分钟，就读完了。"达达尼昂是最不喜欢谈诗的，说道："你作的这首诗，顶少有两样好处。一样好处是短，一样好处是难。"阿拉米斯道："那首诗，意思很多的。我们就回巴黎了吗？好久没见波尔多斯，我很想他。他是一定不肯卖马的，我猜得着的。他骑了那匹马，就像是个大王。"他们三个人歇了一小时，就走了，去找波尔多斯。

他们见波尔多斯很好看，面前摆了许多吃的喝的，足够四个人吃的。看见他们来了，起身说道："你们来得正好，同我吃饭吧。"达达尼昂道："我晓得，你这几瓶酒，不是拿绳子套来的。你吃的菜，倒不错。"波尔多斯道："扭了筋骨，是要吃点好的，才养得过来。阿多斯，你扭过筋骨没有？”阿多斯道：“没有。我从前在某一仗，受了一刀，两个礼拜后，觉得同扭了筋骨一样。”达达尼昂问道：“难道这桌上的东西，是你一个人吃的吗？”波尔多斯道：“不是的。我约了些朋友，他们不能来了。你们来，正好。穆斯克东，拿椅子来，再叫些酒。”他们坐了十分钟，阿多斯问道：“你们晓得我们吃的什么？”达达尼昂道：“我吃的牛肉。”一个道：“我吃的羊肉。”一个道：“是猪肉。”阿多斯说道：“都错了，不是的，是马肉。”达达尼昂道：“胡说！”阿拉米斯皱着眉头说道：“马肉吗？”波尔多斯不出声。阿多斯道：“波尔多斯，是马肉吗？好像是，还有马鞍在里头。”波尔多斯道：“不是的。”阿多斯道：“我们四个人，都是一样的。人家以为我们是预先商量好的。”波尔多斯道：“我也没法，我的朋友，看见我的马，尚觉他们自己的马难看，我只好弄丢他。”达达尼昂问道：“你的公爵夫人还在乡下吗？”波尔多斯道：“是的。讲到那匹马，这里的巡抚看见了，很喜欢，我就给了他。我请来吃饭的就有他。”达达尼昂道：“你把马给了他吗？”波尔多斯道：“只算是给他。那匹马顶少值一百五十皮斯托尔，那个老财迷只给了我八十皮斯托尔。运气不好的时候，良马只好当劣马卖了。”阿拉米斯问道：“连鞍子一起吗？”波尔多斯道：“单是马。”阿多斯道：“你们看看，还是波尔多斯办得好，比我们都好。”说完了，大笑起来。波尔多斯是莫名其妙，后来他们告诉他，他才明白，也笑起来。达达尼昂道：“却是有一样好处。我们口袋里都有几个钱。”阿多斯道：“我因为看见阿拉米斯的西班牙酒甚好，我就买了六十瓶，装在菜车上带回去，我口袋却轻了好些。”阿拉米斯道：“我把剩下的钱都给了两个教士，我因为失了约，故此把钱给了他们，叫他们给我念念经，给你们也念念经，将来我们都可以得点好处。”波尔多斯道：“难道你们以为我扭了筋骨，就不用花钱吗？况且还有穆斯克东的伤。外科医生，一天还来看两趟，医生还要拿双份的医药费，他说穆斯克东伤的不是地方，不应该他去治的，故此我吩咐穆斯克东，往后不要伤了那个地方了。”阿多斯同那两个使眼色，笑道：“你倒很体恤，你真是个好主人。”波尔多斯说道：“我还清了账，只剩有限几个钱了，不到三十个克朗。”阿拉米斯道：“我只剩了十个皮斯托尔。”阿多斯道：“我同你最不济的了。达达尼昂，你那一百个皮斯托尔，还剩多少？”达达尼昂道：“我那一百个皮斯托尔吗？我给了你五十个。”阿多斯道：“你给了我五十？”达达尼昂道：“给了你的。”阿多斯道：“是的，我记起来了。”达达尼昂道：“我给了店主六个皮斯托尔，他真不是个东西。”阿多斯道：“你为什么要给他六个皮斯托尔？”达达尼昂道：“你叫我给的。”阿多斯道：“是了，我太慷慨了。你现在还剩多少？”达达尼昂道：“我只剩二十五个皮斯托尔了。”阿多斯从口袋里掏出几个零钱来，说道：“我只有……”达达尼昂道：“你，你还有多少？”阿多斯道：“我所剩有限了。让我看看，四个人凑起来，还有多少。波尔多斯，你有几文？”波尔多斯道：“只有三十个克朗。阿拉米斯，你有多少？”阿拉米斯道：“十个皮斯托尔。达达尼昂，你有多少！”达达尼昂道：“我有二十五个皮斯托尔。”阿多斯道：总共有多少？”达达尼昂算得很快，答道：“共总四百七十五个利华。到了巴黎，还可以剩四百个利华。”阿拉米斯问道：“我们的马，怎么样？”两个人说道：“我们那两匹马，拿来抽签。拿四百个利华，再买一匹。余下的钱，都交给达达尼昂，碰见头一间赌馆，就叫他赌。”波尔多斯道：“先把饭吃完了吧，不然，都要凉了。”那四个吃完了，叫随从吃剩下的。

这几个人到了巴黎，达达尼昂接着特雷维尔统领一封信，说王上应许了把他补了火枪手。他高兴得很，跑去告诉了那几个朋友，看见他们在那里愁眉不展，几个人都在阿多斯的寓所，达达尼昂就知道他们在那里议事了。原来是统领告诉他们说，王上定了五月一日开战，叫他们赶快预备好了动身。四个人面面相向，想不出法子来。达达尼昂先开口道：“你们看看，我们预备起来要多少钱。”阿拉米斯道：“那却难说。顶省的话，也要每人花到一千五百个利华。”阿多斯说道：“四个人就要六千个利华。”波尔多斯道：“我有个主意。”阿多斯道：“这就好了。我却一点主意都没有，我只晓得我是要二千利华。”阿拉米斯道：“共总八千利华。我们好在还有鞍子。”达达尼昂先出去，谢谢统领，随手关了门，阿多斯说道：“我们却别忘了，达达尼昂还有个钻石戒指，这样一个好朋友，总不该叫我们为难。”

第二十九章 办行装之为难

且说这四个人之中，达达尼昂心里最着急。论起来，一个禁兵预备一切，原花不多，不比得火枪手要多花费些的，不过达达尼昂是个小心谨慎的人，把钱是看得很重的，却要比波尔多斯还好穿。他不独因为置办马匹等事烦心，他还在那里想波那瑟太太。虽然王后答应替他设法，达达尼昂以为永远见不着波那瑟太太了。阿多斯不出门，不去想法子置办行装。说道："还有两个礼拜。如果到了两个礼拜，还办不了，我只好去找四个主教的亲兵，不然就找八个英国人，同他们打，那是总要打死的。死了之后，人家总说是我为国而死，就用不着去筹款办行装了。"波尔多斯两只手摆在背后，抬起头来，走来走去，说道："我有个好主意，我是要照着办的。"阿拉米斯是垂头丧气，一言不发。那四个随从，也学他们四个主人的样子，在那里发愁。穆斯克东整天在那里无所事事；巴赞进教堂；布朗歇坐在那里不动，看苍蝇；格里莫是一言不发，在那里叹气。

除了阿多斯，那三个朋友，天天出去，半夜才回来。天天无精打彩地在外头逛，总想碰点机会。有时在路上遇着了，总是面面相向，仿佛是要问："碰着了机会没有？"波尔多斯算是有点实在把握的，天天在那里做。有一天，达达尼昂看见他向某教堂那条街走去，就跟着他。看见他捋捋胡子，做出风流的样子，进了教堂，靠着一条柱子，达达尼昂亦悄悄地进去，躲在对面。那时教士正在那里讲经，听的人很多，波尔多斯在那里看女人。他戴的帽子有点旧了，鸟毛的颜色也淡了，金线也变了色，但是教堂里黑暗，虽是他的样子有点寒酸，也还不甚被察觉，远远看见，倒还像样。等一会儿，达达尼昂看见一个女人，坐在凳子上，离波尔多斯不远。那个女人，先前总算得是个美貌的，现在风采却减了，也还看得过去。波尔多斯的眼，常看这个女人，女人看见他，脸红了，仿佛有点不耐烦，在那里咬牙，两只脚不停地踏地。波尔多斯却得意得很，两只眼又去同另一个女人使眼色。这个女人，坐得远些，不但貌美，而且是大户人家的风范，有一个小黑奴在那里伺候，还有一个女仆拿着小包，小包上绣的纹理。第一个老点的女人，两只眼跟着波尔多斯的眼走，就看见了那第二个美貌的女人。波尔多斯一面看，一面笑，老点的女人，就在那里生气，后来着急得很，就咳嗽了一声，响得很，惊动了许多人，连美貌的女人，也惊动了。波尔多斯知道那老点的女人要他回头看她，他却故意不理会——看来那带小黑奴的女人，动波尔多斯的情多。达达尼昂留心细看，原来就是默恩镇客店见过的米莱迪。他就留心察看波尔多斯的举动，后来想一想，就知道老点的女人就是律师的老婆。原来波尔多斯在这里要报从前写信要钱，那女人一文不给的仇。

等到讲完了经，那律师的老婆走到圣水缸处，波尔多斯抢上去，把一只手都浸在圣水里。律师的女人笑了，以为波尔多斯替她递圣水。谁知波尔多斯转了头，看那美貌的女人，把手从圣水里拿出来，递向美貌女人。这女人把细嫩的手指在波尔多斯那只粗手上沾了一沾，画了个十字，微微一笑，就出了教堂。律师的老婆看了，很生气，若她是个大户人家的女人，她顿时就要晕倒了。她想想，自己不过是个律师的女人，只好气得发抖地说道："波尔多斯，你就不送圣水给我吗？"波尔多斯故作惊讶的样子，说道："柯太太，你吗？你的男人好吗？实在奇怪，怎么这半天我都没看见你，你坐在哪里？"柯吉那太太道："我坐得同你很近，你的眼睛却没看见我，只看见你送她圣水的美人。"波尔多斯故作不安的样子说道："你看见那女人了吗？"柯吉那太太道："我眼睛也不瞎，为什么看不见。"波尔多斯很冷淡地答道："你可晓得，这是我的朋友，是一位公爵夫人。因为公爵最容易吃醋的，故此我难得同这位夫人会面，今日她送信给我，特为到教堂来会我一面。”律师的老婆说道：“请你扶我五分钟，我还有话告诉你。”波尔多斯笑了，说道：“那是自然。”这个时候，达达尼昂跟着米莱迪在他们两个人面前走过，看见波尔多斯高兴得不得了，就叹一口气，心里说道：“我们四个人里头，有了一个，他的马匹行装，是有了指望了。”

再说，波尔多斯同律师的老婆到了一个教堂，四周没什么人，只有小孩子们在那里玩耍，乞丐在那里要钱，是个僻静地方。律师的老婆先看看左右前后无人，就说道：“波尔多斯，你真是了不得。女人见了你，是人见人爱的。”波尔多斯作出得意洋洋的样子说道：“你这句话怎么讲？”柯吉那太太道：“你送圣水的那位夫人，一定是个公主，身边带着小黑奴女仆。”波尔多斯道：“你猜错了，那位不过是公爵夫人。”柯吉那太太道：“她坐的马车。还有穿着阔号衣的马夫同随从。”波尔多斯原没看见马车，柯吉那太太眼快，是看见的。波尔多斯很后悔，为什么不说那夫人是位公主。柯吉那太太叹口气道：“女人们是喜欢你的。”波尔多斯道：“天生我总算是不错，也难怪他们喜欢我。”柯吉那太太两眼望着天，说道：“男人是最易忘记的。”波尔多斯道：“女人的记性，却不见得比男人好。就拿你来说，我在尚蒂伊受了伤，几乎要饿死，你是怎样待我的？我告急的信，你连回都不回。”柯吉那太太想起当时大户人家的女人对待男相好的情形来，也觉得自己不对，说道：“波尔多斯……”波尔多斯拦住她说道：“我为你，同某男爵夫人分了手。”柯吉那太太道：“我知道。”波尔多斯道：“还有某伯爵夫人。”柯吉那太太道：“你不要说了。”波尔多斯道：“还有公爵夫人。”柯吉那太太道：“你别提往事吧。”波尔多斯道：“也好。我就不提往事。”柯吉那太太道：“那件事原是我的男人不好，他不肯借钱。”波尔多斯道：“你还记得我写给你的第一封信吗？我却记得。这封信我是永远不能忘的！”柯吉那太太又叹一口气说道：“你要同我借的钱，款子太大些。”波尔多斯道：“我为的老交情，先同你借，我只要写信给某某公爵夫人——我不必把她的名字告诉你——她就马上送我一千五百利华。”柯吉那太太听了，掉下泪来，说道："你罚我，也罚够了，从此以后，你遇着不得了的时候，你只管告诉我。"波尔多斯作出很厌烦的样子说道："别说钱的话，说起来，太丢脸。"柯吉那太太道："你不爱我了？"波尔多斯不答。柯吉那太太道："你不答我，我知道你的主意了。"波尔多斯道："我在这里想你待我的情形。"柯吉那太太道："我的宝贝，我将功赎罪吧。"波尔多斯耸了耸肩，说道："第一件，我同你要什么？不过借几个钱。借的也不多，我也晓得你手上没什么钱，就是有一些，也不过是你的男人替人打官司弄来的，是刻薄得来的钱。倘若你是个伯爵夫人，或是公爵侯爵夫人，自然又当别论了。"柯吉那太太觉得难过，急了，说道："我老实告诉你，我虽然是个穷律师的老婆，我箱子里的钱，恐怕还比那些公爵侯爵的夫人多些，他们不过是装架子罢了。"波尔多斯把手缩了回来，说道："你更不该了。你既然有钱，为什么不肯借。"

柯吉那太太自知话说太多了，赶快分辩道："我说我有钱，不过是说够用罢了。"波尔多斯道："我们别谈钱吧，你会错意了。我们的交情，算是完了。"柯吉那太太道："你这个人没良心。"波尔多斯道："都是你不对。"柯吉那太太道："我不为难你了，你去找你的美貌公爵夫人吧。"波尔多斯道："这位夫人的交情，是靠得住的。"柯吉那太太道："我问你一句话，你到底还爱我不爱我？"波尔多斯做出极凄凉的样子来，叹口气道："说来做什么，我不久就去打仗了。这一回，恐怕总是要死的了。"柯吉那太太大哭道："你不要这样说了。"波尔多斯道："我看见兆头不好。"柯吉那太太道："你老实认了吧，你爱上别人了。"波尔多斯道："我虽然是还有点爱你，但是爱情的事，我早已不提了。大约有两个礼拜，就要开战，我预备一切，忙得很呢。我还要回到家里去，想法子弄钱。"波尔多斯看见柯吉那太太心里已经在那里摇摆，一边是爱情，一边是舍不得花钱，两边在那里交锋。波尔多斯道："你在教堂看见的那位公爵夫人，有些田产，离我家里不远。我们两个人一路回去。有人陪着一路走，路上也不寂寞。"柯吉那太太问道："你在巴黎城里没朋友吗？"波尔多斯带点责备的意思答道："我原想是有一个的，现在我才知道我想错了。”柯吉那太太很高兴地说道：“你并没想错。你还有一个朋友。你明天到我家里来，说是我的表亲，从庇卡底来的，到巴黎来料理几件官司，要请律师。这几句话，你记得吗？”波尔多斯道：“我记得。”柯吉那太太道：“吃晚饭的时候来吧。”波尔多斯答应了。柯吉那太太又吩咐道：“你在我男人面前，说话却要小心。他虽然年纪大了，今年七十五岁，他却是很精明的。”波尔多斯道：“不过七十五岁，还算是壮年呀。”柯吉那太太很有意思地看着波尔多斯说道：“不是的，他年纪实在老了，我每天都可能成为寡妇。好在我们的婚约说好的，谁后死，谁承受产业。”波尔多斯道：“什么财产都算在里头吗？”柯吉那太太道：“什么都算在里头的。”波尔多斯很用力地抓住柯吉那太太的手说道：“我的宝贝柯太太，你真会打算。”柯吉那太太做出许多媚态说道：“我们又是好朋友了吗？”波尔多斯道：“一辈子的好朋友。”柯吉那太太道：“请了，明天见吧。我的没良心的反叛。”波尔多斯答道：“请了，明天见，我的没长性的骗子。”

第三十章　达达尼昂追寻米莱迪

再说，达达尼昂跟着米莱迪，米莱迪却不晓得。达达尼昂听见她吩咐车夫往圣热尔曼去，他因赶不上马车，就回到费鲁街，半路碰见布朗歇在一间茶食店外面看，样子馋得很，就吩咐他回来，预备两匹马，牵到阿多斯的寓所。于是布朗歇先回去。达达尼昂走到费鲁街，看见阿多斯在家，喝买回来的好酒，见了达达尼昂，就使眼色，叫格里莫拿酒盅来。

达达尼昂就把在教堂看见波尔多斯同律师讲的老婆话说了一遍，还说波尔多斯的行装是有了指望了。阿多斯道："我的行装，就没有女人来帮忙。"达达尼昂说："你要晓得，把你的这副相貌同你的世家的举动摆出来，随你要什么，不论是什么女人，就是王族的女人，看见了，也是要给你的。"阿多斯一面耸耸肩，一面吩咐格里莫再拿一瓶酒来，说道："达达尼昂，你的年纪还轻呢！"刚好布朗歇伸进头来说："马已备好了。"阿多斯问是什么马，达达尼昂道："统领借我的两匹马。我要到圣热尔曼去。"阿多斯问道："你到圣热尔曼做什么？"达达尼昂就把在教堂里看见那个默恩镇客店里的女人的话告诉他一遍。阿多斯耸耸肩，说道："你又爱上这个女人，同你从前爱上波那瑟太太一样了。"达达尼昂道："并不是的。我要去打听这个女人做的什么诡事。不晓得是怎的，我虽然不晓得她是谁，我心里总觉得我一生的事，是同这个女人有点关系。就是波那瑟太太不见了，也同这个女人有关系。"阿多斯道："你说得也许不错。不过据我看来，女人丢了的，是不值得再找的。波那瑟太太丢了，我心里也觉得不好过。”达达尼昂道：“你不晓得我的意思。我的康斯坦斯，我还是很爱的。我只要晓得她在什么地方，我走到天尽头，也是要去找她的。我打听了好久，还是打听不出来，我现在心里像发了狂一样。”阿多斯道：“你去找米莱迪吧，你如果觉得有趣。我盼望你快活。”达达尼昂道：“你看怎么样？与其关在这里，同关监牢一样，倒不如骑了马，同我一路走。”阿多斯道：“骑马是要有马的，没得马只好跑腿的了。”达达尼昂微笑了，说道：“很好。我却不要摆架子。人家给我什么，我就骑什么。请了。”阿多斯也说：“请了。”打个手势，叫格里莫开了刚才拿来的那瓶酒。

达达尼昂主仆两人上了马，就向圣热尔曼而来。达达尼昂听了阿多斯的话，心里更舍波那瑟太太不下。他真是爱波那瑟太太，天尽头都要找到她的。可惜地是圆的，他却不晓得先从哪一方向走，只好先找米莱迪。他以为第二次也是那穿黑罩袍的人把波那瑟太太掳了去的，这个人在默恩镇客店同米莱迪说过话的，他以为找着米莱迪就可以打听出波那瑟太太的所在来。一面在那里想，就到了圣热尔曼，走过了离宫——这所离宫，就是十年后法国王上路易十四降生的地方——他就在街上走，要碰碰那个美貌英国女人。走来走去，走到一所大房子前面，看见楼下平地上，有一个人在那里走，像是认得的，一时却叫不出来。布朗歇却先记得，问达达尼昂道：“主人，你看看那个人，你认得吗？”达达尼昂道：“脸是很熟，名字却忘记了，在什么地方会过的，我也说不出来了。”布朗歇道：“就是狄倭达伯爵的随从，名叫卢宾。一个月前，我们在加来，去找镇守官员的时候，你在半路上把伯爵刺倒的。”达达尼昂道：“我记起来了。你看他还认得你吗？”布朗歇道：“当日他们非常惊慌，我看他认不得我们。”达达尼昂道：“你去同他交谈，打听那伯爵是死是活。”布朗歇就下了马，去同那人说话。卢宾却不认得他。达达尼昂把两匹马牵到房子那一边，又走到前边来，忽然听见马车响，达达尼昂便躲在篱笆后——他看见外边人，外边人却看不见他。那辆马车，停在房子门口，米莱迪坐在车里，从车窗探出头来，吩咐几句话给女仆。女仆年纪约二十岁，听了车里吩咐，就跳下车来，到卢宾那里。还没走到，卢宾听见有人喊他，先走开了。布朗歇四周地看，找他的主人，那女仆忽然把一封信交给布朗歇，说道："给你的主人。"布朗歇很诧异地问道："给我的主人？"女仆道："是的，是要紧的信，马上就要交的。"女仆跑回头，跳上车，那马车立刻就走了。

布朗歇看看那封信，觉得很诧异，跑回路上，见了达达尼昂，说道："有封信给你的。"达达尼昂道："给我的信，你没听错吗？"布朗歇道："我没听错。那个女仆说给我的主人，我没别个主人，就是你。那个女仆长得很美呢。"达达尼昂拆开了信，信上写道：

有一个同您极有关系的女人，问你几时有空，可以到树林里逛逛，明天在某客店，有个马夫穿了红黑色号衣的，在那里等您回信。

达达尼昂读完了，说道："这件事，越闹越有趣了，米莱迪同我找的，同是一个人。布朗歇，你可打听出来，那位伯爵是死是活？"布朗歇道："他还活在那里，不过血流多了，人还未复原。卢宾把那事全告诉了我，他一点也不认得我。"达达尼昂道："办得好，办得好。我们赶快上马，赶那辆马车吧。"两个人顿时上了马，就往前赶，居然赶上了。那马车停在路旁。看见一个壮士，穿得很时髦的，骑着马，在门口停住，同那女人说话，说得很入神，达达尼昂主仆两人到了车边，他们还没理会，只有女仆知道。那两个人说的是英国话，达达尼昂不懂。只看见米莱迪生了气，拿扇子用力地在那壮士身上打，把扇子也打碎了，那个壮士只管大笑，米莱迪听了，更生气。达达尼昂看见机会来了，走到马车那一边，脱了帽子，恭恭敬敬地鞠躬问道："那一位先生很叫你生气，我可以帮你的忙吗？你只要说句话，我就罚他的无礼。"那个女人回过头来，很诧异地，说法国话道："这个人若不是我的兄弟，我是很愿意你帮忙的。"达达尼昂道："我却不晓得，我得罪了。"那个壮士说道："你同那个无礼的人说的什么，他来这里做什么？"达达尼昂答道："你才是无礼！我喜欢在这里。”那个壮士同女人说了句英国话。达达尼昂道：“我同你说的是法国话，你为什么不拿法国话回答我？你虽是这位夫人的兄弟，你却不是我的兄弟。”大凡女人都是胆怯的多，见了这事，总要排解的，谁知这个女人却不然，她背靠车子，一点也不管，只吩咐马夫赶回家去，唯有那俊俏的女仆，却颇着急。

马车走了，只剩两个人，面面相对，那个壮士正要跟马车走，达达尼昂忽然认得他是在客店赢了他的马的那个人，就跳到马前，抓住缰，拦住了，说道：“你这个人，太无礼了！你且慢走，我还有句话同你说。”那英国人说道：“哈哈，怎么是你吗？你总是不安分的！”达达尼昂道：“不错，我还没报复咧。我要看看你比剑的本事和掷骰子的本事比起来如何。”那人答道：“我却没剑。”达达尼昂道：“你家里总有。我有两把剑，我们掷骰子拣剑。”那人道：“用不着，我家里有。”达达尼昂道：“那更好了，你挑好了剑，今晚同我会面。”那人问道：“在哪里会？”达达尼昂道：“在卢森堡公园后面园里。那个地方最好。”那人答道：“很好，我会来的，几点会面？”达达尼昂道：“六点。”那人问道“你有朋友吗？”达达尼昂道：“我有三个朋友。”那人道：“三个？这真奇怪，我也是有三个。请问你贵姓？”达达尼昂道：“我叫达达尼昂，加斯科尼人，在德·埃萨尔手下当禁兵，请问你贵姓？”那人道：“我是温特勋爵，谢菲尔德男爵。”

达达尼昂听了，就上了马，同布朗歇跑回巴黎，一直去找阿多斯。原来阿多斯躺在榻上，还在那里等行装，等它自己来。达达尼昂把事情告诉他，只有那封信的事没说。阿多斯听见说是个英国人，喜欢得不得了——他平生最喜欢的是同英国人打架。于是就请了波尔多斯、阿拉米斯来商量。波尔多斯听了，就拔出剑来，一上一下，一来一往地向着墙打。阿拉米斯的诗还没作完，走到阿多斯房里，关起门来，不许人吵他。阿多斯同格里莫打手势，要酒吃，达达尼昂想了一个法子，以为是最妙的法子，忍不住常常自己微笑。他这个法子究竟好不好，读者观后文便知。

第三十一章　达达尼昂会米莱迪

再说约会的时候到了，四个朋友带了随从，到了卢森堡公园的园子里。那时真无旁人，只有个看羊的，在那里看羊。他们给了他几个钱，叫他领了羊走，叫随从们四面把守，防生人来搅局。不到一会儿，那四个英国人也来了，彼此见了面。四个英国人都是有爵位的人，听见四个法国人的名字古怪，也摸不清他们是什么路数的人。温特勋爵先说道："你们的名字，是看羊人的名字，我们根本不知道你们是什么人。"阿多斯道："你就晓得，这都是假托的名字。"勋爵道："我们很想知道你们的真名。"阿多斯道："你们同我们赌的时候，却不要知道我们的真名。"勋爵道："你的话不错。不过从前赌的是钱，现在赌的是命。赌钱是同谁都可以赌的，赌命一定要同地位相当的人。"阿多斯道："这话也有理。"就把一个英国人拉开，把自己的真名低声告诉他。波尔多斯、阿拉米斯，也是一样地告诉了。阿多斯问道："你现在知道我的名位，你没得说了吗？"勋爵道："没得说了。"阿多斯说道："我还有句话，要告诉你。"勋爵问是什么话。阿多斯道："你不该问我的真名姓。"勋爵道："这是为什么？"阿多斯道："人家都以为我已死了，我却不愿意人家都知道我又活了。我这件秘密事，不要人知道，除非是我把你刺死了。"那个英国人听了，以为阿多斯是在那里开玩笑，谁知他却是真的。阿多斯说道："你们都预备好了吗？"众人一齐答道："预备好了。"同时八把剑同闪电一样，都出了鞘，就打了起来，打得真热闹。阿多斯极镇静，他在那里打，就同在书房里练习的时候一样，波尔多斯因为在尚蒂伊吃了点亏，这趟就加倍小心，阿拉米斯还有几句诗没作完，着急得很，要结果了仇敌，回去作诗。阿多斯只一剑，就把他的仇敌刺死了；波尔多斯伤了敌人的腿，敌人认了输，把剑献了出来，波尔多斯扶他上车；阿拉米斯打得十分出力，敌人招架不住，跑了，让随从耻笑他。

达达尼昂起先只是守而不攻，得了机会，就把敌人手里的剑打掉了敌人往后一退，跌倒在地，达达尼昂跳上前，拿剑指着他的咽喉，说道："你的性命，在我手里，我原该结果你的，不过看在你的姊妹①面上，我饶你一死。"达达尼昂见想的法子甚好，自己十分高兴。这个英国人很感激达达尼昂的饶命之恩，说了许多恭维佩服的话，同他很亲热地拉手。因为有一个英国人被阿多斯打死了，他们先去照应他，先把他的衣领解开，看看有救没有。一解开衣服，就有一个钱包从口袋里掉出来，达达尼昂拾起，交给温特勋爵。这个英国人说道："你给我做什么？"达达尼昂道："你可以拿去，还给他家。"勋爵道："他家用不着这个。他死了之后，家里承受产业，每年有一万五千路易进帐。你给了你的随从吧。"达达尼昂把钱包放在自己口袋里。温特勋爵说道："今晚我要带你去见见我的克拉丽克夫人，她在宫里很有点力量的，将来或者可以帮你的忙。"达达尼昂鞠躬称谢。刚好阿多斯走了来，低声问道："你要那钱包做什么？"达达尼昂答道："我正要送给你。"阿多斯道："为什么送给我？"达达尼昂道："你把那人打死，自然是你的。"阿多斯道："你当我是强盗吗？"达达尼昂道："打仗有战利品，为什么比剑就不该有呢？"阿多斯道："就是在战场上，我也不干的。"达达尼昂道："我们给了随从吧？"阿多斯道："不能给我们的随从。"说了，就把钱包摔给温特的车夫，说道："你们拿去吧！"阿多斯如此慷慨，众人都称赞，只有他们自己的随从不大高兴。温特告辞走了，先把克拉丽克夫人的住址告诉了达达尼昂，原来她住在皇家广场路六号，是条阔人住的街。预先说好了，是晚

① 姊妹，此处指米莱迪，就是温特勋爵的弟妹。——译者注

上八点，温特到阿多斯的寓所找达达尼昂，领他去见克拉丽克夫人。

再说，达达尼昂不知怎的总觉得米莱迪同他自己的一生是极有相关的，故此很想去见她。他虽然晓得米莱迪是主教的侦探，他却有点被这位美貌夫人迷住了，心里只怕米莱迪认得他是在默恩镇同那个人打过架的，就知道他是反对党的人，未免要吃点亏。达达尼昂又晓得米莱迪同那少年美貌的狄倭达伯爵有秘密的关系，但他自己是个年轻人，是一点都不害怕的。于是换了一身极光鲜的衣服，装扮得极整齐的，先走到阿多斯那里，把事都告诉了他。阿多斯留心地听了他这番话，在那里摇头，说他深入险地。又说道："你原有一个十全的美人，现在却丢了，又去找别一个。"达达尼昂道："你说得对，我是极爱波那瑟太太的，不过我禁不住人人都称赞米莱迪。我要去见她，为的是要趁此打听她在宫里到底办的什么事。"阿多斯道："据你告诉我的话看，她办的什么事是极容易晓得的。她自然是主教的侦探，你入了她的圈套，只好留下脑袋给她。"达达尼昂道："你只是说败兴的话！"阿多斯答道："我不相信女人，白头发、蓝眼睛的女人，更不相信，我上他们的当是上够了。你不是说这位夫人是个白头发蓝眼睛的吗？"达达尼昂道："你没看见，这个女人的头发，白如银丝的。"阿多斯说道："呀，你这个小呆子！"达达尼昂道："你不晓得。我只要晓得她的诡计，我就同她分手。"阿多斯说道："你就竭力地去打听吧。"

果然到了时候，温特来了，同达达尼昂坐了一辆极华丽的马车，不一会儿就到了。克拉丽克夫人很尽礼地欢迎达达尼昂。房子是极讲究的，虽然因为英法开战，许多英国人都回了国，唯有这位夫人还在那里装饰房子，可见得打仗的事同她毫不相干的。温特引见的时候，同这位夫人说道："我是个英国人，得罪了他，同他比剑，我的性命在他手上，他饶了我，你也要谢谢他。"米莱迪听了，皱了眉头，又笑起来。达达尼昂见了，不免打战。米莱迪说道："我很欢迎你，你为人慷慨，我永远地感激你。"这个女人刚才露出凶恶面貌来，到说话的时候，她声音却十分柔媚动听。温特就把比剑的事，说了一遍，米莱迪听了，很不耐烦，脸上很有点着急的样子，两只脚在那里不歇地敲地板，温特却一点也不理会，走到桌边倒酒，请达达尼昂喝。达达尼昂知道推却是不恭敬的，也走到桌子那里喝酒，两只眼却望着镜子，留心看米莱迪，看见她脸上的神气，更加凶恶，在那里像发狂似的咬手绢。正在这个时候，那先前见过的美貌女仆，开门进来，同温特说了几句英国话，温特就同达达尼昂说是有事出去了。达达尼昂同他握了手，回来同米莱迪说话，那时她的神气安详了。米莱迪就告诉了达达尼昂，说温特是她的夫兄，并不是兄弟姊妹，她嫁给温特的兄弟，丈夫死了，留下一子，如果温特不娶亲，就是这个儿子承受家产。谈了有半小时，达达尼昂才听出来米莱迪并非英国人，原是法国人。达达尼昂谈天的时候，一味地恭维，米莱迪只是笑。后来达达尼昂告辞了，下楼梯的时候，又碰着那个美貌的女仆。女仆的衣裳，碰了达达尼昂，红了脸，同达达尼昂说了得罪的话。

翌日晚上，达达尼昂又来，比昨日更受欢迎。那时温特不在家，只有米莱迪一个人在那里招呼，带了很关切的意思，问长问短，问他可想在主教手下出力。达达尼昂是个少年练达的人，听了这话，在那里极力恭维主教。就说德·特雷维尔原是个世交，故此投奔他的，若是主教是个世交，早就该投奔主教，替他出力了。米莱迪换了话题，问他到过英国没有，达达尼昂就说是特雷维尔统领曾派他到英国买了四匹好马回来。总而言之，达达尼昂一点也不上当，米莱迪知道遇着个敌手。谈了一会，达达尼昂告辞了，出来的时候，又遇见那美貌女仆，这女仆名叫凯蒂，两只眼目不转睛地看达达尼昂，很露出爱慕的意思。达达尼昂心里有事，却没有理会。翌日，达达尼昂又来，后日又来，一连来了数日，一日比一日欢迎得亲热，每来是总碰见凯蒂，达达尼昂仍然是不甚理会。

第三十二章 老律师之款待

再说波尔多斯那天同人比剑，虽然比得热闹，却并没忘记律师老婆请他吃饭。翌日一点，穿了极好的衣服，十分得意地走了。他的心在那里跳，为的是头一次到那人家去，看看那装钱的箱子，他梦里也梦见了那钱箱好几回，那个女人也同他说过好几回，还告诉他要打开给他看。波尔多斯是未有家室的人，现在当军人，常去的都是酒楼饭馆，今天是到人家家里，去享受好酒好肉，还有人来巴结他，自然是高兴的。况且还当他是个亲热的表亲相待，天天在那里吃好东西，坐的是首座，说几句笑话，叫那个老律师开开心，叫他把脸上的皱纹笑平了。闲得没事，还要去教律师的伙计掷骰打牌，赢他们几个钱用用。波尔多斯就想，暂时先过过这种日子，倒也不错。他听人说，律师都是舍不得钱的，但是他的老婆是不同的，还看钱看得不重。

波尔多斯一路走，一路胡思乱想，等到了门口，兴头有点差了。原来一进那条过道，是很黑的，楼梯也几乎看不见，还亏得墙上有几个洞，从别人院子里透进一点光来。上了第一层楼，看见大门上钉了大钉子，同监狱的门仿佛。波尔多斯就敲门。有一个瘦长个子、头发有好几天未曾梳的助手，开了门，后头跟了一个矮些的助手，还有一个瘦长个子，末后还有一个十二岁的小孩子——总共是三个半助手，也算得是个阔律师了。原来柯吉那太太是早已在那里等候，刚好波尔多斯进来的时候，她也来了，喊道："原来是表亲！我的宝贝波尔多斯，请进来，请进来！"那班助手听见“波尔多斯”三个字，就在那里偷笑。波尔多斯瞪了他们一眼，他们就不响了。两个人从书房出来，就走到卧室，那厨房就在书房的右手；他们进了客厅，波尔多斯看见那客厅，也不像个客厅，再偷看那厨房，以为必然是在大火地烹饪美食，谁知却是烟消火灭的，一点声响也没有，不像是预备请贵客的样子。那个律师，大约是预先知道的，见了波尔多斯的面，一点也不踊跃。波尔多斯走上前，恭恭敬敬地行个军礼。那个老头子扶着藤椅，很艰难地慢慢起来，说道：“我们算是表亲。”

那个老律师裹了很厚的衣裳，两只小眼睛却还有光。看来他只有两只眼睛，还有他那板着脸笑的神气，算是活的，浑身经络都不大能活动了，两条腿早已不能走路了。近来这五六个月是动不得，全靠老婆帮忙，故此他见了这个表亲，是很冷淡的。若是早几年，他还动得了，这一门表亲，是不肯认的。

波尔多斯答道：“是的。我们是表亲。”律师说道：“是女人这面的表亲吗？”波尔多斯不领略他这一句话的意思，在那里微笑。柯吉那太太晓得律师说话是有点意思的，听听倒觉得有点不好意思。自从波尔多斯进来之后，这个老头子两只小眼不住地向着他的写字桌前面一个木箱看，波尔多斯就晓得这个就是他梦里都想的那个箱子。看见比梦里的箱子还大些，心里很高兴。老头子不提表亲的话，抬起头来同波尔多斯说道：“我盼望你同我们吃一顿饭，再去打仗。”波尔多斯听了这句话，大失所望。柯吉那太太忙接着道：“我们若是不好好地待他，我的表亲是不肯再来的，他现在也忙得很，我们总要请他常来才好。”老律师做出高兴的样子说道：“我的腿不济了，我的腿不济了。”波尔多斯听了柯吉那太太的话，心里却很高兴。

等了一会儿，饭预备好了，他们就走到饭厅，原来就在厨房对面，房子也是冷落得很，那班助手闻见点菜香，却是件不常有的事，都跑到饭厅，在那里等，波尔多斯看见那三个饿狼——小孩子是不在一桌吃的——大吃一惊，又想道：若是在我家里，总不要这班饿狼聚在一处；好像是客人在船上遇了险，坏了船，好几礼拜没吃饭似的。”柯吉那太太把老律师坐的轮椅，推到桌边，波尔多斯还帮忙，老律师进了饭厅，就嗅起鼻子，舔起舌头来，同那班助手一样。老律师说道："哈！这样汤的味道，好得很！"波尔多斯看见那一大盘像清水的汤，上面浮了几块面包皮，就同大海上浮了几点水藻一般，心里想道："这种汤有什么稀奇？"柯吉那太太在那里微笑，使个手势，众人都坐下了。柯吉那太太送汤，先送给老律师，其次到波尔多斯，其次到自己，以后剩下的面包皮，都给了助手们。刚到这个时候，门响一声，波尔多斯看见那个小孩子在外头吃干面包，在那里闻厨房同饭厅的香味。汤吃完了，厨房的老婆子送了一只煮鸡进来，算是件了不得的大事。那班助手看见了，眼珠都几乎跳了出来。这只鸡瘦极了，皮却甚厚，没有牙力是咬不动的，不晓得他们从哪里寻来的，也亏他们寻得着这种老皮老骨的鸡。波尔多斯嘀咕道："我原是个敬老的，不过烧了吃，或是煮了来吃，我却不稀罕。"他说完了，看看旁人怎样。原来他们都目不转睛地看着那只老鸡！柯吉那太太把鸡摆在面前，割了两条鸡腿送给男人，鸡头鸡颈留给自己，割了一只翅膀给波尔多斯，就吩咐老婆子，把鸡拿走了。那班助手，一点也挨不着。另外来了一大盘豆子，上头摆了许多羊骨，看不见什么肉。那班助手看见了，只好不出声。柯吉那太太把豆子羊骨，拣了些，分给他们吃。

等了一会儿，来了一小瓦瓶的酒，老律师倒酒，每个助手一小半盅，自己也只倒了小半盅，就把酒瓶交给柯吉那太太同波尔多斯。那班助手把水倒满了一盅，先喝了一半，又添上水。当下波尔多斯在那里吃鸡翅膀，柯吉那太太常常用膝盖去碰波尔多斯，波尔多斯觉得了，就发抖。吃了一点酒，原是种最贱的酒，向来是没什么人吃的。老律师看见他一点水也不加，就喝了，觉得这个人太奢侈了，在那里叹气。柯吉那太太向波尔多斯道："你要点豆子不要？"——她说话的意思，仿佛是劝他不吃的样子。波尔多斯心里想道：我宁可跟鬼跑，也不吃一粒这种的豆子。却大声地回答道："谢谢你！我不能吃了。"自此以后，桌上就没人说话。波尔多斯觉得很难受。老律师独自一个人说道："柯太太，你办得真不错，我们吃得很饱了，我不晓得吃了多少东西！"这句话一连说了好几遍。老律师吃的是汤，那只老鸡的两条黑腿，还有一块羊骨——上头沾着看不见的一点肉，其它块羊骨却连这一点肉还没有。波尔多斯以为他们开他的玩笑，在那里捋胡子，皱眉头。柯吉那太太的膝盖又在桌子底下推他，仿佛是叫他耐心些的意思。忽然又停住，没人说话，波尔多斯是莫名其妙，那班助手是明白的。老律师向众人看了一看，柯吉那太太向众人微微一笑，那班助手就都站起来，把吃饭用的手绢折好了，点点头，就出来了。然后柯吉那太太站起来，从橱里拿出一块黄油，有几个糖果，还有一块饼，却是柯吉那太太自己亲手制的。老头子看见这许多东西，就很不高兴。波尔多斯在那里难过，是因为吃不饱，他回头看看那盘豆子，想吃一点，谁知已经拿去了。老律师喊道："今天真吃得爽快了！"波尔多斯偷眼先看看那装酒的瓶，心里想的是：有酒，有面包，有黄油，还勉强可以吃饱。哪晓得那个酒瓶也没有了，两个做主人的，仿佛都不理会。波尔多斯心里想道：往后的事，也可想而知了。他吃了一点糖果，吃了一口柯吉那太太自制的发黏点心，心里想道：我今天总算是上了当，只要看看钱箱里头有好东西，还算来得。老头子吃完饭，是要睡个小觉的，波尔多斯以为他就在饭厅睡，谁晓得他一定还要回到刚才那房间里睡，不独这样就罢了，还要靠近那个钱箱睡，还要把两只脚踏着钱箱！

柯吉那太太把波尔多斯拖到隔壁一间房，说道："我希望你一个礼拜来吃三次饭。"波尔多斯道："谢谢了，你太客气了。我没得闲工夫，还要去预备行装。"柯吉那太太道："不错的，预备行装，真是讨厌。"波尔多斯道："你说的预备行装很讨厌，你说得对。"柯吉那太太问道："你预备些什么？"波尔多斯道："预备的多咧！我们是特别的一营，同瑞士营、禁军营不同。"柯吉那太太道："你告诉我要预备些什么？"波尔多斯不能一件一件地说出来，只好说一个总数，就说道："一齐算起来，大约要……"柯吉那太太在那里很留心地听，问道："要多少？大约总不能过……"说到这里，住了，不去说数目。波尔多斯道："不过二千五百利华。我想若是节俭点，二千个利华也够了。"柯吉那太太听了喊道："二千个利华？够过许多年日子的了！"波尔多斯听见了，很不高兴。柯吉那太太也觉得，就说道："我要问你，要预备的是什么东西？因为我有几个亲戚朋友，他们替你办，总可省了一半。"波尔多斯道："我明白了。"柯吉那太太道："第一件，你要备匹马。"波尔多斯说道："是的。"柯吉那太太道："我晓得有一匹，刚合你的适。"波尔多斯说道："哈，马是算有了。不过还有鞍子等件，是要自己拣的，大约要花到三百个利华。"柯吉那太太叹口气道："三百个利华吗？就算是三百个。"波尔多斯微笑，他原有一副鞍子等件，是达达尼昂送的，他可白得三百个利华了。波尔多斯又道："我的随从也要一匹马，我自己还要一个皮包。兵器你是不用管了，我自己有。"柯吉那太太声音发战地问道："你的随从还要一匹马？这却未免太阔了。"波尔多斯道："你当我是个乞丐吗？"伸直了腰，做出一副骄傲的模样来。柯吉那太太道："我以为一匹好看的骡子，也可以当马用。"波尔多斯道："一匹好骡子，是可以用的。我看见过西班牙的阔人，他的随从都是骑骡子的。不过你要晓得，骡子是要鸟羽响铃去配的。"柯吉那太太道："那个自然。"波尔多斯道："还有皮包要置的。"柯吉那太太道："你不必烦心，我男人有六七个，你随便拣一个，就是了内中有一个，他最喜欢的，那个皮包很大，连你这么大的人都装得进去。"波尔多斯道："难道那个皮包是空的吗？"柯吉那太太见他问得古怪，答道："自然是空的。"波尔多斯道："我的宝贝，我要的皮包是装满东西的。"柯吉那太太叹了几口气。两个人又把那些零件都商量妥了。最后，柯吉那太太答应了给波尔多斯八百个利华去包办，马同骡是柯吉那太太去办。

一切都商量妥当了，波尔多斯就告辞了。柯吉那太太还使出许多手段要留他，他说公事要紧，就走了。回到寓所，饿得不得了，在那里生气。

第三十三章　米莱迪之秘信

再说，达达尼昂自从会过米莱迪数次之后，不由得一天一天地陷入温柔乡，感动起恋爱之情来。阿多斯苦苦地劝谏，总是不听。达达尼昂以为将来有一天，米莱迪自然也要爱他的，因此每天必去。有一天晚上，达达尼昂到了，看见女仆站在门里，见他来了，拦住他，拉住他的手，达达尼昂心里想道：一定是她的女主人叫她给我幽期密约的信了。心里很高兴。那女仆犹豫地说道："我有几句话，同你讲。"达达尼昂道："好宝贝，你说吧。"女仆道："在这里不能说，我要说的是极秘密的话。"达达尼昂道："你要怎样呢？"女仆道："你跟我来。"达达尼昂道："请你引路。我什么地方都肯去。"女仆道："你就跟我来。"

于是凯蒂拉了达达尼昂的手，领他上了一个螺旋楼梯，一路黑暗得很，开了一道门，凯蒂说道："请进来，这里说话，没人听见。"达达尼昂问是谁的房子。女仆答道："是我的房间，从那一个门进去，就是女主人的房间。你请放心，她听不见我们的话，她要半夜才到那房里来的。"达达尼昂向四周一看，看见这女仆的卧室，倒还整齐。但是他不停地向那一个门看，凯蒂知道他的意思，就叹了一口气，说道："你爱上我的主人了。"达达尼昂道："我想得疯了，我爱的程度深了，说也说不完。"凯蒂又叹气说道："可惜了！"达达尼昂道："这话怎么讲？"凯蒂道："我的女主人一点儿也不想你。"达达尼昂道："这句话，是你的女主人叫你告诉我的吗？"凯蒂道："不是的。我想还是告诉你的好。"

达达尼昂道："谢谢你，你的意思是很不错，不过令我听了难受。"凯蒂道："你的意思，是说我的话靠不住。"达达尼昂道："我是有希望的人，自然是不肯相信的。"凯蒂道："你是不相信我的话了？"达达尼昂道："除非我亲眼看见点实在凭据……"凯蒂从怀里拿出一封信来，说道："你看怎么样？"达达尼昂赶快问道："是给我的信吗？"凯蒂道："不是的，是给别人的。"达达尼昂道："给别人的吗？"凯蒂道："是的。"达达尼昂道："给谁的，给谁的？"凯蒂道："你看信封就知道。"达达尼昂看是给狄倭达伯爵的，忽然就想起在圣热尔曼的事情来，把信抢了，撕开去看。凯蒂拦他不住，喊道："你做什么？"达达尼昂看那信上写道：

我的第一封信，你尚未答。你是病了，抑或是跳舞会之后，你就忘了我？现在有机会，你还不能来看我吗？

达达尼昂看完信，脸上顿时青了。凯蒂抓住他的手说道："可怜的达达尼昂！"达达尼昂道："你可怜我吗？"凯蒂道："我自然可怜你，我晓得恋爱的情形。"达达尼昂很留心地看她道："你晓得恋爱吗？"凯蒂红了脸说道："晓得。"达达尼昂道："你不要在这里可怜我，你还是帮我想法报仇。"凯蒂道："什么样的报法？"达达尼昂道："我要顶替狄倭达，赢了米莱迪。"凯蒂道："我不能帮你这个忙。"达达尼昂道："为什么？"凯蒂道："有两层道理。"达达尼昂道："什么道理？"凯蒂道："米莱迪不爱你。"达达尼昂道："你怎么晓得？"凯蒂道："你得罪过她，她恨你太深了。"达达尼昂道："我没得罪过她。自从会过之后，我就同奴隶一样的，哪里有得罪她，你这句话怎么讲？"凯蒂道："我也不懂。"达达尼昂又很亲切地看凯蒂，觉得她的风采着实俊俏，有许多公爵夫人还赶不上她，说道："凯蒂，我晓得你的深层意思了。"说完，捉着亲嘴。凯蒂脸红发热，答道："我晓得你不爱我，你刚才说了你爱我的主人。"达达尼昂道："第二层的道理，还没告诉我。"凯蒂道：

“第二层的道理是，凡恋爱的事，人人都是为己的。”达达尼昂记起凯蒂常常对着他叹气的情景来。他爱了女主人，就忘了女仆，打鹰的是不去理会小麻雀的，想了一想，他就要借着凯蒂的爱而两个人串通好，去截米莱迪给狄倭达的密信，还可以常常到凯蒂的卧室来，打听许多消息。总而言之，达达尼昂是要买了凯蒂去帮他想得到米莱迪的法子。达达尼昂就说道：“凯蒂，你要我爱你的凭据吗？”凯蒂道：“你有什么凭据给我？”达达尼昂道：“我今晚陪你，不去陪你的主人。你看怎么样？”凯蒂拍手喊道：“这样，好极了！”达达尼昂就坐在椅子上，说道：“我的宝贝，你来，我要告诉你，你是第一美貌的女仆。”凯蒂见他恭维得很有意思，也就信以为真了。但是达达尼昂要搂抱凯蒂的时候，这个娇小美丽的女郎竟坚决地拒绝。达达尼昂屡次攻击，她都防御得很巧妙，终于不能下手。这样，一个不绝地来纠缠，一个竭力地防御，时间就过得很快。钟打过了十二点，忽然米莱迪房里的手钟响了。凯蒂道：“主人叫我了，你可立刻要走了。”达达尼昂站起来，拿了帽子，像要出去的样子，忽然开了橱门就跳了进去，藏在那些袍子裙子队里。凯蒂问道：“你这是干什么？”但是达达尼昂把橱门的钥匙也拿了，锁在橱里，一句也不答。米莱迪在房里喊道：“为什么喊你还不来？你睡着了吗？”凯蒂跑进去，一面跑，一面喊道：“我来了！我来了！”

进去之后，房门却没关，达达尼昂听见米莱迪骂凯蒂。平息之后，谈起他来，米莱迪先说道：“今晚我没看见那个加斯科尼人。”凯蒂喊道：“怎么样？他今天没来吗？他就这样的没长性！”米莱迪道：“不是的。我把他拉拢紧了。大约是德·埃萨尔，不然就是德·特雷维尔，把他留住了。”凯蒂道：“夫人要怎样待他？”米莱迪道：“我怎样待他？你不要管。他几乎叫主教不理我，我是要报仇的！”凯蒂道：“我还以为夫人爱他。”米莱迪道：“我爱他？我恨死他了！那个呆子把温特的性命抓在手里，却不去杀他。杀了他，我一年可以多三十万利华进帐。”凯蒂道：“我晓得了，夫人的儿子就可以承受家产。”达达尼昂听见这样美貌的女人说出这种凶险阴毒的话来在那里发抖。米莱迪道：“若不是主教叫我同他要好，我早把他收拾了，报了仇。”凯蒂道：“他爱的那个女人，夫人还没怎样办她。”米莱迪道：“你说的那个服饰店的女人吗？达达尼昂早已把她丢在九霄云外了。这个报仇，算不了什么。”达达尼昂听了，吓出一身汗，才知道这美妇人是个恶鬼。达达尼昂还在那里听，原来米莱迪已经卸了妆，不谈了。末后米莱迪吩咐道：“你可以出去了，明天等我那封信的回话。”凯蒂问道：“给狄倭达伯爵的信吗？”米莱迪道：“是的。”凯蒂道：“这一位似乎同达达尼昂不同。”米莱迪道：“你走吧，我不要听你说了。”达达尼昂听见关了门，上了闩。凯蒂进入房间，也把门锁了，达达尼昂从橱里走出来。凯蒂见了，低声问道：“怎么样了？你脸上都青了。”达达尼昂道：“这个女人简直是个妖精！”凯蒂答道：“别说了，赶快走吧。这里同那间房只隔一层板，说话是听得见的。”达达尼昂道：“为的是这个缘故，故此我不肯走。”凯蒂脸红了，问道：“怎么样？”达达尼昂道：“我等一会儿再去。”说着，伸手去搂住凯蒂的腰，凯蒂这次可不敢响，响了，隔壁是要听见的，只好随他了。

再说达达尼昂缠住凯蒂，专为的是要报仇，假使达达尼昂不是个没良心的，他得了凯蒂，原就可以罢手，不过达达尼昂是个好胜而又有傲性的人。他先自解嘲地想借着凯蒂去打听波那瑟太太的消息，可是凯蒂说不知道，米莱迪并没告诉她，不过人是还没死。说到米莱迪几乎失了主教的信任的话，凯蒂也不晓得是为什么缘故。达达尼昂却想起从伦敦动身的时候看见米莱迪在一只船上等着出海，他晓得是为钻石的事，但是这件事还不算得十分要紧，米莱迪最恨的是达达尼昂饶了温特的命。

再说达达尼昂到了第二天，又来见米莱迪，看见她在那里很生气，大约为的是狄倭达没回信的缘故。凯蒂走进来，遭主人的骂，凯蒂看了达达尼昂一眼，仿佛是告诉他，受这些辱骂为的都是他。慢慢地米莱迪的气消了，听达达尼昂在那里恭维，听得很有味，还让他吻手，达达尼昂都不管，只要打定主意去报仇。出来的时候，又遇着凯蒂，又同她到了房里，知道米莱迪骂凯蒂不小心，为什么伯爵就没回信，还吩咐凯蒂第二天早九点，拿第三封信送给伯爵。达达尼昂告诉凯蒂，先拿信给他看。凯蒂正是恋爱得滚热，什么都答应了。这天晚上，过得同昨晚一样，先是达达尼昂躲在衣橱里，凯蒂进房，同米莱迪卸妆，回到自己房里，锁了门，睡觉。达达尼昂等到天亮五点钟才回寓所。等到十一点，凯蒂把信送到寓所来，因为她的身体同灵魂，都已经给了达达尼昂的了，何况这封信。达达尼昂拆开信，上面写道：

这是第三封信，告诉你，我爱你。你要小心，我再写信，就要告诉你，我恨极你了。你要是真心地悔过，这个送信的女子，就告诉你，你应该怎样来求饶。

达达尼昂读信的时候，脸色变了好几次。凯蒂在那里很留心地看见了，说道："我看出来了，你还是爱她。"达达尼昂道："不是的，你错了。我并不爱她，我是要想法子去报仇。"凯蒂道："我晓得你报仇的法子了，你告诉过我的。"达达尼昂道："只要我爱你就是了，你还管什么。"凯蒂道："我怎样信得过你？"达达尼昂道："你看我羞辱她，你就相信了。"凯蒂听了，叹一口气。达达尼昂拿起笔来写回信，写道：

我现在才晓得你头两封信，是给我的。我原想我不配你这样关切待我，且我近日病很重，不能回信。我晓得你的意思了，不单你的信上告诉我，就是送信的人，也告诉我，说是你爱恋我。送信的人，用不着告诉我求饶的法子，我自己今晚十一点钟，就来赔罪。迟来一天，岂不又加一层我的罪过吗？我现在觉得是世界上第一个快乐的人！

写完了，还签了狄倭达的名字。看官要晓得，这封信总算是个冒名的假信，写得也欠斟酌，拿现在的社会程度论起来，达达尼昂的行为实在是不体面得很。但是从前社会的程度本来是低的，不及现在的程度高，达达尼昂晓得米莱迪是个凶险不过的女人，无恶不作的，他就一点不留余地了。不但如此，达达尼昂还想好了一个更下作的法子，他晓得从凯蒂的房子可以偷进米莱迪的卧室。他想，米莱迪初觉得是他，一定惊骇、含羞、恐怖的，他就可以乘她手足无措的一刹那间，把她弄到手，就是或者办不到，也只好冒险了，况且再过八天，就要去打仗，只好先下手，不去慢慢地拉拢了。

达达尼昂把信封好，交给凯蒂道："你送给米莱迪，就算是狄倭达的回信。"凯蒂脸上变了死灰色，她猜得着信里说的什么话。达达尼昂说道："这件事，迟早是要闹穿了的。那时米莱迪就晓得他的第一封信，是错交了我的随从，第二封和第三封是我截留了，米莱迪一定是哄你出来，还要想别的法子报仇。"凯蒂叹气说道："唉，我冒这些险，为的是谁呢？"达达尼昂道："我的宝贝！我晓得你全是为我，我感激得很。"凯蒂问道："你信里说的什么？"达达尼昂道："米莱迪自然告诉你。"凯蒂哭道："你不恋爱我了！我不快活得很。"达达尼昂只好极力地安慰她，凯蒂哭了好一会儿，才收了眼泪，又劝了好一会儿，才肯把回信拿去。达达尼昂还应许她，一早就要从米莱迪卧室出来再同凯蒂会一会再回寓所。凯蒂只好答应了。

第三十四章 阿拉米斯同波尔多斯之行装

再说那四个朋友，因为去办行装，见面的日子就少了。四个人不能在一处吃饭，只好去到哪里就在哪里吃，不过约好每礼拜在阿多斯的寓所会一次。阿多斯是发了誓不出门的了。凯蒂找达达尼昂的那一天，是他们聚会的日子，凯蒂走了，达达尼昂就跑到费鲁街，看见阿多斯同阿拉米斯在那里讲道理。阿拉米斯说还是当教士穿长袍子的好，阿多斯也不去劝他，也不去留他，说是听从各人自己打主意。他向来是不出主意的，就是人家问他，他也不肯立刻就出主意的，他常说道："人家来请教的，原不想跟你的主意去做，不过等到事情办坏了，好去赖别人就是了。"

等了一会儿，波尔多斯也来了，就告诉他们，有一位很有地位的夫人，要替他办行装。还没说完，穆斯克东进来，说是有极要紧的事请他回去。波尔多斯道："想是为行装的事？"穆斯克东道："也是的，也不是的。"波尔多斯道："也是的，也不是的？你说的什么话？"穆斯克东道："请你赶快回去吧。"波尔多斯只好同他的随从走了。

再等一会儿，巴赞来了。阿拉米斯问道："你要什么？"巴赞道："有个男人，在寓所等你。"阿拉米斯道："有个男人？什么人？"巴赞道："是个乞丐。"阿拉米斯道："给他几个钱，叫他走就是了。"巴赞道："这个乞丐说，一定要见你。还说你见了他，一定要喜欢的。"阿拉米斯道："他有特别要紧的话说吗？"巴赞道："他还说是从图尔来的。"阿拉米斯喊道："从图尔来的？我只好走了。我盼望着有要紧的消息。”说完就走了。

现在只剩了达达尼昂同阿多斯，阿多斯说道：“达达尼昂，你看怎样？我看他们两个人的行装是有了。”达达尼昂道：“我晓得波尔多斯还勉强地想得出法子来，阿拉米斯我是不替他愁的。阿多斯，你赢了那英国人的钱，是花得很慨慷的。你怎样打算？”阿多斯道：“我杀了那个人，我很欢喜的；杀了英国人，算是做了一件好事。至于他的钱，我是不好意思拿他的。”达达尼昂道：“你的意思和别人不同，又深远得很，我真不懂。”阿多斯道：“你不要管。你可晓得，昨日特雷维尔统领到我这里来告诉我，说你同主教保护的那几个英国人很要好。”达达尼昂道：“若只说我去见那个英国女人，那是有的——就是我告诉过你的那个女人。”阿多斯道：“哦，我晓得了，就是我劝你不要去见的那个美人。你自然是没听我劝。”达达尼昂道：“我把我为什么要同她来往的道理告诉过你了。”阿多斯道：“你说是要混几个钱来办行装。”达达尼昂道：“不是的。我说这个女人是串通把波那瑟太太藏起来的。”阿多斯道：“我晓得了。你因为要找一个女人，就同别的女人要好——这个太绕道了，但你自觉着好玩的。”达达尼昂原想把事情告诉他，因为他为人正派，就不敢说了。阿多斯也就不往下问。

再说，阿拉米斯听见图尔有人来找他，出了门就跑，随从也赶不上他。他跑到自己的门前，看见有个衣衫褴褛的人，在那里候他，就问他道：“你要见我吗？”那人答道：“我要见阿拉米斯先生，你是他吗？”阿拉米斯答道：“我就是阿拉米斯。你带了东西来给我吗！”那人道：“东西是有。不过你要把一条绣花手绢给我看看。”阿拉米斯从怀里取出钥匙，开了一个盒子，取出手绢来，说道：“这就是那条手绢，你请看看。”那乞丐道：“不错的，请你先叫随从走出去。”原来巴赞已赶到了，要晓得是什么事，站在门口看。阿拉米斯叫他出去了。那个乞丐见巴赞出去了，还四周地看，看见没旁人，把破衣裳脱下来，撕开内衣，取出一封信来。阿拉米斯看见信上的印，高兴得不得了，一手就把信抢过来，拆开看，信上说道：

天公不作美，叫我们不能长在一处，又要分离几时，然少年得意之日方长，你只管安心去打仗，我做我的。送上一份微礼，请你收了，但望你早日立功，常常地想念我。

那个乞丐又从衣里拿出一百五十个西班牙的双皮斯托尔来，摆在桌上，恭恭敬敬地鞠躬就走了，阿拉米斯也赶不上。阿拉米斯重新又读那封信，读了好几遍，原来信后还有一行，写道：

你要好好地对待送信的人，他是一个伯爵，是西班牙的阔人。

阿拉米斯跳着喊道："好梦来了！前程也有了！不错的，我们都还年轻，一同过快活的日子还多咧！我的既慈心又宝贝的心爱女人！"说完了，很用劲地同那封信亲嘴，连桌子上的金钱也不看。巴赞在那里敲门，阿拉米斯开了，让他进来，看见桌子上的金钱，他也糊涂了。他原来是进来报告达达尼昂到访的，糊涂得也忘了。达达尼昂因为要打听这乞丐是什么人，故此跑了来，看见巴赞不替他报名，只好自己跑进去了。说道："如果图尔送来的鲜果有这样好，我是很要感激那管果园的人了。"阿拉米斯不愿意说那些金钱是从那里来的，就说道："这是书店送来的钱。这就是你听见我说单音字那首诗的酬劳。"达达尼昂道："是吗！你那个开书店的朋友倒肯花钱。"巴赞听了，插嘴道："这是作诗得来的钱吗？这样看来，你比某某两位诗人还出名了。你应该去做诗人，不要当教士了。我求你改了，去做诗人吧。"阿拉米斯道："我们谈得好好的，你来打什么岔。"达达尼昂微笑地说道："呀，你得了许多钱，真是好运气。你却要小心，不然，你口袋露出那封信来，是要丢了的。大约那封信也是书店来的。"阿拉米斯听了，红了脸，把信收好，衣襟扣起来，说道："达达尼昂，我们去找他们吧。我今天有钱了，我请大家吃饭。等你有了钱，你请我们。"达达尼昂道："好极了。我们许久没在一起吃饭了，我今晚要做一件冒险的事，多喝两杯好酒也好。”阿拉米斯高兴得很，喊道：“好极，好极，要喝好酒，我表示同情。怕什么？”阿拉米斯得了信，有了钱，却把当教士的话都忘了。他带了几个大金币在身上，其余的都装在盒子内，同绣花手绢装在一处，两个人就到阿多斯那里。

阿多斯发了誓不出门，他们只好把酒菜弄到他房里来。因为阿多斯是讲究吃喝的，他们两个人就请他定酒定菜，出去找波尔多斯，走到半路，碰见穆斯克东，赶了一匹马和一匹骡，脸上很不高兴。达达尼昂忽然认得那匹黄马是他初到巴黎的时候卖了的，说道：“阿拉米斯，这就是我从前那匹黄马，你看看。”阿拉米斯道：“好难看的牲口！”达达尼昂道：“我初到巴黎骑的就是这个马。”穆斯克东问道：“你晓得这马的来历吗？”阿拉米斯道：“这个马的颜色实在稀奇，我从来都没见过。”达达尼昂道：“我相信你的话，正因为这样，才肯三个克朗卖了的。”阿拉米斯道：“人家买这个马，想是为它这层皮，身子是没用的。”达达尼昂问道：“穆斯克东，你打哪里弄来这样的马？”穆斯克东道：“少提起这件事吧，越提越生气。这都是那位公爵夫人的男人办的。”达达尼昂道：“怎么样？”穆斯克东道：“我们有一个公爵夫人照应——主人不许我说她的名字，我只好不说了。这位公爵夫人，请我们接受一匹顶好的马和顶好的骡，谁知她的男人知道了，半路上夺回去，换了这两匹来。”达达尼昂道：“你现在是把两个牲口送回去吗？”穆斯克东道：“她应许我们好的，我们不能收坏的。”达达尼昂说道：“不错的。我倒很想看看波尔多斯骑在这匹黄马上，你就看见我当初到巴黎的样子了。穆斯克东，你不必等了，你办你的事吧。你的主人在家吗？”穆斯克东道：“在家，在那里很生气。”说完了，达达尼昂他们两个人去找波尔多斯，到了寓所，去摇门上的铃。波尔多斯原看见他们来了，却不去开门，那两个人只好转回去了。

穆斯克东把那一骡一马赶到律师家门前，他的主人吩咐他，把两匹牲口拴在门环上就回来，他就一一照办了，跑回去告诉主人。那两匹牲口，原没吃东西，到了这个时候，就闹起来。老律师叫小伙计去看，是谁的牲口。柯吉那太太认得是她送表亲的一份礼，却不晓得为什么又送回来了。穆斯克东回来，把达达尼昂认得那匹黄马而且三个克朗卖给人的话告诉了波尔多斯，波尔多斯很生气地跑来告诉柯吉那太太，同柯吉那太太约好了，在教堂相见，他就告辞，老律师知道他一定要走的，就苦苦地留他吃饭。

柯吉那太太到了时候，果然就在教堂等候，知道波尔多斯一定要责备她的，心里很放不下。波尔多斯果然很生气，什么责备的话都说到了。柯吉那太太说道："我原是为你好。有一个托我们打官司的人，欠了我们的钱，没得还，我看见他有一骡一马，就牵来抵账，他还告诉我说是两条顶好的牲口。"波尔多斯道："那个人如果欠你们五个克朗，他拿这两匹牲口来抵账，他就是个光棍。"柯吉那太太道："如果是买得便宜，也不算什么。"波尔多斯道："原是的，不过你样样都是这样计较起来，你却不要怪我去找别的手段阔绰些的朋友。"说完了，就要走。柯吉那太太道："都是我不该。我不该去买这样的贱牲口，送给你这样出色的朋友。"波尔多斯不出声，仿佛是没听见的。柯吉那太太就觉得波尔多斯身边仿佛有许多公爵夫人围绕着他，要送他钱。柯吉那太太说道："你等等，不要着急，我们再商量。"波尔多斯道："同你商量是没用处的。"柯吉那太太道："你告诉我要什么。"波尔多斯道："不要什么，我不同你要了。"柯吉那太太捉住波尔多斯的手，哭道："我哪里会相马呢。"波尔多斯道："你为什么不交给我办，我还懂得点，你非要省钱自己办。"柯吉那太太道："是我错了，我还可以补救得来。"波尔多斯道："你有什么法子？"柯吉那太太道："今晚老律师要去某公爵家，商量事情，至少也耽搁两小时。你今晚来我家里，是没得别人了，我们慢慢地商量。"波尔多斯道："很好。你这才明白过来了。"柯吉那太太道："你宽恕了我吗！"波尔多斯道："再看吧。"于是两个人约定了晚上再见，就分了手。波尔多斯心里想道："老律师的箱子可以到手了。"

第三十五章　达达尼昂报仇之法

再说到了晚上九点，达达尼昂照常地去见米莱迪，看见她很高兴，就知道米莱迪是得了狄倭达的回信，在那里欢喜。等了一会儿，凯蒂拿了点心进来，主人对着她笑。她却很不快活的，都不理会。到了十一点，米莱迪就坐卧不安起来，站起来看看钟，又坐下了，仿佛是要达达尼昂告辞的意思。达达尼昂站起来，拿了帽子，米莱迪同他握手，握得加倍亲热。达达尼昂出来的时候，心里想道："这个女人，爱狄倭达爱到疯了。"

这一次，凯蒂却并没等他。他就跑上楼去找凯蒂，看见她的头藏在两手里哭，听见达达尼昂进来，也不抬头，达达尼昂就去抓她的手，她还是哭。原来米莱迪果然把回信里头的话告诉了凯蒂，还说她送信有功，赏了她一口袋的钱，凯蒂气得了不得，进了房，就把钱袋摔在楼板上——达达尼昂看见楼板上有四五个金币。达达尼昂极力在那里安慰她，她抬起头来，看见她满面眼泪，一语不发，心里着实难过，达达尼昂虽是个铁石心肠的人，这时候也软了些，不过他一心要报仇，别的事情是拦不了他的。他听说米莱迪吩咐凯蒂把房里的灯火都灭了，天没亮就要让狄倭达出去，他心里更得意。

等了一会儿，米莱迪进了卧室，达达尼昂就躲在衣橱里，米莱迪就摇手钟，凯蒂进去了，关了门，听见米莱迪详详细细地问她见着伯爵的情形。再等一会儿，米莱迪叫凯蒂灭了灯回自己房里。达达尼昂从门上钥匙洞里看见灭了灯就跳出来，那时凯蒂正在关门。米莱迪问道："是什么响？”达达尼昂在门外应道：“我是狄倭达。”凯蒂用手去拦他，低声说道：“还没到十一点。”米莱迪声音发抖地说道：“伯爵，你为什么还不进来？我在这里盼望你呢。”达达尼昂把凯蒂轻轻地推开，就进了米莱迪的卧室。

他原不是米莱迪心爱的人，现在听见米莱迪对他说了许多恋爱的话，却说的是别人，并不是他，他听了十分难受，也同凯蒂在自己房里受罪差不多。米莱迪说道：“伯爵，我看你的眉眼，知道你是爱我的。我现在很高兴，知道你是真情不是假意。我明天就要你爱我的真凭据，你现在收了这个，却不要忘了我。”说完，就从自己指上脱了戒指，交给达达尼昂。达达尼昂从黑暗里，虽看不出来，他却晓得米莱迪平日戴的戒指是个蓝宝石的，很值几个钱的。他原想不要的，但是米莱迪已经给他戴在指上，一面戴一面说道：“你戴了，做个纪念。况且你收了，我心里就很高兴。”达达尼昂正想把一切事由告诉她，要告诉她自己的真名姓，还要把复仇的话一说，不料米莱迪先说道：“谢天谢地，那个加斯科尼人没把你刺死，我怕你现在伤还没全好呢？”达达尼昂不知所答，只好说道：“是的。我还觉得很痛。”米莱迪道：“不要紧，你的仇是早晚就要报的。”达达尼昂心里想道：“我却不能把真名姓告诉她了。”虽然，他心里是这样想，却禁不住被这个女子迷住了。他若不是亲历其境是万想不到仇恨同恋爱是可以同时并存的。他听见一点的钟响了，知道是要走的了，很舍不得地同米莱迪分手。两个人约好了，下礼拜再会，可怜那凯蒂原望同达达尼昂见面，说几句话的，不料米莱迪自己送达达尼昂到楼梯口，凯蒂的话就没机会说了。

翌日，早上，达达尼昂去找阿多斯，把昨晚上的事情都告诉了他。阿多斯听了，摇头说道：“你那个英国女人，虽然是个极坏的女人，你却不应该骗她。你同她结了不解之仇了。”阿多斯一面说，一面看那蓝宝石戒指——那王后赐的戒指已经收起来了。达达尼昂道：“你注意我的戒指？”阿多斯道：“是的，倒像我家里的东西。”达达尼昂道：“是个很好看的东西，你说是不是？”阿多斯答道：“好得很。我想不到世界上竟有两块这样的蓝宝石。你拿钻石戒指同她换的吗？”达达尼昂说道：“不是的。是那个英国女人送我的。她实在不是英国人，她是在法国生长的。”阿多斯很动了情地问道：“米莱迪送你的吗？”达达尼昂道：“她昨晚送我的。”阿多斯道：“让我细细看。”达达尼昂拿出来，递给他。阿多斯仔细看了一会儿，脸色也变了，他把那戒指套到左手指上，竟十分合适。他镇静的脸上忽然露出愤恨的颜色，说道：“不知道那个戒指怎么样会到了克拉丽克夫人的手上？天下会有这样相像的戒指真是难以置信。”达达尼昂道：“你认得这个戒指吗？”阿多斯道：“我原想是认得的，大约是我认错了。”就把戒指还了达达尼昂，说道：“我请你把戒指收起来，不要叫我看见。我看见了引起许多难受的记忆来。我看见了，是同你说不出话来了。你不是来同我商量事情的吗？你说是遇着了为难不晓得怎样办。等一等！让我再看看那戒指，我还记得那块宝石，有一面有点裂痕。”达达尼昂又拿下来交给他。阿多斯看一看，打了一战，指着宝石，告诉他道：“这岂不奇怪么？”达达尼昂问道：“阿多斯，你当日怎样得着这戒指的？”阿多斯道：“我从我母亲手上得来的，是我的祖母给我母亲的，这算是件传家宝，不该出了我们家门的。”达达尼昂很迟疑地问道：“你可曾卖过？”阿多斯道：“没有。有一晚上，我送给人，当是恋爱的纪念，就同人家昨晚送你的一样。”两个人停了一会儿，没说话，达达尼昂把戒指收在口袋里。

后来阿多斯一只手放在达达尼昂肩膀上，说道：“你晓得我最疼你，我现在要劝你，就同劝我自己的儿子一样。你那个女人是要丢开的，那个女人，我却不认得，但我晓得这个女人，是近她不得的。不管是谁，近了她，一定是要惹大祸的。”达达尼昂道：“你说得不错。我从今以后，不去接近她了。我老实说，她叫我害怕。”阿多斯道：“你有这个毅力罢手吗？”达达尼昂毫无迟疑地答道：“我有把握。”阿多斯道：“我听了，很欢喜。我只盼望你们两个人将来不碰在一处，免得害了你的前程。”达达尼昂告辞回了寓所，看见凯蒂在那里等。凯蒂哭了一夜，担了一夜心，脸色全变了，比害了一个月的大病还厉害。现在她是奉了主人的命，去问狄倭达伯爵几时再来。凯蒂以此来找达达尼昂，她脸都青了，在那里发抖，等达达尼昂的回信，达达尼昂听了阿多斯那番话，又想起已经算报了仇，他就打定主意不再去了，立刻拿起笔来写回信，信上写道：

你别盼望我来赴约。因为我同别人的约会还有许多，总要等过几时，才得有空，等到几时轮到你，我自然告诉你。

写完了，又假冒了狄倭达的名字签了字。达达尼昂却没提起蓝宝石戒指的话，大约他要留下这只戒指，当作抗拒米莱迪诱惑的东西。也许他留下了，将来拿去变卖，这却是无赖的行径，不过看官要知道，当日的情形同现在不同。再说达达尼昂把信给凯蒂看，她起初还不大懂，后来明白了，很高兴，虽说米莱迪的脾气甚暴，看了这封回信，是要大生气的，凯蒂也不管了。女人的脾气，不问怎么样好，吃起醋来，是毫无顾忌的。凯蒂故此就欢欢喜喜地回去送信。果然米莱迪才读了几个字，就大生其气，把信抓皱了，向凯蒂说道："这是怎么讲？"凯蒂发抖地答道："这是给你的回信。"米莱迪喊道："绝不是的。没有的话。但凡是个上等人，都不能写这种信给女人的。"忽然得了一个意思，半响地说道："难道是他看出……"没说完就停住了，在那里咬牙切齿，脸上气得死白色。她想到窗子那里去透透气，但四肢却在那里发抖，伸出手来，又往后靠着榻。凯蒂以为她晕倒了，去同她解衣裳，她推开凯蒂说道："你做什么？你为什么摸我？"凯蒂答道："我以为你晕倒了，来帮忙。"米莱迪道："晕倒了？你当我是个柔弱无能的女人吗？我受了人家的羞辱是不会晕的，我是要报仇的！"说完了，摆摆手，叫凯蒂出去。

第三十六章　米莱迪报仇

再说那天晚上米莱迪吩咐说，达达尼昂来了，让他进来。达达尼昂却没来。翌日，凯蒂去把事情告诉了达达尼昂。他听了，觉得报仇报得好，只是笑。到了晚上，米莱迪又吩咐让达达尼昂来见她的话，却又没来。第二天早上，凯蒂又去见达达尼昂，脸上很有点发愁，达达尼昂问她什么缘故，凯蒂就从口袋里拿出一封信来。达达尼昂见是米莱迪写给他的，不是给狄倭达的，就拆开来看，信上写道：

你快要走了，还不来看看朋友，是很不讲交情的，我同我的夫兄等了好几天，要见你。你今晚能来吗?

达达尼昂看完了，说道："果不出我的所料，走了狄倭达，她就同我要好起来。"凯蒂问道："你要去吗？"达达尼昂找借口破戒，就说道："你可晓得，她这样请我去，我不能不去，我若是从此不去，她要犯疑的，她不晓得要怎么样报仇。"凯蒂说道："你不管做什么事，总要找出许多道理来，说你做得不错。这一趟，你自然是用自己出头，去笼络她，如果她要你，事情是更不妙了。"达达尼昂拿话去安慰她一番，应许她再不着迷了。吩咐她回去说，晚上就来，却不敢写回信，恐怕认出笔迹来。

晚上九点，达达尼昂到了，凯蒂去通报，米莱迪就吩咐如果再有人来，都回他说不在家。达达尼昂看见米莱迪，脸色带青，有点疲乏的样子，达达尼昂先同她问好，米莱迪说有些病了。达达尼昂道："我来得不好，你想歇息了，我就走吧。"米莱迪道："你不要走，你同我谈谈，我倒觉得舒服。"达达尼昂想道："她今晚同我十分要好，我却要小心。"果然米莱迪使出许多手段来，谈得十分有味，眼上脸上都很有精神，达达尼昂又被她迷住了。后来越谈越投机了，米莱迪问他有女相好没有，达达尼昂叹口气道："你还要问？我自从见了你以后，我活在世上总为的是你。"米莱迪笑道："你当真爱我吗？"达达尼昂道："难道你看不出吗？"米莱迪道："也许看出一点。你可晓得，值得去赢的人，不是一天就到手的。"达达尼昂道："我什么为难都不怕，只要人家报答我的爱恋。"米莱迪道："只要是真的爱恋，没有做不到的。"达达尼昂道："没有做不到的吗？"米莱迪道："没有做不到的。"达达尼昂心里想道："她换了一副手段了，难道她真同我要好，再送我一只蓝宝石戒指吗？"

达达尼昂把椅子挪近些，米莱迪道："你做件什么事，当作爱我的凭据呢？"达达尼昂道："只要你说，你吩咐了，我就去做。"米莱迪道："我吩咐你，你都肯做？"达达尼昂道："什么都肯做。"嘴里只管答应，心里却想：我就先答应她，也没什么大不得了的。米莱迪叫他把椅子再挪近些，说道："你听着！"达达尼昂道："我留心听了。"米莱迪想了一想，说道："我有一个仇人。"达达尼昂装出诧异的样子来，问道："你这样好，这样美貌的人，会有仇人么？"米莱迪道："我有一个势不两立的仇人，他羞辱了我，不止一次了，我非要他的命才能报这个仇。你肯帮我忙吗？"达达尼昂顿时就晓得她指什么人，就答道："极肯帮忙。"米莱迪道："很好。你既肯帮忙……"达达尼昂道："怎么样呢？"米莱迪等了一会儿，答道："你就不用说做不到的事了。"达达尼昂听了，跪在地下，去吻她的手，说道："你叫我心里真快活！"米莱迪心里想道：让他先去杀了狄倭达，同我报了仇，我自然有法子，把这个大呆子撇开了。达达尼昂心里想道："她很薄待我几次，现在又来同我要好，这个女人，什么事都做得出来的。"想了一想，说道："你要我做什么？”米莱迪道：“你的臂膀，很有力，很出名的。你肯帮我忙吗？”达达尼昂道：“自然。”米莱迪道：“我该怎样酬答你？我晓得的，有了爱情的人是望酬报的。”达达尼昂又挪近些，说道：“你知道我的意思。我却不敢相信，真有这样快乐的事。”米莱迪道：“为什么不相信？只要你值得，你就可以得到酬报。”达达尼昂道：“你只管吩咐，我就去做。”米莱迪道：“你真去做吗？”达达尼昂道：“你只要把那人的名字告诉我——那个害你滴泪的人。”米莱迪道：“你怎么晓得我滴泪的？”达达尼昂道：“我猜的。”米莱迪道：“我这样的女人是不滴眼泪的。”达达尼昂道：“很好。你把名字告诉我。”米莱迪道：“这却是我的秘密。”达达尼昂道：“我总要晓得。不然，叫我从何下手？”米莱迪道：“不错，你看看，我是很相信你的。”达达尼昂道：“我快活极了。你把名字告诉我。”米莱迪道：“你已经知道的了。”达达尼昂道：“不是我的朋友吗？”米莱迪两眼冒火地喊道：“假使是你的朋友，你就不去做了吗？”达达尼昂知道她的意思，就答道：“就是我的亲兄弟，我也是要做的。”米莱迪道：“你这样忠心，我很喜欢。”达达尼昂道：“你只喜欢我这一点吗？”米莱迪抓了他的手，说道：“我爱你呢！”达达尼昂觉得浑身打战，浑身都发热，就把她的手抓住了，说道：“你真爱我吗？”米莱迪让达达尼昂亲了嘴，却不去亲达达尼昂的嘴。达达尼昂觉得米莱迪的嘴，其冷如冰，同亲石头人的嘴一样，却故意露出很快活的意思来，装得十分像，好似狄倭达在眼前，他就要马上刺死他。

米莱迪就低声告诉他道：“我的仇人，就是狄倭达。”达达尼昂喊道：“我晓得的。”米莱迪抓着他的手，很着急地问道：“你怎样会晓得的？”达达尼昂知道说错了，米莱迪又问道：“你怎样晓得的？”达达尼昂道：“我怎么晓得的呢？”米莱迪道：“我要问你。”达达尼昂道：“因为他拿一只戒指给我看，说是你给他的。”米莱迪喊道：“这个没良心的反叛！”达达尼昂说了这句话，也觉得不对，不过已经说出来，没法子了。米莱迪道：“你打算怎样？”达达尼昂道：“我给你报仇。”米莱迪道：“我谢谢你，你几时动手？”达达尼昂道：“明天，立刻，随你吩咐。”米莱迪原想叫他立刻去，不过不好意思说，况且还要预备，不叫狄倭达知道，也要叫他来不及解说。达达尼昂知道她的意思，说道：“明天一定给你报仇。不然，我自己死了。”米莱迪道：“那是不用怕的，我晓得他是个懦夫。”达达尼昂道：“也许他对女人是个懦夫，对待男人却是很有胆的。”米莱迪道：“你前次同他打是你赢了。”达达尼昂道：“运气是说不准的。上一次，是我的运气好，明天的运气也许是不好的。”米莱迪道：“难道你不敢去吗？”达达尼昂道：“不是的。我也许被他打死的，你不先给我点儿好处，却是不公道。”米莱迪看着他，很柔媚地说道：“我自然不能不答应你的。”达达尼昂低声答道：“你是个神仙。”米莱迪道：“样样都计算好了？”达达尼昂道：“只有你应许我的好处。”米莱迪道：“我已经应许你了。”达达尼昂道：“我明天也许永远不能再来见你了。”米莱迪道：“别出声，温特来了，你不要让他看见。”

米莱迪摇手钟，凯蒂进来，米莱迪领达达尼昂到墙边藏着的一个私门，说道：“你从这个门走，我们等等再谈，凯蒂带你进来。”凯蒂听了这两句话，几乎晕倒了。米莱迪说道：“凯蒂，你为什么站在这里不动，同石人一样？你领这个客人出去，到了十一点，再让他进来。”达达尼昂心里想道：“原来米莱迪最喜欢的是晚上十一点。”米莱迪伸出手来，达达尼昂吻了手，跑下楼去了，也没听见凯蒂怨他的话，一路上想道：我却要小心，这个女人是什么都不顾的。

第三十七章　米莱迪之隐事

且说达达尼昂出来后，并不到凯蒂房里去，却有两层道理：第一层，他是怕凯蒂怪他，又怕她留他；第二层，他一心在米莱迪身上，就盘算怎样下手。达达尼昂是被米莱迪迷住了，那是无疑的了。米莱迪却并不想他。达达尼昂原想回寓写信，把前后的事情告诉她，然后说明为什么他不好去把狄倭达刺死。他却迟疑地不去写，为的是他要用自己的名字去降伏这个女人，不肯把报仇的念头丢开了。他就在那门前的地上走了六七趟，常常抬头看米莱迪的窗。看见还有亮，知道是还没去睡。后来灯却灭了，他又走进那房子，到了凯蒂的房间。凯蒂晓得他的意思，自然是要拦他，不料米莱迪在房里留心听，等着他，听见他来了，就喊道“进来”，达达尼昂就进去了。凯蒂大吃起醋来，原想跑进去，把什么事情都要说出来。想想，闹出来更不好，就忍住了，没进去说。当下达达尼昂所要的事情到了手了，算是米莱迪的一个情人了。

达达尼昂原也晓得这个女人不过是暂时利用他的，等到杀了狄倭达就要推开他的，也许就把他也杀了，也是难说的。不过达达尼昂当下以为米莱迪是真爱恋他，只顾眼前的快乐，却把这个女人的凶险性质忘记了。但是米莱迪一心只要报仇，过了一会儿就问达达尼昂，想个什么法子去同狄倭达比剑。达达尼昂当下只管快活，就说当下不能谈这件事，况且在她面前也不便谈。米莱迪听见他把这紧要事看得不甚要紧就害怕起来，一定要他想出个法子。达达尼昂以为可以劝她，叫她饶了狄倭达的命，才一开口，米莱迪带了很瞧不起他的意思，说道："我看你是没胆子。"达达尼昂道："你怎么还疑我没胆子？我不过是要告诉你，狄倭达未必十分得罪你。"米莱迪道："他骗了我，这就够了，我一定要他的命，来赎他的罪。"达达尼昂道："既然如此，他一定就要死。"说话说得很认真的，米莱迪果然相信他了。

到了天快亮的时候，米莱迪就催他走，吩咐他赶快去同她报仇，不要耽搁了。达达尼昂道："我就去办。不过还有一件事。"米莱迪道："什么事？"达达尼昂道："你当真是爱我吗？"米莱迪道："你还问什么！我不是给了你凭据了吗？"达达尼昂道："我想是的。不管怎样，我的身体灵魂都是你的了。"米莱迪道："我的大胆子的情人，我就望你赶快去，做出你一心为我的凭据来。"达达尼昂道："那个自然。但是你既爱我，你不替我担心吗？"米莱迪道："我为什么要担心？"达达尼昂道："我也许受了重伤，或者死了，也未可知。"米莱迪道："你是个最会比剑的，万受不着伤的。"达达尼昂道："你是一定要我去比剑的了？据我看来，是用不着的。别的报仇法子你是不要的吗？"米莱迪看了他一眼，达达尼昂趁着天的微亮，看见这一眼十分可怕。米莱迪道："我看你是不甚着急的。"达达尼昂道："我是很着急的，不过我倒可怜起狄倭达来，因为你既然不恋爱他，他也算受够罪了。"米莱迪道："你怎么晓得我不恋爱他？"达达尼昂使出拉拢的手段，重说道："我现在相信你爱别人了，我倒有点可怜那伯爵的意思。"米莱迪道："你为什么可怜他？"达达尼昂道："我因为晓得……"米莱迪道："什么？"达达尼昂道："他没怎样得罪你。"米莱迪问道："这是怎么讲？"达达尼昂拿定主意要告诉她真情，说道："我是个讲体面的男子，我知道你爱我是靠得住了，是不是？"米莱迪道："自然是靠得住的，你请讲吧。"达达尼昂道："我要在你面前，供我的罪状。"米莱迪道："你供罪状。"达达尼昂道："假使你不爱我，我是不肯供的。现在你爱我，是不是？"米莱迪道："你晓得的。"达达尼昂道："如果我因为爱你到了连命都不要的程度，做了一件得罪你的事，你饶恕我吗？"米莱迪道："也许饶恕的。"

达达尼昂微笑了，做出恋爱的样子来，还要去亲她的嘴，她躲开了，脸色略青，问道："你供你的！"达达尼昂说道："礼拜四晚上，狄倭达到你这房子来了一趟，是不是？"米莱迪一点也不迟疑，脸色一点也不改，答道："没有的事。"假使达达尼昂是没有真实凭据的。也就要相信她的了，但是他是有凭据的，就说道："我的迷人精，你要骗我了。"米莱迪道："你说什么？你要讲解给我听。难道你要吓死我吗？"达达尼昂道："你不要害怕。你没做过害我的事，就是做了，我也会饶恕你。"米莱迪道："我不懂。请你解说。"达达尼昂道："狄倭达没得什么大不了。"米莱迪道："什么？你自己告诉我那个戒指……"达达尼昂道："戒指在我这里。我供出来吧，礼拜四的狄倭达同今天的达达尼昂就是一个人。"

达达尼昂年纪尚轻，这次却呆得很，以为把实情告诉她，她不过诧异一会儿，害羞一会儿，或者生点气，哭一场，就完了。谁知这次大错了！米莱迪不听便罢，听了这几句话，脸色青了，跳起来，用尽力去打达达尼昂的胸口，跳离了床。达达尼昂因拉住她，一手捉着她的睡衣。那衣料是很薄的，达达尼昂用力过大，肩膀上撕破了，看见那条极可爱的玉臂上，刺了一朵花——原来这个女人是犯过大案的女犯。达达尼昂大惊，松了手，说不出话来。米莱迪看见自己最秘密的隐事被他知道了，就顿时同野兽被伤到的一样，跳起来，喊道："被你看出了我的隐事了！"一跳就跳到梳妆台旁边向盒子里拿出一把金柄尖刀来，就刺达达尼昂。达达尼昂看见了，也害怕起来，退后一步，靠住墙，拔出剑来，对着米莱迪的咽喉。米莱迪拿手来夺剑，达达尼昂躲开，拿剑对着米莱迪，一面退向房门。米莱迪大喊，拿小刀来刺。达达尼昂说道："你别动手，不然，我要在你脸上刺朵花。"米莱迪一面喊，一面赶紧要刺他，他招架着，退到房门。凯蒂从梦中惊醒，开了门，达达尼昂跳进去，把门关了，两个人用死力顶着门，米莱迪也用尽死力推进来，推不开，用小刀戳门，门也戳透了，露进刀尖来。达达尼昂对凯蒂说道："你想法救我出去。不然，她喊起随从来，把我杀了。"凯蒂道："你身上没衣服，怎好出去。”达达尼昂才晓得自己没穿衣服，说道：“你随便把衣服给我穿上，不要耽搁了，这是性命交关的时候。”凯蒂拿了一件自己穿的花袍子，一顶帽子，一件袍罩，一双拖鞋来。达达尼昂穿上了，却没穿袜子，就跑下楼去，开了大门，跑了出去。米莱迪正在楼窗上喊：“不许开门！”

第三十八章　阿多斯办行装的钱

再说达达尼昂出了大门，那开门的人才知道放跑了人。达达尼昂一路奔跑，米莱迪在楼上看见了，就晕倒了。达达尼昂来不及管凯蒂，在街上跑，一直跑到阿多斯寓所，跑上楼，敲门。格里莫惊醒了，起来开门，达达尼昂往里跑，把格里莫推倒了。格里莫是向来不大说话的，被他推倒了，喊道："你这个不识羞的女人，干什么？"达达尼昂把蒙头的东西露了一点出来，手上露出剑来。格里莫看见他的胡子，才晓得他是个男人，以为他是个刺客，顿时喊道："救命呀！救命呀！"达达尼昂说道："呆子，别响！我是达达尼昂。你不认得吧？你的主人在哪里？"格里莫道："你是达达尼昂吗？绝对不是的！"阿多斯穿了睡衣，正要出来，说道："是你说话吗？"一面走出来，说道："你别响！"格里莫的手指着达达尼昂，阿多斯认得他的朋友，看见他穿着女人的衣服，脸上两撇黑胡子，不禁大笑起来？达达尼昂道："不要笑了。这件事却不是笑的。"阿多斯见他脸都青了，说道："你脸色不对。你受伤了吗？"达达尼昂道："不是的。我才受过一番顶可怕的危险来。"阿多斯关了门，问道："你赶快说，王上死了吗？或是你杀了主教吗？你告诉我，叫我放心。"达达尼昂道："阿多斯，你听，我把那最可怕的事情告诉你。"阿多斯道："你先穿起这件衣裳来。"

达达尼昂穿好了衣裳，阿多斯道："请你说。"达达尼昂低声同他说道："米莱迪肩膀上刺了一朵花。"阿多斯喊道："有这个事吗？"说话的时候，好像刀子挖了心一样。达达尼昂道："你从前说过的那个女人，你可晓得的确是死了吗？"阿多斯道："哪一个？"达达尼昂道："你在亚眠告诉我的那一个女人。"阿多斯把头伏在两手里，在那里呻吟。达达尼昂道："我说的这个女人，今年大约二十七岁。"阿多斯道："头发是白色的吗？"达达尼昂道："是的。"阿多斯道："她的眼睛蓝得很奇怪，眉毛是黑的吗？"达达尼昂道："是的。"阿多斯问道："身材颇长，样子很苗条的吗？"达达尼昂道："是的。"阿多斯道："左边缺了一颗牙吗？"达达尼昂道："是的。"阿多斯问道："肩膀上刺的花，小而红，好像是想过法子去弄掉了的吗？"达达尼昂道："是的。"阿多斯道："我听见你说她是个英国女人。"达达尼昂道："她说法国话同法国人一样，温特勋爵不过是她的夫兄。"阿多斯道："我要见见这个女人。"达达尼昂道："阿多斯，你要记得，你已经想杀过她一次，这个女人有了机会是要报仇的。"阿多斯道："她看见我是不敢说一句话的。"达达尼昂道："这个女人，什么都做得出来的，你看见过她生气吗？"阿多斯道："没看见过。"达达尼昂道："她简直是个母老虎。我恐怕她恨极我们两个人，要报仇的。"达达尼昂就把事情都告诉了阿多斯，又把凶狠的行为同要报仇的意思都说了。阿多斯道："她晓得我还活着，一定要谋杀我的，不过我们就要动身到拉罗谢尔去打仗，只要我们动了身……"达达尼昂道："阿多斯，她若是知道了，她就是到了天尽头也要找你的。让她拿我报仇吧。"阿多斯道："她杀了我，有什么要紧，我对性命看得很不重的。"达达尼昂道："其中还有别的阴谋，我看得出她是主教的侦探。"阿多斯道："如果是的，你却要十分小心，假使主教称赞你到伦敦一事办得好，但其实因为你破了他的奸计，他是万不肯饶你的。你以后不管在什么地方，做什么事，你都要加倍留神，就是你看见自己的影子，也要防备的。"达达尼昂道："好在我们只要等过了明晚以后，我们遇见的仇敌都是在青天白日里的了。"阿多斯道："看来我不如不躲藏了，同你一路到掘墓人街去吧。"达达尼昂道："很好。不过我不能这样出去。"阿多斯道："不错的。"就摇了手钟，叫格里莫跑到掘墓人街去拿达达尼昂的衣裳来。阿多斯道："这件事却对你去办行装没什么好处，我看你的好衣裳都留在米莱迪房间了，她不见得送还与你。好在你有个蓝宝石的戒指。"达达尼昂道："那戒指是你的东西。你不是说，那是你的传家之宝吗？"阿多斯道："是的。我先父告诉我的，那戒指值二千个克朗，是他娶我母亲的时候，给我母亲的，我母亲给了我。可惜了我把这件传家之宝给了那个女人。"达达尼昂道："你既然看这个戒指这样重，你就拿回去吧。"阿多斯道："到过那个女人手上，我还要吗？"达达尼昂道："不如卖了吧。"阿多斯道："我母亲的东西，我不能卖的。"达达尼昂道："不如先当了吧。至少也可当一千个克朗，先拿钱去办行装。等你有了钱，再去赎。"阿多斯笑道："达达尼昂，你是个顶好的同伴，你总是高兴的。戒指当了可使得，却有一层。"达达尼昂道："什么？"阿多斯道："我们当了一千个克朗，要分两份。"达达尼昂道："这却使不得。我的禁兵行装，用不着多少钱，我把鞍子等件卖了，足够了，我不要什么，只要买匹马给布朗歇。你不要忘了，我还有一个值钱的戒指。"阿多斯道："你看那一个戒指，比我这个还要重些。"达达尼昂道："是的。到了不得了的时候，是很有用的，不独那钻石是值钱的，并且可以当护身符用。"阿多斯道："你说得是不错的，不过我不大懂。我们还是当那青宝石的戒指吧。当了的钱，你拿一半，不然，我要把戒指摔在河里了。"达达尼昂道："我就要一半吧。"说到这里，格里莫同布朗歇送达达尼昂的衣裳来了——布朗歇因为不晓得他主人怎样了，也跟来看。

达达尼昂换了衣裳，阿多斯使眼色，叫格里莫拿了火枪，跟随他。到了掘墓人街，看见波那瑟站在门口，看着达达尼昂说道："我劝你快点走，楼上有个美貌女子等你呢，女人是不大耐烦了。"达达尼昂心里想道："一定是凯蒂了。"跑上楼来，看见凯蒂神色很不安地靠着房门等他，见了他，就说道："你应许保护我，不叫我遭了米莱迪的毒手，我现在来求你救我。"达达尼昂道："凯蒂，你不要着急，我尽力地救你，我走过之后，有什么新闻？"凯蒂道："我不甚晓得。因为随从们听见米莱迪喊，就跑进来，米莱迪在那里骂你，诅咒你，我想起来，你是打我房里向她房里去的，她一定晓得我同你串通了的，我拿了些钱，拿了几样值钱的东西，就跑出来了。”达达尼昂道：“可怜的女子，我怎样帮你，不幸的是我后天就要走了。”凯蒂道：“请你救我出巴黎，或是救我出法国。”达达尼昂道：“我去打仗，不能带你在身边。”凯蒂道：“难道你不能把我放在乡下，或是你家里吗？”达达尼昂道：“凯蒂，你不晓得，我家里的女人们是不用女仆的。等等，我想出法子来了，布朗歇，你赶快去请阿拉米斯先生来，商量要事。”阿多斯道：“你为什么不托波尔多斯，他的公爵夫人……”达达尼昂笑道：“波尔多斯的公爵夫人不要女仆的，那班助手就够用了。况且凯蒂也不愿意住在某街里。”凯蒂道：“什么地方我都肯住，只要没人来找我。”达达尼昂道：“我快要走了，你用不着吃醋了。”凯蒂道：“不管你在我跟前没有，我都是一心为你的。”阿多斯笑道：“这总算是顶有长性的了。”达达尼昂道：“凯蒂，你只管放心，我是永远不会忘记你的，我有一句话要问你，你可晓得，有一个女人，有一天晚上在圣热尔曼地方被人掳了，你晓得她在哪里？”凯蒂道：“你还想着那个女人，你一定是爱她的了。”达达尼昂道：“不是的。我有一个朋友，很爱她，就是阿多斯，站在那里的。”阿多斯听了，很惊奇地说道：“我吗？”达达尼昂拿手推他，要他会意，说道：“可不是你？你晓得的，我们两个人都很留心着波那瑟太太的，凯蒂是不会告诉别人的，凯蒂，你晓得吗？我们说的，就是进来时看见的那个老头子的老婆。”凯蒂喊道：“老天呀！我恐怕他认得我。”达达尼昂问道：“认得你？你会过这个人么？”凯蒂道：“我认得他。他到过米莱迪屋里两次。”达达尼昂道：“是什么时候的事？”凯蒂道：“有两个礼拜了。昨天晚上，他还来过一次。”达达尼昂问道：“昨晚来过吗？”凯蒂道：“是的。来得比你略早些。”达达尼昂道：“我们恐怕进了网罗了。凯蒂，你看他认得你吗？”凯蒂道：“我一看见他，就蒙住头，不过恐怕蒙得太迟了。”达达尼昂道：“阿多斯，你下楼看看他还在那里没有，他却不甚疑心你的。”阿多斯看了回来，说道：“他走了，门也关了。”达达尼昂道：“他去报信了！说是一群鸽，都在笼里了！”阿多斯道：“我们只好跑了。留布朗歇在这里给我们送信。”阿多斯又说道，“我们去请阿拉米斯，只好略等一等。”达达尼昂道：“不错的，我们要等阿拉米斯。”

等了一会儿，阿拉米斯果然来了。达达尼昂把事情告诉他，要他想法子把凯蒂寄在一个妥当朋友家。阿拉米斯想了一会儿，很迟疑地答道：“德·布瓦-特蕾西夫人同我说，她的朋友，住在乡下的，要个女仆，你肯荐她给……”凯蒂道：“只要能够救我出了巴黎，我是十分感激的。”阿拉米斯说道：“就是这样吧。”坐下来，写了一封信，封好了，交给凯蒂。达达尼昂道：“我们也快要离开巴黎了，你也要走了，我们再会吧。”凯蒂道：“不管几时再会，你见着我的时候，你总知道我是一心为你的。”达达尼昂把凯蒂送到楼口。阿多斯说道：“你看看这些女人！听听她们说的话！”

于是三个人商量好了，四点在阿多斯那里相会，留下布朗歇看门，就走了。阿拉米斯回到自己寓所，阿多斯和达达尼昂拿两个戒指去当，当了三百个皮斯托尔，当铺的人还说肯出五百个皮斯托尔买。两个人就去办行装，阿多斯是不讲价的，人家要多少，就是多少，达达尼昂就说他浪费，阿多斯说从来没同人讲过价的。阿多斯买了一匹黑马，花了一千利华，格里莫的马花了三百个利华，等到买了格里莫的鞍子兵器等件，阿多斯的钱已经用完了。达达尼昂就要把钱借给他，他耸耸肩，问道：“当铺的犹太人肯出几个钱买那宝石戒指？”达达尼昂道：“五百个皮斯托尔。”阿多斯道：“这还可以得二百个皮斯托尔，一人分一百，这倒不错，我们回去找他吧。”达达尼昂道：“你要……”阿多斯道：“那个戒指，想起来叫人心里难受，我们又没得力量可赎回来，赎不回来，是白丢了二百个皮斯托尔。达达尼昂，你回去把戒指索性卖了吧，把二百个皮斯托尔拿回来。”达达尼昂道：“你拿定主意了吗？”阿多斯道：“现钱是不容易得的，只好牺牲了，你去吧，格里莫同你一路去。”不到半小时，达达尼昂果然拿了二百个皮斯托尔回来，阿多斯办行装，有了钱了。

第三十九章　路逢波那瑟太太

午后四点钟，几个人到了阿多斯的寓所。虽然说是行装办好了，他们的脸上还是发愁。等了一会儿，布朗歇拿了两封信进来。一封是用绿火漆封的，签了一个鸽子衔着绿叶的印；另一封是个公文，签了主教的印。达达尼昂看见那封小信，心里不禁跳起来，他虽然只看见过这笔迹一次，却并未忘记。拆了信，信上说道："礼拜三晚上，请你到薛洛路上，留神看走过的马车，但是你若爱惜自己的性命，或爱你的人的性命，你千万不要同你认得的人说话，也不要做出你认得她的样子来。我是冒着大险见你一面。"信尾却没签字。阿多斯说道："这是个圈套，你不要去。"达达尼昂道："笔迹我却认得。"阿多斯道："笔迹或者是假冒的。况且薛洛路上到了六七点是没人的，就同到了森林一样，若是你愿意的话，我们一同去，若是有人来攻，我们可以敌得住。"波尔多斯道："这是个好机会，叫人家看看我们的好鞍辔。"阿拉米斯道："若是女人写的信，不愿意给人看见，你却不要做出害她的事来。"阿多斯道："我们离远点等，让达达尼昂一个人走近马车。"阿拉米斯道："不过马车走得很快的时候，在车里是还可以放枪的。"达达尼昂道："他们打不中我的！倘若他们放枪，我们就去攻马车，把他们都杀了。"波尔多斯道："好的。我们同他们打，试试我们置的新兵器，也甚好玩的。"阿多斯道："很好。"达达尼昂道："现在已经四点半钟了，我们若是六点钟赶到薛洛路上，可就要动身了。"波尔多斯道："不早点走，就没人看见我们的新鞍新马，岂不可惜，我们立刻就走吧。”阿多斯道：“那一封信说些什么？你也忘了，你也要看看。我看公文比那封小信，还许有趣些。”达达尼昂拆开看，那封信写道：

德·埃萨尔麾下禁军营达达尼昂：

务于今晚八点，来见主教。

阿多斯道：“这件事，比那一件要紧多了。”达达尼昂道：“我办了那一件，再办这一件。第一件是七点，第二件是八点，还来得及。”阿拉米斯道：“我若是你，我就不去。”达达尼昂道：“男人不可失女人的约。”阿拉米斯道：“小心的人，自然是不去见主教，况且内中恐有危险。”波尔多斯道：“我向阿拉米斯表示同情。”达达尼昂道：“从前主教叫克和阿请我去见，我却没去，第二天就出了事，波那瑟太太不见了——这趟我却要去。”波尔多斯道：“你既然拿定了主意，我就不拦你了。”阿拉米斯道：“巴士底狱监牢怎么样？”达达尼昂道：“如果他们把我收了监，你们就设法把我弄出来。”波尔多斯以为是件极容易的事，就答道：“那个自然。不过我们后天就要去打仗，我看你还是不去冒险吧。”阿多斯说道：“顶好我们一夜都不离开他。我们每人带三名火枪手，在主教的府门口等，倘若看见有关了窗的车出来，或有别的犯疑的东西，我们就拦住了。我们同主教的亲兵许久没打架了。特雷维尔统领一定是在那里诧异，说我们太安静了。”阿拉米斯道：“阿多斯，你是个天生的大将。诸位看这个法子好吗？”众人都说是好。波尔多斯道：“我就去挑几个火枪手，叫他们八点在主教府前等。”

当下先去备马，达达尼昂道：“我没得马，我就骑统领的马。”阿拉米斯道：“不必，骑我的吧。”达达尼昂道：“骑你的？你有几匹？”阿拉米斯道：“我有三匹。”阿多斯喊道：“你有三匹吗？你要不了三匹。你为什么买三匹呢？”阿拉米斯道：“我原买了两匹，今早有个马夫来，送了我一匹，他不肯说主人的姓名，只说是奉主人之命……”达达尼昂道：“大约是奉女主人之命吧？”阿拉米斯红了脸道：“也是一样的。他奉了命，把马放在我的马房里，不肯说是哪里来的。”阿多斯很大方地说道：“作诗的人才会有这种好运气。”达达尼昂道：“不管怎样，马是有了，你骑哪一匹？”阿拉米斯道：“自然是骑送来的那一匹。不然，岂不得罪了……”达达尼昂接着道：“那送马的人。”阿多斯道：“那神秘的好太太。”达达尼昂又说道：“看起来，你买的那一匹是没甚用处了。是你挑的吗？”阿拉米斯道：“我很费了事挑的。你是晓得的，骑马人的安否全靠所骑的马。”达达尼昂道：“我就买了你那匹马。”阿拉米斯道：“我原要让给你，你拿了去，随后给我钱吧。”达达尼昂问道：“多少钱买的？”阿拉米斯道：“八百个利华。”达达尼昂从口袋里拿出四十个双皮斯托尔来，交给阿拉米斯。阿拉米斯说道：“你很像发了大财的。”达达尼昂把口袋里的钱弄得很响，说道：“是的。我很有些钱了。”阿拉米斯道：“你先把鞍子送到火枪营，随后备好马送给你。”达达尼昂道：“很好。现在已有五点钟了，不要耽搁了。”于是阿拉米斯自己去了。

等了一刻钟，波尔多斯骑了一匹好马，穆斯克东也骑了一匹马，从费鲁街口来了，波尔多斯得意得了不得。再过一会儿，阿拉米斯从街那一头来了，骑的是英国马，巴赞也骑了马，另外牵了一匹，是达达尼昂的。两个人到了门前，阿多斯同达达尼昂在楼窗处往外看。阿拉米斯先说道：“波尔多斯，你倒得了一匹好马？”波尔多斯道：“这一匹马，公爵夫人原先就要送给我的，她的男人要同我开玩笑，结果换了那匹坏的，现在在那里受罪，很后悔呢。”随后布朗歇同格里莫把他们主人的马，牵了来。阿多斯同达达尼昂也上了马，四个人一路走了，随从们跟在后头。这一群人，装得很威武，假使柯吉那律师的老婆看见波尔多斯骑在马上得意的样子，也就觉得老律师钱箱里的钱是花得不冤枉了。

再说那四位英雄快到卢浮宫的时候，碰见德·特雷维尔统领从圣热尔曼回来。他看见了，很恭维他们骑的马同那鞍鞯。不到一会儿，就围了许多人。达达尼昂就把主教来的公文告诉了他——那一封小信的话，却没提一字。德·特雷维尔很以他去见主教为然，还说明天若是不看见他，自己去找他。听见钟打六点，四个人就告辞了。跑了一会儿，就到了薛洛路上，天将晚了，看见几辆马车走过。达达尼昂一匹马同他的同伴离开了些，每辆车走过，他都留心往里看，却没认得的人。过了一刻钟，天快黑了，看见一辆车来，达达尼昂以为是这辆车了。从他面前经过的时候，他看见车里有个女人，从车窗露出头来，把两只手指放在嘴旁，仿佛是不叫他说话的意思，达达尼昂认得那女人。不禁高兴地一喊——原来那女人就是波那瑟太太。他看见了，什么都不管，就拍马赶那辆马车，那车窗顿时就关了，他什么也看不见了，达达尼昂才想起信上吩咐的话，只好勒住马，心里十分着急，却不是为的自己，为的是车中的女人冒了大险，同他见一面。那马车走得很快，再等一会儿，就不见了。达达尼昂停了一会儿，在那里想：如果车中人是波那瑟太太，现在回巴黎为什么要同电光一样，只叫他看一眼，倘若车中人不是波那瑟太太——因为那时天色黑了，辨不清楚，也许看错了——那就更加奇怪了，难道是仇人又想出法子来，叫自己上当。想到这里，那三个人也来了，都说看见车中有个女人，唯有阿多斯认得是波那瑟太太，他说车中的女人像是波那瑟太太，好像她旁边还坐着一个男人。达达尼昂说道：“他们是从一个监牢里搬她到另一个监牢，但不晓得他们现在送她到哪一个监里去。”阿多斯说道：“你要记得，除非是人死了，在这个世界上是再不能见面的了。倘若波那瑟太太并未死，我们刚才是看见她的了，迟早有一天，你是可以找着她的，大约不久就可以找着她，也未可知。”当下听见钟打七点半，同伴就告诉达达尼昂同主教有约的话，并且叫他先盘算好了。因为见主教恐怕是有冒险。达达尼昂是好奇的，也不大听旁人相劝，一定要去见主教。他们就一齐到了主教府，看见十二个火枪手，已经在那里等。阿多斯把火枪手分成三队，他自己领一队，那两个同伴，一人领一队，在府前埋伏。

达达尼昂就直入大门，一面上楼，一面却放心不下。他晓得同米莱迪的一件事，仿佛是窥破了他们的奸谋，主教是一定袒护米莱迪的，况且狄倭达又是主教的侦探，达达尼昂也很有对他不起的事，得罪了主教党人，就同得罪了主教是一样的。达达尼昂心里又想道：倘若狄倭达把事情都告诉了主教，主教自然是要同他过不去的，不过为什么早不动手，一定要等到这个时候呢？或者因为米莱迪也把事情告诉了主教，激怒了他，因此等到这个时候，才去发作，也未可知。幸而同伴在外头等，不过统领的几个火枪手，拼不过主教，主教管的是全国的兵，就是王上王后也害怕主教几分。后来又想道：自己虽然有胆，还有别的本事，不过到底恐怕为女人所害。再说达达尼昂一面想，一面到了前厅，他把信给传帖的人看了，那人进去通报，那时候前厅有五六个亲兵，看见了他，都认得他是朱萨克的仇敌。通报的人出来了，引达达尼昂进去，穿过甬道，过一大厅，入了书房，看见一个人在那里写信。达达尼昂留心看那个人，开始以为那个人在那里看公事，随后看见写的是一行一行的字，长短不一，才晓得他在那里作诗。再等一会儿，那个人把手卷叠好了——卷面题的是一段戏曲——抬起头来，看达达尼昂，那个人，原来就是历史上最有名的红衣主教。

第四十章　达达尼昂会主教

再说主教一手托着腮，靠着手卷，打量了达达尼昂一会儿，两只眼盯在他脸上，像要把他心里最秘密的思想都要看出来似的。达达尼昂却安详得很，脸色一点也不变。看了一会儿，主教说道："你就是达达尼昂吗？"达达尼昂说道："是的。"主教问道："你们在塔布的同族很多，你是哪一支的？"达达尼昂答道："我的父亲从前在老王亨利身边打过仗。"主教道："你原来就是前两年来巴黎找过事的那个少年吗？"达达尼昂答道："是的。"主教问道："你打默恩镇走过，路上还遇着点事，我却不晓得是什么事。"达达尼昂答道："我却记得，我可以告诉大人。"主教道："不要紧的。你有一封推荐信，带给特雷维尔统领的，是不是？"达达尼昂答道："是的。但是这封信……"主教道："我晓得——丢了。但是特雷维尔统领是个聪明人，会看相，他一看见你，就知道你有本事，就把你安置在德·埃萨尔营里，还应许你，将来升你做火枪手。"达达尼昂答道："大人的消息很对的。"主教道："以后你碰见的事，却不少，有一天你走到某处，那天你原应歇在家里的；有一趟，你们到福吉士去，你的同伴，都被人留住，不能走，你却走开了，到了英国，办了点事，是不是？"达达尼昂答道："我去是办……"主教道："到温莎打猎，我晓得的，我所办的，就是要晓得别人的事。你回来了，有一地位极高的人见你，她给你一份厚礼，我现在看见还在你手指上戴着。"达达尼昂听了，禁不住把手拿出来看那戒指。

主教道："第二天，有一位叫克和阿的人请你到我府里来，你却没来，这趟你却是错了。"达达尼昂道："我也知是错了，得罪了大人。"主教道："为什么呢？因为你听上司的号令吗？我并不怪你，我很称赞你。不听号令的人，我是不喜欢的，那听号令的人，我是很喜欢的。你试追想那天晚上的事，你就看见点凭据了。"达达尼昂想起那天晚上，就是波那瑟太太被掳，今天晚上，不过半小时以前，他还看见她坐在马车里，在他面前走过，他就想起从前把女人掳去的人，就是今天晚上把她搬到别处监牢的人。主教道："因为我许久没听见你的信，我就叫你来问问，你是怎么打算的。第一件，因为一件事，你还要谢谢我，你应该晓得，我向来待你还算是有体恤的。"达达尼昂听了，鞠鞠躬。主教道："按公道办，原是不应该的，不过我替你打算出一个前程，要先同你商量。"达达尼昂听见这话拐了弯子，十分诧异。主教道："第一次我叫你来，就要同你商量的，你却没来，也不要紧，并不耽误，今天我要同你商量，你请坐下，我慢慢同你谈。"达达尼昂听见这番话，非常诧异，竟没坐下，等到主教说了两遍，他才坐下。

主教道："你为人大胆，却又能精细，我最喜欢的是有胆气兼有思想的人。不过我要告诉你，你年纪虽轻，涉世虽早，你的仇人，却真不少，你若不小心，你就要坏了。"达达尼昂叹口气道："我也晓得，我的仇人都是有力量的人，并且有极大势力的人帮忙，我却孤立得很。"主教道："你说得对。但是你一个人做的事，已经不少了，你还可以做许多，但是你也要个人指点指点你。我听说你来巴黎，也是求名利。"达达尼昂道："我们年纪轻的人，名利之念是热切的。也许是立错了念头了。"主教道："呆子才发呆念头，你是个聪明人，是不会的，我要请你到我的亲兵营里，先当小武官，等到打完了仗，再升你做营官，你愿意么？"达达尼昂觉得进退两难了。主教也惊讶道："难道你不愿意当吗？"达达尼昂道："我当了禁军营的兵，我心里是很满意的了。"主教道："你到了我这边来，也还是替王上出力。"达达尼昂道："大人会错意了。"主教道："我晓得了。你要找借口，那是极容易的，你若说是因为求名利，或是说因为这趟打仗立功，都可以说的，别人也没得闲话说。况且你的仇人太多了，也要个人保护。我老实告诉你，很有人说你的闲话，人家说你不是专替王上出力。”达达尼昂红了脸。主教道：“我这里有一大堆的公事都是说你闲话的，我先同你谈，再读给你听吧。我晓得你是有主意的，只要好好地用你的本事，将来是不可限量的。像你现在的样子，不久就要惹祸的。你自己想想看，想定了，再告诉我。”达达尼昂道：“大人的体恤，大人的慷慨，我受了也觉得很不配，但是我也要开诚布公地说……”说到这里，又迟疑不敢往下说。主教道：“你只管说。”达达尼昂说道：“我要告诉大人，我的好朋友都是在火枪营里的，我的仇人，却都在大人的亲兵营里。我若是到了亲兵营，他们是不欢迎我的，我的好朋友恐怕要耻笑我，也许还同我作对。”主教道：“我要派你的差使，难道你还不满意吗？”达达尼昂道：“不是的，我自己实在是不配。我将来都是在大人眼前办事，大人如果以我为然，我就算是领了大人的好意了。我现在所以不愿到大人营里来，是恐怕有人说我卖了身子。等到打完了仗，我自己觉得可以自由了再说吧。”主教一面很称赞他主意打得定，一面未免不大高兴，说道：“总而言之，你是不肯当我的差使。你自己喜欢去拣选，认谁做好朋友，认谁做仇人，那原是你自己很可以自由的，我也不便相强。”达达尼昂正要说，主教拦住道：“我本不愿意你惹祸在身。我因为要保护我的朋友，忙得不得了，也就没得工夫去管我的仇人。我却要先招呼你，你要小心，你要晓得，一旦我不保护你，你一天也活不了。”达达尼昂一点也不害怕，答道：“我永远不忘主教今日的教训。”主教道：“如果你将来惹出祸来，你就记得我曾经招呼过你，我曾经竭力保护过你。”达达尼昂恭恭敬敬地鞠躬答道：“我永远感激主教。”主教道：“打完了仗，我们再会吧，我总留神着你，我也要去打仗的，我们回来再谈吧。”达达尼昂道：“请大人不要怪我，总要看我所做的事，都是大丈夫该做的。”主教说道：“倘若打完仗之后，我还有机会请你在我这里当差，我还是要请你的。”这末后一句话，原是无定的。达达尼昂听了，比刚才恐吓的话，还要害怕，因为这句话里的意思，是叫他知道眼前实是有极凶险之祸，叫他小心提防。达达尼昂正要说，那主教很骄傲地摇摇手，达达尼昂只好退出来，退到房门，还是迟疑，要上去告诉主教，情愿当他的差使，随后想起，如果当了主教的差使，阿多斯是要同他绝交的，因为害怕这一层，他只好退了出来。可见光明磊落的人，对周围朋友影响的力量，真是不小。

达达尼昂出了府，看见阿多斯他们在那里等他，看他好久不出来，还在那里着急。达达尼昂只同他们说了一句话，他们都放了心，就叫布朗歇去告诉那些火枪手，请他们先回营。四个人就回到阿多斯寓所。阿拉米斯同波尔多斯就问达达尼昂见主教的事，达达尼昂就把主教要他在营里当差，他辞了的话，说了一遍。那两个人听了，很以达达尼昂为然，唯有阿多斯一个人不出声，在那里想。后来散了，阿多斯同达达尼昂说道："你辞的是不错，不过你的地位很危险，我替你担忧。"达达尼昂听了，叹一口气，他自己的想法同阿多斯所说的话是一样的。

翌日，各人都预备启程。达达尼昂去同特雷维尔统领辞行，德·特雷维尔问达达尼昂短缺少什么东西，达达尼昂说都办齐了。那天晚上，禁军同火枪手很热闹了一夜，因为就要动身了，日后不知何时何地再能相见了。翌日天亮，号笛一响，各归营伍。火枪手都到了特雷维尔统领府，禁兵都到了德·埃萨尔府，各将官把他所带的兵，领了到卢浮宫，王上亲阅了一会儿，王上面带愁容，因为昨晚上发烧，还不肯耽搁行期，早起亲自阅兵，盼望可以把病减轻了。校阅完了，禁军先行，火枪手随着王上在后。

波尔多斯趁这个机会，跑到律师门前走一趟。律师的老婆看见他骑的骏马，装扮得十分威武，禁不住要同他说几句分手的话，就招手叫他停一停。波尔多斯在马上，拿了兵器，身边挂了剑，在那里耀武扬威，却是好看。那班律师公事房里的助手，这趟却不敢笑了，恐怕他认真起来。柯吉那太太把波尔多斯领去见老律师。老律师看见他的马匹号衣，花了许多钱，两只小眼盯在他身上，很生气。后来想到人说，这趟一去，一定有场恶战，波尔多斯是一定阵亡的，再不能够生还的，他心里却安慰了好些。

波尔多斯同老律师辞了行，老律师说希望他马到成功的话，柯吉那太太禁不住滴泪，别人不晓得真情，以为是表亲远行临阵，伤心起来。后来波尔多斯进了柯吉那太太房里，他们才算是真辞行，那时的情形，真是叫人看见伤心。波尔多斯告辞了出来，柯吉那太太在楼窗上摇手绢送他，波尔多斯走得远了，柯吉那太太也几乎看不见他了，还从窗里远远地伸出头来望，那街上的人以为是她要从窗里掉下来。波尔多斯坐在马上，作出惯受女人恋送他的样子来，后来要转弯了，才脱了帽子回礼。

再说阿拉米斯写了一封很长的信，他这封信写给谁的，却没人知道，只有凯蒂——她晚上就要动身到图尔的——在隔壁房间等。阿多斯那天早起，坐在寓里喝酒。达达尼昂是同着他的禁军营动了身，走到圣安东尼街，回过头来，看看那所巴士底狱大监牢。他却没留意，同时米莱迪骑在马上，把达达尼昂指给两个脸上极凶险的人看。那个人就特地跑近那禁军队旁边，留心地看，等到那个人看够了，认得了达达尼昂，米莱迪拍马走了。那两个人跟着兵队走，走到街尽头，有人在那里牵着马等他们，他们上了马走了。

第四十一章 战场遇刺客

再说法兰西王路易十三之世，围困拉罗谢尔之战，是历史上最有名的一件事。这一场恶战，内中有几件事，很同那四位英雄有点关系。作者要把这一场恶战的根由细说一番。这位红衣主教，要打这一场仗，却有两个缘故：一个为公，一个为私。何以见得是为公？因为老王亨利四世在世之时，天主教同基督教时常争斗，开卷的时候，已经约略说过了，那时候亨利四世定下几处地方给基督教的人住，叫他们避避难，到了后来，那些信奉耶稣的人不能安居乐业，有许多就搬到外国去住，末后只剩了拉罗谢尔一个地方，算是专给基督教人住的。住在那里的人，也是不能安居乐业，常常想要造反。主教的意思就要把这个地方打服了，从此国内就可望太平。那个时候，欧洲各国，因为闹教，世界是很不太平的。就有许多不得意的人，从西班牙国、英国、意大利，都跑到拉罗谢尔来，要同天主教的人争，弄得一个欧洲不得太平。那时两教相争，就拿拉罗谢尔作个中心点。这个地方，原是个港口，现在封了口，不同英国往来。除了这个为公的意思，那主教却也有私意。他原来心里也是极爱恋王后的，故此同白金汉公爵吃醋，因为恋爱的实力敌不过白金汉，又因钻石的事，他也大败了，因此心里大恨，要去围攻拉罗谢尔，一举两得，公愤私仇都要报了。主教心里想，同英国打仗，就是同白金汉打仗，败了英国，就是败了白金汉。在欧洲各国面前，丢了英国的脸，就算是在王后面前，丢了白金汉的脸。再说那英国白金汉公爵，面子上自然为的是保存国体，要同法国打仗，骨子里也就同主教是一样的意思，他心里想，既不能到法国当大使，他就要想法去打仗，打胜了，可以到巴黎议和，见法国王后一面。总而言之，这两个当国的大臣都为的是要在法国王后面前争胜，全是一片私心，因此才弄出这一场战争来。

白金汉却是先发制人，他一下手，就派了九十艘兵船，二万士兵，攻打法国的罗爱岛，出其不意，就登了岸。镇守官退守马丁要隘，派一百名兵，守住拉伯理炮台。主教着了急，就派奥尔良公爵带兵先行，他同王上随后带大兵赶去。达达尼昂就是随着大军去的。王上动身的时候，有点儿发烧，走得不远，病重起来，就在维洛阿暂歇。王上歇了，火枪手也只好歇了，阿多斯他们三个人，就同达达尼昂分开，不在一处了。达达尼昂因为这件事，很发愁，也没办法。1627年9月10日，他就到了拉罗谢尔。那时军情无甚大变，白金汉公爵的英兵，还在那里围攻马丁同拉伯理两处地方，还未得手。德·埃萨尔所带的禁兵，驻扎在米尼斯。

达达尼昂同那三位分了手，就觉得很寂寞，想起许多心事来。他觉得自己最爱恋的女人就是波那瑟太太，波那瑟太太被掳了，不知在什么地方。这是私事，讲到公事，他不过是一名禁兵，地位很低，却得罪了一个地位最高的红衣主教，这位主教的势力是了不得的，连国王王后别国的皇帝都畏惧他三分，主教只要一举手就可以把他杀了，现在虽还没有杀他，前途却是可怕得很。况且他还有一个仇人。这个仇人就是米莱迪，势力虽然不及主教，也够可怕的了。幸而王后还喜欢他，不过王后的喜欢是有害无利的。王后的事物都被主教收拾得干干净净的了，只有一只值钱的戒指，不过是卖不掉的，也就同平常不值钱的戒指没甚分别的了。他闷得难受，就在路上闲走，不觉走远了，天快晚了，忽然看见篱笆后面有闪光的枪膛。他顿时明白了，知道有了火枪，必定有人，那个人的意思，是可想而知的了。他就顿时要离开远些，一回头，看见路的那边，也有一把火枪，他是中了奸计了。看见第一把火枪，已经放平了，是要放的意思，顿时自己摔倒在地，放平了身子，就听见枪响，枪子从头上飞过，达达尼昂顿时跳起来，同时第二把火枪响了，枪子正中他倒的地方，石头也打碎了。到了这个性命交关的时候，只好用机警，胆子是不甚中用的了。他想想，不晓得有多少人埋伏在那里，要害他的性命，只好向扎营的地方，死命地跑。那第一把枪又放了，枪子正中达达尼昂的帽子，帽子也落地了。他赶快拾了帽子，拼命地跑，跑到营里，脸色也青了，几乎都气绝了。他却一声不响，在那里想，为什么有人来谋害他。他起初想是拉罗谢尔的敌人在那里埋伏，他细细一看他的帽子，才知枪子不是军中用的火枪打来的，是另外一种手枪，就知道不是敌人埋伏。他再想一想，或是主教叫人来谋害他，不过主教是极有势力的人，用不着这样费事，后来想到或者是米莱迪想出来报仇的妙法，他就去想那两个刺客的模样，但因当时跑得太快，还没有认准他们的面貌。想到这里，就很盼望他那三个同伴来帮他的忙。那天晚上，他一夜睡得不安，常常从梦中惊醒，以为有人行刺他，到了天亮，却没被人行刺，恐怕有人对他动手，没不出营门。

翌日早起，击鼓齐集。原来奥尔良公爵要去窥探敌人情形。德·埃萨尔向达达尼昂使手势，达达尼昂就从队里走出来。德·埃萨尔说道："爵爷要找几个自告奋勇的人去办一件极危险的事，办好了，就算是立了大功。我晓得你是一定愿意去的，故此我叫你来。"达达尼昂听了，极高兴，就谢了他的统领。原来有个大炮台，有一角，两日前被官军夺了，昨日晚上，又被敌人夺回去，公爵就要派几个人去窥探情形。说道："我要三四个有胆量的士兵，跟着一个领头的，去办一件要紧事。"德·埃萨尔答道："爵爷要个有胆量有本事的首领，我倒可以保举一个，这个人去做首领是不怕没人跟他的。"达达尼昂举起剑来，喊道："要四个人同我去送命呀！"顿时就有两名禁兵，跳出来，要跟他去。又有两名别营的兵也愿意去。达达尼昂说："四个人够了。"还有别的要去的，他都不要了。顿时他带了这四个人就走，两个禁兵同他向前走，两个跟在后头。

离炮台角约有一百步，达达尼昂就立住脚，看看后头两个兵不见了，他以为这两个人害怕，落了后，他就同两个禁兵向前走，转过弯来，离炮台角不过六十步，看见无人把守。三个人正在那里商量，忽然有十几把枪放的烟，把一角笼满了，有十几个枪子，向他们三个人身边飞过。他们知道这个地方有人把守，久留无益，赶快就退，退到地道的转角，忽然一个禁兵，胸口中了一枪，就倒了，那一个还向前走。达达尼昂弯了腰，去扶那个受伤的同伴起来，扶他回去，忽然听见两个手枪响，那个受伤的同伴，又中了一枪，打死了，那一枪的子弹，打在石上，达达尼昂幸没受伤。达达尼昂见这两枪来得诧异，他知道在地道角里，敌人的枪是打不着的。他回过头来看，才想起跟他来的还有两个人，又想起前天晚上两个刺客，他就一定要找着那两个放枪的人，自己就顿时倒在那受伤的同伴身上，像受了伤一样。忽然有两个头，在土堆上出来看。达达尼昂就认得是跟来的两个士兵，他就晓得那两个人是跟来行刺他的，刺死了，就推说是敌人打死的。那两个人以为达达尼昂不过受伤，恐怕他将来说出情节来，就要出来把他打死了，却没先把火枪装好。走到跟前，离开有十步的光景，达达尼昂就拔出剑来，对着他们。这两个人一想，若不先结果了达达尼昂，回到营里，是不好交代的，一个就举起枪来，要打达达尼昂，达达尼昂向旁边一闪，不料让出一条路来，那举枪的，就跑了，向敌人所占的炮台角走。敌人不晓得他为什么跑来，就向着他放枪，中了肩膀，倒在地下。

达达尼昂拿了剑去打那一个没逃的兵，那个兵只拿了空枪招架，达达尼昂伤了他的腿，倒在地下，就拿剑尖对着他的咽喉。那个兵在地下求饶，说道：“你饶了我的命我什么都告诉你。”达达尼昂道：“你告诉我什么？”那个兵道：“你若是爱惜性命的，你要听我告诉你的话。”达达尼昂道：“你讲，是谁叫你来行刺我的？”那个兵道：“有一个女人，叫我们来的，我不晓得女人的名字，我的同伴称她米莱迪，他口袋里还有一封密信，这封信是很要紧的，你要抢了来才好。”达达尼昂道：“你为什么要跟着那个人做这种事？”那人道：“他同我商量，要我帮他，我就答应了。”达达尼昂道：“女人给你们多少钱？”那人答道：“一百个路易。”达达尼昂道：“她把我的头定了一个很高的价钱。你们这样的人，看见一百个路易是了不得的了，难怪你肯做这样的事，我饶了你的性命也可以，不过有一层。”那个兵答道：“是什么？”达达尼昂道：“你要去同你那个同伴，把信拿来。”那个兵道：“这就是叫我去寻死，敌人的枪子，要把我打透了。”达达尼昂道：“却是没法，你自己拣选吧，是去要信的好，还是死在我手里的好？”那个兵喊道：“饶命呀，饶命呀，你看你所爱的女人分上饶我一命吧。你以为她死了，我却晓得，她并未死。”达达尼昂问道：“你怎么晓得我有一个爱恋的女人？又怎么晓得我以为她是死了？”那个兵道：“我从同伴的那一封信晓得的。”达达尼昂道：“我一定要那封信。”说完了，就做出要杀他的样子；那个兵在地下乱滚，喊道：“你别动，我愿意去了。”达达尼昂拿了他的枪叫那个兵在前走，自己在后头，拿剑尖去轻轻地刺他。那个兵一步一步往前拖，脸上害怕得要死，达达尼昂说道：“你在这里等，我做个样子给你看，你也晓得有胆子的人不像你这样的。”说完了，达达尼昂就两只眼很留着神往前走，遇着有遮盖的地方，就着地势前行，不一会儿，就走到那个倒在地下的兵那里，达达尼昂原可以马上在他身上搜信，或是拖回去，慢慢地搜，他却把死人背在枪后，当了一个挡枪子的重甲，就退回来，敌人在那里放枪，还打中了死人身上。把他拖到地道，就摔在那个受伤的身边，去搜信，搜出一个皮面袖珍小本子，一个钱袋，装满了钱，还有一盒骰子，他把骰盒放在地下，把钱袋摔给受伤的兵，打开了小本子，从许多信里找出那一封信来，上面说道：女人是逃了，到了修道院里了，你不该让她到修道院的。那个男人，你可不要让他逃了命，你若是让他也逃了，你是知道以后我要怎样对付你的了。那信并没签名，达达尼昂晓得是米莱迪写的，无疑了，就把信收起来作凭据，跑到地道的转角去，审问那个受伤的人。他说是他同那个同伴原要把那个女人从某路上掳了去后来因为入酒店喝酒，误了时刻，没遇着那辆车。达达尼昂在那里发抖，那个兵问道：“你们把女人掳去，做什么？”答道：“我们把女人掳了，要送到某处一所宅子里。”达达尼昂喊道：“我晓得了，要送到米莱迪的宅子。”他想过来了，才晓得米莱迪时时刻刻要害他同他所爱的女人的性命，也明白过来了米莱迪打听宫里的消息，打听得很详细，总是主教告诉她的，无疑了。又想道：王后一定知道波那瑟太太关在什么监狱里，想了法子，把她放了出来。这才想清楚在薛洛路上瞥见波那瑟太太一眼的缘故，也终于相信阿多斯说波那瑟太太没死，还可以设法援救的话，达达尼昂心里很高兴，就伸出手来说："你扶着我的手，我扶你回到营里去吧。"那个兵答道："这不过是扶我回去问绞罢了。"达达尼昂道："你只管放心，我是第二次饶你的命了。"那个人就跪在地上，亲达达尼昂的脚，谢他饶命之恩。达达尼昂因为那里离敌人太近，叫他赶快起来，回营里去。

当下那逃回去的禁兵报告说，其余人都死了。后来达达尼昂回来了，同伴见了，很诧异很欢喜的。达达尼昂就把情形说了，说这个受伤的兵，是受了敌人的伤，那一个是中敌人的枪死了。不到一会儿，这件冒险的事，全营都知道了，人人都称赞达达尼昂有胆识。奥尔良公爵叫了他来，恭维他一番。那一个饶了命的人，现在都改了，很依恋达达尼昂，那一个刺客，是已经死了，达达尼昂以为从此可以高枕无忧了，他却误会了米莱迪的性情了。

第四十二章　十二瓶好酒

再说奥尔良公爵带了兵在拉罗谢尔，起初接到报告，都说王上病未痊愈，后来报说病势已减，王上着急要身临前敌，一等能骑马，就要动身。公爵晓得不久就要让另一位有名的将官来接手，自己却晓得并没立了什么功，也就不去出主意了。达达尼昂冒险回来之后，见刺客又死了，他心里却安乐许多，只因并没接着那三位朋友的信，心里着急。有一天，是十一月初间，他接了戈多一封来信。信上说道："阿多斯、波尔多斯、阿拉米斯三位，有一天在我那里吃饭，吃得高兴了，就闹起来，管离宫的大官，说他们破坏了纪律，把他们看管起来。我奉了他们之命，送你十二瓶安茹好酒，是他们最喜欢喝的，叫我把酒送给你，请你喝酒，替他们庆寿。"信末签了某某的名字，原来这个写信的人，是管火枪营伙食的。

达达尼昂得了信，高兴得很，说道："好极了。酒是要吃的，我却要请几个朋友来吃。"于是去找两个朋友，但是一个不能来，一个第二天晚上也不能来，他只好把请酒的事耽搁两天，就把酒送到行营的酒店，叫他收好。再过了一日，早上九点钟，他就叫布朗歇先去预备，十二点要请客。布朗歇恐怕自己一个人忙不过来，就烦了达达尼昂朋友的一个随从叫伏洛的来帮忙，还有那个帮同伴刺达达尼昂的假军人，他得了命之后，就跟着达达尼昂，帮布朗歇的忙，今天为了请客，也在那里帮忙。到了时候，客人齐了，布朗歇臂上搭了手绢，在那里送菜，招呼一切。伏洛开酒，那个假军人[1]倒酒。那第一瓶酒，好像在路上太受摇晃，瓶底很浑浊不清，毕列士芒倒出来把酒渣另外倒在一处。达达尼昂说不要了，赏给他吃。同着客人喝完了汤，正要尝酒，忽然听见炮台炮响，他们赶快拿了剑，就去归队，走出来不远，才知是误会了，原来是王上到了。只听见众人喊："王上万岁！主教万岁！"王上因为病久了，不耐烦，好了之后，就兼程而来，带了一万救兵，火枪营护卫着王上来的。

过了一会儿，那三个朋友同他见了面，达达尼昂先说道："你们来得正巧，我正在那里请客吃饭，菜还没凉哩。"波尔多斯先答道："我们有得吃吗？好极了。"阿拉米斯道："座上没女客吗？"阿多斯道："你有好酒请我们吗？"达达尼昂道："就是你们送我的酒。"阿多斯听了诧异道："我们的酒？"达达尼昂道："是的，是你们送的。"阿多斯道："我们几时送你酒？"达达尼昂道："就是你们喝的安茹葡萄酒。"阿多斯道："我知道你说什么酒。"达达尼昂道："你们很喜欢那酒。"阿多斯道："我们得不着香槟酒，自然是喜欢安茹葡萄酒的，原来我们送了些安茹葡萄酒给你吗？"达达尼昂道："不是吗？是别人替你们送的。"阿多斯问道："阿拉米斯，你送他酒没有？"阿拉米斯说没有。又问波尔多斯，波尔多斯也说没有。达达尼昂道："是你们营里管伙食的人送的。"阿多斯道："管伙食人送的吗？"达达尼昂道："是的。他叫什么？"波尔多斯道："且别管是谁送的，我们只管喝吧。"阿多斯道："别忙。我们先要打听出来，究竟是谁送的。"达达尼昂道："不错的。你们并没吩咐那人送酒来吗？"阿多斯道："我们并没送。你说是我们叫人送给你的？"达达尼昂把信拿出来给他们看。他们一看，就说是假冒笔迹的。阿多斯道："我未动身之前，查过他的账，他的笔迹，我是认得的。"波尔多斯道："这封信是假的。况且我们并没受人看管。"阿拉米斯说道："你怎么就相信我们酒喝多了，闹起事来。"达达尼昂当下脸都青了，在

---

[1] 假军人，就是前次行刺达达尼昂未成，后即投降达达尼昂做他随从的那个假装军人，名叫毕列士芒。——译者注

那里发抖。阿多斯道："你怎么样了？我看见你害怕。"达达尼昂喊道："赶快赶快，我犯了疑心了，又是那个女人做的。"一面说一面跑到饭厅，阿多斯随后跟了进去，他们一进去，就看见毕列士芒倒在地上，在那里哼哼，布朗歇同伏洛两个人，吓得脸也青了，在那里救毕列士芒，救也救不过来。毕列士芒快要死了，见了达达尼昂说道："你应许饶了我的命，你为什么给我毒酒喝？"达达尼昂道："老天在上，我并没给你毒酒喝，你告诉我是怎样中了毒的？"毕列士芒道："你给我那酒吃，你毒死我了。"达达尼昂道："毕列士芒，我肯发誓。"毕列士芒道："天不容你！"达达尼昂跪在毕列士芒身边说道："我可以发誓，我不晓得那瓶酒是放了毒的。"毕列士芒道："我不相信。"再等一会儿，抽了几抽，就死了。阿多斯说道："这真可怕。"波尔多斯把那几瓶都打碎了。阿拉米斯要去找个教士也来不及了。达达尼昂道："你们来得正巧，救了我同我们几个人的命；我请你们一声也不要响，恐怕这件事同阔人有相关，倘若传扬出去，我们将来还是不得了的。"布朗歇道："老天，我这趟真侥幸了。"达达尼昂道："你别胡说了。"布朗歇道："我原要喝点酒，替王上祝寿的，幸亏伏洛把我喊走了。"伏洛发抖地说道："我叫他，原是不怀好意的。我原想把他支开了，我自己去喝酒的。"达达尼昂对两位同营的朋友说道："我们只好散了，我明天再补请二位吧。"两个人自然就走了。只剩下他们四个人，面面相向，都晓得这事太过凶险了。阿多斯先说道："死人不是好同伴，我们到别处去吧。"达达尼昂吩咐布朗歇道："你把这个人好好地收殓了，他虽然犯过行刺的罪，但是他已经悔过了。"

他们四个人走到别间房子吃了几个鸡蛋，阿多斯汲了些井水来喝。达达尼昂把事情都告诉了波尔多斯同阿拉米斯，后来又向阿多斯说道："你晓得我同米莱迪结了不解之仇了。"阿多斯问道："我晓得，你看都是那一个女人做的吗？"达达尼昂道："一定是她做的。"阿多斯道："我心里却犯疑。"达达尼昂道："她肩膀上刺了花。"阿多斯道："也许是个英国女人，在法国犯了大罪，故此也把她刺了花。"达达尼昂道：

“阿多斯，那个女人是你的老婆，她的相貌，同你所说的一样。”阿多斯道：“我亲手吊死她的，她怎么会再活过来。”达达尼昂还在那里摇头，他心里想，米莱迪一定是阿多斯的老婆，说道：“我们时时刻刻地提心吊胆不是件事，我们总要想个法子才好，你有什么高见？”阿多斯说道：“你要去再见她一趟，就同她说和，你就说你晓得的隐事不去传扬，她却不要再来谋害你。如果她不听，你就去宰相那里，不然，就在王上面前去告她，拿法律来办她。就是赦了罪，你还要去寻她，第一趟遇着了，就杀了她。”达达尼昂道：“这个法子倒不错。但是怎样去同她约会呢？”阿多斯道：“你只管耐心地等，自然有机会的。”达达尼昂道：“原是这样。不过我们眼前时时刻刻要防人行刺。”阿多斯道：“有老天保护。”达达尼昂道：“我们当军人的，死了也算不得什么，我那个爱恋的女人，怎么样呢？”阿多斯问道：“谁？”达达尼昂道：“康斯坦斯。”阿多斯道：“波那瑟太太么？我忽然忘记了，你还恋着这个女人。”阿拉米斯道：“那封信不是说波那瑟太太在修道院里吗？一个人在修道院里是很安稳的。等到打完仗，我也就……”阿多斯说道：“我晓得你要做教士的意思了。”阿拉米斯道：“我不过是暂时当火枪手。”阿多斯低声说道：“他可能很久没接着他的爱恋的女人的来信了，故此又说起当教士的话来了，我们且别管他。”波尔多斯道：“我倒有个好法子。”达达尼昂道：“你有什么好法子？”波尔多斯道：“你不说她是在修道院里吗？”达达尼昂道：“是的。”波尔多斯道：“只要打完了仗，我们就到那个修道院，把她接出来就是了。”达达尼昂道：“我们先要打听她在什么修道院里。”波尔多斯道：“那个自然。”阿多斯道：“不是王后选择的一个修道院吗？”达达尼昂道：“是的。”阿多斯道：“波尔多斯就可以帮忙了。”波尔多斯问是什么缘故。阿多斯道：“你的公爵夫人总可出点力。”波尔多斯道：“别说了，公爵夫人是主教的人，这件事万不可告诉她。”阿拉米斯道：“我可以找得出来。”众人都喊道：“你用什么法子？”阿拉米斯道：“王后的神甫，我却认得。”这件事商量好了，四个人约好晚上再见，分头走了。

第四十三章 火枪手遇主教

再说路易十三因为恨极了白金汉，很着急地要进攻，把英兵逐出了罗爱岛，去围拉罗谢尔。但是三位大将意见不合，耽搁了许多时候。那三位大将，就是巴桑披、朔姆贝格、安吉利公爵。朔姆贝格同巴桑披那时都是陆军大将，很有名气的，但是主教知道巴桑披同情基督教，恐怕他不肯尽力去攻打基督教的人，故此叫王上派了昂古莱姆公爵做统帅。又恐怕巴桑披、朔姆贝格不愿意，另外又派了他们各管一军，不相节制。巴桑披的兵，驻扎在城北，昂古莱姆公爵在东，朔姆贝格在南，奥尔良公爵在东皮埃尔。王上的大营，有时在埃斯特，有时在雅尔里耶，主教另外住在一间小房，四围都无保障的。这样布置好了，奥尔良公爵就可以常常监察着巴桑披的兵，王上监察着昂古莱姆公爵的兵，主教监察朔姆贝格的兵。

再说英国兵所处的情形，不甚得手。因为这些兵是吃惯好的，现在只有咸肉饼干，许多兵都得了病。那时大风甚多，他们的兵船天天都有损失。看起来白金汉是不能持久的了。后来探报说，英军要进攻，路易也就预备抵敌。看官要晓得，我们这本书是本小说，不是战记，故此当日打仗的情形，只好不详细讲了。总而言之，后来是英兵大败，主教高兴极了，英兵都逃到船上，死伤有二千多人。法国各处得了这个信息，都很高兴，各处的教堂都在那里庆贺。主教见打败了罗爱岛上的英国兵，就专心去筹划围攻拉罗谢尔的事。不料有一天捉了一个侦探，问出情形，才晓得白金汉的外交手段办得很得法，要同奥地利、西班牙，还有，四国同盟同法国为难。又从白金汉公爵营里搜得书信，颇有干涉法国王后的事。主教只好想无限若干的法子去打探消息，要知道欧洲各国对待法国的政策。他深晓得，若是白金汉公爵的外交政策得了手，西班牙同奥地利一定是要派公使到巴黎的，主教的势力，就要减了许多。王上虽是只听主教的调度，心里却是很不愿意的，主教若是败下来，王上心里也是痛快的。

那时候主教住的那间小房子，来来往往的侦探是日夜不绝的。那些侦探有时是教士的装扮，有时是随从的装扮，穿着很松大的衣裳，留心察看的人都晓得那是女人装的；有时是乡下人的打扮，手上脸上虽是黑的，看他们的举动也知道都是上等人装的；有时来的人是不知来踪去迹的。故此就有许多谣言，说是有人要行刺主教，有人说是并无其事，就是主教自己造出来的谣言，其实是他自己要用刺客去收拾他的仇人。那时的谣言虽然是多，主教的胆子却是甚大，常常晚上出来，有时是发号令给昂古莱姆公爵，有时是同王上商量要事，有时是同那些秘密侦探相会。

再说那些火枪手倒没什么事，常常去玩耍过日子。有一天晚上，达达尼昂在那里守地道，阿多斯三个人在雅尔里耶路上找着一个酒店，叫鸽子笼。那天晚上，他们在酒店玩够了，骑了马，披上罩袍，就回营去，恐怕遇着埋伏，手上拿着手枪。走得不远，听见有马蹄声音，从对面来，他们就立住了，三匹马排在路中间。忽然月亮从云里出来，他们就看见前面弯路，有两个骑马的人也立住了，在那里商量进退的样子，实在形迹可疑。阿多斯就一马当先，大声喊道：“来者是谁？”那两个人之中，有一个也喊道：“来者是谁？”阿多斯喊道：“这不是对答的话。来者是谁？赶快说，不然，我要放枪了。”听见有一个声音很深地说道：“你可要小心。”阿多斯听了，说道：“这一定是个上司出来巡查的。”又说道：“你们做什么？”那个声音甚深的人问道：“你们是谁？你赶快答。不然，你们就要后悔的。”阿多斯知道那一定是个上司，答道：“我们是火枪手。”那个人问道：“是哪一营的？”阿多斯道：“特雷维尔统领带的。”那人说道：“你上前来解说，你们为什么深夜在这里。”三个人就上前去，阿多斯先行；那两个人之中，有一个也上前来。阿多斯叫同伴立住了，自己上前说道："得罪了，我们不晓得你们是谁，只好预备自保。"那个人有罩袍，略盖住脸，问道："你叫什么？"阿多斯见他这样盘问、很不高兴，就说道："你也要给我们看你有无盘问的凭据。"那人把罩袍分开了，露出脸来，问道："你叫什么？"阿多斯很诧异地喊道："原来是主教！"主教又问道："你叫什么？"阿多斯报了名。主教使个手势，那一个骑马的就上前来，主教说道："我要这三个火枪手跟着走。我不愿意给人晓得我今晚离营出来，我叫他们跟着走，我未回营之前，他们就不能去报告别人知道的。"阿多斯道："我们都是君子，要不说就不说，我们不泄漏机密的。"主教说道："你的耳朵倒很灵，我叫你们跟我，不是怕你们泄漏，只因我要人保护，你那两个同伴是波尔多斯和阿拉米斯吗？"阿多斯说道："是的。"一面使手势叫他们上前，他们也上来了。主教说道："我晓得你们，可惜我不能当你们是我的朋友，我却晓得你们都是有勇有义的好汉，说话是靠得住的。阿多斯，请你陪我，王上碰见了，是要妒忌我的。"阿多斯道："大人说得对，路上是要有护卫的，我们在路上碰见几个面生可疑的人，我们在酒店里还同四个凶人争闹了一场。"主教道："为什么闹的？我极不愿意你们闹事。"阿多斯道："因为这个缘故，我要告诉大人，恐怕人家说是我们的不是。"主教皱了眉头问道："后来怎么样？"阿多斯道："我的同伴阿拉米斯臂上受了点伤，不过还不算重，明天还能办公事。如果主教明早要打仗，叫他上前，他还能上前。"主教道："你们这班人，若不是闹了许多事，是不会受伤的，你老实说吧，你们打死人了？"阿多斯道："我却没拔出剑来，我只是拿手把仇敌抱住，从窗子处把他摔出去了。他掉在地上，折了一条腿。"主教道："哦？波尔多斯，你怎么样呢？"波尔多斯道："我晓得比剑是犯法的，我只好抓了一条板凳，把那凶人打了一下，把他的胳膊打折了。"主教道："哈！阿拉米斯，你怎样呢？"阿拉米斯道："我是个安静脾气，不久就要做教士的，我去劝解，就被一个凶人把我伤了一刀，我不耐烦了，也拔出剑来去刺他，刺透了他的身子，他就倒了，他的同伴把他抬走了。"主教道："哈！你们在酒店闹事，就打倒了三个人吗？你们办事是要办得痛快的。到底是为什么闹起来的？”阿多斯道：“那班凶人吃醉了。他们晓得有个女客到了酒店，他们要去打开女客的房门。”主教道：“要打开房门吗？”阿多斯道：“大约是要打开房门，去行强暴。”主教有点着急，问道：“那个女人是谁？年纪轻，长得好看吗？”阿多斯道：“我们并没看见她。”主教很快地说道：“哦，你们没看见她？你们保护女人是很应该的，我现在也要到那酒店去，我一问就知道实在情形了。”阿多斯说道：“我们都是君子，不肯为保全自己的性命去说谎的。”主教道：“你说的话，我是相信的。你告诉我，那个女人没人陪着她吗？”阿多斯道：“有个男人同她在房里，但是这个男人，一定是个懦夫，不肯露面。”主教听了说道：“不要这样打量人。”阿多斯点点头。主教说道：“众位跟我走吧。”三个人就退在后头，主教拿罩袍又蒙了脸，拍马往前走，护卫的人跟紧在后。

不到一会儿，就到了那鸽子笼酒店，一点声音也没有，很寂静事的。离那店门还有几十步，主教吩咐护卫的人立住了。窗子外有一匹有鞍子的马，拴在那里。主教上前，敲了三下门，就有个人开门出来，也是披了罩袍，同主教说了几句话，走上了马，向巴黎去了。主教说道：“我晓得了，你们刚才告诉我的情形都是实在的。我们今晚会着了，倒是你们的好机会。你们跟我来。”那三个火枪手下了马，拴好马，跟进店房，那店主人站在店门，他以为不过是个军官来访那个女客的。主教问道：“你楼下有好房间，生个火，请这几位客人在里面等我吧。”店主就领了火枪手到一间房里来，房里原先是放着一个火炉的，现在把火炉拿走了，换了个火墙，主教吩咐道：“请你们在这房间等等，我不到半小时就下来。”说完了，就跑到楼上，看那情形，主教是走熟的了，他一句也不问，就跑上楼去了。

第四十四章　主教之诡计

再说那三个火枪手那天在酒店闹事，的确是帮了那位女客一个大忙。他们却不晓得女客是谁，也不过是路遇不平、拔刀相救的意思罢了。他们到了房里，在那里猜那位女客是谁，猜来猜去，猜不着，只好不猜了。波尔多斯叫店主拿骰子来，同阿拉米斯掷骰子玩；阿多斯一个人在那里走来走去，在那里想心思，不停地在那个破烟筒旁边走过。原来火炉虽是拿走了，这一节烟筒却没移走，原是通到楼上那间房的。阿多斯走过，听见楼上有人说话，他就走近些，听见几个字，就用心地去听，叫他的同伴不要吵，弯了腰，在地下听。听见主教说道："米莱迪，这是件极要紧的事情，我们坐下慢慢商量。"就听见一个女人的声音答道："请大人说吧。"阿多斯听见这个声音，吓了一跳，发起抖来。主教说道："有一条小船，是英国人驾驶的，在某港口停泊，船主是我花了钱养的，船在那里等你，明早就要开。"女人道："我不如今晚上船了。"主教道："等我吩咐你之后，你就要走，门外有两个人等着保护，待我走了半小时之后，你再走。"女人道："好的。我们谈谈现在要办的事，你细细告诉我，不要叫我误会了。"

主教在那里想。阿多斯就使手势，叫波尔多斯他们锁了门，也来听，他们拿了三把椅子来，坐在那里听。听见主教说道："你去伦敦，找着白金汉。"女人道："自从那钻石的事情过后，公爵常避我，不大理我了。"主教道："这趟不比从前，你只要老老实实地，把话告诉他，就是了。”女人道：“老老实实地告诉他？”主教道：“自然是老老实实地说，这件事用不着秘密的。”女人道：“我就听你的吩咐。”主教道：“你见着白金汉就告诉他，说是我说的，我知道他的主意了，我并不害怕，他如果只管同我作对，我就要使出手段来害王后。”女人道：“他晓得你有这个手段吗？”主教道：“我有凭据的。”女人道：“我也要知道这凭据的性质。”主教道：“自然。你告诉他，有一天，某大官开一个戴面具的跳舞会，白金汉戴了面具，私会王后，他打扮的是个蒙古大汗，原是某人要穿的，他花了三千个皮斯托尔，转买来穿的这些情形，我有某某两个人写的凭据，我是要宣布出来的。”女人道：“很好。我就照样告诉他。”主教道：“你还可以告诉他说，有一天晚上，他装成了一个意大利算命人私自进了宫，罩袍底下，穿了一件白衣，绣了几个死人头，是因为如果犯了疑，人家就当他是白衣夫人出现。你晓得的，卢浮宫里遇着有点大事，白衣夫人是要出现的。”女人道：“就是这两件，没有别的了吗？”主教道：“还有。你告诉他，我还晓得他那天晚上在亚眠的故事，如果他不罢手，我就要编出戏来。他当时的情节，同花园的图样，还有他们半夜的事都编出来。”女人道：“我照样告诉他。”主教又说道：“你告诉他，蒙塔古已到我手里，关在巴士底狱监牢里。我虽然没从他身上搜出什么信来，但是我用点酷刑，他就要吐出许多实情的。你可以告诉他，他从罗爱岛跑了，留下许多信件，内中还有一封信，是谢弗勒斯夫人的，信上有许多干涉王后的话，不独有王后爱上王上仇敌的凭据，还有叛逆的凭据。这几件事，你记得清楚吗？”女人道：“记得清楚。第一件是跳舞会，第二件是卢浮宫，第三件是亚眠，第四件是蒙塔古关监牢，第五件是谢弗勒斯夫人的信。”主教说道：“不错的，你记性很好。”女人道：“如果我拿这几件事去恐吓他，他还要同你作对，怎么样呢？”主教说道：“白金汉爱王后到疯了，他现在同法国打仗，也为的是恋爱。但是他若知道了同我作对得太凶了，王后的自由权就没了，他也要罢手了。”女人道：“只管这么说，万一他真不听，那又怎么样呢？”主教道：“万一他真不听吗？那总不会的了。”女人道：“也许有的。”主教停了一会儿，说道："万一他真不听，我只好等机会了。有时机会来得巧，国家的命运都会变的。"女人道："请你把历史中这种迁移国运的机会，说一件给我听，我办事就觉得容易些。"主教道："你还记得老王查理的事，就是个好榜样。那时亨利四世正要攻打意大利和比利时，叫奥地利首尾受敌，忽然出了一件事，就把奥地利救了。法国也许有这样的好机会。"女人道："你说的是老王忽然被刺的事？"主教道："是的。"女人道："有刺客的榜样在前，还有人敢再做这种事吗？"主教道："国家革命的时候，或革教的时候，尽找得着几个疯子，去做那种事。疯子们自己愿意去牺牲了性命，买个烈士的声名。现在英国有一班信奉清教派的人很恨白金汉的行为。"女人道："怎么样呢？"主教道："只要找着一个年纪又轻、面貌又俊的女人，要同那白金汉公爵过不去——那公爵的爱情之事有很多的，自然是有人喜欢他，却也免不了有人恨他。"女人道："这样一个女人，自然是不难找的。"主教道："只要找着这样的一个女人，叫她把小刀子交给一个疯子，这个女人就救得了法国。"女人道："不错的。不过这个女人就是刺客的同谋了。"主教道："从前都有过刺客的，他们的同党，有谁找出来。"女人道："那是因为同谋的人，地位高了，就不容易找得着他。哪里有几个人能够把刑部衙门放火烧了，去保全自己首领的呢？"主教道："难道你说刑部衙门不是偶然失火烧了的吗？"女人道："我并不是这样讲。我不过照事论事，倘若我的地位是高的，自然不用费许多事去保护我了。"主教道："你说得对，你要怎样？"女人道："我要你一张凭据，可以叫我方便行事。"主教道："你先要找着那个同白金汉公爵有仇的女人。"女人道："我已找着了。"主教道："你还要去找一个闹教的疯子。"女人道："将来总能找着的。"主教道："等你找着了疯子，我就给你凭据。"女人道："很好。我晓得我去做的事了。我去告诉白金汉公爵，就说你晓得某大臣开舞会的时候，公爵是改了装，同王后私会；他后来又假装意大利算命人，入宫去见王后；亚眠花园夜半私会的事，你也知道；蒙塔古是关了监，将来要用酷刑取供的；谢弗勒斯夫人有封信，信上说了许多同王后有交涉的话，这封信在你手上。如果说了这些话，他还要同法国为难，我只好说，望老天悔祸，搭救法国。你叫我办的，就是这几件事，是不是？”主教道：“一点也不错。”女人道：“大人是把自己的仇人打发了。让我说我自己的仇人。”主教问道：“你也有仇人吗？”女人道：“我的仇人都是因为我替你办事结仇的。”主教道：“你的仇人是谁？”女人道：“第一个就是波那瑟的老婆。”主教道：“我已经把她关在南特监狱里了。”女人道：“原是关在那里的，不过王后向王上说了情，把她放了出来，送他到修道院里去了。”主教道：“在哪个修道院里？”女人道：“我也不知道，这件事办得很秘密的。”主教道：“我一定要打听的。”女人道：“等你打听出来，我也要晓得。”主教道：“这倒不难。”女人道：“我还有一个仇人，比这个女人可怕多了。”主教问道：“谁？”女人道：“就是这个波那瑟太太的情人。”主教问道：“他叫什么？”女人很怀恨地说道：“大人认得这个人。这个人不独是我的仇人，也是主教的仇人。打败了大人的亲兵，就是他；刺伤了狄倭达伯爵的，也是他；钻石的妙计，也是他破了的；打听出来是我掳波那瑟太太的，也是他；他已经发过誓，只要碰见我，就要杀我。”主教道：“我晓得你说的什么人。”女人道：“我说的就是达达尼昂。”主教道：“这个人胆子很大，是要加倍防他的。他一定是白金汉的同谋，我却要找他的真凭实据。”女人道：“我可以找得十几件凭据。”主教道：“那就很容易收拾他的了。你只要给我一件真实的凭据，我就可以把他关在巴士底狱大牢里。”女人道：“关了之后，怎么样？”主教就低声说道：“只要关了大牢，就无所谓后来了。只要人家把我的仇人结果了，同我替别人结果了他的仇人一样容易……”女人道：“好极了。这个交易，公道得很。一个人抵一个人，一条命换一条命。你结果了我的仇人，我就结果了你的仇人。”主教道：“我却不晓得你说这番话是什么意思。只要是道理上说得过去的事，我都肯替你办。你求我的事是件不相干的小事，我看不见有什么为难，况且你说那个人是个放荡的人是个刺客，又是个反叛。”女人道：“那个人是极不要脸的一个下流人，我很晓得的。”主教道：“你把纸笔给我。”女人就拿给他。主教想了好一会儿，大约是在那里想，好不好写凭据给她，若是可给的，应该怎么样写法。

再说楼下那三个人，听得入神。听到这里，阿多斯抓了那两个人的手，领他们到房子那一边。波尔多斯说道："你做什么？我们索性听完了。"阿多斯道："要紧的我们都听见了。不然，我是不把你抓开了。我要出去了。"波尔多斯道："你要出去吗？倘若主教问你到哪里去了，我们怎么说？"阿多斯道："你不要让他先问，你不如先说，我听见了店主人说了两句话，恐怕路上有疏虞，出去察看。我出去的时候，就先告诉主教的马夫，我要出去办我的事。你们只管放心。"阿拉米斯说道："阿多斯，你要小心。"阿多斯道："你放心吧，我不会胡闹的。"说完就走了。剩了波尔多斯两个人，坐在那里。阿多斯走到院子里，告诉了主教的马夫说是先去探路，拿手枪看了一看，把剑拔了出来，骑了马，慢慢向营里走去了。

第四十五章　夫妇密谈

再说阿多斯走了之后，不到一会儿，主教下了楼，推开房门，看见波尔多斯和阿拉米斯两个人赌钱，赌得很入神，看见少了一个人，问道："阿多斯哪里去了？"波尔多斯道："他先走出去探路。"主教道："你们做什么？"波尔多斯道："我们赌钱。赢了阿拉米斯五个皮斯托尔。"主教道："你们跟我回去吧。"波尔多斯道："我们预备好了。"主教道："天不早了，我们上马吧。"门外树下有两个人，三匹马，这两个人就是预备护卫米莱迪的。主教的马夫也把阿多斯临走吩咐的话告诉了主教，主教上了马，两个火枪手护卫着，离了酒店，回大营去了。

再说阿多斯一个人出了店门之后，在大路上走，走了有一百码远，看不见酒店了，他向右转一个弯，回头走，离酒店约有二十码远，躲在高堤后，看见主教走过去了，阿多斯重又跑回酒店敲门。店主认得他，他说道："统领叫我回来，同楼上的女客有要紧话说。"店主道："女客还在楼上呢。"阿多斯跑上楼，看见门还半开，米莱迪正要戴帽子。阿多斯进了房，把门关了。米莱迪回过头来，看见一个人在房里，披了罩袍，帽子拉低了，看不清那人的脸。米莱迪看见这个人，害怕起来，说道："你是谁？你要什么？"阿多斯听了说道："不错，是那个女人。"脱了帽子，上前走了两步，说道："你认得我吗？"米莱迪上前走了一步，又退后了，像见了毒蛇一般。阿多斯道："还好，你认得我。"米莱迪说道："原来是德·拉费尔伯爵。"说话的时候，脸变青了，直往墙边退。阿多斯说道："是的，我是德·拉费尔伯爵。是从别的世界回来了，探望你，坐下，我们谈谈。"米莱迪害怕得要死，一语不响，坐下了。阿多斯道："你是天生的一个女魔鬼，到世上来害人的。我晓得，你很有害人的本事，不过我们男人，借了天的力量，也能降伏你。你从前出现过一次，我以为已经把你结果了，断了祸根，谁知你又从地狱回来了。你从地狱回来，钱财也有了，地位也有了，换了一个新名，几乎连脸也换了新的，但是你的心却没换，还是毒的。你的身上，还是刺了花。"米莱迪听了这番话，就同毒蛇咬了心一样，跳起来，两眼发怒。阿多斯坐着不动，说道："你以为我已经死了，我也以为你死了，谁知阿多斯就是从前的德·拉费尔伯爵，就同现在的克拉丽克夫人就是从前的布勒伊——你从前嫁我的时候，不是用这个名字吗？现在我们两个人的情形真奇怪。我们以为彼此都死了，谁知还活在世间。"米莱迪断断续续地说道："你现在为什么来找我？"阿多斯道："你要晓得，我虽有好久不知道你的踪迹，但是自从你当了主教的侦探，你每天的举动，我都知道。"米莱迪听了，露出不相信的意思来，在那里微笑。阿多斯道："你听着，白金汉公爵衣服上的两个钻石是你割的；波那瑟的老婆是你设法掳去关在监狱里的；你爱上狄倭达伯爵，有一天晚上，你开房门让达达尼昂进去，你不知道，还当他是狄倭达，随后你以为狄倭达骗了你，你叫达达尼昂去杀他；你因为达达尼昂看见你肩膀上的记号就雇了两个刺客去刺他；你见没刺了他，就去假冒名字写一封信送毒酒去害他；今天晚上，你同主教商量好了，你去行刺白金汉公爵，叫主教把达达尼昂交给你，让你任意报仇。"米莱迪又害怕又生气地说道："你自己就是个魔鬼！"阿多斯道："你听我说，你去行刺白金汉，我不管，我又不认得他，况且他又是个英国人。但是达达尼昂是我的好朋友，我要保护他，你若是动了他一根头发，你却不要想再活了。"米莱迪道："他很羞辱了我，我一定要他的命。"阿多斯道："谁人能够羞辱你？你说他辱羞了你，你一定要他死？"米莱迪道："我一定叫他死。我先要那个女人的命，随后要他的命。"阿多斯听了，非常生气，想起从前的旧事来，就要杀这个女人，把手枪拿出来。米莱迪吓得脸无人色，想要喊，吓得喊不出来。阿多斯慢慢地把手枪举起来，把枪口对着她的脑袋，说道："你身上有一张主教签了字的凭据，你拿出来给我！不然，我就把你打死。"米莱迪听了，不动。阿多斯道："我给你一秒钟思考。"米莱迪看见阿多斯快要放枪，她赶快从怀里拿出那张凭据来交给阿多斯。阿多斯接了，走到灯下，打开一看，见是不错的，阿多斯说道："我把毒蛇的牙拔了，随你咬吧。"说完，就走出了房子，并不回顾，走出房门，看见那两个护卫的人，吩咐道："你们晓得主教吩咐的话了，你们要保护那个女人，保到她上了船。"那两个人鞠鞠躬。阿多斯跳上马跑了，另走一条路，随后听见马蹄响，他晓得是主教来了，他就把马停在路中间。那时离营约有一百码。等那主教同护卫的人快到了，他先问道："来者是谁？"主教说道："这个一定是我们的火枪手。"阿多斯道："不错，是我。"主教道："阿多斯，我谢谢你小心探路，我们到了，你们向左走吧。"主教自己向右走，那天晚上，就住在营里。

且说，波尔多斯问道："她那张凭据签了字吗？"阿多斯道："签了字的，在我口袋里了。"三个人一语不响，回到营里，就叫穆斯克东去告诉布朗歇，请他的主人从地道回来的时候马上到火枪营，商量要事。再说米莱迪等了一会儿，也离了酒店，原想把事情告诉主教，恐怕阿多斯把她的隐事说了出来不便，只好先去替主教办那件要紧事，等到这件事情办完了，回来再想报仇的法子。那天晚上，走了一夜，早上七点钟到了海口，八点钟上船，九点钟那船就开往英国。

第四十六章　奇 赌

再说达达尼昂去找那三个朋友。走进房来，看见阿多斯在那里想心事，波尔多斯走来走去捋胡子，阿拉米斯读祷告歌。达达尼昂说道："你们实在有要紧事情商量便罢，不然，我是不饶你们的。我一夜在那里攻打炮台，打得十分热闹，辛苦了一夜，你们还不让我睡，叫我来做什么？你们应该也在那里攻炮台才是。"波尔多斯一面捋胡子，一面说道："我们晚上去的地方，倒很好的。"阿多斯止住他道："别说了。"达达尼昂看见阿多斯的样子，说道："你们又办了什么秘密事了。"阿多斯问阿拉米斯道："你前天早上，在某店吃早饭了吗？"阿拉米斯道："是的。"阿多斯问道："那个店好吗？"阿拉米斯道："我没吃什么。他们那里只有肉，连鱼都没有。"阿多斯道："一个海口的地方，没得鱼吗？"阿拉米斯道："没得鱼。他们说，因为主教筑了一条拦江堤，把鱼都吓跑了。"阿多斯道："我不是问你这个。我要问的是那个店里清静吗？没得人来打岔吗？"阿拉米斯道："我明白了。那个地方倒还清静，没得人来打岔的。"阿多斯道："既然这样，我们就到那个酒店去。这里的墙同纸一样薄的。"达达尼昂知道是有要紧事商量，就拉了阿多斯的手，出去了，波尔多斯和阿拉米斯跟在后头，碰见格里莫，阿多斯就叫他跟去。

一会儿到了那个店，那时天刚亮，只有七点钟的光景。他们进了一间很清静的房间，吩咐店主拿早饭来。他们想要清静，却不能够，因为有许多士兵进来吃早饭，店主却是很高兴的，那四个人却甚不高兴。阿多斯道："我看出来了，等不到一会儿，就要闹事的。我们正要躲开了。达达尼昂，你把晚上攻炮台的事告诉我们，我们随后把我们昨晚的事情告诉你。"有一个马兵插嘴说道："我听说，禁兵营在地道里辛苦了一夜。"达达尼昂看了阿多斯一眼，仿佛是要问他为什么同这个人说话。阿多斯说道："比西尼问你呢？你为什么不把昨晚的事情告诉他们，他们很想听你说呢。"旁边又有一个瑞士兵，在那里喝啤酒，问道："我听说，你们夺了一个炮台角？"达达尼昂道："是的。我们拿了一桶火药，埋在炮台角下，轰了一个大口。"有一个兵，拿刀插了一只肥鹅，问道："是哪一角？"达达尼昂道："就是在朱维角，他们常躲在这个角后，打我们地道里的人。"又问道："打得热闹吗？"达达尼昂道："热闹得很。我们死了五个人，敌人死了十个人。"那个马兵说道："他们大约今天要派兵去收拾那个口子。"达达尼昂道："恐怕是有的。"阿多斯道："我同你们赌一赌！"那瑞士兵喊道："很好很好，赌吧，赌吧！"马兵问道："赌什么？"那个兵把肥鹅架在火上，喊道："等一等。店主，拿那盘子来，我要接鹅油，丢了可惜。"瑞士兵道："是的，鹅油夹面饼是很好吃的。"那个兵说道："好了，阿多斯。我们赌吧。"阿多斯道："我肯同你们赌，我同我三个朋友，跑到那个炮台角吃早饭，在那里耽搁一小时，不管敌人怎样来攻，我们也不走。"波尔多斯同阿拉米斯彼此使眼色；达达尼昂低声问阿多斯道："我们都要死在那里了？"阿多斯道："我们倘若不到那里去，死得更容易。"波尔多斯转过脸来，捋捋胡子，说道："这个赌得很公道。"比西尼说道："我肯赌。赌些什么？"阿多斯道："你们也是四个人，我们就赌八个人的一顿好吃喝。"比西尼道："很好。"那个兵也道："很好。"瑞士兵道："算我一份。"那第四个兵从没开过口的，也在那里点头。店主人说道："早饭预备好了。"阿多斯道："拿进来。"阿多斯吩咐格里莫把早饭的东西都包好了，摆在一个篮子里。格里莫把篮子挂在手上。店主问道："你们要到哪里去吃早饭？"阿多斯摆了两个皮斯托尔在桌上，说："你收了饭钱，不要管我们在什么地方吃。"店主人道："我还要找你钱。"阿多斯道："不要找了，你拿两瓶香槟酒来，剩下的，算手绢钱。”店主觉得没甚赚头，只把两瓶安茹葡萄酒摆在篮子里，并没摆香槟。阿多斯说道：“比西尼，我们把表校准了。”比西尼答道：“很好。”拿出表来，一看，是七点三十分。阿多斯道：“我把我的表针摆在七点三十五分；你要记得，我的表，比你的快五分。”说完了，阿多斯四个人告辞了出门，向炮台走。格里莫拿了篮子，跟在后头。

他们在营界里，一句话也不说，等到走出了地道，达达尼昂先问道：“阿多斯，你到底领我们到什么地方？”阿多斯道：“你还没看出来吗？我们要到那个炮台角。”达达尼昂道：“我们到了那里做什么？”阿多斯道：“我们到了那里吃早饭。你还不晓得吗？”达达尼昂道：“我们为什么不在那店里吃早饭呢？”阿多斯道：“我们为的是要商量要紧事，在酒店里有人来吵，到了炮台角就没人来吵了。”达达尼昂道：“别的地方也还可以谈，不然，在海边也好谈的。”阿多斯道：“谈是可以谈的，不过到不了一刻钟，就有主教的侦探知道我们商量要紧事了。”阿拉米斯说道：“不错的。阿多斯的主意不错。”波尔多斯道：“只要能够找得出，在沙漠地方谈秘密事是最好的。”阿多斯道：“已经同人赌了，只好去的，不能反悔的了。好在没人晓得我们的意思。我们要赌赢了，就得在炮台角耽搁一小时；倘若没人来打仗，那是很好的了，我们就可以太太平平地说话，若是有人打来，我们还可以说的，不问怎的，我们有个好机会，去显我们的本事。盘算到底，我们这件事，办得不错。”达达尼昂道：“不错是不错，不过我们都要吃枪子。”阿多斯道：“你要晓得，还有许多事比仇敌的枪子还危险。”波尔多斯道：“不管怎的，我们该带火枪来。”阿多斯道：“带那些累赘东西做什么？”波尔多斯道：“一支好枪，十来个枪子，一大盒火药，也算不了什么累赘。”阿多斯道：“难道你把达达尼昂的话忘了吗？”波尔多斯道：“什么话？”阿多斯道：“他说昨晚攻炮台，我们死了十个八个人，敌人死的数目相当。”波尔多斯道：“怎么样呢？”阿多斯道：“并没人去剥他们的东西同衣服，他们忙得很呢！”波尔多斯道：“这便怎样？”阿多斯道：“他们的火枪枪子，火药，一定还在炮台角里。我们到了那里，何止找着四支火枪同几十个枪子呢。”阿拉米斯说道：“阿多斯，你真是个奇人了。”波尔多斯听了，似乎相信阿多斯的话，达达尼昂不大相信，格里莫也不甚相信，赶快凑近了主人的身边，问道：“我们到哪里去？”阿多斯指着前面道：“到炮台角里去。”格里莫道：“我们从此以后是不能再出来的了。”阿多斯拿手指指天。格里莫把篮子放在地下，摇摇头，也坐下了。阿多斯拿出手枪来，打开保险，把枪嘴对着格里莫的耳朵，格里莫顿时跳起来，拿了篮子，就往前头走。他们走到了炮台角，回头看看大营，看见有三百多人在那里看他们，内中就有同赌的比西尼四个人。阿多斯脱了帽子，放在剑尖上，举高了，在空中摇摆。本营的人看见了，都喝彩，在炮台角里还可以听见。于是格里莫先行，阿多斯等就进了炮台角。

第四十七章　吃早饭的地方

再说阿多斯几个人进去一看，果不出他刚才所料，里头有十几个人的死尸，也有官兵，也有叛党。阿多斯道：“格里莫先去预备早饭，我们就去拿火枪收枪子，一面就商量我们的要紧事，死尸听了，是不会去泄漏机密的。”波尔多斯道：“我们不如先搜搜他们的口袋，然后把他们摔在堑里。”阿多斯道：“这是格里莫的事。”达达尼昂道：“叫格里莫马上就搜，把他们摔了。”阿多斯道：“不必，这些死尸还有用处呢。”达达尼昂道：“阿多斯，你好开玩笑，死尸还有什么用处？”阿多斯道：“书上说得好，料事不要太粗心。阿拉米斯，你抬了几支枪？”阿拉米斯道：“十二支。”阿多斯道：“多少枪子？”阿拉米斯道：“够一百颗的了。”阿多斯道：“够了。我们先装起枪子来。”几个人就在那里装枪。刚装好了，早饭也摆好了。

阿多斯就叫格里莫去把守巡哨，他们几个人就吃饭。给了格里莫一瓶酒，一块面包，几块羊排，叫他一面吃，一面巡。阿多斯说道：“我们就吃吧。”四个人盘了腿，在那里吃。达达尼昂道：“现在没人偷听我们的话，请你先说吧。”阿多斯道：“我们走了一路，走得很高兴，眼前还有很好的早饭，你在洞口向外看，还可以看见有五百多人，看我们的举动，他们以为我们不是英雄好汉就是呆子了。好汉同呆子，有时是很相像的。”达达尼昂道：“你的秘密是怎么一回事？”阿多斯道：“我的秘密，就是我昨晚见着米莱迪。”达达尼昂正要把酒杯送到嘴唇边吃酒，听了这句话，就发抖，赶快把酒盅放在地下，不然，要泼翻了。达达尼昂道："你看见你的……"阿多斯道："别出声，别人没有你这样晓得我的故事，我是见下米莱迪。"达达尼昂问道："在哪里看见的？"阿多斯道："在鸽子笼酒店。"达达尼昂道："我要完了！"阿多斯道："还没到时候，她现在在海上，向英国去了。"达达尼昂听见了，呼出气来。波尔多斯问道："米莱迪是谁？"阿多斯喝盅酒，答道："米莱迪是个很美貌的女人——那个店主，岂有此理，为什么拿安茹葡萄酒来当香槟——那个美人很想达达尼昂，他不晓得怎的，却得罪了那个美人。一个月前，那个美人想报仇，就买刺客去杀他，过了一个礼拜，又拿酒去毒他，昨天她求主教杀他。"达达尼昂道："她同主教要我的头吗？"波尔多斯道："实有这件事，我也听见她说的。"阿拉米斯道："我也听见的。"达达尼昂道："看来我的命是逃不了的了，我倒不如拿出枪来，先打死自己吧。"波尔多斯道："你呆了，还有别的好法子呢。"达达尼昂道："我是八面受敌逃不了的了。第一个是那个默恩镇遇着的人，第二个是狄倭达伯爵，我把他伤得要死；第三个是米莱迪，她的隐事，被我知道了；第四个是主教，我把他的诡计破了。"阿多斯道："这不过是四个。我们也是四个人呢！哈，你们看看，格里莫在那里打手势，我恐怕不止四个仇人来了。格里莫，什么事？事情要紧了，你可以说话，不过要说短些，你看见什么？"格里莫道："有一队兵。"阿多斯问道："有多少人？"格里莫道："二十人。"阿多斯问道："什么兵？"格里莫道："十六个开路兵，四个别的兵。"阿多斯道："离开多远？"格里莫道："有五百步。"阿多斯道："很好。达达尼昂，还来得及，把鸡吃完了，喝盅酒，同你祝寿。"波尔多斯和阿拉米斯齐声道："愿你身体健康。"达达尼昂道："谢谢了，我恐怕你们恭祝我的话没有什么用。"阿多斯道："头顶上还有天。"说完，把酒喝干了，慢慢起来，拿了一支火枪走到洞口。波尔多斯、阿拉米斯和达达尼昂三个人，都学了他的样子。格里莫在他们身边专管装枪。

一会儿看见仇人了，在地道上走。阿多斯道："这一些人手上只拿了锹子铲子，我们原用不着丢了饭不吃，只叫格里莫叫他们走开，就完了。”达达尼昂道：“不见得，他们来得很有胆子，除这些人之外，我还看见一个小军官，带着四个兵，手里却拿了火枪。”阿多斯道：“我料他们没看见我们。”阿拉米斯道：“老实说，我很不愿意放枪打这班乡下人。”波尔多斯道：“你不是个好教士。叛教的人，你还可怜他吗？”阿多斯道：“阿拉米斯说得对，我要告诉他们，叫他们走开。”达达尼昂道：“你做什么？你要被他们放枪打中你的。”阿多斯不去理他，自己跑到缺口上，一手拿枪，一手拿帽子，同他们说话。那敌兵看见了，就同白日见了鬼一样，顿时不走了，相离还有五十步光景。阿多斯很恭敬地向他们喊道：“诸位听了！我同几个朋友在这里吃早饭，你也晓得的，吃饭吃到一半让人吵散了是很没趣的。我要问你，如果你们要来这里办事，请你们略等一等，等我们吃完了，再来，你们如果要投到我们这边来，那是更好了，请你进来喝酒，同王上祝寿。”阿拉米斯道：“阿多斯你要小心，你还没看见他们要放枪吗？”阿多斯道：“也许是的，不过这些都是乡下人，不是放枪的好手。”说还未了，有四个枪子打中了墙，却没打中阿多斯，火枪手顿时还击，打死了三个敌兵，另外伤了一个开道的。阿多斯还站在缺口，喊道：“格里莫，再给我一支枪。”格里莫给他主人一支枪，那三个也把枪装好了，四支枪一齐放，打倒了一个小军官，两个乡下人，余人退了。阿多斯喊道：“我们赶上去！”四个人就赶到敌人倒地的地方把敌人的枪抢了几支，又跑回炮台来。

阿多斯道：“我们吃早饭，格里莫装枪，我们刚才说到哪里？”达达尼昂道：“你说到米莱迪去了英国，却没说她去办什么事来。”阿多斯道：“她去自己行刺白金汉公爵，或是叫人行刺。”达达尼昂听了，喊了一声，气得了不得。阿多斯道：“那行刺的事同我不相干格里莫，你把枪装完了，拿个棍子，捆一条手绢在上头，竖起来，叫敌人看。”格里莫果然把白旗子竖起来，大营看见喝彩。达达尼昂说道：“公爵被刺了，同你不相干吗？公爵是我们的好朋友。”阿多斯拿一个空瓶，摔在地下，说道：“公爵是个英国人，他现在同我们打仗，他怎么样，我不管，我看他就同这个空瓶一样。”达达尼昂道：“我不以你的话为然。他送了我们几匹好马。”波尔多斯说道：“他还送我们好鞍鞯。”阿拉米斯道：“上帝只愿有罪的人改过，并不愿叫他们死。”阿多斯说道：“说得对，我们随后再商量这件事吧，我同达达尼昂最关切的是一件公文，我向米莱迪要来的——她有了这件公文是随便要杀一个人都无罪的。”波尔多斯道：“这个女人简直是个魔鬼。”达达尼昂道：“这个公文在哪里？”阿多斯道：“在我这里，我很费了点事弄来的。”达达尼昂喊道：“你第二次救我的命了。”阿拉米斯道：“原来你昨晚离开我们就是去找这个女人吗？”阿多斯道：“是的。”达达尼昂道：“主教给她的公文，在你那里了？”阿多斯从怀里拿出那公文来，交给达达尼昂，说道：“你看看。”达达尼昂在那里发抖，打开公文，读道：“为国事起见，我叫执拿公文之人杀一个人。”下签主教的字，写于1628年8月23日。阿拉米斯道：“米莱迪杀了人是无罪的。”达达尼昂道：“这纸公文，一定要烧了他。”阿多斯道：“烧不得。一定要好好地留着，任凭拿多少金子来，我是不换的。”达达尼昂道：“依你看，她现在要想什么法呢？”阿多斯道：“她大约要写信，告诉主教，说是有一个火枪手，名叫阿多斯的，把那件公文抢了去。她一定劝主教设法，把阿多斯同他两个朋友阿拉米斯和波尔多斯害了。主教是记得的，这三个人常常破他的奸计，再过几时，也把达达尼昂捉住，因为怕他一个人太寂寞，叫他去同那三个人在巴士底狱监牢做伴。”波尔多斯道：“你同人开玩笑开得可怕。”阿多斯道：“我并不开玩笑。”波尔多斯道：“与其同这班信奉基督教的人打仗，我们不如去把那个女人的头切下来。信奉基督教的人，并没犯什么罪，只不过他们唱祈祷歌是用法语，我们唱祈祷歌用的是拉丁语。”阿多斯道：“我们的教士怎么说？”阿拉米斯道：“我很同意波尔多斯的话。”达达尼昂道：“我也表示同意。”波尔多斯道：“幸亏那个女人在英国，同我们隔一条海。倘若她近在我身边，我一定觉得很不舒服的。”阿多斯道：“不论那个女人在英国，或是在法国，我都是不能放心的。”波尔多斯道：“米莱迪在你掌握中的时候，你为什么不绞死她。不然，也溺死她。人死了，是不会回来的。”阿多斯笑了一笑，说道：“你真是这样想吗？”这一笑，只有达达尼昂会意，就说道：“我有个主意。”波尔多斯道：“什么主意？”忽然格里莫喊道：“拿枪！拿枪！”几个人同时跳起来，提了火枪。

这一次却来了二十五个敌兵。波尔多斯道：“我看不如回营吧，他们来得太多了。”阿多斯道：“我们不可回营。第一件，我们早饭没吃完；第二件，我们的办法尚未商妥；第三件，现在还差十分钟，未到一小时，赢不了那一顿吃喝。”阿拉米斯道：“既然如此，我们要商定一个抵敌之法。”阿多斯道：“这个容易得很。等敌人走近了，我们放一排枪，他们若是还向前进，我们再放，等到枪子完了为止。若是敌人还没死完了，还要向前来的，我们等他到堑边，把墙推倒去压他，这面墙是快要倒的了。”波尔多斯道：“你是天生的一名大将，主教整天在那里吹，哪里赶得上你。”阿多斯道：“我们都预备了，各人都要看准了要打哪一个敌人。”达达尼昂道：“我对准了我的人。”波尔多斯道：“我对准了。”阿拉米斯道：“我也对准了。”阿多斯喊道：“放！”他们一齐放枪，打倒了四个。敌人擂鼓前进。以后的枪，是各有各放，却是枪无虚发的。敌人知道自己人多，逼上前来。阿多斯他们虽是枪无虚发，却打不倒许多，等到敌人到了跟前，还有十二个人，阿多斯等又放了一排枪，敌人不管，跳到堑里。阿多斯喊道：“只有末后一着了。向墙跑，向墙跑！”四个人在前，格里莫在后，拿了枪把，去推那一堵已经摇动的墙，拼命地把墙推了，只听见一声响，一阵的尘土，就完了。阿多斯道：“你看看，他们都埋在土里了吗？”达达尼昂道：“好像是都埋了。”波尔多斯道：“不是的。我看见有两三个，跛着腿，走了；实在是有两三个，一身土一身血跑回去了；余人都埋在土里，有死的，有伤的。”阿多斯看看表，说道：“我们在这里有一小时了，赌赢了，不过我们要慷慨点，多耽搁一会儿。况且达达尼昂的主意还未说。”说完了，他又坐下，吃早饭。

达达尼昂道：“你说我的主意？”阿多斯道：“你不是说你有个主意吗？”达达尼昂道：“我记起来了，我的主意是不如我再到英国告诉白金汉公爵。”阿多斯道：“你不要去。”达达尼昂道：“为什么呢？我已经去过一趟了。”阿多斯道：“情形不同。你第一趟去的时候，英法两国并没打仗，公爵是我们的朋友，不是我们的仇敌。你现在去，人家就说你是犯了大逆。”达达尼昂见他这话有理，就不响了。波尔多斯道：“我现在却有一个主意。”阿拉米斯道：“请你说。”波尔多斯道：“我去同特雷维尔统领告假——应该怎么措辞，是要你们教我的，我自己是不大会的。米莱迪是认不得我的，我到她身边，她不会犯疑，我等到有了机会，就把她弄死了。”阿多斯道：“据我看来，这个主意倒不错。”阿拉米斯道：“杀女人是不冠冕得很，我有一个好主意。”阿多斯道：“请你讲。”阿拉米斯道：“我们要先告诉王后。”波尔多斯道：“这个意思很好。”阿多斯道：“我们同宫里不大通气的，你有什么法子去告诉王后呢？我们若是送个信去，一定有人晓得的。这里离巴黎还有一千多里，我们的信还未有到半路，送信的人就要关在监里了。”阿拉米斯红了脸，说道：“我可以设法，送个信给王后，我认得一个很有本事的人，住在图尔。”阿拉米斯看见阿多斯在那里微笑，就不说了。达达尼昂问道：“阿多斯，你看这个法子好吗？”阿多斯道：“我不说这个法子一定不能用的，不过我们要晓得，阿拉米斯是不能离开大营的，我们又不能另外叫个人去送信，若是叫人去，不到两小时，主教的侦探是要知道的，那时候，阿拉米斯同他的有本事的朋友都要被捉的。”波尔多斯道：“王后就是救了白金汉的性命，却没人来救我们的性命。”达达尼昂道：“波尔多斯说得对。”阿多斯说道：“那敌人营里干什么？他们打鼓进兵了。”四个人都不响，果然听见鼓声。阿多斯道：“我看他们是要列队来攻我们呢！”波尔多斯道：“我们可以不必在这里等他们大队来攻了。”阿多斯道：“为什么不等呢？我很想等。我们只要有十几瓶好酒在这里，我可以抵敌他们全军。”达达尼昂道：“鼓声渐渐地近了。”阿多斯道：“让他们来，顶快也要一刻钟才能到，有一刻钟，我们足够预备了。我们若是离开了这里，却找不出一个形势更好的地方来，我忽然想出个好主意来。”达达尼昂问是什么主意，阿多斯道：“我先要吩咐格里莫。”就打手势叫格里莫，指着死尸，说道：“你去把这些死人扶起来，靠着墙，把帽子给他们戴上，把枪叫他们拿了。”达达尼昂说道：“你真聪明，我晓得你的主意了。”阿多斯道：“格里莫，你懂得吗？”格里莫点头。阿多斯道：“那么，很好了。”又说道，“我说我的主意。”众人齐声道：“你说。”阿多斯道：“达达尼昂，你不是说米莱迪有个夫兄吗？”达达尼昂道：“有的。他们两个人像是不甚和睦的。”阿多斯道：“那是更好了。”波尔多斯道：“格里莫在那里干什么？”阿拉米斯道：“波尔多斯，不要出声。”阿多斯问道：“那夫兄叫什么名字？”达达尼昂道：“他叫温特勋爵。”阿多斯道：“他现在哪里？”达达尼昂道：“宣战之后，他回英国了。”阿多斯道：“我们要他帮忙。我们先告诉他，叫他留神，顶好是伦敦也有什么改过所，他就可以把米莱迪关在那里，我们就可以太平了。”达达尼昂道：“等她再逃出来，我们又不得太平了。”阿多斯道：“你太奢望了。我告诉了你这个主意，我却没得别的法子了。”阿拉米斯道：“我看是要告诉王后的。”阿多斯道：“原是要的。不过叫谁送信到图尔，叫谁送信到英国呢？”阿拉米斯道：“巴赞可以送信到图尔。”达达尼昂道：“布朗歇可以送信到伦敦。”波尔多斯道：“我们自己虽然不能离开大营，我们的随从是可以走开的。”阿拉米斯道：“我们今天就写信，给他们路费，就打发他们走。”阿多斯问道：“你们有多少钱？”几个人听了这句话，都面面相向。达达尼昂道：“你们看，那边有动静。阿多斯，你还说是一营人，我看真是全军来了。”阿多斯道：“可不是？这班人响也不响就来了，也不打鼓，也不吹号。格里莫，你预备好了吗？”格里莫点头，指着那几个死尸。他果然把他们都竖起来了同活人一样，也有背着枪的，也有瞄准的，也有手上拿剑的，总共有十几个。阿多斯道：“格里莫，你办得很好。”波尔多斯道：“好是好了，我却要晓得……”达达尼昂道：“我们先站开了，随后再晓得吧。”阿多斯道：“等一等。让格里莫先把早饭东西收拾了。”阿拉米斯道：“敌人到跟前了，不要耽误了。”阿多斯道：“我们可以回营了。我们原赌是一小时，现在已经有一个半小时了。我们走吧。”

格里莫拿篮子先走，四个人在后，离格里莫有十步。忽然阿多斯站住了，说道：“还有那面旗子，虽然说是块手绢，也不要给敌人拿了去。”说完了，跑回去，把旗子拿下来。敌人哪里肯饶，顿时就开了一大排枪，阿多斯四周都是枪子飞过，身上却没中着。他还在那里扬旗，大营看见喝彩，敌人在那里切齿又放一排枪，手绢打了许多洞。大营里的同伴，喊他回来，他就回到同伴等他的地方。达达尼昂道：“我们已经办得很好了，犯不着等死。”阿多斯不肯乱跑，还从从容容一摇一摆地走。格里莫已经走得远了，枪子打不着了。忽然听见一阵枪声。波尔多斯道：“这是干什么？为什么看不见枪子？”阿多斯道：“他们放枪，打格里莫竖起来的死尸。”波尔多斯道：“死人是不会还击的。”阿多斯道：“不会还击的，敌人就要疑到有埋伏，是要停一会儿再向前的。等他们觉着了，我们也走得远了，枪子也够不着了。你就明白了，用不着乱跑。”波尔多斯道：“我明白了。”大营里看见他们回来，在那里叫喊喝彩。忽然听见一排枪响，原来是敌人又把炮台角占了，枪子在他们身边飞过。阿多斯道：“这班人放枪的本事太坏了。我们打死几个？打死十二个吗？”波尔多斯答道：“十五个。”阿多斯又问道 ：“那墙压死几个？”波尔多斯答道：“十个八个。”阿多斯道：“我们却并没受伤。哈！达达尼昂，你的手怎样了？”达达尼昂道：“没什么？”阿多斯道：“枪子打了你的手吗？”达达尼昂道：“并不是。”阿多斯道：“到底怎样？”达达尼昂道：“我手压着墙，一个手指夹在戒指同墙之间，出了一点儿血。”阿多斯道：“这为的是你要戴戒指。”波尔多斯道：“他是戒指，只要有了戒指，还愁没钱吗？”阿多斯道：“波尔多斯说得好。这个主意顶高。”波尔多斯道：“可不是，为什么不把钻石卖了？”达达尼昂道：“是王后送我的，怎么好卖。”阿多斯道：“因为这个缘故更要卖了。王后要救白金汉，因为他是爱王后的人，那是应该的，有了这个钻石戒指，王后也救了我们，这也是应该的。我们就卖了吧。我们的教士有什么高见？”阿拉米斯道：“这个戒指，不是达达尼昂情人给的就不算是爱的纪念，达达尼昂可以卖的。”阿多斯道：“你说得不错，你是劝……”阿拉米斯道：“劝他卖了。”达达尼昂很高兴地说道：“就卖了吧。不必再说了。”阿多斯道："我们都商妥了，也到了大营了，众位要记得，我们一句都不许说米莱迪，我们的同伴来欢迎我们了。"果然有四千多人在那里看他们四个干这冒险的事，见他们回来，大声叫喊喝彩。比西尼是头一个跑来，拉阿多斯的手，同他贺喜，说他赌赢了。这些兵喊得很厉害，主教也听见了，恐怕是闹事，派了亲兵统领来问，那些兵把这件事告诉他。他回去，主教问道："怎么一回事？"统领说道："有三个火枪手，一个禁兵，同比西尼他们赌，在圣朱维炮台角吃早饭，要在那里耽搁一小时。那四个人一面在那里吃早饭，一面抵敌住许多敌人，还杀了许多人。"主教问道："你听见说他们的名字吗？"统领道："他们叫阿多斯、波尔多斯、阿拉米斯。"主教道："他们真是不怕死。那禁兵是谁？"统领道："叫达达尼昂。"主教道："又是那个少年魔鬼。我要想法子，把这四个弄到我自己的亲兵营里来。"

到了晚上，主教果然同德·特雷维尔统领谈到早上的冒险事来，那时全营都知道了。德·特雷维尔从他们几个人口里听来后，把详细情形告诉了主教。那条手绢的事也说了。主教说道："我要那条手绢，还要绣三朵金花在上面，送给你，就拿来当火枪营的旗子。"特雷维尔统领道："这恐怕不公道，因为达达尼昂不是我营里的人，是德·埃萨尔的部下。"主教道："叫他也到了你的营里。他们常在一起的，也应该同在一营。"当天晚上，特雷维尔统领就把这个好消息告诉了他们，请他们明早吃早饭。达达尼昂听了很高兴，同阿多斯说道："你想的主意很好，对待米莱迪那一层，我们是商妥的了。"阿多斯道："往后就没人疑我们破坏主教的诡计了，人家都要当我们是主教党了。"晚上，达达尼昂去见德·埃萨尔，就告诉他自己升迁的事。德·埃萨尔很舍不得他，要留他在自己营里，达达尼昂婉辞了，去求德·埃萨尔同他卖戒指，为的是等钱用。翌日早上八点钟，德·埃萨尔的随从来找达达尼昂，送了一口袋的钱，里头有七千个利华，这就是卖王后所赏的那只钻石戒指的钱。

第四十八章　温特的家事

再说那天几个人在特雷维尔统领那里高高兴兴地吃早饭。达达尼昂早换了号衣，原来他同阿拉米斯差不多高，阿拉米斯原有两套，就送了达达尼昂一套。达达尼昂心里总丢不开米莱迪，因此还不十分高兴。吃完早饭，四个人约好了，晚上在阿多斯那里聚会。达达尼昂这一天无事，各处闲逛了一天，晚上去找阿多斯，原来还有三件事情没商量好。第一件是如何写信给米莱迪的夫兄，第二件是如何写信给图尔的有本事人，第三件是派哪个随从去送信。

他们各人都肯叫自己的随从去。阿多斯要派格里莫，因为他不好说话；波尔多斯要派穆斯克东，因为他身壮有力，一个人可打四个人；阿拉米斯保举巴赞，因为他主意多，又会应酬；达达尼昂保举布朗歇，因为他有胆子。商量了好一会儿，阿多斯道："最不幸的是他们各有所长，却没一个能够兼各人所长。我看还是派格里莫吧。"几个人争起来，各人保举各人的随从。阿拉米斯说道："我看这件事也不甚用得着有分寸有胆子有气力，还是要看哪一个最喜欢钱。"阿多斯道："这句话不错，我们还要论他们的短处。阿拉米斯真是个大哲学家。"阿拉米斯道："我们要看看哪一个办得最妥。万一有点疏虞，不独是他一个人丢了性命，别人的头也要陪在里头。"阿多斯道："阿拉米斯，你别说得太响。你说得不错，不独随从死了，主人的头也是要丢的。你们想想看，这班随从能够替我们拼命吗？"达达尼昂道："布朗歇，我想是可以保的。"阿拉米斯道：

“你还要给他重重地赏，那就可以有把握了。”阿多斯道：“就是有了重赏，还是靠不住的。他们看见了钱，什么事都应承去做，一遇了险，他们就忘记了。只要被人捉了，那时就容易叫他们供出来。况且要到英国，还要先离开法国，法国的港口，主教的侦探都布满了。并且还要取一张护照才能出国，到了英国，还要会讲几句英国话。这件事情，倒有点为难。”达达尼昂道：“不然，并没什么为难。但是我们若是要写信给温特，说的是……”阿多斯道：“别太大声。”达达尼昂低声道：“倘若我们同温特说的是秘密的事，是要受车裂的。阿多斯，你要晓得，我们同温特说的是家事，我们只要叫他把米莱迪收管起来，不让她来害我们。我们信上，只要说，我的好朋友，……”阿多斯说道：“你写信给英国人，还要称呼他是朋友，我看你犯的不是车裂的刑，还是要受肢解的呢。”达达尼昂道：“我信上就称呼他先生。”阿多斯道：“你要称呼得合法，就不如称他世爵。”达达尼昂道：“信上就说，世爵，你还记得卢森堡公园后面的一件小事吗？”阿多斯道：“这卢森堡公园三个字，就同王后相关，使不得。”达达尼昂道：“我有了，你看怎么样？信上就说，你还记得，在一处地方，有人饶了你的命云云。”阿多斯道：“你不是个好书记，你这样说法，人家是要生气的，当你是羞辱他。”达达尼昂道：“这样又使不得，那样又使不得，你要挑剔起来，我就不管了。”阿多斯道：“你倒说对了。你是耍剑耍枪的，讲到动笔，还是请教我们的教士吧。”波尔多斯道：“还是阿拉米斯吧，他还会作拉丁文的论文呢。”达达尼昂道：“很好，阿拉米斯，你就动笔，你却要快快写，你若耽搁了时候太多，我是要打岔的。”阿拉米斯道：“我很愿意写，不过你们要把事情告诉我。我晓得那个女人是个魔鬼，我听她同主教说的话，我就知道了。”阿多斯道：“别说得太响。”阿拉米斯道：“我却不晓得其中细情。”波尔多斯道：“我也不晓得。”达达尼昂同阿多斯两个人，面面相觑。后来阿多斯使个眼色，脸也青了。达达尼昂说道：“你照着我嘴里这样说的写吧。你写，世爵，你的弟妇是个凶恶女人，她要害了你，去承受你们的家产，她并不算是嫁了你的兄弟，她在法国的时候，先嫁过人了，被人……”达达尼昂在那里迟疑，看了阿多斯一眼，就往下说道："看出她是一个刺了花的罪人，被人驱逐了。"波尔多斯道："刺了花的罪犯吗？没有的事！"阿多斯道："是的。"阿拉米斯道："她从前嫁过人吗？"阿多斯道："是的。"波尔多斯道："是她的丈夫看见她刺了花的吗？"阿多斯道："是的。"阿拉米斯道："谁看见的？"阿多斯道："达达尼昂同我都看见的。"阿拉米斯道："她的男人还活着吗？"阿多斯道："还写着。"阿拉米斯道："这句话，靠得住吗？"阿多斯道："靠得住之至，我就是她的丈夫。"众人听了，都不出声。阿多斯道："情形是说清楚了，只管去写吧。"阿拉米斯道："这却不大容易写，我只好尽力写就是了。"

于是阿拉米斯执了笔，想了一会儿，在纸上写，写完了，读一遍；信上写道：

世爵：

写信的人，同你在某处比过剑，因为你待我不错，故此我写信通知你一件极要紧的事。你有个弟妇，曾经两次要杀你，这样她可以承受你的产业，其实你这个弟妇，嫁你兄弟的时候，已经在法国嫁过别人。你的弟妇，昨晚又动身回英国，要害你的性命，你要加倍小心。你若要凭据，请看你弟妇左肩上可也。

阿多斯道："写得很好，你可以当个大臣，温特得了这封信，自然是要留神的了，就是主教得了这封信，也害不了我们。但是送信的人，也许走了半路，回来骗我们，我们只好先给他一半的赏钱，等他把回信送了回来，再赏另一半。"阿多斯又说道："你有那只钻石戒指吗？"达达尼昂道："我换了钱了。"说完，把那一口袋钱摔在桌上。波尔多斯和阿拉米斯听见钱响，都觉得诧异。阿多斯问是多少，达达尼昂道："七千个利华。"波尔多斯道："难道你说那个小戒指，值七千利华吗？"阿多斯道："一定是值这些钱了。桌上确是七千利华，达达尼昂自己没有零钱添上。"达达尼昂道："我们却别忘了王后，我们须要保护白金汉公爵，他是王后的好朋友。”阿多斯道：“这件事，却要阿拉米斯设法。”阿拉米斯红了脸问道：“你们要我做什么？”阿多斯道：“你要写封信给图尔的朋友。”阿拉米斯拿起笔来，想了一想，把信写好了，读道：“我的表亲……”阿多斯道：“原来这个有本事的朋友是你的表亲呀？”阿拉米斯道：“很远的了。”阿多斯道：“请你读信吧。”阿拉米斯读道：

我的表亲：

主教围攻拉罗谢尔的事，快告成功了，我看英国海军万到不了这个地方，白金汉公爵也不能离开英国。自有世界以来，主教是最有本事的人，假使太阳拦了他的路，主教也有本事把太阳弄灭了的。我梦见那个英国人死了——死于刀下，或是死于中毒，我却忘记了，我只记得梦见他死，我的梦是没有不灵的。

阿多斯道：“写得好。你很有诗人的想象。信是写好了，请你写信封上的地址吧。”阿拉米斯道：“容易得很。”执起笔来写，写的是“内信送图尔女裁缝米桑收”。那三个朋友看见住址，不禁大笑了。阿拉米斯不去管他们，说道：“还是派巴赞送信好，他认得我的表亲；况且巴赞还读过几年书，他知道西斯都五世未做教宗之先，不过是个牧猪奴，因此他自己也在那里梦想，将来也可以做个教宗，顶少也要做个主教。你们晓得，有这种见解的人是不会被人捉住的，是宁死也不肯供的。”达达尼昂道：“你派巴赞去图尔，我派布朗歇去英国。米莱迪有一次叫人把布朗歇打了，推了出去，布朗歇是有记性的，他要报仇，什么都肯干的。布朗歇到过伦敦，还记得几句英国话。”阿多斯道：“很好，我们先给布朗歇七百个利华，等他回来，再给七百。巴赞先拿三百利华，回来再拿三百。只剩了五千利华，我们每人拿一千利华，剩一千，交给我们的教士，预备将来紧急用项。你们看怎么样？”阿拉米斯道：“你安排得很好。”阿多斯道：“就是这样了，派布朗歇、巴赞两个人去很好，格里莫还是不去的好，别人伺候我我也不习惯。况且他经过昨日那一番危险，也够他受的了，不必再叫他去了。”

于是喊了布朗歇来，吩咐了他，叫他胆大心细，要冒点险。布朗歇道："我把信藏在衣服里子内，若是人家捉了我，我就把信吞了。"达达尼昂道："这样，那封信是交不到的了。"布朗歇道："让我今晚把信读熟了，我就记得，永远忘不了。"达达尼昂道："你去是八天，回来也是八天。你若是第十六天后，晚上八点，回不了这里，那赏钱是要罚了的。"布朗歇道："既然是这样，我却要个表，对对时间。"阿多斯把自己的表交给他，说道："你就拿这个表。你却要小心，你若是多说话，或是吃醉酒，你就害了主人的性命。他因为相信你，故此叫你去办这样的要紧事。你若是因为不小心，害了你的主人，我是要同你算账的。不管你在哪里，我要找着你，把你切得碎碎的。"波尔多斯道："我要剥你的皮。"布朗歇害怕了，喊起来。阿拉米斯低声地告诉他道："我却要用慢火把你煮熟了。"布朗歇听了，哭起来。却不晓得是因为害怕，还是因为舍不得主人。达达尼昂捉住他的手，安慰他道："这几位说的话，不过因为同我要好，并不是真要难为你。"布朗歇道："我一定要成功的。人家就是把我切碎了，我也不供出实情来。"于是商定了，第二天早八点布朗歇动身，叫他先把信读熟了。到了翌日早上八点布朗歇正要上马，达达尼昂拉开他，同他说道："你把信送给温特勋爵，等他读完了信，你就告诉他说，要小心照应白金汉公爵，因为有人要行刺他。布朗歇，你要记得，这是件极紧要的事，我交代给你，连我的朋友我都没告诉，连信都是不能写的，犯不着去冒险。"布朗歇道："请主人放心，我一定要把这事办好的。"说完上了马，高高兴兴地走了。走了二百里，另外雇了马，向港口去了。巴赞是迟一天动身，说好了八天来回。

那四个火枪手，在那里盼望回信。他们无事的时候，留心打听消息，察看主教的举动。有时叫他们去办意料不到的事，他们就害怕起来——很怕米莱迪想出新法来害他们。第八天早上，四个人正在酒店吃早饭，巴赞回来了。精神很好地进来同他的主人说道："表亲回信来了。"四个人使眼色，微笑，知道他们要紧的事，总算办了容易的一部分了。阿拉米斯拿了信，红了脸，说道："米桑的字，永远写不好的了。"有一个瑞士兵，刚才同他们四个说话的，问道："你说米桑怎么样了？"阿拉米斯道："不相干，她是个很体面的女裁缝，我向来很喜欢她的，常有信来往。"瑞士兵道："只要这个女人的地位也有她写的字一样大，你是有了运气的了。"阿拉米斯读完信，交给阿多斯，阿多斯先看了一看，叫旁人不要犯疑，他就大声地读信道："我的表亲，我同我的姐姐都是会解梦的，我们最怕的是噩梦，至于你的梦，是要相反的，请了。常常通信。"读完了，刚好一个士兵走上来，问道："说的什么梦？"瑞士兵也问道："什么梦？"阿拉米斯道："是我做的梦，告诉了她。"瑞士兵道："做了梦，是容易告诉人的，我却从来不做梦。"阿多斯一面站起来，一面说道："你的运气真好，我却不能说这句话了。"瑞士兵听了，高兴得说道："我真是永远不做梦的。"达达尼昂也站起来，捉了阿多斯的手，出去了，只剩了阿拉米斯和波尔多斯两个人，同那两个兵说话。当下巴赞睡倒在一堆干草上，在那里做梦，梦的是阿拉米斯做了教宗，自己做了主教。

再说巴赞虽然是回来了，那四个火枪手，心里还是十分着急，越等越着急起来，以为米莱迪是有魔鬼帮忙的。达达尼昂更心虚，听见有点声响，就怕是有人来捉他。后来阿拉米斯同波尔多斯也心虚起来，只有阿多斯一个人，还是照常，一点也不动声色。到了第十六天，达达尼昂三个人着急得受不住了，坐也不是，站也不是，就跑到大路上，盼望布朗歇回来。阿多斯道："你们这样着急，岂不成了小孩子了吗？就算是我们都关了监了，还有法子可以逃出来的。波那瑟的老婆不是逃出来了吗？至于杀头的话，我们天天在地道里不是更险吗？假如腿上中了一枪，医生锯了一条腿，我看比杀头还要疼。你们耐心点吧，再等六小时，就到了。我是相信他的话的。"达达尼昂道："万一他不来，怎样呢？"阿多斯道："也许路上有耽搁。他在路上，也许摔下马来；在船上，也许闪了腿；也许得了风寒病；人生在世，偶然之事多得很呢。道理的人看了，只好付之一笑；我们不如做个讲道理的人吧，坐下来吃了酒。后来的事且不去管他。"达达尼昂道："我开了一瓶酒，心里先要想想，看是米莱迪送来的不是。"阿多斯道："你这个人，真难伺候。米莱迪是个美貌女人。"波尔多斯道："是个有记号的女人。"阿多斯打了一个战，额上都是汗，站起来。

到了晚上，酒店里有许多人。阿多斯有了钱，不大离开那酒店，他同比西尼还谈得来，七点钟的时候，他同比西尼打牌。七点半钟，听见吹歇息的号，达达尼昂悄悄地同阿多斯说道："我们糟了！"阿多斯答道："糟了。"把钱还了，说道："我们睡吧。"阿多斯出来了，达达尼昂跟着他，阿拉米斯、波尔多斯在后，手牵手地走。阿拉米斯背诗，波尔多斯捋胡子，忽然见黑暗里有个人，声音很熟的，说道："今晚很冷，我把罩袍送来了。"达达尼昂认得这个声音，很高兴地说道："布朗歇！"阿拉米斯、波尔多斯同声喊道："是布朗歇。"阿多斯道："自然是布朗歇，有什么大惊小怪的。他说八点回来，这才打八下钟。布朗歇，你的话很靠得住，你将来若是离开了旧主人，你就到我这里来。"布朗歇道："我永远不离开旧主人的。"一面说，一面把信交给达达尼昂。达达尼昂道："我有了回信。"阿多斯道："回去读吧。"达达尼昂原是很着急，要赶快跑回去，阿多斯拉住他的手，要他慢慢走。到了营里，点了灯，布朗歇把了门，达达尼昂拆开信。信上只有四个英国字，说的是："谢谢，放心。"阿多斯把信拿了来，跑到灯前把信烧了。阿多斯喊了布朗歇来，说道："你赚了七百个利华了，但是那封回信，却不能叫你惹祸。"布朗歇道："是我叫他写短的。"达达尼昂道："你把情形告诉我。"布朗歇道："说来话长，天也不早了。"阿多斯道："说得不错，歇息的号已经吹了，我们还点着灯，人家看见是要犯疑的。"达达尼昂道："也好。布朗歇，你去睡觉吧。"布朗歇道："我有十六个晚上没好好地睡觉了。"达达尼昂道："我也是这样。"阿多斯、阿拉米斯、波尔多斯三个人都说道："我也是这样。"

第四十九章　米莱迪

再说米莱迪在船面上走来走去，同一个笼里的狮子一样，在那里生气。她因为达达尼昂羞辱了她，阿多斯吓她，她现在离开法国，一点仇也没报，心里很不高兴。有一会儿，她想先回到法国去。船主要赶快到英国，本不肯回头，但是主教吩咐过，叫他好好地待米莱迪，他只好答应送她到法国某港口。不料那里风浪太大，不好走，开了船九天，才远远看见法国某处海岸。米莱迪想想，就是登了岸，还有四天才见得着主教，算是白糟蹋了十三天，况且主教看见她回来，一定生气的，只好不登岸了，就向英国走。

到了英国朴茨茅斯那一天，正是布朗歇从朴茨茅斯动身回法国，那时朴茨茅斯很热闹，有四条新打的兵船，刚下了水。码头上有白金汉公爵站在那里，穿得很华丽，头上戴了毡帽，插了一条白鸟羽。那日天气甚好，米莱迪站在船面上，看船快进港口。正要下锚，来了一条舢板，满装了兵。上头一个军官，一个副官，八个兵。军官上了船，拿出公文来，船主看了，召齐船上的人，到了船面。军官问了些话，问他这条船是从哪里开的，到过几处地方，走的是哪一条路。问完了，就去查看船上的水手同客人。走到米莱迪面前，站了一会儿，很留心地看，却一句话没说。回到船主面前，说了几句话，后来军官就管驾了这条船，舢板跟着船走。军官把船驶进去了。

一路走，那军官一路留心看米莱迪。米莱迪虽说是很聪明，也看不出军官的举动。这位军官，有二十五岁光景，脸色略青，眼深而蓝，看他的嘴脸，像是个主意打得很牢的人。头发很细，却不甚多。他们进港口的时候，天已晚了，空气潮了，还带点雾，米莱迪在那里发抖。军官吩咐，把米莱迪的行李送到舢板上，搬好了，就伸出手来，扶米莱迪下舢板。米莱迪看他一眼，在那里迟疑，问道："你为什么加倍地照应我？"军官道："我是英国海军的一个军官。"米莱迪问道："你们海军军官都是这样照应女客的吗？"军官道："太平时候是用不着的，我们为的并不是客气，为的是小心。凡是外国人来，都要住在另外特别的地方，有人看管着，等到打听清楚了来踪去迹，才许他们走。"米莱迪听了，还不满意，说道："我并不是个外国人，我是克拉力丽克人，你这样……"军官道："这是照例的办法，免不了的。"米莱迪道："既然这样，我就跟你走。"说完，走下了舢板。军官把罩袍打开了，请米莱迪坐，自己坐在她身边，吩咐水手摇船。到了，就扶她登岸，有马车等在那里。米莱迪问道："这是我们坐的吗？"军官说道："是的。"米莱迪问道："住的地方，离这里远吗？"军官道："是的，在另一头。"米莱迪说："很好，"就进了车。军官把行李同她照应好了，也进了车，坐在她身边，马车就走了。

米莱迪看见这种形情，背靠了车，在那里寻思。过了一刻钟，她抬起头来，看是往哪里去——不见房子，只看见树，米莱迪发起抖来，问道："我们离开城市了吗？"军官不答。米莱迪道："你若是不告诉我送我到什么地方去，我是再不去的了！"军官还是不答。米莱迪道："这却使不得！"从车窗探出头来喊道："救命呀！"原来那是个空旷地方，喊了也没人听见。军官坐在那里，同石人一样，米莱迪两只眼只管看那军官，军官一点也不理。米莱迪就去开车门，跳出去。军官道："你要小心，恐怕要伤了命。"米莱迪只好坐下，在那里生气。军官看看她，看见她生气，脸色都变了，很难看，没有不生气的时候那样美貌了。米莱迪也觉得生气无益，顿时就改变过来，问道："请你告诉我，这样待我是英国政府的责成，抑或是我落在仇人之手了？"军官道："并没什么强硬手段，我已经告诉你了，凡到英国的都要用这种办法。"米莱迪道："你不晓得我是谁？"军官道："我却不晓得。"米莱迪道："你并不仇视我吗？"军官道："并没这个意思。"米莱迪听他说话很镇静，也放了心。

马车走了有一小时，就停在一个地方，那个地方有很大很厚的铁门，门里是一条大道，两旁有树，进去是所极大的房子，盖在山边的，离海不远，听见风水击石的声音。马车进了两重门，到一个黑暗院子，门开了，军官先跳下来，扶米莱迪下车。米莱迪道："我现在还算是个被禁的人，但是我盼望监禁的日子不长。我自己心里知道我并没犯罪，看你待我很有礼，我知道不久就出来了。"军官也不答。军官从口袋里取出一个银哨子来，吹了三声，就有几个马夫跑出来，把车卸了，军官领米莱迪进去，走过一道矮门，上了一道石梯，在一个大木门外停住了。军官取出钥匙，开了门，米莱迪知道是自己住的房子，往里一看，看见那些桌椅及铺陈倒不像是间监房，看到窗子都是有铁条拦着的，自然是监房无疑了。米莱迪害怕起来，没了主意，倒在一把椅子上，垂头丧气。一会儿，进来两个水手，送行李来，摆在一角，出去了，军官在那里看着。米莱迪忍不住了，问道："这是怎么讲？眼看的凶险，或是不幸的事，我都能受。这种光景，我却受不来。我现在在什么地方，为什么安置我在这里？窗上的铁条，门上的重闩，是什么意思？倘若我是个监犯，我却要问问我犯了什么罪？"军官道："我奉命去接你，保护你到这个地方，我一一奉命而行，办得也算尽礼了，我的公事，现在算是完了，余外的事，是别人管的了。"米莱迪道："这个别人是谁？"忽然听见梯上有脚步响，有说话的声音，再过一会儿，就有人开门进来。军官见了，伸直腰，行了礼，像是见了上司的样子，说道："就是这一位。"这个人站在门口，没戴帽子，身边挂了剑，手上拿着手绢，米莱迪一看，仿佛是认得的，伸出头只管看。

那个人走进房来，光照在脸上，米莱迪吓了一跳，喊道："原来是我的夫兄！"温特伯爵微笑地点头道："是我。"米莱迪道："这所大房子？"温特道："是我的。"米莱迪道："这间房间？"温特道："是你的。"米莱迪道："我是你的监犯了？"温特道："也可以算得。"米莱迪道："这是无法无天了。"温特道："你坐下歇歇，不要说这样的话，我们原是亲戚，有事慢慢谈。"看见军官还在那里等，温特就说道："费尔顿，你的公事完了，你请歇歇吧。"

第五十章　温特与米莱迪之密谈

再说，温特把门关了，窗子也关了，把椅子挪近米莱迪。米莱迪一面在那里想，温特是个君子，打猎是个好手，也会巴结女人，不过是个很坦白的人，不会想什么诡计的，为什么他晓得她来英国，还派人来把她捉了呢？听阿多斯说的话，她知道同主教商量的那一番话，是被人窃听了，但是不明白消息就泄漏得这样快？她一面想，一面心里害怕从前在英国的诡事都被人看破了。大约白金汉公爵晓得钻石是她割去了，现在要报仇。但是公爵若是晓得她做这件事，不过为的是吃醋，是断断不会这样收拾她的。想到现在落在夫兄手中，并不落在别的奸人手里，她心中暗喜，就说道："我们慢慢地谈谈。"

温特道："你从前说过，永远不再回英国了，你为什么改了主意，又回来？"米莱迪不答这个话，先问道："我要晓得你怎样晓得我要回来？怎样晓得我登岸的地方，同登岸的时候？"温特也不答这句话，先去问她道："你先要告诉我，为什么事回到英国来？"米莱迪只要安温特的心，却不晓得中了达达尼昂信上的话，就答道："我回英国来，为的是要见你。"温特很怀疑地说道："你来看我吗？"米莱迪道："为什么我来看你，你倒觉得诧异呢？"温特道："你到英国来，就专为看我？"米莱迪道："是的。"温特道："你过海只为我吗？"米莱迪道："专为你。"温特道："我不晓得你如此留恋我。"米莱迪道："我不是你的至亲吗？"温特道："你还是我的财产继承人。"米莱迪虽说是很能镇静的，听了这个话也不免一跳，其时温特一只手放在米莱迪膀子上，也觉得这一跳。米莱迪以为温特晓得她谋产的心事，初时以为是凯蒂告诉温特的，后来又疑到是达达尼昂窥破了的。米莱迪答道："我不懂你这句话怎么讲。难道你这句话，内中还有深意吗？"温特道："并不是的。你想来见我，我晓得你的意思，恐怕你一个人晚上到了不便，我派一个军官去接你，我送了我的马车去接你来。这所大房子，现在改成了炮台，是我管的，我天天来巡查。我就收拾一间，给你住，就常常可以见面谈谈。有什么诧异的事情吗？"米莱迪道："我最诧异的，是你怎么知道我来的。"温特道："这也并不奇怪。你没留心吗？你的船快进港口的时候，先把行船日记等等，打发小船先送到我这里来，我是这个港口的镇守官员，我就看见你的名字，我就晓得你冒了风波之险，来见我，我就派舢板去接你。此外的事情是你都知道的了，我不必再谈的了。"米莱迪听了这番话，知道温特是骗她的，心里很着急。

米莱迪问道："我船到的时候，岸上那一位是白金汉公爵吗？"温特道："是的。我晓得，你看见他是很关切的，你来的地方，那里的人天天都谈他，你的好朋友红衣主教很留心公爵的事。"米莱迪吓了一惊，说道："主教不是我的好朋友。"温特道："他不是你的好朋友吗？也许我错了，你不要怪，往后我们再谈他吧。你不是说特为来看我吗？"米莱迪道："是的。"温特道："我总要好好地照应你，我们好在天天可以见面。"米莱迪害怕了，问道："我就永远住在这里吗？"温特道："你要什么东西，我吩咐人去办。"米莱迪道："我并没男仆女仆伺候？"温特道："你要什么有什么，你只要告诉我，你第一个丈夫是怎样照顾你的。我虽然不过是你的夫兄，我总要办好了，叫你舒服。"米莱迪心里很慌地问道："我的第一个丈夫？"温特道："你的法国丈夫。我不是说我的兄弟。倘若是你把旧事忘记了，我可以写信去问他——他还活着呢——叫他把一切情形，都告诉我。"米莱迪顿时脸色变了，同死人一样，两只手抓住椅说道："你说笑话吗？"温特站起来说道："你看我像说笑话的吗？"米莱迪也站起来说道："你是羞辱我。"温特道："我羞辱你？这是做不到的事。”米莱迪道：“你不是喝醉了，就是疯了。你走开吧，叫个女仆来伺候我。”温特道：“女人嘴不严，不如让我伺候你吧。家里的丑事，只有我同你知道，就不至于外扬了。”米莱迪道：“你这个无礼的东西！”一面说，一面跳上前来。温特原是站在那里，叉了手的，却有一只手抓着剑。温特说道：“我晓得你是惯于行刺的。我要先告诉你，我要保护自己的。”米莱迪道：“我也晓得，我可以相信你这种懦夫会打无保护的女人的。”温特道：“也许有的。我动手自有说法。我也晓得人家有说法而后动你的手，不是一次了。”温特说完，拿手指着米莱迪的肩膀。米莱迪要喊，又喊不出来，躲到房角。

温特道：“你要喊，只管喊，却不要咬，咬了，你没得便宜，现在是没人来救你的了，但是有的是法官，他们可以对付背夫再嫁的女人。自然有人去把你右边肩膀上再刺了花，去配你左边的肩膀。”米莱迪听了这话，脸上露出恶鬼一般的样子来。温特看见了，也害怕，浑身都冷了，更生气地说道：“我知道你的手段了。你把我兄弟的产业承受了，你还想来承受我的家产。我老实告诉你吧，我已经预备好了，你若是把我谋死了，一个钱也到不了你的手上。我告诉你，我因为念在兄弟手足之情，不肯把你送到官里的监牢或送你到法场上去，你可要安分地住在这里。大约还有两个礼拜，我就带兵赴拉罗谢尔去打仗，我动身那天晚上，你就上船，装你到南边的属地去。你不要害怕，我派个人护送你，你想逃走，这个人就立刻把你打死。”米莱迪听得，眼都直了。温特又道：“现在你就住在这里，墙是很厚的，门是很结实的，窗子上有铁条，我的人都是我的心腹，在这里把守。你就是到了院子，外头还有三重铁门。我已经吩咐了，你若逃走，他们就放枪。你若是不幸死了，那是你自取。你现在明白过来了。你是很有主意的，我看你现在就在那里想法子逃走，你也可以试试。”米莱迪咬牙切齿，说不出一句话来。温特又说道：“那个替我把守的军官，你是看见了的，他知道他的职守。你在路上想法叫他说话是无疑的了，但是我也知道，你从他嘴里并没打听出什么消息来。你是用过很多手段去迷人，不幸许多人都上了你的当，倘若你能够勾引这个军官，迷住了他，你可真是个魔鬼了。”温特说完了，开了门，喊守门的去请费尔顿来。

过了几分钟，没声响，慢慢听见脚步声，来了一个人，就是那个军官。温特道：“进来，关了门。”费尔顿进了房。温特道：“你看看这个女人，年纪又轻，相貌又美，但是她所犯的罪，一本书还写不完。她的声音又柔脆，神情又动人，她一定想出许多法子来勾引你，不然她就想法子来杀你。费尔顿，你须要记得，你从前过的日子很难，是我提拔你，叫你做到军官，有一次还救了你的命。这个女人来英国专为谋害我的性命，我现在把她置于我掌握中了，费尔顿，你要晓得，我的性命，算是在你手中了，你要保护我，也要保护自己，不要让这个女人逃出了法网。”费尔顿道：“我发誓，我听你的吩咐。”米莱迪声色不动地在那里听，温特看她仿佛是前后两个人。温特又吩咐道：“费尔顿，不要让她出了这间房子，不要让她同外人通信。她可以同你说话，不要同别人说话。”费尔顿道：“我晓得了。我发了誓，遵办。”温特对米莱迪道：“你只好向天求饶，人是不能饶你的了。”米莱迪点头不语。温特出了房，使手势叫费尔顿跟了出来，关好了门。

再等一会儿，房里听不见声响，只听见把门的在门外走来走去，肩上背了枪，腰间挂一把斧子。米莱迪起先不敢动，恐怕有人在外偷看。等了一会儿，抬起头来跑到房门听，又跑到窗子往外看，回到椅子上之后，坐在那里想。

第五十一章　巡 查

再说，主教每天都很着急，盼望英国的消息。偶然得着点消息，听了很不满意。拉罗谢尔地方，虽说是被官兵围得很密，因为港口筑了长堤，船只进不去，然而那城里的人，守得很牢固，还可以支持许久。主教见了这个情形十分着急，因为将帅不和，巴桑披同昂古莱姆很闹意见，之前奥尔良公爵管围攻的事务，现在交代了主教。城里的人有反叛的，市长捉来问绞；官兵偶尔搜着拉罗谢尔同白金汉来往的密信，捉着了奸细是不饶的，都是问绞。凡绞奸细的时候，都请王上亲临，因为他围城围到厌倦了，要看看绞奸细解闷。后来闷得受不住了，就想回巴黎去。

等了许多日子，拉罗谢尔的人还是不降。官兵有一天捉了一个奸细，搜出一封信来，说的是求救于白金汉的话。说是两个礼拜无救兵，全城的人都要饿死了。拉罗谢尔的人只盼望白金汉发救兵，若有人告诉他们，说是不用盼望白金汉，那守城的人也就心凉了，自然是要降的了。故此主教很着急，盼望英国有消息，说是白金汉不能来。官军营里，常商量要进攻，盼望一战成功，众将却都不以为然。主教晓得拉罗谢尔是极坚固的，难以攻破，又恐怕叫法国人多杀法国人，天下的人都要骂他的，没法子，只顾围城，等他们没得吃了，自然是要降的。想到那个女侦探，他就狐疑起来，恐怕她是死了，不然是走漏了消息了。他原晓得米莱迪应许去办一件事，不管多么难，都要办到的，除非是真没法子想了，她才罢手的。但是眼前这件事，有什么为难，却料不到了。他后来想到，唯有他可以保护米莱迪，总是靠得住的。最后就拿定主意围城，不靠外事帮忙了。一面催人筑堤，围困得港口水泄不通。主教又想起劝降的法子来。从前亨利四世围困巴黎的时候，看见城里挨饿，就抛了许多面包食物入城。现在主教抛了许多信件入城；信上说的都是责备为首的人，不应该死守，叫众人去受苦的话。原来那为首的人打定了主意，饿死了多少老弱都不管，只要少壮打仗的有得吃，就是了。众人看见官军抛来的信，也晓得为首的人不公道，因为饿死的都是少壮打仗的人的父母妻子，不应该分开，一个有得吃，一个要饿死。于是城里就有人慢慢地同官军开议。主教的法子正要收效的时候，忽然有一个奸细，偷进了城，说是海峡有一大队英国海军，七八日间，就要开来救应。同时又接着白金汉的密信，说是三国联盟的事已经办妥了，不久就有西班牙、奥地利、英国几国的兵，同攻法国。为首的人，顿时就把这些消息，榜示通衢，连小街狭巷都贴满了。就是从前偷偷去同官军开议的人也不去续议了，专候英军来救。主教得了这个消息又着急起来，不晓得米莱迪的事，办得怎样了。

那时候官军过的日子倒很好，有钱，吃的是酒食，闲得无事去捉奸细，捉着了，就把他问了绞；有时跑海边去玩，有时到堤上去玩，想出许多解闷的法子来。他们的日子，过得很快，拉罗谢尔的人，日日盼望救兵，主教日日盼望好消息，那日子过得却不舒服。主教常常骑马到堤上看工程——虽说那时有几个很有名的工程师，那工程却是做得甚慢——只要碰见了德·特雷维尔的火枪军，他就留心看他们。

有一天主教非常着急，在海边骑马走过，克荷萨同拉胡丁两个人陪着他。他登了海边的一座小山，望见岸边沙上有七个人，四个就是火枪营的人，内中有一个在那里大声读信，那些人连牌也不打，在那里听信，信上的话，一定是要紧的了。还有三个人在那里开酒，是他们的随从。主教原是心里着急，看见这几个人在那里很快活，他心里就不舒服起来，就使手势，叫随从的两个人，在这里等他。他下了马，慢慢走到那队人那里去偷听。因为沙是不响的，旁边有一点土堆挡住，看不见，主教要躲在那里窃听。离他们十步，主教就认得达达尼昂的声音，他料想那三个，一定是阿多斯、波尔多斯、阿拉米斯了。主教听是他们，更要听他们说的什么话，就躲在那一点土堆的后头。只听了几个字，忽然听见有一个喊道："军官！"原来是格里莫说的。阿多斯很生气地说道："你这个东西，你吵什么？"格里莫不出声，拿手指那一点土堆。几个火枪手，顿时跳起来，认得是主教，站住了，行了军礼。主教脸上很不高兴说道："你们火枪手，有例要人把守，同大军官一样的吗？"阿多斯是极机警的，答道："火枪手没公事的时候是可以吃酒打牌取乐的，对付自己的随从，自己就是个大军官一样。"主教道："说什么随从！你们的随从，就是巡兵一样。"阿多斯道："我们假使没叫随从在这里巡哨，我们这趟就要失了机会，同大人见礼。我们有了这个机会，就可以谢谢大人，优待我们。达达尼昂也在这里，他还要谢谢大人的栽培呢。"达达尼昂走上前，说了几句感谢的话。那主教还是不高兴，说道："我很不愿意一个当兵的人摆出贵族的架子来。就是在一个特别营里当兵的，我也不喜欢看。纪律是要划一的，不能有分别。"阿多斯鞠躬答道："我盼望我们并没犯了纪律。我们现在，并不是办公事，我们要怎样解闷过日子，是可以自由的。主教有什么吩咐，我们可以照办。大人也看见，我们出来是带了兵器的。"说完，拿手指四支火枪，架在一边，底下摆一面鼓，鼓上摆了牌，同骰子。又说道："我们若是早知是大人，我们自然要护卫的。"主教听了，咬牙说道："我告诉你吧，你们四个人带了兵器，带了巡兵，好像是谋反的。"阿多斯道："大人说的也有一半对，因为我们谋的是拉罗谢尔的人，大人是知道的。"主教道："我们只要看得见你们的心，如同你们刚才看信一样容易，倒可以看出许多诡计来。那封信，你看见我来了，就收藏起来。"阿多斯有点急了，走前一步，说道："我看大人是审问我们，如果是审问我们，倒要问问是犯了什么罪。"主教道："我问的人，你并不是第一个，我问别人，别人都答我的。"阿多斯道："如果大人也要问我们，我们自然答。"主教问道："阿拉米斯，你刚才读的是封什么信？"阿拉米斯道："是个女人给我的信。"主教道："这种信，我们是要有分寸的，但我是个教里的人，你可以给我看。”阿多斯看见事急了，答道：“那封信虽是女人的，但是签字的人，并不是洛吾夫人，也不是代吉隆夫人。[①]”阿多斯明知说了这句话犯了主教的怒，是有性命之忧的，但是箭在弦上不得不发，只好说了。主教脸色灰了，十分生气，回过头来，仿佛是要叫随从的意思。阿多斯看见这个情形，就向那火枪堆里走，他的三个朋友，也跟着去。那时主教总共只有三个人，阿多斯他们有七个人，主教看见不济事，微笑地说道：“你们都是很有胆子的，我不能怪。你们带了巡兵，保护自己，到了要紧的时候，你们也去保护别人的。那天晚上，你们护送我到那间酒店，你们都是很出力的，我却并没忘记。假使我恐怕路上有险，我是要叫你们护送的，但是现在无险，我就不劳驾了。你们别动了，打你们的牌，吃你们的酒吧，请了。”主教上了克荷萨牵来的马，摆摆手，去了。

这四个人，动也不动，话也不说，等到看不见主教了，他们面面相觑，在那里害怕。他们晓得主教临走时候说话是很客气的，心里却是十分不高兴。阿多斯还在那里笑，很有看不起那主教的意思。波尔多斯要找人出气，先开口道：“格里莫并没用心巡哨。”格里莫正要分辩，阿多斯伸出手指止住他，他只好不出声了。达达尼昂说道：“阿拉米斯，倘若主教一定要看信，你给他看吗？”阿拉米斯道：“如果他一定要看，我只好一手给他信，一手拿剑刺死他。”阿多斯道：“我知道你的意思，故此预先拦住。主教不该同我们说刚才那番话，他把我们当作女人或小孩子了。”阿拉米斯说道：“阿多斯，我虽是很恭维你的机警同你的胆子，我却要说，我们是不对。”阿多斯道：“我们不对，这话怎么说？我们呼吸的空气是谁的？我们看见的，是谁的？我们坐的沙子，是谁的？你的恋爱的女人，写给你的信是谁的？难道都是主教的吗？他以为天下的东西都是他的。你们站在这里，动也不动，话也说不出来，仿佛是你们都到了巴士底狱大牢，监门已经关紧了，仿佛是你们已经绑赴法场了！你从你的情人

---

①因为这两个女人都是主教的情妇，所以阿多斯这样说。——原注

那里接了一封信，这算是谋反吗？倘若你有一个爱恋的女人，被主教关了监，你要把她放了，这是你同主教的把戏，你为什么把秘密事去告诉主教？让他玩他的把戏，我们玩我们的。”达达尼昂道：“我明白你的意思了。我们且不管，先叫阿拉米斯把信读完了。”阿拉米斯从口袋里拿出信来，三个人凑近，他随从站在酒瓶旁边。

达达尼昂道：“你刚才不过读了一两行，请你从头读起。”阿拉米斯读道：

我的表亲：

我想到贝国纳去。我的姐姐，已经把女仆安置在一个修道院里；她也不想别的，晓得到了别的地方有危险，等到那些家事办好了，就要同他爱的人相见。她现在心里并非不快活，但望某人给她一封信。送信到修道院里，原不是容易的事，不过我还有点本事，可以办得到。我的姐姐谢谢你，她很着急了些日子，现在稍放心了。

信尾是米桑签字。达达尼昂听完了，说道：“谢谢你，阿拉米斯。原来我的康斯坦斯在西田尼修道院里。西田尼在什么地方？”阿拉米斯道：“在洛林，离阿勒塞不远。打完仗，我们去那里逛逛。”波尔多斯道：“仗是快完的了。今早捉着一个奸细，说拉罗谢尔什么都吃完，现在吃的是皮鞋底。”阿多斯喝了一盅酒，说道：“这些可怜的人，他们不晓得，天主教是很好的。然而这班人总算得勇敢。阿拉米斯，你做什么？你还要把信收在口袋吗？”达达尼昂说道：“阿多斯说得对，那封信应该烧了的。你可晓得，你把信烧了，主教或者还有法子，重新把信内的字看出来。”阿多斯道：“也许可以的。”波尔多斯道：“那封信怎么样呢？”阿多斯道：“格里莫，你过来，刚才我并没叫你说话，你就说话，这是要罚的，罚你把这封信吃了。然而你说得非常是时候，却应该有赏，我就赏你一盅酒。信在这里。”

格里莫看见要吃信，原不甚踊跃的，看见那好酒，却甚高兴，于是当真把信嚼得很碎，吞了。阿多斯道："格里莫，办得好，请你喝酒吧。"格里莫很高兴地把酒喝了。阿多斯道："除非主教想出割格里莫的肚子，那就不必说了，不然的话，那封信是收藏得很好的了。"

主教回去的时候，一路走，一路想道：那四个人，我一定要设法把他们拨到我自己的营里。

第五十二章　监禁之第一日

再说，米莱迪关在那间房子里，愁闷得要死，一点脱逃的想法都没有。她算是第二次被人收拾了，两次都是达达尼昂办的：第一次是达达尼昂羞辱了她，把她的恋爱之事，打断了；第二次把她监禁起来，或者送了性命，也未可知。主教叫人行刺白金汉，是被达达尼昂破了的；假冒狄倭达伯爵去羞辱她，又是达达尼昂；她自己的隐事，又被达达尼昂看见了；后来她要挟主教，得了公文，可以随便杀人，那张凭据，又被人抢了；大约现在被人监禁，也是达达尼昂想的法子，将来还不晓得要困败到什么地步。她一想这些事情，全是达达尼昂办的。达达尼昂认得温特，一定是他写信把一切的秘密事情告诉了温特。

米莱迪想起来，坐在房里，动也不动，只有两只眼，露出心里的情状来。她心里翻来覆去的情状同海里的波涛一样。她在那里一个人想，想出来杀了波那瑟太太、白金汉的法子，层出不穷，最恨的是达达尼昂，但是去报仇，先要出了监，这所监房的石墙石地，厚得很，窗子拦的都是铁条，要挖开了墙洞地洞，割断了铁条，都不是一日能够做得到的，况且温特已经告诉了她，只有十余日关在这里，想起来，心里急得发狂。后来渐渐地气平息些，拿镜子照着脸，说道；“我为什么这样不济？这样生气，是没力量的人做的事，我是同男人作对，我一定要使出女人的手段来，去降伏男人。”于是对镜理妆，把头发理好了，说道：“只要我的美貌还在，还可以想法子。”那时在晚上八点，她想，歇息一会儿，精神风采还要动人些。后来想起还没吃晚饭，不久要送饭来的，她就打稳主意，打探情形，还要把看管她的人的举动脾气察看清楚。忽然看见有亮光侵入房来，知道有人来了，赶快坐在椅子上，头发是散了的，露出颈子，一手摸着心口，一手下垂。门闩去了，门开了，一个人走进来，说道："把桌子摆在这里。"米莱迪听了，认得是费尔顿的声音。又说道："拿灯进来，叫把守的人去吧。"费尔顿说完，看看米莱迪，说道："她睡着了，等她醒了，请她吃晚饭。"一个看守的人说道："我看她并没睡着。"费尔顿道："她没睡着，她怎么样了？"那个人道："她晕过去了，她脸色很白，呼吸也听不见了。费尔顿看看米莱迪，说道："你说得不错。你去告诉温特勋爵，说是米莱迪晕过去了，我不知道怎样好。"那个兵出去了。当下费尔顿离门不远，坐在椅子上，一语不发。米莱迪假装睡着，去偷看他，看了有十分钟，费尔顿也不回头来看她，忽然想起温特就要来的，就失去机会了，于是长叹一口气抬起头来。费尔顿听见了，回过头来看，说道："你醒了么？我没事了。你要什么，请摇铃吧。"米莱迪说道："老天，我受够了！"说话的声音，柔脆动人，不论是谁听了都要动心的。说完了，坐起来，坐的样子也是极动人的。费尔顿站起来说道："每天送饭三次，早上九点钟，中午一点钟，晚上八点钟。你若是要改时刻，请你说就是了。"米莱迪问道："把我一个人放在这个寂寞地方吗？"费尔顿道："已经到乡下去找个女人来，她明天就到，时时可以陪你。"米莱迪点点头，谢他，费尔顿也点头，向门口走。

正要出门，碰见温特来了，手上拿个瓶子，后头跟着刚才去报信的人，看见米莱迪坐在那里，说道："现在又闹什么了？这个死过去的女人，又活转过来了吗？费尔顿，我怕你还不知道，这不过是第一段的把戏。"费尔顿道："我也是这样想。不过她究竟是个女人，我不好十分难为她，我也知道她不值得可怜的。"米莱迪听了这话，晓得费尔顿是个极难感动的人，不觉浑身打战。温特道："原来那样好看的头发、雪白的皮肤。迷人的眼睛，居然不能感动你吗？"费尔顿道："爵爷，女人的把戏，动不了我。"温特道："我们去吃晚饭，让米莱迪一个人在这里想想法子吧。我晓得的，那第二段把戏，不久就要来了。”温特说完，同费尔顿走了。米莱迪咬着牙，心里说道：“这个穿军衣的，我有法子叫你改过来。”温特出门的时候，说道：“你却不要因为关在这里失了胃口，那个鱼同鸡是很好的，并没放毒药，侥幸得很，厨子同我是个好朋友，因为他并不想承受我的家产，我倒很相信的。请了，我的弟妇，等你再晕的时候，我再来看你。”米莱迪听了，真受不住，门关了，在那里咬牙切齿，气到狂了。看见桌上的刀子闪光，就跳过去抢，才知是把银刀子，一点都不尖利的，很失所望。

忽然门又开了，温特喊道：“哈哈，费尔顿，你看见吗？我同你怎么说的？这把刀子，既给了她，她就想法子要捉弄我们了。倘若我听了你的话，用钢刀子，你同别人都要挨刀子了。你可看见，她拿刀子的本事，不很好吗？”那时米莱迪还把刀子拿在手中，听了这两句话，手松了，刀子丢在地下。费尔顿说道：“爵爷，是你说对了，我却说错了。”两个人出去了，关好了门。米莱迪这次加倍地小心了，听见他们脚步声都没有了，才自己对自己说道：“我完了，我完了，我在这两个人的掌握中了，我一点都不能打动他们。这两个人，简直是石人铜人。他们又看出我的意思，心要更狠了。不过还许有法子逃出这场灾难。”想到这里，比从前略为高兴了些，就去吃饭，喝了点酒。

吃完之后，兴致回来了，未睡觉之前，重新又把这两个人的言语行为，想了又想，以为两个人之中，费尔顿容易入手，温特刚才说的“倘若我听了你的话”这一句话，米莱迪想起来，总是费尔顿还有怜悯之意，温特却不肯听。米莱迪想道：“姑且不问这个人有力量没力量，他却还有一点怜悯之意，这一点星星之火，我可以煽动了变成大火，那时他自己就失了把握了。那一个是无望的了，他害怕我，知道我逃了，他是不得了的。这一个费尔顿，年纪还轻，阅历又少，我倒可以去打动他。”

米莱迪去睡了，睡着的时候，脸上还是笑的，别人不知道的，看见了，以为她是个无挂无碍、极美貌的少年女人。

第五十三章　监禁之第二日

再说米莱迪那天晚上，做了一场最痛快的大梦，梦见达达尼昂被她捉着了，她去监斩，故此脸上带着笑容。她睡着的情形，同监犯遇赦一样。翌日早上，米莱迪还没起来，费尔顿来了，领着了新来的乡下女人，费尔顿在房外过道等，那个女人进了房子，去帮忙。米莱迪向来脸色带点白的，从来没见过的人是要误会的。米莱迪道："我发一夜的烧，一夜也没睡。你待我可会比昨天那两个人好点？我只要在床上歇歇。"女人问道："你要医生来看看吗？"费尔顿在房外不出声，静听。米莱迪晓得来人越多，越不便设法，况且医生会看出她的假病来，说道："不用了。那两个人昨天说我是假装的，假使他们看得是要医生的，早已请来了。"费尔顿在门外说道："你要怎样呢？请你说吧。"米莱迪道："我也不能说，我只觉得痛，随便你们给我什么东西吧，我也不去的了。"费尔顿没了主意，说道："我只好去请温特爵爷来。"米莱迪道："不必了，不必请他来，我不要见他，我好了，我什么也不要，请你不必请他来。"费尔顿听她说得很认真，很可令人相信的，不由自主地走进房来。米莱迪心里说道："不管怎样，他进来了。"费尔顿说道："你如果是真病，一定要请医生的。如果是假的，我们不能饶你。"米莱迪不响，把头靠着枕，大哭起来。费尔顿起先站着看，一点也不动，后来看见许久还是不住声，他就走了，那个女人也跟他出去，却并没去告诉温特。米莱迪高兴得很，自己说道："我看他有点意思了。"

过了两小时，米莱迪自己说道：“现在我可以说病好了些，我要起来了，想想法。我眼前只有十天，到了今晚，就算过了两天了。”那天早上，早饭是送来了，她却没吃，想一想，一会就有人来收东西，费尔顿也许进来的，米莱迪就起了床，去梳洗。果然费尔顿进来，也不管早饭吃了没有，叫人收了去，费尔顿却留在房里，手里拿一本书。米莱迪那时候靠着椅背，那种神情，令人看见，实在可怜。费尔顿走上前，说道：“温特勋爵是信奉天主教的，同你是一样的，叫我送这本经书来给你，你可以做你的弥撒。安安心。”说完了，把书放在米莱迪身边一张小桌上。米莱迪看见他说这几句话，说得很轻，很有藐视的意思，心里想：看见他头发很短，衣裳很朴实，脸色很严厉，就晓得他是奉清教的——那时英法两国，很有这种人。米莱迪忽然得了一个主意，说道：“什么弥撒？温特晓得我同他是异教，他不过设计陷害我。”费尔顿很诧异地问道：“你奉的什么教？”米莱迪道：“等到你看见我为教受罪的时候，你就晓得我奉的什么教了。”费尔顿仍然不动。米莱迪却看见这句话他听了，脸色有点不同了，就装出奉清教人说话的样子，说道：“我现时在仇人手中，我的上帝要救我的，不然，我就为教而死。我对温特，就只有这两句话。”又指着那本书说道：“你把那本书拿去，自己用吧，我看你同温特是一个道路的人。你们奉教是同一条道路上的，设法去害异教的人也是同一条道路的。”费尔顿听了，还是不出声，把书拿了，就出门去了。

下午五点，温特勋爵进来，米莱迪想好了许多法子，去对付他。温特同她对面坐在椅子上，伸直两条腿，说道：“你原来是个反复无定的人。”米莱迪道：“这句话怎样讲？”温特道：“自从我前次见你之后，你改奉了教，难道你嫁了第三次？这次嫁的丈夫是奉基督教的吗？”米莱迪道：“你的话我是听见了，你的意思我却不懂，请你解说。”温特道：“看来你是没教的。”米莱迪道：“看你做事，你才是没教的。”温特道：“我老实说，我看却没什么要紧。”米莱迪道：“你何必告诉我，你平日所做放荡犯法的事多了。”温特道：“你这个杀人的女犯，你同我讲犯法放荡吗？你却真是放肆了！”米莱迪道：“你同我说的话，不过骗骗看监的人同刽子手，叫他们恨我罢了。”温特道：“你做戏做得很像，说什么我的看监的人同我的刽子手，你昨天做的是惹人发笑的小戏，今天做的是凄惨动人的戏。不过再等八天，你就要到别处去了，我的事也完了。”米莱迪作出为教殉难人的情形来，喊道：“你的凶恶事也完了！”温特站起来说道：“这个女人疯了。你这个奉清教的女人，安静些吧，不要吵了，不然，我要送你到牢里去了。我的好酒，恐怕是上了你的头了，不过酒醉是易醒的，一会就散了。”温特说完，出了房门，费尔顿在门外，那两个人说的话，他句句都听清楚了，米莱迪原是说给他听的。米莱迪道：“你走吧，你走吧，你设的法子多了，不久自受罚的。等到那时，后悔也迟了。”当下米莱迪独自一个人在房里。

又过了两小时，正送晚饭进去的时候，看见她在那里祷告。这祈祷的话，都是从她第二个丈夫的随从那学的，那个随从是奉清教的。米莱迪在房里祈祷到出了神，别人在房里做什么，仿佛是都不理会的。费尔顿吩咐不许去搅扰她。把晚饭摆好了，同看守的人一齐出了房。米莱迪以为他们一定在门外窃听的，什么都不管，在那里祈祷，慢慢才起来，坐在桌边，吃了一点东西，喝了一点水。再过一小时，他们进来收东西，拾桌子，米莱迪看见只有看守的两个人进来，费尔顿并没进来，米莱迪晓得他不敢多进来了，欢喜得很。

再过半小时，那所大房子，寂静得很，一点声音也没有，只听见海水的声音，她就唱起清教人最喜唱的祈祷歌来。那唱的声调真是动听。米莱迪听见看守的人也立在那里听，更唱得高兴了。谁知那看守的人，大约是个奉天主教的，倒没被这个祈祷歌迷住了，敲门说道：“不要唱了。我在这里守监，已经够寂寞的了，还要听这种歌，更难受了。”忽然听见有人对那看监人说道：“别出声！”米莱迪听得是费尔顿的声音。费尔顿说道：“这不是你管的事。谁告诉不许被禁的人唱歌的？你是在这里看守的，她如果要逃走，你就放枪打她，这是你的公事。你只要看管，如果她要逃，你可以放枪，别的事，你不要去管吧。”米莱迪听见了，十分高兴，恐怕人家疑她窃听，她又唱起来，加倍地动人。费尔顿听了，着了迷，以为是仙女在那里唱，费尔顿听得入迷，就开门进来，问道："你为什么唱到这个样？"米莱迪道："我得罪了。这种教歌，原不应在这里唱的。我并不是有意得罪你，请你不要见怪。"费尔顿此时看见米莱迪真情流露，比平时加倍地动人，就像是见了仙女一样，说道："你不要在这里唱了，恐怕把别人吵醒了。"米莱迪做出极柔顺的样子，答道："我不唱就是了。"费尔顿道："在晚上，你却不可高声唱。"说完，出了房门。那个看守的兵说道："你让她不要唱，好得很，听了叫人翻动脑筋，但是唱的声音却真好听。"

第五十四章　监禁之第三日

再说米莱迪虽能感动费尔顿，但是感动尚浅，还要引他说话，拿话去感动他。米莱迪只好常常留心，要等机会，同他交谈。至于对付温特，米莱迪故意要惹他生气，特为叫费尔顿看见。那天早上，费尔顿照常进来，快要出门的时候，想要说话，嘴唇略动一动，又不说了。到了中午，温特进来，那天天气晴明，日光从窗子射入。米莱迪向窗外望，温特进来的时候，她假装不理会。温特说道："叫人发笑的小戏，也演过了，叫人动情的戏，也演过了今天要演的，大约是闷戏了。"米莱迪听了不答。温特道："我晓得了，你想逃出去，跑到船上，不过到了水上，或是在岸上，你总是要想出法子来杀我。你耐心点，等等吧，还有四天，你就可以到海上了，还有四天，我们就把你弄走了。"米莱迪合了两手两眼，面朝着天说道："我饶了这个人的罪过，望上天也饶了我的罪过。"温特出去的时候，说道："你只管替我祷告，我是不上你的当的。"米莱迪看见费尔顿在过道里，躲在一边，米莱迪就跪在地下，祷告道："上帝在上，你晓得我为什么事受罪。给我点力量，叫我去受得起苦。"当下听见有人开门，米莱迪不去理会，还在地下祷告道，"上帝要同我报仇，不要让此人胜了我。"祷告完了，故作一惊，见了进来的人，特为作出脸红的样子来。

费尔顿说道："我并不想惊吵你在这里祈祷。"米莱迪道："你怎么晓得我在这里祈祷？你也许错了。"费尔顿道："你以为我来阻止你祈祷吗？犯了罪的人，不问犯罪的大小是要祈祷的。就是犯了罪的人，他祈祷的时候，我看也是神圣不可侵犯的。”米莱迪道：“犯罪的人？你是晓得的，我并没犯罪，我晓得有人收拾我。不过上帝知道我是无罪的。”费尔顿道：“如果你是无罪，受人冤枉了，也是要祈祷的，我还要替你祈祷。”米莱迪双膝跪在他面前，说道：“你是个奉教很笃的人，你听着，我恐怕我的胆力心力不能再受了。我请你帮我一点忙，我一生是感激你不尽了。”费尔顿道：“你要同我的主人说，我是无权的。”米莱迪道：“不，我要同你说，你不要帮同那个人来害我。”费尔顿道：“你若是犯了罪，该受苦的，你只好去受。在上帝的眼内，你就可以算无罪了。”米莱迪道：“你误会我的意思了。我是不怕监禁，不怕受罪的。”费尔顿道：“我不晓得你的意思。”米莱迪道：“你是故意装着不懂的。”费尔顿道：“我实在是不懂。”米莱迪道：“你真不晓得温特勋爵对待我的意思吗？”费尔顿道：“我真不懂。”米莱迪道：“你是他的心腹，你还不懂吗？”费尔顿道：“我的确不懂。”米莱迪道：“到了这个时候，你还不晓得他的用心吗？这却令人难信。”费尔顿道：“我不去打听的，我要等他告诉我。除了他在你面前说的话之外，我别的都不晓得。”米莱迪故作十分诧异的样子，说道：“看来你并非他的心腹了？你不晓得，他要我做丢脸没廉耻的事吗？这件事比监禁，比死，还要难受。”费尔顿脸红了，说道：“你错了，温特勋爵不是这样的人，不会犯这样的罪。”米莱迪想道：他说这样的罪，却不晓得究竟是件什么事，这倒好了。于是大声说道：“有个无耻的人的朋友是惯做这种事的。”费尔顿道：“你说无耻的人，是指谁？”米莱迪道：“全英国只有这一个人，难道你不知道吗？”费尔顿两眼闪光地说道：“难道你说白金汉吗？”米莱迪道：“就是他。”费尔顿道：“这个人，上帝要罚他的。”看官要晓得，费尔顿说的这句话是英国人个个嘴里要说的话，那时英国奉天主教的人骂白金汉是个强盗，是个浪子；奉清教的人，骂他是个魔鬼。米莱迪装出很气愤的样子，说道：“请上帝赫然震怒，去罚这个人。我求上帝，并不是为我一个人报仇，是为全国的人报仇。”费尔顿问道：“你认得他吗？”米莱迪想道：好了，这个人要进我的圈套了。于是大声说道：“我认得他！我认得这个人，是我一辈子最可耻的事。”一面说，一面装出痛恨的样子来。费尔顿看不下去了，自己也没了把握了，就要出去，米莱迪拦住他喊道：“你可怜我，听我说，温特勋爵把刀子拿走了，他晓得我要刀子做什么用。我求你给我把刀子，只要一分钟，什么都完了，也不拖累着你。你给我一把刀子。借我用一分钟，你在门外等，我从门缝把刀子还你。求你可怜我，叫我保全名节吧。”费尔顿吓了一跳，问道：“你要自尽吗？”米莱迪跪在地下，同自己说道：“他知道我的意思了，他都知道了，这却怎么样？”费尔顿站在那里，同木鸡一样，不晓得怎样好。米莱迪想道：他在那里狐疑，还不大相信我呢。这时候，听见过道有脚步声，两个人都认得是温特勋爵。费尔顿就向房门走，米莱迪跳到他身边，低声说道：“你一个字也不要告诉他，不然我是毁了。”那时脚步的声音渐近了，米莱迪拿手去堵费尔顿的嘴，叫他不要答话，费尔顿轻轻地推开了。米莱迪倒在椅子上。温特勋爵过门不入，一直走了。费尔顿脸上变了死白色，站在那里听，听了一会，听不见回来的脚步声，呼了一口气，跑了。

米莱迪对自己说道：“哈，看起来，你是在我的掌握中了。”等了一会儿，脸上又发起愁来，说道：“倘若他去告诉了温特，这个把戏演不成了。我的夫兄是深晓得的，我并不想自尽，他也许当着费尔顿的面，给我一把刀子，费尔顿就晓得我是假装要自尽的。”米莱迪在房里走了好几遍，对镜子照照，看见今天自己的相貌十分美丽，微笑着说道：“我晓得他不会去告诉的。”到了吃晚饭的时候，温特进房来。米莱迪道：“你已经把我监禁起来，你还要来看我做什么？”温特道：“这是怎么讲？你不是告诉我，说来英国要见我的吗？你还说冒了大险来的。现在我们在一处了，你又不中意，况且我还有要紧话同你说。”米莱迪听了，十分害怕，浑身打战，怕的是费尔顿把寻死的话告诉他，那就大失所望了。那时米莱迪坐在椅子上，温特挪了一把椅子，坐近米莱迪，从口袋里拿出一件公文来，慢慢打开了，说道：“你看看，这是张路照，上面说的是充到某某地方。你要晓得，地名还没填上，你愿意到什么地方，你可以告诉我，只要这个地方离伦敦一万里，你都可以选的。再读给你听。

今有巴克森[1]，在法国犯过大罪，刺了肩膀，后来释放出来，今充到某某地方，永远居留，不得走出该处十里之外。倘若逃脱再行拿获，处以死罪。每日用度，定额五个先令[2]。”米莱迪道：“这个同我不相干，写的不是我的名字。”温特道：“你的名字？你有什么姓名？”米莱迪道：“我有你兄弟的姓名。”温特道：“你错了。我的兄弟是你的第二个丈夫，你却不能用他的名字。因为你第一个丈夫还没死。你把你第一个丈夫的姓名告诉我，我就可以改填在公文上头，就不写巴克森的字样。你不出声，我看你是不肯的，只好仍填巴克森的了。”米莱迪害怕得说不出话来，晓得温特打好了主意，要充她的军。拿眼去看那件公文，看见尚没签字，又放心一点。温特看出她的意思，说道：“你看见公文并没签字以为是我拿这个东西来吓你，你是误会了。明天就拿去给白金汉公爵签字，他签了字，盖了印，二十四小时之内，就要奉行。我都告诉你了，没得别的话说了。”米莱迪道：“拿我的假名，办我充军，你未免太作威作福了。”温特道：“你如果愿意的话也可以用别的名字。不过你晓得的，背夫再嫁，英国例律是很严的，是要问绞的。你要玷辱我家的姓名也可以，我也不怕，只要问你一个死罪就是了。”米莱迪脸上变了死白色，一语也不答。温特道：“我看出来了，你还是愿意到外国逛逛去。那也怪不得，性命比什么都值钱，故此我不愿意你来害了我的性命。我每日只给你五个先令，觉得少些，不过我不叫你拿钱去买通看管的人。如果你的狐媚手段同费尔顿还没得手，你还可以试试别人。”米莱迪想道：费尔顿并没把话告诉他，我还有法子想。温特说道：“我要走了，明天我再来告诉你，送公文的人几时动身。”说完了，站起来，出去了。

米莱迪呼了一口气，幸而还有四天，那时费尔顿要尽入她的圈套了。忽然想起一件事来，就同冷水洗背一样。最怕的是温特派费尔顿去送

---

[1] 巴克森，米莱迪从前的闺名。——译者注
[2] 先令：原英国货币单位，二十先令为一镑。——编者注

公文。费尔顿走开了，虽有圈套也是枉然，一片苦心便要付之东流了。米莱迪虽是这样想，却不让温特所说的话去吓她，仍然坐在那里吃她的晚饭。吃完了，又同昨晚一样，跪在地上，大声祷告。看管的人，又在门外站住了听。过了一会儿，听见过道有脚步声，走到门外，停住了。米莱迪想道：这是费尔顿。于是又唱起祈祷歌来，唱得淋漓尽致。这趟却没人开门，后来她唱完了，仿佛听见门外有长叹之声，那听唱的人慢慢走了。

第五十五章　监禁之第四日

再说翌日费尔顿进房来，看见米莱迪站在椅子上，撕了许多布条，做了一条绳子。看见费尔顿进来，顿时跳下椅子，去藏那条绳子。费尔顿脸色很不好看，好像一夜没睡着似的。费尔顿跑到米莱迪身边，看见露出一点绳子来，问道："这是做什么的？"米莱迪微笑答道："没有什么。我因为闲得没事好做，做条绳子玩玩。"费尔顿抬头看看刚才米莱迪站在椅子的地方，发现上头有个钩子，不禁打个冷战，被米莱迪看见了。费尔顿问道："你站在椅子上做什么？"米莱迪道："你管我做什么？"费尔顿道："我一定要管。"米莱迪道："你不要问吧。你晓得的，我们奉教的人，是不能说谎的。"费尔顿道："我却晓得你要做什么——你要做你昨日心里盘算要做的事。你要记得，我们教里，不许人说谎，也不许人自尽。"米莱迪道："若是在自尽同失节两件事情中去挑，我挑了自尽，上帝也是要宽恕我的。这就同为教殉难一样的。"费尔顿道："我不懂，这个同你本身的事情有什么相干。"米莱迪道："你以为我都是假装出来的，我又何必同你说呢！你知道了，是要告诉我的仇人的，我又何必说明了我的用意呢！况且我是个被禁的人，同你有什么相干。你的责任，只在我的身体，你若是只有我的死身体去交代，谁还责备你呢——非但不受责备，还许有重赏呢。"费尔顿喊道："你想我是拿你的身体性命去换钱的吗？"米莱迪道："费尔顿，你随我去吧，不要干预了。不管怎么样，你的功名富贵总是有望的了。倘若我死在这里，那么更好了，你一定可以升官的了。"费尔顿道："你为什么叫我担这样的大责任？再过几天，你就不归我管了，那时候，你要做什么，都可以的。”米莱迪道：“你自己还说是个奉教的人！你只晓得推卸，不担责任。”费尔顿道：“我的责任未完，我是要保护你的性命的。”米莱迪道：“你可晓得，倘若我真是犯了罪，你这样待我，简直是虐政；倘若我并没有犯罪，你这样的行为，我却叫不上来。”费尔顿道：“我在人手下，只好听上司的号令。”米莱迪道，“你倒愿意同人串通，要害我的灵魂，却来拦阻我自毁我自己的身体。”费尔顿说道：“我再告诉你，眼前你并没什么危险。我可以保证温特勋爵并没这个意思。”米莱迪道：“你怎么能够保证别人？就是最好最聪明的人连自己都是保不住的。你现帮着有强力的人来欺负一个柔弱女人，这是什么意思？”费尔顿听了，觉得她说得有理，因答道：“我不能帮你，叫你逃走，也不能帮你，让你自尽。”米莱迪道：“你不晓得，我所失的不独是性命，我所失的是廉耻。将来我失了廉耻，也是你的责任。”

到了这个光景，费尔顿虽是个无情的人，也不由得受不了刺激了。他看见这样一个美貌的女人，受这样的折磨，心里怎能不动。况且他又是个奉教最笃的人。米莱迪看见说动了他，索性装出极凄恻动人的样子，向费尔顿面前走来，唱祈祷歌。费尔顿大惊地问道：“到底是天上下降的仙女，还是地狱跑来的恶鬼？”米莱迪道：“费尔顿，难道你还不晓得吗？我不是仙女，也不是恶鬼。我是世上的人，是真教里的一朵花，同你是一样的。”费尔顿道：“是的是的，我信你的话。”米莱迪道：“你相信我，为什么还同温特串通来害我？你既相信我，为什么还要把我送在上帝的仇人手里？你既相信我，为什么还把我交给白金汉？这个人我们同教都叫他作恶鬼。”费尔顿道：“你说什么？你说我把你交给白金汉吗？”米莱迪引教书说道：“人有眼，不会看；人有耳，不会听。”费尔顿以手加额，说道：“是的，是的。”又说道，“我现在明白了，我看见仙女在我眼前了。我天天晚上梦见仙女告诉我，说道你要救英国，你要救自己，不然，是不能见上帝的。你说吧，我明白了。”米莱迪看见这个光景，很高兴。费尔顿看见了，很发抖，仿佛是窥破了她的奸计，又想起温特吩咐他防备的话来，往后就退，退了一步，两眼只管看米莱迪。

米莱迪知道他尚在迟疑，就要去降伏他到底，费尔顿尚未答话，米莱迪装出力不能胜的样子，两手垂下来，说道："我没胆力，不能如教书上那个女人去行刺仇人，我的两臂无力，不能动刀，只好自己死了，免得失了廉耻。我并不要你放我走，或是给我报仇，我只求你让我死。我跪在地上，求你让我死，我永远感激你。"费尔顿看见这个情形，自己开始责怪自己，竟被这个女人迷住了，一点也不迟疑了，说道："唉，我只能够做一件事——我只能可怜你。但是温特说你的罪名很重。我们都是同教，我现在觉得可以同情你，我向来的心只向着救过我的恩人，现在有点不同了。但是你相貌这样美，外表看来，你还是个好人，你一定是犯了极大的罪，不然，温特不会这样待你的。"米莱迪装出很凄凉的样子，说道："人有眼，不会看；人有耳，不会听。"费尔顿道："你告诉我，这话怎样讲？"米莱迪红了脸，装出很害羞的样子道："我自己不体面的事，我怎样好对你讲。男人犯了罪，就是女人受了羞辱，我不能讲，我万不能对你讲！"说完了，两手遮着脸。费尔顿道："不能对我讲？不能同兄弟讲吗？"米莱迪很看了他一眼，作出怀疑的样子。费尔顿仿佛是求她讲。到后来，米莱迪道："我告诉我的兄弟吧。"说到这里，听见温特的脚步声到了门口，同看守的人，说了两句话，开了门，走进来。

当温特在门外说话的时候，费尔顿退后两步，同米莱迪离得远些。温特很看了他们好几眼，从这个看到那个，又从那个看到这个，说道："费尔顿，你在这房间里很久了，我晓得的。如果这个女人在这里供她的罪状，那是很长的。"费尔顿听了这几句话，很有点不安。米莱迪看见了，要帮他一个忙，说道："你是害怕我逃走了，你不妨问问看守的人，我向费尔顿求的什么。"费尔顿也说道："是的，可以问问。"温特道："求的什么？"费尔顿道："她求我借一把刀，说是从门缝还我。"温特问道："这位夫人要杀哪个阔人？"米莱迪道："就是我自己。"温特道："我随你选，你是喜欢到美国，还是到泰本岛？我看还是泰本岛的好。绳子比刀子还来得稳当些。"费尔顿记得进来的时候，米莱迪手上原有一条绳子，现在听了这句话，脸色都变了。米莱迪道："你说得对。我想起来了，我还要再想想。"费尔顿听了，很害怕。温特看见了，说道："费尔顿，你要小心，我是相信你的，不过你真得小心，我已经吩咐过你的了。好在还有三天，我们就把她送到别处去了。她到了那个地方，就不能再害人了。"米莱迪喊道："你听见了吗？"费尔顿低了头，在那里寻思。温特拉了费尔顿出去，回头看看米莱迪，仿佛是恐怕她有点不妥的举动。

门关了，米莱迪想道："我的进步，还是不甚猛。温特近来加倍地小心，总为的是报仇心切了。费尔顿这个小子，拿不定主意，同那个达达尼昂是两样的。奉清教的人很喜欢女人的，不过是跪在地上喜欢；火枪手也是喜欢女人的，他们却是搂住喜欢。"米莱迪恐怕费尔顿当天不再来，很着急地等，过了一小时，听见有人在门口低声说话，一会开了门，费尔顿走进来。进来得很快，门也不关，很着急不安的样子，摆手叫米莱迪不要出声，低声说道："我把看管的人支走了，现在没人听见我们说话了。温特刚才告诉我一件顶可怕的事。"米莱迪摇头微笑。费尔顿道："若不是你是个恶鬼，温特就是个妖人。我认得他，爱他，有二年了。我认得你，不过是四天。怪不得我迟疑不决。你一定要把实情告诉我，叫我相信。今晚十二点后，我来听你说，我就可以决断了。"米莱迪道："不必了。我是没法的了，为什么拖累你？我求你让我死了吧。我死了，你就相信了；我说的，你是不相信的。"费尔顿道："你不要这样说。我要你发誓，你不去自尽。"米莱迪道："我不发这个誓。发了誓，我是要守的。"费尔顿道："你只要先应许我，等再见了我，才去打你的主意。如果你见了我之后，你还是一定要死，我只好随你的便，我还要借刀子给你。"米莱迪道："既然如此，看在你的请求上，我等就是了。"费尔顿道："你要发誓。"米莱迪道："我就发誓。"费尔顿道："很好。请了，晚上再见吧。"说完，出去了，关上门，把看管人的兵器拿在手里，替他看管，等到那人来了，交还兵器，米莱迪在钥匙洞往外望，还看见费尔顿画十字。

米莱迪走回椅子上，坐下了，说道："世界上真有这种疯子！但是我借他的力量，就可以报仇了。"

第五十六章　监禁之第五日

再说米莱迪因为想出的法子很有进步，就一点不肯放松，要做到底。自从她与男人交往以来，并没碰见有什么大为难，因为她所碰见的人都是放荡的，只凭她的美貌，就可以得法。这趟碰着这个人，却不是用平常的法子就可以赢得过来的。这个人，信教信得极笃，只好装出道德同迷信的样子，加以美貌，才能动他。米莱迪现在晓得费尔顿的用意，就先预备好了。现在只有两天了，倘若白金汉签了字，温特就要送她出国的了。米莱迪也晓得当了罪犯之后，无名无位，无财无产，只靠美貌是不中用的，逃也逃不了。她流放到远处之后是要逃走的，不过不知什么时候才逃得脱。等到两三年是等不了的。又想到逃回来的时候，主教也许已失位了，或是死了，让王后及达达尼昂这班人出来得意，自己流落，无人保护，心里更气不过。况且主教为人多疑，事情既没办成，难以空手回报的。若是把被囚禁的话告诉他，主教是反要责备的。于是米莱迪想好了方法，专候费尔顿来。

到了九点，温特来了，把房门、窗子、地板、烟囱，都细细看了一遍，一言不发。等到都看完了，说道："今晚是可保无虞的了。"十点，费尔顿来巡查了一次，米莱迪认得他的脚步声，一面心里是盼望他来，一面因为他上自己的当很瞧不起他。过了两小时，看管的人换了班，十分钟后，费尔顿来了，吩咐看管的人说道："无论什么，你不许走开。昨晚看管的人走开了，我在这里替他，他受了罚。"那看管的人答道："我晓得他受罚。”费尔顿又说道：“你要小心看管，我今晚还要进去看看那个女人。我奉了命，严密地看管她，恐怕她要寻死。”米莱迪听了，想道：这个奉清教的人，学会说谎了。看管的人说道：“你这个差使，倒也还好。”费尔顿听了，红了脸，说道：“我若是喊你的话，你就进来，告诉我有什么人来。”看管的人答应了。

费尔顿进了房，米莱迪起来迎他，说道：“你来了。”费尔顿道：“我答应过来的。”看见米莱迪的神色不对，喊道：“你做什么？”米莱迪道：“你答应带把刀子来，等我们谈完之后，交给我的。”费尔顿道：“你不必再谈这句话了，不管所处的情形怎样难受，都不应该自尽的。我已经想通了，我不能让你做这件事。”米莱迪坐下，微笑说道：“你想通了吗？我也想通了，打好了主意。”费尔顿道：“看什么主意？”米莱迪道：“失信的人，我是不能告诉他的。”费尔顿道：“我怎么办呢？”米莱迪道：“你走吧。我没话同你说了。”费尔顿道：“刀子我是带来了。”米莱迪道：“让我看看。”费尔顿道：“为什么？”米莱迪道：“我看了，就还你，你可以摆在桌子上，你站在桌边，可以拦我。”费尔顿把刀子送给米莱迪，她拿手指去试试锋不锋利，米莱迪把刀子还了费尔顿，说道：“刀子还利，你说话很靠得住。”费尔顿不响，把刀子放在桌上。米莱迪道：“你听我说。”费尔顿立在她面前很留神地听。

米莱迪道：“我把我的一生历史告诉你。我从前年轻貌美的时候，上了人家的当。后来我逃出来了，我奉的教，又受人家欺侮。后来有一夜，有人放药在水里，我吃了，就昏迷起来，觉得天翻地覆的，快要倒的时候，我去抓椅子，就倒在地下。后来我就全不知道了，醒来时，是在一间极华丽的房里，一张床上。这房子四围无窗无门，只有一个天窗。我的头脑很糊涂，同在梦中一样，我坐在床上看，看见我的衣裳在椅子上，我却记得我自己并没脱衣裳。我慢慢明白过来，才晓得我并不在自己家里。我一想到已经睡了二十四小时了！我不晓得睡着的时候出了什么事。我就起来穿衣裳，四肢还是很软弱的。那间房子，铺陈得十分华丽，不过我不算是第一个监在那里的女人。我四下找门，也找不着，我倦了，坐在椅子上。后来天黑了，我更加害怕。我虽一天没吃饭，我也不知道饿。四周一点人声都没有。到八点的时候，忽然听见开门的声音，有一个极亮的火球，从天窗射进光来，照得房子如同白日。看见一个人在我面前，离我不过几步远。忽然同变戏法一样，房中间摆了一张桌子，上面摆着两人的晚饭。那个人就告诉我，说是想我一年了，昨天晚上的事，就是他做的。”

费尔顿喊道：“这个恶棍！”

米莱迪道：“他以为用了迷药害我，我后来就依从他了。我只管骂他，他叉着两只手，只管笑，我骂完了，他走向前来，我就一跳，抓住桌上的刀子，放在我自己的咽喉，说道：‘你再走一步，我就死在这里！’我一定是说得很有力的，他听了，就不敢动，说道：‘你要死吗？我捉了你，不能轻易饶你的。我等你心肠改变了，再来见你吧’。他说完了，吹个哨子，那个火球上去了，房里黑了。听见开门关门的声音，房里又光了，那个人不见了。我就明白，我在那个人掌握中了。”

费尔顿问道：“那个人是谁？”

米莱迪道：“那一夜我坐在椅子上，听见一点声响就害怕，坐到半夜，房里又没了光，一片黑暗，我坐到天亮，桌子是没了，刀子还在我手里，我一夜没闭眼，两眼发痛。天亮之后，我倒在床上睡，手里还拿着刀子。睡醒起来，看见又有了桌子，上面摆着早饭。这个时候，我虽是十分害怕，却是四十八小时没吃东西，觉得饿了，只好吃点面包鲜果。我因为喝水上当的，我就不敢喝桌上摆的水，墙上原有出水的龙头，我就取了点水，喝了。喝过之后，我还是害怕。这次却并未中毒。我却很小心地，把桌上瓶子的水倒了些，装作喝了的样子。那天白天没事。到了晚上，房里一片黑暗，我看惯了，看见桌子从地板沉下去，过了一刻钟，桌子又上来了，摆着晚饭，再过一会儿，房子又亮了。我打定主意，不吃可以放药的东西，只吃了两个蛋，一点鲜果，又去龙头那里取水解渴，吃过之后，觉得水味不对，我就不敢多喝。我越想越害怕，出了一身冷汗。大约有人看见我喝墙上龙头的水，又放了毒，不到半小时，又渐渐昏迷起来，同第一晚一样，好在这趟只喝了半杯水，来势却没从前来得猛，人虽昏迷，却没睡着，眼还能看，四肢却无力，不甚能动了。我慢慢挪到床边枕底下想把小刀拿来，够不着枕头，就倒在地下，两手抱住床脚，动不得了……”

费尔顿听到这里，脸变了，浑身发抖。

米莱迪道：“我虽然动不得，却还看得见，听得见，我看见灯上去，房子里黑暗，听见开门声，觉得有人到跟前来，我就大声喊，要站起来，一倒就倒在那个人手上。”

费尔顿道：“你告诉我，那个人是谁！”

米莱迪晓得所述的这段可怕之事，很能感动费尔顿，她就要说得更可怕，激动费尔顿同她报仇。米莱迪说道：“虽然自己是已经失了能力，我却晓得我所处的地位，十分危险，我拼了命地同他相持，他很着急，说奉清教的人了不得，但是我万没力量同他相持得久的，我渐渐难支了，后来我晕倒了，落在仇人掌握中……”费尔顿听了，怒气填胸地说不出话来。

米莱迪说道：“等到我醒过来，我就去枕头底下找刀子，我虽然不能用刀子去保护自己，我还可以用刀子去自尽雪耻。谁知我把刀子拿在手上，就得了一个可怕的主意。我发过誓，对你说实话，就是说出来，自己害自己，我也不怕告诉你。”费尔顿道：“你要报仇？”米莱迪道：“是的。我知道这不是奉教的人该做的事。我现在受的灾难，就因为我要报仇的缘故。”费尔顿道：“你往下说，我要听完了。”米莱迪道：“我要赶快报仇，我知道他晚上还要来的。白天是不怕的，我照常吃早饭，晚上打算不吃，我把早起的水，收藏了一点，预备晚上用。到了晚上，桌子也摆好了，灯也点了，我坐下吃些鲜果，早上收起来的水，我喝了几口。吃完晚饭，我装作昏迷的样子，慢慢挪到床边，倒在床上，一手拿着刀子，装睡着了。过了好一会儿，并没人来，我以为他不来了，后来灯上去了，房里黑了，我就定睛在黑暗里看，过了有十分钟，还没声响，后来听见门响，有脚步声，看见人影走到床边……”

米莱迪说到这里，停住了，两眼看费尔顿。费尔顿道：“你快讲！”

米莱迪道：“我以为报仇的时候到了，我把刀子抓紧了，等他走得近了，伸出两手来抱我，我大声一喊，用尽力量向他胸口刺去，谁知这个人，仿佛知道我的用意，先预备好了，披甲而来，刀子刺他不着，从旁一闪，我的仇人一点也没受伤。那个人笑道：‘哈哈，你要我的命吗？你真没良心，你歇歇，安静些，我以为你过了这几天软下来了，你若不愿意，我并不监禁你，你不肯爱我，我晓得了，明天我就放你走。’他一面说，一面把我的手捉住了，抢了刀子。我当时什么想法都没有，只盼望他把我立刻刺死了，我对他说道：‘你要小心，我逃得出去，是要传扬你的凶险行为的。’他说道：‘这是怎么讲？’我说道：‘我一出去，就要逢人便说你的行为。我要罚你，我把你这间密室的事，去告诉众人。你的名位虽然高，你也是要害怕的；因为在你之上，还有王上，世界之上，还有上帝。’我说了这几句话，他很生气。我看不见他的脸，他捉着我的那只手，却在那里发抖。他听了说道：‘你若是这样做法，我永远不放你出去。’我就答道：‘你不放我出去，我就死在这里。’他说道：‘我以后小心，不留利器在你手上了。’我答道：‘到了没法的时候，还有一个法子，只要有胆的人，就敢用——我可以饿死。’他答道：‘算了吧，我们想个和平办法吧。我立刻放你出去，说明你并没失身。’我说道：‘我流血报仇。’他说道：‘你若是存了这个意思，倒不如就住在这里，你要什么有什么，你若是要饿死，那是你自己之过。’说完，他走了，我还听见开门关门的声音。到了翌日，白天同晚上，他都不来，我只好祈祷上帝求早死。到第二天晚上，听见门开了，我就起来，听见那人说道：‘你想好了吗？我看，我是很慷慨的，我原是不大理信奉清教的人的，不过我待他们还是公道的，脸上长得好的奉清教的人是更要待他好点了。我只要你对着十字架发誓，出去一字都不提，我就放了你。’我听见这话，气极了，答道：‘说什么十字架！我发个誓，无论你应许我什么，无论你怎样恐吓我，无论你用什么酷刑，我是要说的。我对着十字架发誓，要到处散布你拐骗良家子女，是个杀人的凶手，是个无耻的懦夫，我对着十字架发誓，要布告天下人，请他们同我报仇！’他恐吓我，说道：‘我有一个法子，叫你一句也说不出来，就是你说了，也没人相信。’我听了，狂笑。他说道：‘我给你一天一夜，再去细商，你只要答应了不说，富贵名位，你都可以有。你若是要说，我要叫你一生没脸见人。’我就喊道：‘你做这种事吗？’费尔顿，我那时疑他是疯了。他答道：‘我要做这件事。’我说道：‘你走吧，不然，我要撞墙了。’他说道：‘随你的便。我给你想到明晚。’他走了之后，我倒在地上，生气得很，没得好咬，只好咬地毯。”

费尔顿很被这番话感动了，米莱迪看见，十分得意。

第五十七章　末了一段把戏

再说米莱迪看了费尔顿一会儿，又说道："我那时有两三天没吃饭，难受到了不得，觉得额上有块重东西压住，眼前一片云雾，人是半迷半醒的。到了晚上，我弱极了，常常晕过去，那时我只盼望死。有一次，我晕倒了，仿佛听见门响，我又醒过来，要害我的人，又进来了，后头还跟着一个人，两个人都戴了面具。那一个人的声音行动，我是认得的。他先说道：'我要你应许我的事，你怎么样？'我答道：'我们奉清教的人，心肠是不会改变的，我的主意，一点也没变。我心里记着的仇恨，是忘不掉的，总要在上帝面前同在人面前办你的罪。'他说道：'你的呆气，还没有改吗？'我说道：'我对天发誓，将来天下都要知道你的罪，我非治你的罪不可。'他大声喊道：'你是个妓女，你将来要受你应得之罪，我把你当作罪犯，刺了花，你还有什么脸见人。'随即向跟来的人说道：'刽子手，办你的事。'"

费尔顿道："这人是谁，你告诉我。"米莱迪不去管他，说道："我哭也不中用，我喊也不中用，刽子手捉住我，拿绳子把我捆了，我哭到说不出话来，挣脱也无用，我忽然大喊起来，因为刽子手拿烧红的铁，给我刺了花。"说到这里，米莱迪露了胸口同肩膀，指给费尔顿看，说道："费尔顿，你看看，这就是他们在一个柔弱无罪的女子肩膀上，刺了这朵花，你要会看坏人的心，不然，你就被他们骗了。"费尔顿说道：

“但是这是个百合花饰[①]？”米莱迪道：“他们的手段，毒极了，他们若是刺的英国记号，我自然会去告他们，问他们这是哪一个公堂刺的，他们刺了法国的记号，叫我何处诉冤？”费尔顿听到这里，全被米莱迪迷住了，顿时跪在她面前。刺花不刺花，他也不管，以为这个女人，真是德行完备，被人陷害，受了折磨的。

他跪在地上，说道：“你恕我无罪，你恕了我的罪。”米莱迪一看，就知道这个人着了迷，满脸都是怜悯恋爱的意思，米莱迪道：“我恕你什么罪？”费尔顿道：“恕我无知，帮着人来收拾你。”米莱迪伸出手来，费尔顿尽情地吻了手，米莱迪看着他微笑。费尔顿是个奉清教的人，爱恋之中，却带点尊敬崇拜之意。吻完了手，又去吻脚。米莱迪装出醒悟过来的样子，把胸口遮盖了，等费尔顿说话。等了一会儿，费尔顿问道：“有一件事，你却没告诉我，那个吩咐刽子手刺花的人是谁？”米莱迪道：“难道你还猜不出，还要我告诉你吗？”费尔顿道：“难道就是那个大反叛吗？”米莱迪道：“是的，就是那个害英国的人，他同真教最反对，专好拐骗妇女的。他现在无缘无故叫英国去同法国打仗，这个人，今天保护基督教人，改天又要杀他们。”费尔顿恨极了，喊道：“你说的是白金汉公爵！”米莱迪故意把头藏在两手上，仿佛不要听这个名字的样子。费尔顿喊道：“白金汉谋害这个无辜的女子，老天呀，难道他还不是恶贯满盈了吗？还不去叫他死吗？”米莱迪道：“总要自己出力，然后上帝来助力。”费尔顿道：“用人力先去罚他，然后让天去罚他。”米莱迪道：“他的权力甚大，人家都怕他，不敢动手。”费尔顿道：“我不怕他，我一定不饶他！”米莱迪听了，觉得十二分高兴。

费尔顿道：“我的恩人温特勋爵，同这件事有什么相干？”米莱迪道：“慷慨好义的人，往往受恶人的骗。我有一个定了亲的丈夫，彼此都很相爱的，他同你一样，是个诚实慷慨的人。我逃脱之后，就把事情都告诉他，他深知我的为人，他听了，很相信我的话。他原是个贵族，也敌得

---

①百合花饰，法国皇室的记号。——编者注

过白金汉，他一言不发，拿了一把剑，穿了一件罩袍，一直就走到白金汉公爵府。”费尔顿道：“不错的，只有这一个法子，不过他应该拿把小刀去的。”米莱迪道：“谁知白金汉已经去往西班牙商议两国联姻的事，我的丈夫就回来了，说道：‘这个人暂时走了，我就要同你成亲。温特勋爵是会保护自己及老婆的名誉的。’”费尔顿喊道：“温特勋爵吗？”米莱迪道：“是的。我的丈夫，就是温特勋爵。你现在明白了。白金汉去了有一年，他回来的前一个礼拜，我的丈夫温特勋爵死了，家产全留下给我，他怎么样死的，只有天知道，我并没说是有人谋害的。”费尔顿道：“这件事情，太惨了，太惨了！”米莱迪道：“温特勋爵死了，并没把我们的秘密告诉他的胞兄，我们夫妇原约好的，等到报仇的时候，才把那秘密的事情告诉他。你的恩人，就是现在的温特勋爵，很不愿意他的兄弟娶我，因为我是个穷家女，因为有了我，他为兄的不能承受家产。我从来不望他来保护我，我就去了法国，原想在法国过日子，但是我的产业，全在英国。英法两国开了战，来往不通，不能寄钱来，我只好回到英国。六日之前，我在朴茨茅斯登岸，白金汉不晓得怎么样就打听得我回来了，他一定告诉了温特勋爵。我的夫兄同我很不合，公爵一定告诉了他，说我是个刺了花的罪犯。唉，可惜我的丈夫死了，不能够常在我的身边保护我。温特勋爵听了别人的话，自然是相信的，故此把我监禁在这里。后来的事，你是知道的了。后天他们就要办我一个流放罪，流放到远处去了。这个法子是想得极周密的，我的名誉是不能挽回来的了。费尔顿，你想想看，我还有什么法子，只有去死了！我求你把刀子给我吧！”说到这里，装出力不能胜的样子来，晕倒在费尔顿手上。费尔顿爱恋得没主意了，把女人抱得很紧，说道：“不要死，不要死！你活着，还有爱你尊敬你的人呢！你的仇还要报呢！”米莱迪一只手轻轻地去推他，两只眼不动地看他，他把米莱迪抱得更亲近。米莱迪闭了眼，说道：“死了，死了，我宁死不受辱！费尔顿，我的兄弟，我的朋友，你让我死吧。”费尔顿道：“不要死，仇是要报的。”米莱迪道：“费尔顿，我活着，不过叫爱我的人难过，不如死了。”费尔顿尽情地亲吻她，说道：“我们两个人，在一处死，在一处活吧。”

这个时候，听见有人敲门，米莱迪把他推开了，说道：“别响，有人偷听我们说话。有人来了，不好了！”费尔顿道：“不是的，不过是看守的士兵，来报换班。”米莱迪道：“你去开门。”费尔顿开了门，看见是守兵的队长，问道：“有什么事？”守兵道：“你吩咐我，听见有人喊，叫我开门。我听见你喊，我就来开门，才晓得门是在里头关了的，我只好去找队长。”队长说道：“他找我，我就来了。”费尔顿糊涂了，说不出话来。米莱迪看见不妥，赶快装出个样子来，去帮他，顿时跑到桌子边，抢了桌上那把刀喊道：“我要寻死，是我的事，你拦我做什么？”费尔顿看见了，大喊起来，忽然听见过道上一片冷笑之声，温特穿了睡衣，来到门口，手里拿了一把剑，说道：“我们看到最末了一段把戏了！费尔顿，你晓得这几段的戏，果不出我之所料，你们不要害怕，不会流血的。”米莱迪晓得机会到了，要装出真要寻死的样子，给费尔顿看，大喊道：“血是要流的，逼死无辜人的仇，将来是要报的！”说完就拿刀子，向自己前胸一刺。费尔顿喊了一声，走上前去救，已经来不及了，米莱迪已经刺了自己，不过她很小心，把刀尖向乳罩的钢片刺去，刀尖闪开了，只伤了一点皮肤，顿时衣裳却沾了血，假装晕倒地下。费尔顿从她手上夺了刀子，很生气地向温特说道：“爵爷，你叫我看管的女人，自杀死了。”温特道：“费尔顿，你不要害怕，她不能死得这样容易，你到我房里等我。”费尔顿还要说话，温特道：“听我吩咐，你去吧。”费尔顿很不情愿地出去了，把刀子也拿去了。温特当下喊了女仆来，吩咐她去伺候米莱迪，自己出去了。他虽然不相信她会自尽，恐怕伤重了，叫人赶快去喊医生。

第五十八章　逃 走

正如温特所料，米莱迪的伤势不至十分危险。温特一走之后，米莱迪见左右无人，只有伺候她的乡下女人，她就睁开两眼看看，装出受伤甚重的样子来。那个女人被她骗了，整夜在房里伺候。米莱迪一个人在那里想，费尔顿是相信她受伤很重的了，假使有个仙女下凡告诉他，说米莱迪的行为是假装出来骗人的，他也不能相信了。只要骗得过费尔顿，就可以有望同他串通逃走了。只怕温特疑心费尔顿，连费尔顿都要看管起来，事情恐怕就有点儿不妙。

早上四点钟，医生来了，看见受伤的地方已经开始愈合，脉搏如常，知道是并无大险。到了天亮，米莱迪装作一夜没睡，要去安歇，就叫伺候的女人出去了，盼望费尔顿来看她。到吃早饭的时候，还没进来。只剩一天了，心里害怕温特犯了疑，不许费尔顿来。温特说过了23日，就要送她上船，今天已是22日了，早饭没吃什么，中饭仍旧送来。看见换了看管的人，心里又怕，打听了，才知道费尔顿一小时前，骑马出门了。又问温特在哪里，看管的人说，温特吩咐过，如果米莱迪要见他，他就来。米莱迪说觉得很不舒服，不想见他。等到看管的人摆好了中饭，出了房门，米莱迪从床上起来，在房里走来走去，怒容满面。倘若那把刀子还在桌上，她一定是把刀子藏在身上——不是去杀自己，是要杀温特。六点的时候，温特进来，身上是披了甲，带了兵器，看了米莱迪一眼，他就晓得米莱迪想什么，说道："你今天不能杀我。你没有兵器，我是有预备的了。

你想法子去拢络费尔顿，他已经上你的当了，你再不能看见他的了。你没什么法了，你去把东西收拾收拾，明天就要上船。我原想叫你24日动身的，我看还是早点走好，明天我就请白金汉签字。你到船上去的时候，路上若是同人讲了一句话，我吩咐护送的人把你打死。到了船上之后，船主不准你同人说话，你就不能说。你若犯了这个规条，是要把你扔在海里的。我今天没什么话同你讲了，明天我来给你送行。”说完，走了。米莱迪听了，十分发怒。晚饭送进来了，米莱迪虽然不想吃，却勉强吃了好些，为的是若有机会逃走，是要费点精力的。

到了晚上，天色很不好，天际浮云飞动，远远地有闪电出现。到了十点，风雷大作，忽然听见有人敲窗子之声，电光一闪，仿佛有个人在铁条外边。米莱迪走到窗口，喊道：“费尔顿，我有救了。”费尔顿说道：“别出声，我要锯断铁条。你要小心，不要让人在门外看见。”米莱迪道：“房门的铁条，今天他们拿板钉了，外面看不见房里。我在这里，可以帮你的忙吗？”费尔顿道：“你不能帮忙。你要把窗子关了，你穿好衣服，躺在床上，等我预备好了，我再敲窗。你能够跟我走吗？”米莱迪道：“能够。”费尔顿道：“你的伤怎样了？”米莱迪道：“还觉得疼，但还能走。”费尔顿道：“睡吧，留心听我的暗号。”米莱迪关了窗子，灭了灯，睡在床上。虽然那时候是风雷交作，锯声还听得见的。一闪电，还看见费尔顿的影子。

米莱迪睡在床上，等了一小时。听见门外过道有点声响，就十分害怕。等了这一小时，仿佛是等了一年。再等一会儿。听见敲窗，米莱迪从床上跳下来，开了窗子，看见锯断两根铁条，一个人可以穿过去了。费尔顿道：“你预备好走了吗？”米莱迪道：“预备好了。要带东西吗？”费尔顿道：“你如果有钱，可以带点。”米莱迪道：“幸而还有点钱。”费尔顿道：“很好。我自己的钱都去雇船花完了。”米莱迪把钱交给他，说道：“钱在这里。”费尔顿拿了那口袋钱，摔在墙外地下，说道：“你来吧。”米莱迪站在椅子上，伸出头往窗子外一看，看见一个绳梯，挂在铁条上，费尔顿悬在那里。看见底下一片黑暗，不禁打个冷战。费尔顿道："我就恐怕这一层。"米莱迪道："不要紧。这不算什么。我下去的时候，闭着眼就不害怕了。"费尔顿道："你信得过我吗？"米莱迪道。"信得过之至。"费尔顿道："你把两只手，交叉起来。"米莱迪伸出手来，交叉了。费尔顿拿手绢先把手腕包好了，外用绳子一捆。米莱迪很诧异地问道："这是做什么？"费尔顿道："你用胳膊搂住我的脖子，我背你下去。安稳得很，你别害怕。"米莱迪道："我身子很重，歪斜一点。我们两个人都要摔下去，摔得粉碎的。"费尔顿道："我是个海军，这种事我习惯了，你别害怕。"米莱迪恐怕耽误了时间，就如法办了，挂在费尔顿身上。

费尔顿背了这个女人，一步一步地从绳梯而下。两个人挂在绳梯上，在狂风中，摆来摆去。忽然费尔顿停住了，米莱迪问是什么事。费尔顿道："别出声，我听见脚步声。"米莱迪道："让他们窥破了！"停了一会儿，费尔顿道："不相干。"米莱迪道："什么声响？"费尔顿道："不过是巡兵巡查。"米莱迪道："巡兵在哪里？"费尔顿道："就在底下。"米莱迪道："恐怕他们被看见。"费尔顿道："没有闪电是看不见的。"米莱迪道："他们也许碰着绳梯。"费尔顿道："绳梯尽头，离地还有六尺呢。"米莱迪道："我听见他们的声音。"费尔顿道："别出声。"他们两个人悬在那里，离地还有二十尺，动也不敢动，呼吸也不敢，听见底下的巡兵说话，两个人挂在那里，非常害怕。等了一会儿，巡兵走得远了，说话渐渐听不见了，费尔顿道："好了，我们安稳了。"米莱迪长叹一声，晕过去了。费尔顿再往下走，到了绳梯尽头，原没立脚的地方，他用两手抓着绳梯尽头，落到地下，低下头，拾钱口袋，用牙咬着，走了出去。走到路上，一会就到海边，他吹了号哨。等了五分钟，有只小船到了，船上有四个人。小船不能靠岸，费尔顿背着女人涉水，送到小船上，把女人放下来，自己也坐下了，说道："你们赶快摇到大船上。"四个人拼命地摇，那时天色甚黑，岸上看不见这只小船。费尔顿把绳子解开，去掉手绢，弄点海水，洒在米莱迪的脸上。米莱迪长叹一声，睁开眼，问道："我现刻在哪里？"费尔顿道："有了救了。"米莱迪道："是的。我看见天了，看见海上的波浪了，费尔顿，我谢谢你。"费尔顿搂住她。米莱迪说道："我两只手怎么样了？仿佛是擦破了？"费尔顿一面看着那两只手，一面摇头，米莱迪道："我记得了，不要紧的。"回头向四周看。费尔顿道："钱口袋在这里。"那时已快到了大船，米莱迪问道："这是个什么船？"费尔顿道："我替你雇的。"米莱迪道："送我到哪里？"费尔顿道："随便你要到哪里。我却先要到朴茨茅斯。"米莱迪道："你去朴茨茅斯做什么？"费尔顿笑道："我还要去办温特吩咐的事。"米莱迪道："什么事？"费尔顿道："你还不晓得吗？"米莱迪道："我不晓得，你讲给我听。"费尔顿道："温特很疑心我，要自己去看管你，打发我送信给白金汉，请他在那张公文上签字。"米莱迪道："倘若温特不相信你，为什么还要叫你去办这件要紧事呢？"费尔顿道："我总算是不晓得信里讲什么事，只要送给白金汉，就是了。"米莱迪道："我明白了，你这就要到朴茨茅斯去。"费尔顿道："不能耽搁了，明天就是22日，白金汉要带了兵船动身。"米莱迪道："他明天动身？往哪里去？"费尔顿道："往拉罗谢尔。"米莱迪说道："不能让他去。"费尔顿道："你请放心，他万去不了。"米莱迪听了，满脸高兴，她晓得白金汉要死在费尔顿手里，米莱迪道："费尔顿，你救了英国了。如果你因为这件事死了，我同你一道死。"费尔顿道："别出声，我们到了。"

到了大船边，费尔顿扶米莱迪上梯子，到了船上，费尔顿说道："船主，我同你谈的，就是这位夫人，请你送她到法国去。"船主道："要一千个皮斯托尔。"费尔顿道："不错，我已经付过五百了。"船主道："不错。"米莱迪在口袋里拿钱，说道："这里还有五百。"船主道："那五百，就等到了布洛涅才付，我先不拿了。"米莱迪道："我们过海峡，安稳吗？"船主道："安稳得很。"米莱迪道："你若是说话不失信，我给你一千个皮斯托尔。"船主道："夫人慷慨得很，但愿我载的客人都同你一样。"费尔顿道："你要先把我送到某地方，我先上岸。"船主发了号令，早上七点钟，船就开行。在路上的时候，费尔顿把昨天的事情告诉米莱迪，说是原要先到伦敦的，他却并没去，先雇好了船，晚上回来，爬上墙，把绳梯挂好了，以后的事，是不必说了。米莱迪原想再去刺激他一下，后来想想，这个少年是勇往直前的疯子，可以不必再刺激了。于是两个人定了计，米莱迪要在船里候他，候到十点。到了时候，还不来，他们先开船走，约到在法国贝国纳的一个修道院里相见。

第五十九章　行 刺

再说费尔顿拉着米莱迪的手，吻了一下，同她辞行，还说了不久相见的话。自外面看去，费尔顿此时与常人无异，留心看他，才觉得两眼露出凶光，脸色死白，神色很不安静，像是要做凶险事的。他在小船上，还不停地两眼回头看米莱迪，米莱迪在大船上，以目相送，两个人都晓得，现在不怕了，没人来追赶了。费尔顿登了岸，把帽子拿下来，摇了几下，同米莱迪辞行。他走了百余步，下了山，回头只看见大船的桅尖，他就一路向朴茨茅斯走。一路走，一面想起近两年的事情，觉得白金汉的罪，擢发难数，专论米莱迪一件事，白金汉就死有余辜，越想越怒，他想到米莱迪，却越想越爱恋，敬之如神。再一想，如果他现在想做的事，万一失手，米莱迪一定又要落在仇人之手了，想到这里，什么险他都肯冒了。

那天早上八点，他到了朴茨茅斯，街上的人很多。那些军队都打着鼓，飞着旗，向码头走。费尔顿就到海军总部，满身都是尘土，脸色很不安静。守门的人，原不许他进去的，他拿出温特勋爵的信来，守门的人知道温特同白金汉是最要好的，看见信，就让他进去。到了大厅有一个人进来，好像是连夜骑马赶到的，才下了马，那马就倒在地下了。他同费尔顿两个人都是立刻要见公爵的。费尔顿说出温特的名字来，那个人不肯说，要见了公爵才说。帕特里克先领费尔顿去见，叫那个人等着，那个人着急得不得了。帕特里克领费尔顿到了一间房子，那时白金汉公爵才洗澡出来，帕特里克开了门说道：“费尔顿要来见爵爷，带了温特勋爵一封要信。”公爵道：“有温特的信吗！叫他进来。”费尔顿进去了，看见公爵正脱一件长袍，穿上一件珠子作钮扣的法兰绒外衣。公爵道：“我请世爵今早来的，为什么他不来？”费尔顿道：“世爵吩咐我，叫我同爵爷说，他今早有点事，自己不能来了。”白金汉道：“是的。我晓得他那里有个很要紧的罪犯。”费尔顿道：“我来就是为这个罪犯。”公爵道：“怎么说？”费尔顿道：“我只能同爵爷一个人说。”公爵道：“帕特里克，你出去，不要走得太远，我一会还要你来。”帕特里克出去了。公爵道：“现在没人了，你可以说。”费尔顿道：“有一天，温特写信给爵爷，为的是要流放一个女人，名叫巴克森。”公爵道：“有的。我回信说，他只要把公文送来，我就签字。”费尔顿道：“公文在我这里。”公爵就从费尔顿手上把公文拿过来，看了一看，摆在桌上，拿起笔来，正要签字，费尔顿道：“我得罪了，爵爷可晓得，巴克森不是那个女人的真名姓吗？”公爵拿笔蘸了墨水，说道：“我晓得的。”费尔顿道：“看来爵爷是晓得她的真名姓？”公爵蘸好墨，正要在纸上写，说道：“我晓得。”费尔顿脸上露出死灰色，问道：“爵爷既然晓得她的真名姓，还要签字吗？”公爵道：“自然。如果再签一趟，我也是签的。”费尔顿说道：“我不相信爵爷晓得这事与温特夫人相干。”公爵道：“我晓得很清楚的。我倒觉得奇怪，你为什么也晓得？”费尔顿道：“爵爷一点都不迟疑就要签字吗？”公爵有点不耐烦，说道：“你的话问得很奇怪，我可不回答了。”费尔顿道：“爵爷一定要回答我。事情是很要紧的。”白金汉以为是温特叫费尔顿这样问的，只好同他客气点，说道：“我签这个字是一点都不迟疑的。温特同我都晓得，这个女人犯了死罪，现在只办她一个流放罪，算便宜她了。”说完了，又去签字。费尔顿走进一步，说道：“你不能签这个字。”公爵道：“为什么不能签？”费尔顿道：“你问问自己的良心吧，不要冤枉了这个女人。”公爵道：“把她送到泰本去绞了，那才算不冤枉。”费尔顿道：“你晓得的，她是个最无害的仙女，我要你放了她。”公爵道：“你疯了吗？同我说这种话！”费尔顿道：“爵爷恕罪。我说的话都是我知道我应该说的。爵爷，你惩办了这个无辜的女人，你要小心呀。”白金汉喊道：“你这个人，来恐吓我吗？”费尔顿道：“爵爷，不是的。我求你细想想我的话。你晓得，杯子已经装满水，再加一滴，就要流出来的。恶贯满盈的人，再走错一步，就要受罚的。”公爵道：“费尔顿，你出去吧，你算是被我拘押了。”费尔顿道：“你要听我说到底。你骗了这个少年女子，你强奸了她，你要尽力地帮她，你放了她，我就不求别的了。”公爵很诧异地说道：“你不求别的了？”费尔顿此时心已乱了，说道：“爵爷，你要小心。你犯的罪多了，全国的人无不恨你。你几乎篡了王位，天人共怒的了。天自然有罚你的时候，我现在就要罚你。”白金汉向着门走，说道：“这个太难了！”费尔顿拦住他，说道：“我再求你签一纸公文，把温特夫人放了。你要记得，这个女子是你害过她的。”白金汉道：“我再叫你出去。不然，我喊亲兵来，把你逮捕了。”费尔顿抢上前，站在公爵同手钟之间，拦住他，不许摇钟，说道：“不许你喊人。”又说道，“你要小心，你在天的掌握中了。”白金汉大声地喊道：“我在恶鬼的掌握中了！”喊得很响，是要亲兵知道。费尔顿拿了一张纸，递给公爵，说道：“你签字放了温特夫人。”公爵道：“你逼我签字吗？你疯了！帕特里克，你在哪里？”费尔顿道：“你签！”公爵道：“不能签。”费尔顿道：“你不签吗？”公爵一手摸剑，一面喊道：“外间有人吗？”费尔顿动手得快，不让公爵拔剑，拿了小刀，跳上前。

帕特里克进来，说道：“爵爷，法国来一封信。”公爵听了这句话，什么都忘了，说道：“法国来的吗？”费尔顿趁这个机会，一把刀子就刺去，刺得很深，几乎刀把都进去了。白金汉喊道：“哈，反叛，你刺死我了！”帕特里克喊道：“杀人呀，杀人呀！”费尔顿四周一看，找路逃走，就从房门逃出去，跑到楼梯口，正碰见温特。温特看见他脸白神乱，身上有血迹，一手就叉住他的咽喉，说道：“我晓得的！我猜着的！可惜我来迟了一步。”费尔顿动也不动。温特把他交给亲兵，就跑到白金汉房里。当下那个走了一夜同时要见公爵的人，在房外听见公爵喊，帕特里克一边喊救命，一边也跑到房里，看见公爵倒在榻上，一手去压着伤口，公爵看见那人进来，声音很弱地问道：“拉波特，王后叫你来的吗？”拉波特说道：“是的。我没来得太迟吗？”公爵道：“别出声，有人听见。帕特里克，不要让别人进来。老天呀，我快死了。王后同我说什么话，我恐怕都来不及晓得的了。”说完了，靠在榻上，不省人事。当下温特勋爵，还有许多官兵，同公爵的手下人都进了房。这个新闻，不到一会儿，全城都知道了，还放了一声炮，众人都知道是出了不测之事。

温特勋爵悔恨得要死，说道：“我只来迟了一分钟。真是不幸得很。”原来当天早上七点钟，就有人报告，说有一道绳梯，挂在窗外，他立刻跑到米莱迪房里一看，窗子开了，铁条锯断了，犯人也跑了，他就想起达达尼昂送他的信，恐怕公爵有危险，就跑到马房，骑了一匹马，跑到海军总部来。到了，就跑到楼上，一上楼就碰见费尔顿。

再说公爵那时并没死，慢慢醒过来，睁开眼，说道：“诸位请便。我要同帕特里克、拉波特说话。温特，你来了吗？今早你派了一个很古怪的送信人来，你看他把我刺了。”温特道：“我永远不能饶我自己了。”白金汉道：“你说得不对。你先出去，让我同这个人说几句话。”温特滴下许多眼泪来，走出了房间，只剩拉波特同帕特里克。拉波特跪在地下，说道：“爵爷，你还可以活，你还可以活。”公爵说道：“王后同我说什么话？你们读给我听，不要耽误了。”拉波特拆了封，把信摆在公爵面前。公爵眼看不见，说道：“我看不清楚，你们赶快读给我听。”拉波特读道：

爵爷：

如果你还念我，还记着我为你所受之苦，我求你把兵撤了，不要打仗。虽然你说是为宗教动兵，有人说你是因为爱我。我求你听我所劝。现在这仗，不独英法两国受害，连你自己也有性命之忧。你要小心，有人谋害你的性命，只要你不同法国作对。我把你的性命是看得极其贵重的。

白金汉拿出全部精神，来听这封信，等到听完了，有点不满意，问道：“拉波特，王后没别的口信了吗？”拉波特答：“爵爷，有的，王后吩咐我说，请爵爷小心护卫，王后听人说，有人要行刺。”公爵很不耐烦地问道：“没别的话了吗？”拉波特道：“王后还吩咐我说，王后还爱爵爷。”白金汉道：“谢天谢地，我死了，她不当是死了个路人了。”回头对帕特里克说道：“把装钻石的盒子拿来。”帕特里克拿了盒子来，拉波特认得是王后的东西。公爵又说道：“把珠花香囊拿来——上面绣了王后名字的。拉波特，王后送我的东西，只有这两件同那两封信，你拿回去，送还王后。再拿我一样东西，送去作纪念。”说到这里，两眼四周地看。快要死了，两眼看不清楚，只看见费尔顿行刺他的那把刀子，血迹模糊，他抓着拉波特的手说道：“你就把那刀子拿去吧！”他把这几样东西摆在一堆，就不能说话了。再等一会儿，就从榻上倒在地下。帕特里克喊了一声，看见公爵脸上却带着笑容。这时候医生到了，拿着公爵的手，等了一会儿，说道：“死了，没得救了。”帕特里克喊道：“死了，死了！”衙门的人听了，个个慌张忧惧。

温特找着费尔顿，说道：“你这个人！你晓得你做了什么事？”费尔顿道：“我报了仇了。”温特道：“你是串通了米莱迪做的。我们不能让这个女人再犯罪了。”费尔顿道：“我不懂你的话。我刺死白金汉公爵，为的是他不升我的官。你保举我两次，他都不答应，我现在就是报这个仇。温特听了，摸不着头脑。那时费尔顿很害怕，怕的是米莱迪来自首，同他一起死。他两眼向海上望，忽然打了一战，原来他看见远远有一条船，就是要送米莱迪到法国的那条船，脸上就顿时变色，咬牙切齿，他知道上了米莱迪的当，说道：“我要问一句话。”温特道：“什么话？”费尔顿道：“现在有几点？”温特看表，说道：“差十分到九点。”原来米莱迪比约定的时候早一个半小时就开船。她因听见炮响，晓得是行刺的事成功了，先走为妙，这时候那条船已到天涯，几乎望不见了。费尔顿说道：“这是天意了。”两眼还只管望着那条船。温特知道他的意思，说道：“你的伙计不回来同你一起死了。但是我答应你，她是走不脱的。”温特下了楼，向码头走去。

第六十章　找寻波那瑟太太

再说英王查理一世听见他所最喜欢的大臣被刺死了，就怕拉罗谢尔的人不肯固守。红衣主教的记载上说，英王得了这信，十分秘密地封了港口，不许船只出口，预备自己的大兵，先行出海。白金汉死后，查理自己料理发兵的事，那时丹麦的钦差正要出海回国，也不能动身。荷兰的钦差也羁留住了。但是封海的号令是公爵死后五小时才颁发的，那时已经有两条船先出港口了，一条是送米莱迪到法国的，还有一条，下文再叙。

现在追说法军围攻拉拉罗谢尔的事。一连好几天都没动兵，路易觉得在营里难受，打算要回圣热尔曼离宫去过路易节，要微服回去，叫主教拨二十名火枪手护送。主教很愿意王上离开大营，自然是照办的，约好9月15日回来。主教告诉了德·特雷维尔，德·特雷维尔晓得阿多斯他们四个人很想回巴黎，就派了他们四个。阿拉米斯接到秘密消息，说米莱迪要到贝国纳地方的一个修道院。达达尼昂听见了，很替波那瑟太太着急，阿拉米斯就立刻写信给米桑，请她同王后说，叫波那瑟太太离开那间修道院，改到洛林，或是比利时去。一个礼拜内，接到回信，写道：

我的表亲：

信内有我的姐姐发给的凭据一张，准她出修道院。我的姐姐很喜欢波那瑟太太，将来还要帮她忙的。

信尾签着米桑的字，再看那张凭证，上面写道：

院长：见凭即将我所荐的某氏，交与执持此据之人。

底下签着王后的字。这些人听了之后，都去同阿拉米斯开玩笑，说他的表亲不过是个女裁缝，居然称呼王后是姐姐。内中波尔多斯取笑得最厉害。阿拉米斯急了，说如果他们还是要取笑，他只好跑开，帮忙了。他们以后就不提米桑两个字了。他们得了这张凭据，因为在拉罗谢尔打仗，不能走开，也是没用。达达尼昂正想告假，忽然特雷维尔统领派他们四个人护送王上，他们高兴得很，先打发随从们送行李，翌日他们动身，随扈。主教送到某处。王上原想23日到巴黎，路上却不时地逗留，臂鹰取乐，火枪营的人，都喜欢逗留解闷，达达尼昂他们倒很着急。23日晚上，到了巴黎，王上准了火枪手四天假，却不许他们到公众的地方去，阿多斯他们很高兴。随后特雷维尔统领又加两天假。

他们24日下午五点动身。达达尼昂先说道："我们这件事，看来还不甚难。只要两天工夫，糟蹋两三匹马，我就赶到贝国纳，交了信，把康斯坦斯领出来。我不送她到比利时，也不送她到洛林，我要领她回巴黎。主教在拉罗谢尔，倒不如把波那瑟太太安置在巴黎妥当。等到打完仗，王后念起我们的功劳，那时我们所求必应的。我看，你们不如就在这里，不必陪我远行了。我带了布朗歇，有两个人，也够了。"阿多斯说道："达达尼昂，你要记得，贝国纳是主教同米莱迪约会的地方，你晓得米莱迪到了哪里，哪里就要出祸的。若是你去只同四个男人相敌，也就罢了，你去对敌那个女人，不是玩的。我们带了随从，陪你去，或者还可以敌得住。"达达尼昂道："你说得很可怕的，其实有什么可怕。"阿多斯道："样样都是可怕的。"达达尼昂看看他们，他们脸上都很有不放心的样子，后来都没说话。

25日的晚上，到了阿拉斯地方，下了马，进店喝酒，见一个人从院子里出来，骑了一匹马，向巴黎走。虽是八月天气，他披了罩袍，出门的时候，风吹罩袍，把帽子往上略移一移，那个人伸手去抓帽子，又戴低了些。达达尼昂顿时认得这个人，脸色变了，把酒杯放下来。布朗歇道：“不好，我的主人得急病了。”阿多斯三个跑去看，看见达达尼昂正要上马，阿多斯问道：“你又要到哪里去？”达达尼昂跳上马说道：“那个人就是他，我一定要赶。”阿多斯道：“是谁？”达达尼昂道：“就是默恩镇的那个人。他来了，总没好事的。我第一次碰见他，他就同那个凶恶女人在一处。我碰痛阿多斯的肩膀，同他吵闹的那一次，就为的这个人。波那瑟太太被掳的那一天早上，我又碰见这个人。今日又碰见他！”又喊道：“我们都上马，一齐去追他！”阿拉米斯道：“等等，你要晓得，他骑的是新马，走的路是同我们相反的，如何赶得上，由他去吧。我们要救波那瑟太太，够忙的了。”忽然有个马夫，跑出来，要追那个人，说道：“他丢了这张纸。”达达尼昂说道：“你把纸给我，我赏你半个皮斯托尔。”马夫给了纸，拿了钱，很高兴地回马房去了。达达尼昂把纸打开，几个朋友，很着急地问道：“说些什么？”达达尼昂道：“只有一个字。”阿拉米斯道：“哪个字，也许是地名。”波尔多斯道：“阿尔芒蒂耶尔，我从来没听过有这个地方。”阿多斯道：“笔迹的确是那个女人的。”达达尼昂道：“很好。我们记着，这半个皮斯托尔，花得并不冤枉。我们上马吧，我们上马吧。”于是四个人上马，向贝国纳路上走。

第六十一章 贝国纳修道院

且说罪大恶极的人往往漏网，米莱迪这一趟从英国逃回法国，却没被两国的巡船拿获。她打法国去的时候，在英国朴茨茅斯地方登岸，说是个避难的英国人。从英国逃回来的时候，在法国布洛涅登岸，她说是个法国女人。她身上原带了最得力的护照。第一件，是美貌；第二件，是贵人风范；第三件，是肯花钱。她到了布洛涅，那镇守官员是个老头子，见她很美貌，举止又大方，一点也不留难，让她登了岸。她先写了一封信给主教，说道："大人可以放心，白金汉公爵永远不能动身到法国了。"写的是25日。信下又加几句道："我就要动身到贝国纳，在那里候你来。"当天晚上就动身，路上在一个小店歇了。早上五点又走，走了三个小时，到了贝国纳，问修道院的地址，见了院长，交上主教的一件公文。院长请她到一间房里，请她吃早饭。米莱迪脸上安静如常，一点不露凶恶。

吃过早饭，院长进去见她，她就使出许多手段，叫院长欢喜。这位院长，原是贵族出身，最喜欢听宫里的新闻。米莱迪原在法国宫里混过五六年的，就把许多宫里的事情及王后爱恋白金汉等事说得绘声绘色，要引院长开口。谁知院长听了，只是听，一语不发。米莱迪看见这样，便换了话题，谈主教，却不晓得院长同主教怎么样，她就先去探听。院长听见她说起主教，只是点头。米莱迪大着胆，想法去探听，就谈起主教同代吉隆夫人及洛吾夫人恋爱的事，慢慢有点意思了。米莱迪想道：她听了这些故事，倒没什么，即使她是个主教党，也不见得是很崇拜主教的。"于是米莱迪谈起主教对待仇人之毒辣手段，院长听了，画个十字，却还不置可否。米莱迪知道院长是王上的人，不是主教派，重新又谈到主教的残酷政策。院长说道："这些事，我都不大晓得，我虽然离宫里很远，不幸我们修道院里倒有避难的，内中有一个，吃了主教不少亏。"米莱迪道："我倒很可怜她。"院长道："是该可怜的。这个女子，受过监禁，还有许多暴虐的事情——也许主教不是乱来的。这个女子，面貌倒是无害的，但是看人甚难。"米莱迪道："原是这样。若是上帝生的最好看的人，都会骗人的，我们去相信什么人呢？我这个人，总是一生受人骗的了。我看见可怜的人，总是会同情的。"院长道："据你看来，这个女子是无罪的。"米莱迪道："却有一样，主教虽然惩办有罪的人，但是有德之人，他有时也要办的。"院长道："你这句话，说得有点奇怪，我却不大懂。"米莱迪道："什么奇怪？"院长道："主教派你来的，你是主教的朋友，但是……"米莱迪道："我还要说他的坏话。"院长道："你却没说他的好话。"米莱迪道："可惜他不是我的朋友，倒是我的仇人。"院长道："这封信里，主教叫我照应你。"米莱迪道："他叫我到这里，不过是把我监禁起来，等他派人来放我。"院长道："你为什么不逃跑呢？"米莱迪道："跑到哪里呢？只要主教想找我，随便跑到那里，都是跑不掉的。倘若我是个男人，自然还有法子好想，我是个女人，只好罢了。你刚才说的那个女人，她想法子逃跑吗？"院长道："这个女人的事，是两样的。她是被恋爱给牵绊住了。"米莱迪道："她若是有爱情，那还算不了十分不快活。"院长道："看来你也是被迫害的。"米莱迪叹道："是的。"院长忽然想起来，问道："你不是反对真教的人吗？"米莱迪道："我不是信奉基督教的。我可以对天发誓，我是个最相信天主教的人。"院长微笑道："你不要害怕。你在这里，没有什么难受的。我们总要想出法子来，叫你过得好。况且那个女人，你总要会着的，她是很招人爱的，总算同你是同病相怜，一定相处得来。"米莱迪道："她叫什么名字？"院长道："有一位大家夫人送她来的，喊她作凯蒂。她别的名字叫什么，我就不晓得了。"米莱迪喊道："她叫凯蒂，当真吗？"院长道："是的。你认得她吗？”米莱迪想到那个女人或许是她的女仆，不禁微笑，后来满面怒容，再过一会儿，又装出慈善面貌来，问道：“我几时可以见她？我很着急要见她。”院长道：“等等就可以见。不过你跑了四天的路，今早起得又早，你先去歇歇吧。等到吃饭的时候，我再喊你。”米莱迪原不想睡，听了院长的话，只好先去歇歇，养养神。于是同院长告辞出来，倒下去睡。她想起拿凯蒂来报仇，心里极高兴。又记起主教应许她的话，她已经替主教把仇人杀了，达达尼昂的性命是在她手上了。只有一件事，她却很放心不下，她以为德·拉费尔伯爵早已死了，谁知还没有死。伯爵同达达尼昂是好朋友，一定是两个人同谋破主教的秘计，收拾达达尼昂的时候，就可以拖累伯爵。又想了许多妙计之后，她心里十分高兴地就睡着了。

后来有人喊醒她，看见院长站在床边，旁边还有一个少年女子，长得很细致，米莱迪却不认得她。两个人的相貌都是很美的，米莱迪却来得高贵些。院长给她们介绍一下，就出去了，那一个女子也想出去。米莱迪道：“你不要去，你陪陪我，我很想同你做朋友，请你等等，同我谈谈。”那女人道：“你很累了，要好好歇歇，我不想惊吵你。”米莱迪道：“我睡够了，醒来很舒服，你陪陪我吧。”说完伸手去拉她，请她坐下了。那女人说道：“真是不幸得很，我在这里有六个月了，没一个人谈天，你现在来了，我却要出修道院了。”米莱迪道：“你要走了吗？”那女人很高兴地说道：“是的。”米莱迪道：“我听说你是受了主教的迫害，到这修道院里来的，我们是同病相怜了。”那女人道：“你也是受主教的迫害吗？院长的话不错了。”米莱迪道：“别出声。我们虽在这修道院里，也不好大声说他，我所以受害，因为同一个我所亲信的女人话说多了，谁知她反去谋害我。你也是被人谋害的吗？”女人道：“不是的。我是忠心被害。有一个女人，我是很忠心于她的，我肯舍性命为这个女人。”米莱迪道：“她丢开了你吗？”女人道：“我当初以为她忘记了我，丢开我了。前两三天，我才知道，她并没丢开我。不然，我心里是很难受的。但是我听说，你原可逃跑的？”米莱迪道：“我既无朋友，又无金钱，叫我跑到哪里？况且这个地方，我从没来过。”女人道：“你心地这样好，相貌这样美，随你跑到什么地方，都是有朋友的。”米莱迪道：“虽是这么说，我也还是免不了受人谋害。”女人道：“你要信天呀！到了时候，你做的好事，自然是有好报的。好在我们见了面，我虽然是不能帮你的忙，我却有几个有力量的朋友，等我出了修道院，我请他们帮你。”米莱迪道：“我刚才说我被人收拾，并不是因为我没得朋友。不过这班朋友都是怕主教的。就是王后自己，也不敢同主教相抗。我晓得的，得罪了主教的人，王后想救也救不来。”女人道：“你请放心，王后有时似乎不能相救，等到了机会，王后还要设法的。”米莱迪道：“王后是个好女人，你说的话，我都很相信。”那女人很高兴地说道：“王后是个极好极美的女人，你也知道了。”米莱迪道：“我同王后不熟，我却认得王后的几个心腹。我认得普唐，在英国会过杜萨特，我还认得德·特雷维尔。”女人道：“你认得德·特雷维尔吗？”米莱迪道：“我同他很熟的。”女人道：“火枪营的统领？”米莱迪道：“是的。”女人道：“我同你要做好朋友。你认得德·特雷维尔，一定到过他府里？”米莱迪道：“常去。”原来她编这个谎是要骗那女人多说话，打听消息。女人道：“你常到他府里，你一定碰见过几个火枪手。”米莱迪觉得渐入佳境了，说道：“特雷维尔统领请到府里吃饭的那几位火枪手，我都碰见过。”女人道：“你把你碰见的几个姓名，说给我听，也许有我也认得的。”米莱迪道：“我见过的是某人某人。”女人道：“难道你没见过阿多斯吗？”米莱迪听了，脸变了色，浑身发抖。女人说道：“什么事，我说了伤你心的话了吗？”米莱迪道：“不是的。你说的这个名字，原是我的朋友。我觉得奇怪，你也认得他。”女人道：“我认得他，还认得他的朋友波尔多斯和阿拉米斯。”米莱迪道：“我也认得。”女人道：“他们都是有胆子有义气的人，你如果认得他们，为什么不请他们帮忙呢？”米莱迪道：“我同他们不很熟，不过我有个朋友，叫达达尼昂，倒同他们很熟。他常同我谈起那几个人。”女人问道：“你认得达达尼昂吗？”看见米莱迪脸上露出怪样，女人又问道：“你对他怎么称呼？”米莱迪道：“不过朋友罢了。”女人道：“不是的，你是他的相好！”米莱迪道：“你才是他的相好！”女人道：“我吗？”米莱迪道：“是的，你是他的相好。你是波那瑟的老婆。”女人听了，害怕起来，往后退。米莱迪道：“你不必赖了，你是他的相好，是不是？”女人道：“是的，不错，我同你是敌手了。”波那瑟太太说完了，看见米莱迪脸上变得十分凶恶，很害怕，原想走开，但是醋意发作，特为不走，说道：“我要问你，你做过他的相好没有？你现在还是他的相好不是？”米莱迪道：“不是的，从来没做过。”她说得很亲切的，波那瑟太太也相信了，说道：“我信你的话。为什么我刚才谈起他，你就叫起来？”米莱迪道：“你还不晓得吗？”女人道：“我怎么会晓得。”米莱迪道：“因为达达尼昂是我的好朋友，他同我说过许多秘密的话。”女人道：“是吗？”米莱迪道：“是的。因此我知道你的事，从前你如何在圣热尔曼被人掳了，他如何着急，他同他的几位朋友如何各处找寻。我现在无意中碰着你，自然是觉得诧异的。他同我常谈你，他很爱你，还叫我也爱你。康斯坦斯，我居然找着你了。”说完，就搂波那瑟太太。波那瑟太太信以为真，当她是极可靠的朋友了，说道：“我得罪你的话，你不要见怪。”米莱迪原想把波那瑟太太立刻就弄死的，不过这个地方，不好下手，就装出笑脸来，说道：“我找到你，高兴极了。让我看看，达达尼昂对我说你的面貌神情，一点也不错，我为什么一见你，还不认得。”波那瑟太太却看不出这副笑脸里，藏着许多毒计，波那瑟太太道：“看来你晓得我所受的苦了。他自己所受的苦已经告诉过你了。不过我为他受苦，倒还觉得快活。”米莱迪道：“自然是快活。”一面说，一面心里想别的。波那瑟太太道：“幸亏我的灾难满了，明天他就来了，也许今晚就到。”米莱迪听了，大惊，问道：“你说什么？你盼望接到他的信吗？”波那瑟太太道：“我知道，他自己来。”米莱迪道：“达达尼昂自己来吗？”波那瑟太太道：“是的。”米莱迪道：“没有的事，他在拉罗谢尔打仗，打完仗，才能够来。”女人道：“你自然是这样想。不过我的达达尼昂，有胆子，没有办不来的事。”米莱迪道：“我不相信。”波那瑟太太一点都不疑心，高兴得很，把信送给她，说道：“你看看这封信。”米莱迪见了信，心里想道：“这是谢弗勒斯夫人的笔迹，我常疑心她传递消息。”米莱迪读信道：“我的好孩子，你预备动身，我们的朋友，就来见你，把你放了。我们有胆识的加斯科尼人，很可靠。你告诉他，有几个人因为他预先送信，很感激他。”米莱迪道：“这是不错的。你可晓得预先送信的话，是怎么讲？”波那瑟太太道：“大约说的是主教的诡计。”米莱迪道：“也许是的。”说完，往后靠，在那里想。

这个时候，听见路上有马蹄声。波那瑟太太跑到窗子看，说道：“也许是他来了。”米莱迪很惊，一点也动不得，说道：“真是他来了吗？”波那瑟太太道：“不是的。这个人我从来没见过，是到这里来的，摇门铃了。”米莱迪从床上跳下来，问道：“当真不是达达尼昂吗？”波那瑟太太道：“当真不是的。”米莱迪道：“也许你没看清楚。”波那瑟太太道：“我只要看见他帽子的鸟毛，或是衣裳的一块，我就认得是他。”米莱迪赶快穿了衣裳，说道：“你说这个人，来这里吗？”波那瑟太太道：“这时候，他已经进来了。”米莱迪道：“不是来看你的，就是来看我的。”波那瑟太太道：“你为什么这样不安？”米莱迪道：“我没法子，主教是可怕的。”波那瑟太太道：“别出声，有人来了。”话没说完，院长开门进来了，问米莱迪道：“你是从布洛涅来的吗？”米莱迪道：“是的，有人找我吗？”院长道：“是的，有一个人，他不肯报名姓，说是从主教那里来的。”米莱迪道：“他要见我吗？”院长道：“他说他要同从布洛涅来的人说话。”米莱迪道：“请你领他进来吧。”波那瑟太太道：“难道这个人来送凶信的吗？”米莱迪道：“恐怕是的。”波那瑟太太道：“我让你去会这个人，等到这个人走了，你容许我进来吗？”米莱迪道：“自然，我要你来。”院长同波那瑟太太出去了，只剩米莱迪一个人，两只眼不停地看着门。听见一阵登楼的声音，脚步慢慢地近了，推开了门，进来一个人，米莱迪见了，高兴得喊了出来，原来这个人是主教的侦探罗什福尔伯爵。

第六十二章　米莱迪之布置

再说米莱迪看见罗什福尔进房，喊道："原来是你啊？"伯爵答道："是我。"米莱迪问道："你从哪里来？"伯爵道："我从拉罗谢尔来，你从哪里来？"米莱迪道："我从英国来。"伯爵道："白金汉公爵怎么样？"米莱迪道："他不是死了，就是受了重伤。有一个信奉清教的疯子行刺他。"罗什福尔微笑，说道："哈，这是偶然侥幸的一件事，主教知道，一定高兴的。你告诉他了没有？"米莱迪道："我在布洛涅，写信告诉他了。你来这里做什么？"伯爵道："主教很不放心你，特地派我来打听。"米莱迪道："我昨天才到这里。"伯爵道："昨天以前你办的什么？"米莱迪道："我一点时间都没糟蹋。"伯爵道："我晓得的。"米莱迪道："你晓得我在这里碰见了什么人？"伯爵道："不晓得。"米莱迪道："你猜猜。"伯爵道："我猜不着。"米莱迪道："就是王后特地从监狱里放出来的少年女人。"伯爵道："难道是达达尼昂的相好吗？"米莱迪道："波那瑟的老婆，主教寻不着她的踪迹。"罗什福尔道："运气真好。主教无疑是个走好运的人。"米莱迪道："我同她两次相遇，你说奇怪不奇怪。"伯爵道："她晓得你是谁吗？"米莱迪道："不晓得。"伯爵道："她根本不认得你。"米莱迪微笑地说道："是的。我们现在是好朋友了。"伯爵道："你真是个奇怪女人！"米莱迪道："幸亏这样。你晓得她要怎样？"伯爵道："她要怎样？"米莱迪道："王后有命，明天要放她。"伯爵道："是吗？谁来接她？"米莱迪道："就是达达尼昂同那几个朋友。"伯爵道："我们总要把这个人关在巴士底狱大牢才得了。"米莱迪道："我不懂为什么还不把他们关起来？"伯爵道："主教好像很喜欢这几个人，我不晓得什么意思。"米莱迪道："有这件事吗？"伯爵道："是的。"

米莱迪道："罗什福尔，你去告诉主教，就说我和主教在鸽子笼酒店说的话那四个人都听见了。你告诉他，他走之后，有一个跑到我房里，抢了我的护照；你告诉他，这四个人，把消息送给温特勋爵，那件事差点办不成；你告诉他，为首的是阿多斯和达达尼昂两个人；你告诉他，阿拉米斯是谢弗勒斯夫人的情人，我们晓得他的秘密，我们还可以利用他；至于波尔多斯，他不过是个大呆子。这个人，我们可以不理他了。"伯爵道："他们四个人，不是随大军在拉罗谢尔吗？"米莱迪道："我原想他们是在那里的，谁想波那瑟太太得了谢弗勒斯夫人的一封信，波那瑟太太这个呆子给我看了，我才晓得那四个火枪手要到这里接波那瑟太太。"伯爵道："这却怎么好呢？"米莱迪道："主教叫你吩咐我办什么？"伯爵道："叫我来取你的报告，你口说给我也好，或写出来也好，我得了报告，马上就走。主教得了你的报告之后，另外有事吩咐你去办。"米莱迪道："我就在这里等吗？"伯爵道："在这里也好，在附近也好。"米莱迪道："我不能同你一道走吗？"伯爵道："不能。营里也许有人认得你，于主教有点不便。"米莱迪道："我就住在这里或在附近，就是了。"伯爵道："你要让我晓得，好送信。"米莱迪道："我也许不能久在这里。"伯爵道："为什么呢？"米莱迪道："不问什么时候，我的仇人，都可以到这里。"伯爵道："你若是不住在这里，那个女人是要跑了的，你不晓得她跑到哪里。"米莱迪道："你忘了，我现在是她的最好朋友了。"伯爵道："我就可以告诉主教，说这个女人……"米莱迪道："请他不用烦心了。"伯爵道："就是这句话吗？"米莱迪道："他晓得这句话怎样讲。"伯爵道："是了。我怎么样呢？"米莱迪道："你赶快回大营去，这些消息，你要赶快报告主教。"伯爵道："我的马车到了某处，车就坏了。"米莱迪道："这是顶好的事。"伯爵道："你听了，为什么高兴？”米莱迪道：“我要用车。”伯爵道：“我怎样走呢？”米莱迪道：“骑马。”伯爵道：“说得容易，有一千多里呢！”米莱迪道：“你可以办得了。”伯爵道：“办是办得了。还有什么呢？”米莱迪道：“你到了某地方，可以打发车来，叫你的随从来，给我带信。”伯爵道：“很好。”米莱迪道：“你带了主教的公文吗？”伯爵道：“主教授我全权。”米莱迪道：“你就告诉院长说，或今日或明日，有人来领我，请她让我跟你派来的人走。”伯爵道：“晓得。”米莱迪道：“你同院长说到我，总要诋毁我。”伯爵道：“这是什么缘故呢？”米莱迪道：“我装作主教的反对党，你这样才能坚波那瑟太太相信我之心。”伯爵道：“我明白了。你把报告写好了，给我。”米莱迪道：“用不着了。我什么都告诉你了。你好记性，你回去照说就是了。信件是容易遗失的。”伯爵道：“也好，你把住址告诉我，不要叫我满天下找你。”米莱迪道：“等等，让我想想。”伯爵道：“你要地图吗？”米莱迪道：“用不着，这里我很熟的。”伯爵道：“什么？你到过这里吗？”米莱迪道：“我是在这里长大的。”伯爵道：“是吗？”米莱迪道：“有个长大的地方是占点便宜的。”伯爵道：“我在哪里找你？”米莱迪道：“让我想想，你去阿尔芒蒂耶尔找我吧。”伯爵道：“阿尔芒蒂耶尔？在什么地方？”米莱迪道：“在利斯，只要一过河，就是外国了。”伯爵道：“很好，不过你不是遇着十分危险，不要过河。”米莱迪道：“那个自然。”伯爵道：“你倘若是过了河，我去哪里找你呢？”米莱迪道：“你一定要带随从吗？”伯爵道：“不一定。”米莱迪道：“你的随从靠得住吗？”伯爵道：“很靠得住。”米莱迪道：“你把他留下，给我。没人认得他，他在阿尔芒蒂耶尔等，倘若我离开那里，他可以告诉你，我到什么地方去了。”伯爵道：“你把地名写在纸上，恐防我忘记了。地址是不会泄漏的。”米莱迪道：“那可难说！你既然要，我就写给你吧。”说完，写给伯爵。

伯爵接了那片纸，藏在帽子里，说道：“我一路走一路把地名念熟了，纸片丢了，也不要紧。没别的事了吗。”米莱迪道：“没了。”伯爵道：“让我看看，白金汉死了，或是受了重伤；四个火枪手偷听你同主教的密谈；你到朴茨茅斯，温特勋爵先得了信；阿多斯同达达尼昂，要关进巴士底狱；阿拉米斯是谢弗勒斯夫人的情人，波尔多斯是个大呆子；波那瑟太太已找着了；你要我的车，还有我的随从；我去告诉院长，说你得罪了主教；我去利斯岸边阿尔芒蒂耶尔去找你。对不对？”米莱迪道：“不错的。你的记性很好。不过还有句话。”伯爵道：“什么话？”米莱迪道：“我看见修道院旁花园和树林很近，你告诉院长，让我在树林里走走，将来我许要从后门逃跑的。”伯爵道：“你什么都想到了。”米莱迪道：“你却忘了问我一句话。”伯爵道：“什么话？”米莱迪道：“你没问我要钱用不要。”伯爵道：“你要多少？”米莱迪道：“你所有的金钱都交给我。”伯爵道：“我可以给你五百个皮斯托尔。”米莱迪道：“我也有这个数。你把你的给了我，我有了一千个皮斯托尔，可以够了。”伯爵道：“这就是了，你拿去吧。”米莱迪道：“谢谢你，你几时走？”伯爵道：“再过一小时。我还要吃东西，我的随从，还要替我找马。”米莱迪道：“请了吧。”伯爵道：“请了。”米莱迪道：“替我问候主教。”伯爵大笑道：“问候恶鬼。”

果然过了一小时，他就动身，五小时之后，在阿拉斯走过，达达尼昂是在阿拉斯遇见他的。

第六十三章　太迟了

再说罗什福尔才走了，波那瑟太太就进来，看见米莱迪满脸高兴，很诧异，波那瑟太太说道："我听说，你害怕的事情就要来了，不是今晚，就是明早，主教叫你去。"米莱迪道："我的宝贝，谁告诉你的。"波那瑟太太道："我听见送信的人说的。"米莱迪道："你过来，坐在我身边。等等，我看看有人偷听没有。"米莱迪站起来，开了门，看看过道，走回来，坐在波那瑟太太身边。波那瑟太太道："为什么要这样小心？"米莱迪道："我告诉你吧，刚才送信的人，很为难办。"波那瑟太太道："你说的是主教打发的人，去见院长的吗？"米莱迪道："我的宝贝，是的。"波那瑟太太道："难道他不是主教打发来的吗？"米莱迪低声道："不是的。他是我的亲兄弟。"波那瑟太太喊道："你的亲兄弟吗？"米莱迪道："是的，你不要告诉别人。别人知道了，我是不得了，你也不得了。"波那瑟太太喊了一声。米莱迪道："你听着我告诉你。我的亲兄弟，原是来接我的，要用强硬手段接我回去。半路上遇见主教的人，我的兄弟就紧跟着他，到了无人地方，拔出剑来，要那个人把公文拿出来，那个人不肯，我兄弟把他杀了。"波那瑟太太听了，很害怕，说道："可怕得很。"米莱迪道："他也是没法。他把公文抢了，就冒名是主教派来的人。再等一两小时，就有车来接我。"

波那瑟太太道："原来是你的兄弟派车来接的。"米莱迪道："还有一层，你接的那封信，你以为是谢弗勒斯夫人的，原来是封冒名的假信。”波那瑟太太道：“假信？没有的事。”米莱迪道：“特为作封假信，叫你不要抗拒。”波那瑟太太道：“达达尼昂自己来呢？”米莱迪道：“没有这回事，他们都还在拉罗谢尔打仗呢！”波那瑟太太道：“你怎么晓得的？”米莱迪道：“我兄弟遇见几个主教的人，假装作火枪手，他们快要来了。你以为他们是好朋友，他们就把你捉回巴黎去。”波那瑟太太道：“我听见这些诡计，我都糊涂了，我要疯了。”米莱迪道：“你听听。”波那瑟太太道：“是什么？”米莱迪道：“马蹄声音。我的兄弟就走了。我到窗子上去同他送个行。”米莱迪开了窗子，罗什福尔正跑过，米莱迪喊了他一声兄弟，罗什福尔抬头，看见两个女人，对着他们摆手。米莱迪装出很亲爱的样子，又喊了他一声，坐下了，在那里想。波那瑟太太道：“我该怎么办呢？你的阅历比我多，你替我想个法子，我感激不尽了。”米莱迪道：“我也许猜错的，达达尼昂同他的朋友也许来的。”波那瑟太太道：“那是自然更好了，不过我恐怕没有这个好运气。”米莱迪道：“全靠谁先到了。如果达达尼昂他们先到，你是遇了救了，如果主教的人先到，你可无望了。”波那瑟太太道：“如果这样，我是没得救了，这却怎样好？”米莱迪道：“你倒不如先藏起来，看看来的是谁再说。”波那瑟太太道：“我藏在什么地方呢？”米莱迪道：“这倒不难，我也先到一个地方躲藏，离这里有数十里，等我的兄弟，我可以带你同去，我们同躲在一处。”波那瑟太太道：“他们不让我走，我在这里同监犯一样的。”米莱迪道：“他们来找我，算是主教派他们来的；人家都不相信你愿意同我一路去的。马车停在门口，你站在车门前，同我送行，我兄弟的随从是晓得的，他一使手势，车就走了。”波那瑟太太道：“倘若现在达达尼昂来了，怎么样呢？”米莱迪道：“那个——我们可以打听出来的。”波那瑟太太道：“怎样打听？”米莱迪道：“容易得很。我兄弟的随从，是很靠得住的，我叫他回来在贝国纳打听，他自然改了装，守着这个修道院。若是主教的人来了，他不出来，若是达达尼昂来了，他自然领他们来。”波那瑟太太道：“他认得达达尼昂他们吗？”米莱迪道：“他在我家里见过达达尼昂。”波那瑟太太道：“是了，我还许有得救，不过我们不要躲得太远了。”米莱迪道：“我们躲的地方不过离这里七八十里。我们紧靠在边界上，只要风声不好，我们就过界，跑到外国去。”波那瑟太太道：“我们现在做什么呢？”米莱迪道：“只好耐心地等，就是了。”波那瑟太太道：“万一仇人来了？”米莱迪道：“我兄弟的马车，一定先到的。”波那瑟太太道：“万一车到了，我们不在一处，我也许去吃饭怎么好呢？”米莱迪道：“你要同院长说一声，说同我一处吃饭。”波那瑟太太道：“能允许吗？”米莱迪道：“一定允许的。”波那瑟太太道：“只愿院长准了我，我就可以常同你在一处。”米莱迪道：“你就去同院长说，我现在有点心烦意乱，我要到园里走走。”波那瑟太太道：“你去吧，告诉我，在什么地方找你？”米莱迪道：“过一小时，我就回来。”波那瑟太太道：“你替我费了许多心，我谢谢你，你待我这样好，我真是感激不尽。达达尼昂知道了，也要很感激你的。”米莱迪道：“什么事都商妥了，我们下楼吧。”波那瑟太太道：“你要到园里去吗？”米莱迪道：“是的。”波那瑟太太道：“从过道出去，下了小楼梯，一直去，就是了。”米莱迪道：“谢谢你。”于是两个人微笑，分了手。

再说米莱迪的诡计是要先把波那瑟太太劝走了，带在自己身边，随后再去骗她，说达达尼昂并没来贝国纳。再过几时，罗什福尔回来，那时谋害阿多斯同达达尼昂的法子总可以想好了。米莱迪谋事，仿佛像个大将，通盘先筹算好，胜则进，败则退，一丝不漏，她到了花园，先把路径看好，哪一条路可以逃走，以备缓急。过了有一小时，听见波那瑟太太喊她，原来院长许了波那瑟太太，准她同米莱迪一处吃饭。两个人刚走到院子，听见马车之声到了修道院门口，马车停了。米莱迪很留心地听，问道：“你听见声音吗？”波那瑟太太道：“我听见有马车声音。”米莱迪道：“这就是我兄弟送来的马车。”波那瑟太太道：“我害怕得很。”米莱迪道：“来，来，你要壮壮胆。”说完了，听见门口摇铃的声音，米莱迪对波那瑟太太道：“你到你房里去，拿点值钱的东西。”波那瑟太太道：“我房里只有他的信。”米莱迪道：“你就去拿，随后到我房里，我们先吃饭，再走，恐怕要走一夜的路。”波那瑟太太把手摆在胸口，说道：“我心跳得利害，我几乎不能走了。”米莱迪道：“胆子放大些，再过一刻钟，我们就平安了。你要记得，你是为他去做这件事。”波那瑟太太道：“为了他，我什么事都肯做。想到这里，我胆子大起来了。你先上去，我随后就来。”

米莱迪上了楼，看见罗什福尔的随从在房里等她。米莱迪先吩咐他，叫他在大门等，倘若是火枪手来了，他先把马车赶到树林那一边的村子等，米莱迪自己从花园入树林，步行到村里。倘若是火枪手不来，米莱迪先上车，波那瑟太太同她送行，马夫顿时就打马快跑。说到这里，波那瑟太太进了房，米莱迪又把等波那瑟太太来送行快把马车赶走的话，说了一遍，叫波那瑟太太听见。米莱迪问是什么马车？随从说是三匹马的车。商量好了，叫随从骑马在前，做向导。米莱迪原先还怕波那瑟太太犯疑，谁知波那瑟太太脸上这样温柔，心里又十分慈善，一点也不疑心，况且米莱迪是谁，她一点不晓得。随从出了房，米莱迪说道：“样样事都预备好了。院长一点也不犯疑，以为我是真蒙主教放我走的。你喝点酒，吃点菜，我们就动身吧。”波那瑟太太道：“我们这就走吗？”两个人坐下来，米莱迪送波那瑟太太一只鸡翅膀，替她倒了一盅酒，说道：“我们运气好得很。天快黑了，等不到天亮，我们就到了躲避的地方。那时就没人疑我们了。”波那瑟太太吃了几口东西，喝了一点酒。米莱迪道：“来吧，你学学我的样子。”刚好拿起酒盅，忽然听见马蹄之声，吓得同雷打一般，顿时脸上全变了色，跑到窗口去看。波那瑟太太也浑身发抖，站起来。那时只听见声音，并看不见人。波那瑟太太喊道：“这又是谁呢？”米莱迪道：“不是朋友，便是仇人。你不要动，让我看看。”波那瑟太太站着不动，话也说不出来，同石人一样。马蹄之声，渐渐近了，只离修道院门不过几十码远的了，米莱迪瞪眼在那里看，忽然在路转弯那里，看见帽子上的鸟羽同金线，数一数，起先是两个人，随后四个人，总共八个人，有一个跑在前头，离开那几个人很远。米莱迪看见为头先行的一个人，不禁哼了一声，原来那个人就是达达尼昂。波那瑟太太也喊了一声，问道："来的是谁？"米莱迪道："来的是主教亲兵。我认得他们的号衣。不要耽误了，我们快跑吧。"波那瑟太太道："我们逃吧。"说只管说，她却害怕得要死，一步也动不得。

那时马蹄的声音已经过了窗子下，米莱迪牵了波那瑟太太走，说道："我们从花园逃走吧，钥匙在我身上，快走吧，再过五分钟，就来不及了。"波那瑟太太勉强走了两步，倒在地下，晕过去了。米莱迪要扶她起来，扶不了。听见马车先走了，因为马夫看见了火枪手就赶马车走了，同时又听见放来两三枪的声音。米莱迪说道："你到底走不走？"波那瑟太太道："我恐怕不能了。我一点力气也没有了。你先逃吧，留我一个人在这里。"米莱迪喊道："我逃了，留你一个人在这里吗？我万万不来！"说完了，忽然有了主意，脸上露出极凶恶的样子来，跑到桌边从手上脱下一个戒指，打开了，摇出点红色粉子，放在波那瑟太太的酒盅内，那粉子入了酒，顿时化了，米莱迪送酒给波那瑟太太道："你喝了这杯酒就有力量了。"说完，把酒送到唇边，波那瑟太太就喝了。米莱迪心里想道："我原不想这样报仇的，现在只好将就了。"米莱迪微笑，把酒盅放在桌上，出去了。波那瑟太太看见她走，自己一点力量也没有，想跟也不能。再过几分钟，听见修道院门大吵，波那瑟太太时时刻刻望米莱迪回来，永远不见她回来，额上出了许多冷汗，倒在地下，几乎不省人事。随后听见开修道院的门声，又听见过道靴子响声，仿佛还听见有人喊她的名字。波那瑟太太忽然十分高兴，喊了一声，爬到房门口，喊道："达达尼昂，达达尼昂，是你吗？我在这里！你进来吧。"达达尼昂喊道："康斯坦斯，康斯坦斯，你在哪里？"同时几个人把门推开了跑进房来。波那瑟太太倒在榻上，不省人事。达达尼昂看见了，把手枪摔在地下，跪在波那瑟太太跟前，阿多斯把手枪放在腰间，波尔多斯和阿拉米斯把刀在身边藏好。波那瑟太太道："达达尼昂，我爱恋的达达尼昂，你果然来了！"达达尼昂道："宝贝康斯坦斯，我们到了，找着你了！"波那瑟太太道："那个女人，还告诉我说你不来了，我晓得你是要来的，幸亏我没同她走，我快活得很。"达达尼昂道："你说的是什么女人？"波那瑟太太道："我的同伴，一位夫人，同我很要好，还要帮我逃走，她以为你们是主教的亲兵，她先逃走了。"达达尼昂道："你的同伴？你说的是什么同伴？"波那瑟太太道："她的马车停在修道院门口。她说是你的好朋友，你还把我们两个的事告诉过她。"达达尼昂道："她叫什么名字？你忘记了吗？"波那瑟太太道："我听见过她的名字一次，你等等，这真奇怪，我为什么觉得天翻地覆的，我眼也看不见了。"达达尼昂道："快帮忙，快帮忙，她两只手冰冷了，她晕倒了！"波尔多斯去喊人来救，阿拉米斯跑到桌子拿水，一眼看见阿多斯盯着眼看酒盅，脸上十分惊惧的样子。阿多斯说道："难道那个女人又谋害了一条人命吗？我倒不肯相信。"达达尼昂喊道："拿水来，拿水来！"阿多斯见了，很伤心，断断续续地说道："可怜这个女子！可怜这个女子！"达达尼昂亲波那瑟太太的脸，过了一会，波那瑟太太睁开眼，达达尼昂道："谢天谢地，醒过来了。"

阿多斯向波那瑟太太问道："你赶快说，是谁喝这盅酒的？"波那瑟太太道："我喝的。"阿多斯道："谁倒酒给你喝的？"波那瑟太太道："那个女人。"阿多斯道："那个女人是谁？"波那瑟太太道："我记得了，她叫温特夫人。"四个人听了，大喊一声，波那瑟太太的脸变了死色，气喘不出来，倒在波尔多斯和阿拉米斯两个人手上。达达尼昂捉住阿多斯的手，问道："你看她是什么？难道是……"阿多斯咬牙切齿道："我看很不好！"波那瑟太太喊道："达达尼昂，达达尼昂，你不要走开，我快死了。"达达尼昂跑到身边，看见波那瑟太太眼也直了，浑身打战，面如死灰。达达尼昂喊道："波尔多斯、阿拉米斯，赶快去求救！"阿多斯道："也是枉然。不中用的了，那个女人放的毒是没得救的。"波那瑟太太声音很微的，说道："救命呀！救命呀！"后来伸着两手，捧住达达尼昂的头，很怜爱地看着他，同他亲吻。达达尼昂同疯了一样，喊道："康斯坦斯，康斯坦斯！"波那瑟太太长叹了一声，死了。达达尼昂心如刀割，叫了一声，倒在波那瑟太太身边。波尔多斯滴下泪来，阿拉米斯两眼望天，阿多斯画十字。

这个时候，忽然有个人立在门口，脸上很慌张，问道："这个是达达尼昂吗？你们就是阿多斯和波尔多斯和阿拉米斯么？”三个火枪手看见这个人，很诧异，因为他们惊魂未定，一时说不出话来。那个人道：“诸位要晓得，我来找的，就是你们要找的女人。我看见遗体，我知道那个女人一定在这里走过。”那三个朋友见这个人，脸是熟的，好像在哪里见过，一时记不起来，三个人还是不响。那人说道：“你们仿佛是不认得我了。你们却救了我两次了，我只好自己引见吧。我就是温特勋爵，是那个女人的夫兄。”阿多斯站起来，抓住他的手，说道：“我们很欢迎你。我晓得你一定肯帮我们的忙的。”温特道：“我从朴茨茅斯动身，不过比那个女人迟了三小时，到了布洛涅，也不过落后三小时；我到了某处，不过比她迟了二十分钟；赶到某处，就失了她的踪迹。我一路跑，一路打听，还看见你们跑过，我认得达达尼昂，我喊你们，你们没听见，我就跟你们跑，那时我的马乏了。看起来，你们虽是跑得快，也到得太迟了。”阿多斯指着波那瑟太太同达达尼昂道：“你看看，我们到得迟了。”温特道：“他们两个都死了吗？”阿多斯道：“不是的。幸而达达尼昂不过是晕过去了。”温特道：“幸亏他没死在那个女人手上。”这个时候，达达尼昂睁开眼，慢慢起来，又倒在波那瑟太太身边。阿多斯走上前，很温和地劝他道：“来吧，我的好朋友，你是个大丈夫，女人为死者滴泪，男人要为死者报仇。”达达尼昂道：“是的。我们替她报仇，我跟你走！”阿多斯低声同阿拉米斯说，叫他去请院长来。阿拉米斯在过道碰见院长，满脸慌张之色，院长就喊了修道院里的几个修女来。阿多斯抓着达达尼昂的手，对院长说道：“这个女人的遗体，我们交给你照应。这个女人，生在世界上，原是个仙女，现在登天，也是个仙女。我们将来还要回来祭她的墓。”说完了，领了达达尼昂出去。

五个人上了马，随从随后，走到贝国纳，住了客店。达达尼昂先说道：“我们不如立刻就去追赶那个女人。”阿多斯道：“要就动身。不过我先要布置。”达达尼昂道：“她要逃走了！捉不着她，你担责任。”阿多斯道：“你不要怕。我可以保她逃不了。”达达尼昂素来是最相信阿多斯的，也就不催，波尔多斯同阿拉米斯面面相向，不晓得阿多斯想什么法子。温特以为阿多斯不过是安慰达达尼昂的话。阿多斯把房间定了，说道："我们先去歇歇吧。你们放心，交给我吧，我布置一切就是了。"温特道："据事情论起来，应该我布置的。为的是我是那个女人的夫兄。"阿多斯道："我是那个女人的丈夫。"达达尼昂听了微笑，他晓得阿多斯直言不讳地把秘密事说出来是要自己去报仇的。波尔多斯同阿拉米斯听了，很惊异，温特听了，以为阿多斯疯了。阿多斯说道："你们都到房里歇息吧。你们现在都晓得，我是那个女人的丈夫，自然是让我设法报仇了。达达尼昂，你把那个人在阿拉斯丢的那片纸给我。你记得吗？那片纸上，写了一个地名。"达达尼昂道："是的。那个地方，叫阿尔芒蒂耶尔。我明白了。那个字是那个女人的亲笔。"阿多斯道："是的。你知道了，头顶上还有天。"

第六十四章　红衣人

再说阿多斯到了这个时候，平常的超脱之心，全没有了，打起十二分的精神去报仇。他恐怕对不起几个朋友，非常用心，先同店主要了一张地图，看见从贝国纳到阿尔芒蒂耶尔，有四条路，他先吩咐了四个随从，叫他们凌晨就动身，各人走一条路，去阿尔芒蒂耶尔。布朗歇最聪明的，从马车走过的一条路走。阿多斯叫他们先走，是要他们打听，没人犯疑。米莱迪认得主人，不认得随从，随从们却都认得米莱迪。预先约好，四个随从，翌日早上七点在阿尔芒蒂耶尔会齐。倘若找出了米莱迪躲藏的地方，三个人在那里守住，一个人回来领路。

阿多斯吩咐过后，叫他们出去，自己站起来，带了剑，披上罩袍，出了店门。那时快有十点了，街上没什么人，阿多斯是要找个人打探情形。后来遇着一个人，他走上前去，问了一句话，那个人听了，很惊怕的样子，指了一指，阿多斯要送他半个皮斯托尔，要他领路，那个人不肯，阿多斯只好一个人向着那个人所指的方向走。碰见四条路口，阿多斯糊涂了，在那里等，看见人，就要问。等了几分钟，来了一个更夫，阿多斯又问他，他也害怕起来，不肯陪他走，只指了方向，阿多斯就向这条路走，一会儿又糊涂了，站在那里等，刚好有个乞儿走来要钱，阿多斯给了他一个克朗，要他领路，乞儿原先不肯，后来在黑暗里看见银钱的光，他就答应了。走到街的转角，乞儿指一间房子给他看，阿多斯去敲门，那乞儿就跑了。那间冷落房子，无灯亮，无人声，仿佛是没人住的。敲了三下，听见屋里有人答应了，一会儿有人出来，半开了门。看见出来的人，个子很高，脸白，发黑，颏下有黑须。两个人说了几句话，那个人就请阿多斯进去。关了门，那个人把阿多斯领入试验房。原来这个人在房里用铁丝捆着一副骷髅架子，是捆好的了，只余那个人头，还摆在桌上。一看房里的东西，就知道这个人是个博物家。有几个黑木的笼子，装了些干蜥蜴，还挂了许多干草药。这个人是一个人住在这里，连家眷随从都没有的。阿多斯进了房，看看各种东西，坐下了，先把来意告诉他，还要烦他帮忙，这个人只是摇头。阿多斯从怀里拿出一张纸来，上面有两行字，签了字，盖了印的，这个人看见了，点头答应。阿多斯站起来，告辞走了。

回到客店，天亮的时候，达达尼昂走进来，问他怎样办。阿多斯道："烦你久等了。"过了一会儿，院长打发人来送信，说日中行葬礼。那米莱迪跑到什么地方，却没得消息，只晓得她是从花园跑了，地下有她的足迹，花园门仍关着，钥匙却不知所往。到了时候，温特勋爵同那四个火枪手，走向修道院里来，远远听见钟声。教堂门开了，礼坛有栏杆门未开，坛中间摆着波那瑟太太的遗体，穿了修行的衣裳。栏杆里是修女，在那里念经。达达尼昂走到教堂门，有点支持不住了，回头一看，不见阿多斯，原来阿多斯把报仇的事想得很周到，先到花园去看足迹。他寻到花园后门，走入树林一看，就知道猜得不错，马车走的路是绕着林子走的。阿多斯两眼盯着路上跟着走，还看见有点血迹，以为是拉车的马受了点伤。走了六七里路，快到费斯蒂贝尔看见很大块的血迹，为马蹄所踏，重新又看见米莱迪的足迹，看来马车在这里停了，一定是在这里出了树林，上的马车。看清楚了，就回到客店。看见布朗歇在那里很不耐烦地等。

布朗歇报告的话也让他很满意。这个随从也在路上走，也看见血迹同停马车的地方，他还到费斯图地，进了客店，打听到前一天晚上，八点半的时候，有一个受伤的男人和一个女人坐了马车，因为那个男人不能走了，就歇在客店，说是在树林里遇了贼，男人受了伤，只好在店里歇脚，女人换了马先走了。布朗歇找着赶车的马夫，才晓得他把女人送到弗罗梅勒，女人就向阿尔芒蒂耶尔去了。布朗歇早上七点到了阿尔芒蒂耶尔，那里只有一间客店。布朗歇装作是个马夫要找事，过了一会儿，晓得有个女客是昨天晚上七点到的，只自己一个人来，住了一间房子，告诉店主说，还要住几天。布朗歇打听了这些消息，跑回头，告诉那三个同伴，叫他们看守着那间店，他自己回来，送信给阿多斯。

刚好说完，那三个火枪手来了，脸上都很着急。达达尼昂先问道：“我们做什么呢？”阿多斯道：“耐心等！”他们都回到自己房里。当天晚上八点，阿多斯吩咐备马，叫人告诉他们三个同温特，马上就动身。不到一会儿，都预备好了，兵器弄好，火枪都装好。阿多斯最后出来，看见达达尼昂已经上了马，正要出发。阿多斯道：“再等一等！还有一个人没来。”那四个人面面相向，露出很诧异的光景，不晓得等什么人。这时候，布朗歇把阿多斯的马牵出来。他跳上马，吩咐同伴等他，他先跑了。不到一刻钟，又跑回来，有一个人陪着来，这个人戴了面具，披了红罩袍，温特勋爵同达达尼昂几个人都不晓得这个人是谁，看见是阿多斯带来的，只好不问了。到了九点，这一群人就出发，布朗歇做向导，跟着马车走过的路走。各人的心绪都是凄惨不宁的，一路无话。

第六十五章　问 罪

再说那天晚上，天色黑暗，刮很大的风；天上黑云乱飞，遮着星光；未到半夜，月亮还没上来，路上暗得很。有时电光闪过，才看见路。达达尼昂最不耐烦，一马当先。阿多斯常常喊他回头，不要走得太快。他们过了费斯图村，靠着大树林旁边走，走到哈里尔，布朗歇领路。转向左走，温特勋爵、波尔多斯和阿拉米斯三个人，轮班同那红衣人说话。不管他们问什么红衣人只是点头不响，他们只好不问了，他们晓得这个人有点古怪，不肯同他们说话。

越走天色越坏，电光不停地闪，雷声越来越大，树林里的风声吼得很厉害，不久就有极大的风来了。这班人骑马赶快走，要找地方躲避。快要到弗罗梅勒，大风大雨同时来了，各人打开罩袍，披在身上。还有十里路光景，他们只好冒雨前行。达达尼昂一个人，不披罩袍，连帽子也不戴，因为他头上发热，宁可让雨淋着，觉得爽快。

他们刚到一个地方，正要往前一站走，看见有一个人躲在树下的，跑出来，站在路中间，把手指放在嘴边，招呼他们不要响。阿多斯认得是格里莫。达达尼昂喊道："怎么样了？那个女人离开阿尔芒蒂耶尔了吗？"格里莫点头。阿多斯道："达达尼昂，你不要出声，让我来问他。"就问道："那个女人，向哪里去了？"格里莫拿手指向利斯河。阿多斯问道："离这里有多远？"格里莫摇摇头，屈了半个指头，是五里的意思。阿多斯道："她一个人跑的吗？"格里莫又点头。阿多斯道："诸位，那个女人，一个人跑了，向利斯河走，离这里有五里路。”达达尼昂道：“很好，格里莫，你领路吧。”格里莫领他们走了五百码远，到了一条水边，他们涉了水，电光一闪，看见安肯汗村。阿多斯问道：“格里莫，她在这里吗？”格里莫摇头。阿多斯道：“我们往前走，却不要出声。”一班人于是向前走。电光一闪，格里莫伸出手，指着河堤上的一个单独的房子，离渡头有一百码远，窗子上微微有点灯光。阿多斯说道：“就是这个地方。”说到这里，有个人藏在路边沟里，跳了出来，原来是穆斯克东，跑上前来，一手指着窗子，低声说道：“她在那里！”阿多斯问道：“巴赞在哪里？”穆斯克东道：“我看着窗子，他去把门。”阿多斯道：“很好。你们办得很好。”阿多斯下了马，把缰绳交给格里莫，自己向窗子走，叫他们去把门。原来这间房子，四周有道篱笆，有三尺上下高。阿多斯跳过去，走向窗子，原来是无窗门的，只有窗帘，盖了下半段。他从石头上爬上去，从窗帘上向房里看，看见一个女人，裹了一件黑长袍，坐在小凳上，旁边还生了点火，两只手靠住一张桌子，头歇在手上，双手洁白如雪。他虽然看不见这个女人的脸，他晓得这个女人就是他要找寻的人，脸上冷笑了一会儿。

这个时候，忽然一匹马嘶起来，米莱迪抬起头来，看见阿多斯的脸，就喊了一声。阿多斯晓得她认得他，就用力去推窗子。一声响，玻璃碎了，窗架也倒了，阿多斯一跳，就进了房。米莱迪向房门跑，开了门，达达尼昂先站在门口，米莱迪看见了，又喊一声，往后退。达达尼昂恐怕她逃了，从腰间拔出手枪来。阿多斯举手止住他，说道：“你把枪先收了。这个女人，要过堂审讯的，不可行刺她。你等一等，我们治她罪。诸位请来吧。”达达尼昂听了他的布置。温特勋爵、波尔多斯同那位红衣人，都进了房。随从都在外头，有把门的，有守窗的。米莱迪倒在一把椅子上，两只手盖住脸，是不愿意看她的仇人。

那班人进来了，她抬起头来。看见她的夫兄，她喊道：“你来干什么？”阿多斯答道：“我们要的是巴克森，又叫德·拉费尔伯爵夫人，又叫温特夫人。”米莱迪道：“不错的。那就是我。你要我做什么？”阿多斯道："我们要审讯，审问你所犯的罪。你自己还有机会，可以辩护。你辩得过来就只管辩。达达尼昂，你先告状。"达达尼昂走上前，说道："老天在上，诸位在前，我告她用毒药害死了波那瑟的老婆。波那瑟太太是昨晚死的。"回头看看波尔多斯和阿拉米斯两个人。两个人齐声说道："我们作证！"达达尼昂又说道。"我告这个女人，设法用毒酒谋害我，酒是从维洛阿送来的。她假冒别人名字，把酒送来，我幸亏没中计。有一个叫毕列士芒的人，喝了那酒，毒发死了。"波尔多斯和阿拉米斯又说道："我们作证！"达达尼昂又说道："我告她叫我去杀狄倭达伯爵，只有我自己可以作证。我说完了。"达达尼昂退后，站在一边。

阿多斯说道："爵爷，轮到你了。"温特走上前，说道："我告她主谋把白金汉公爵刺死！"几个火枪手，原没听见这个消息，一听，齐声喊道："白金汉公爵被人刺死了吗？"温特道："是的，被人刺死了。因为你们告警的信，所以这个女人一到了英国，我就把她捉住了，她拉拢了那个看管她的人，把刀子交给看管的，用了许多法子，劝那人去行刺公爵，现在那个刺客，想已在英国判决死罪了。"众人听了这番话，打了个冷战。温特道："还有别的。我的兄弟，把家财交给了她，得了一个极古怪的病，不到三小时，就死了，死后身上露出很可疑的形状来。温特夫人，你大约可以告诉我，我的兄弟，是患什么病死的？"米莱迪不出声。温特又说道："你这个杀白金汉公爵的凶手！杀费尔顿的凶手！杀我兄弟的凶手！我请你们把她正法。不然，我是要自己动手的了。"米莱迪两只手捧住头在那里发昏。

阿多斯声音发战地，慢慢说道："轮到我了。我娶她的时候，她年纪还轻，我娶她的时候，我家里的人都不以为然，我也不管，把我的名位富贵都给了她，有一天，我才看见她是刺了花的一个罪犯——她的左肩膀上，刺了一朵百合花。"米莱迪听了这句话，站起来，说道："你能够找出凭据来，说是哪一个公堂刺的花吗？你能够找出那个刺花的人来吗？"忽然听见有一个很深很古怪的声音，说道："这两句话，要我来答的。"说完了，那个红衣人走出来。米莱迪问道："你是谁？你是谁？"众人的眼睛都看着那红衣人。唯有阿多斯知道这个人，却也不晓得他同眼前这件事也有干涉。红衣人慢慢地走到米莱迪面前，到了桌子边，把面具脱下来。米莱迪睁眼看了一会儿，喊道，“不是的，不是的，不是他，这是个鬼，救命呀，救命呀！”一面喊，一面拿手去捶墙。温特问道：“你是谁？”红衣人道：“让那个女人说我是谁。她还认得我呢。”米莱迪吓得动不得，紧靠着墙，说道：“他是里尔的刽子手。”众人听了，都往后退，只剩刽子手一个人，站在房中间。米莱迪跪在地下，喊道：“饶了我吧，饶了我吧！”

过了一会，红衣人说道：“我说过的，她还认得我，不错的，我是里尔的刽子手。我把事情告诉你们听。”众人很留心地听他说。他说道：“这个女人少年的时候，是本笃会修道院里的一个修女。修道院里的教堂是一个少年老成的教士管教务，这个女人用了许多法子去蛊惑他，居然得了手。这个女人，连神圣都可以蛊惑的。两个人就海誓山盟地互相爱恋，却也晓得不久就会有人知道他们的事。那个女子就劝教士同她逃到远方，以免被人看破。但是逃走出来是要钱用的，教士偷了教堂里几件值钱的东西来变卖了。正要逃走的时候，两个人双双被捉住，关了监狱。不到一个礼拜，这个女人把狱卒的儿子蛊惑了，私放女子出监。教士得了个十年苦工的罪，还要刺花为记。我那个时候，就当里尔的刽子手，教士就是我的亲兄弟！我气极了，发了誓，要替兄弟报仇，为的是我兄弟所犯的事全是这个女子主谋。我找寻出这个女子躲在什么地方，把她捉住了，捆起来，把她也刺了花，给她也留下个记号。我回到了里尔的第二天，我的兄弟也越狱逃走了，官府说是我与兄弟同谋，把我捉去关进监狱，等到拿获我的兄弟，才放我。我的兄弟并不晓得我替他坐了监狱，他逃了出来，又和这个女子逃到贝里，当个小教士。这个女人冒充他的妹妹。那个地方上，有位世爵，爱上这个女子，要娶了做老婆。这个女子，背叛了我的兄弟，就嫁给了这个伯爵，做了德·拉费尔伯爵夫人。”众人听了，都看阿多斯，到了这个时候，才晓得他就是德·拉费尔伯爵。红衣人说道：“我的兄弟看见这个女人这样无耻，打定主意回到里尔，回来才晓得我替他坐监牢。

官府知道我兄弟回来了，才把我放出来。诸位，现在晓得我告这个女人的罪状，也晓得她因为什么刺了花的了！”

阿多斯问道：“达达尼昂，你看这个女人，应该判什么罪？”达达尼昂道：“死罪！”阿多斯问道：“温特勋爵，这个女人应得什么罪？”温特勋爵道：“应得死罪！”阿多斯问道：“波尔多斯和阿拉米斯，这个女人应得什么罪？”两人齐声答道：“死罪！”米莱迪听了，大喊，跪在地上。阿多斯说道：“巴克森，又叫德·拉费尔伯爵夫人，又叫温特勋爵夫人，你是恶贯满盈，天人共怒的了。你若是晓得祈祷的，你赶快祈祷吧。我们定了你的罪，你是要死的了。”米莱迪听了这几句话，想要站起来说话，也站不起来，她晓得抗拒也无益，只好跟了刽子手出去。温特同火枪手跟了来，随在后。那间房子，窗子也破了，大门开着，里头什么都没有，只剩一盏残灯，还在那张小桌子上。

第六十六章　正 法

再说那时候已到了半夜，月亮上来，照得远远的几间房很清楚，又照着利斯河的水。那边河堤之外是一片树林，上头一片黑云，左边有一间磨房。那时风已定了，风帆一点也不动，只听见夜鹰在那里叫。路的两旁全是小树，在月光里看见，仿佛像是无数的小鬼，伏在那里守路的。远远还有电光，不时打闪，风已停了，树叶不动，地下很湿很滑。两个随从拉了米莱迪的两只手，在前头走，后头跟着的是刽子手，在后就是温特勋爵同四个火枪手，最后就是布朗歇同巴赞。

米莱迪一路没说话，等到同后头的人离得远了，低声说道："你们两个人，帮我逃走，我给你们每人一千个皮斯托尔。你若是把我交给你们主人，你们是要后悔的。我的朋友，要给我报仇的！"格里莫听了，迟疑起来。穆斯克东浑身发抖。谁知被阿多斯听见了，同温特勋爵跑上前，说道："换两个人。她同这两个人说了话，这两个人不可靠的了。"于是布朗歇同巴赞上去，拉着米莱迪。

走到河边，刽子手上前，要把米莱迪手脚捆起来，米莱迪发怒，喊道："你们这些人，都是懦夫！都是刺客！十个男人，欺负一个女人！你要小心，你害了我，自然有人替我报仇的。"阿多斯道："你不是个女人，你哪里算是个女人，你是从地狱跑出来的恶鬼，我们不过请你回到地狱。"米莱迪道："你要记得，不管是谁害了我的性命，就是个杀人的凶手。"红衣人手拿刀子，说道："刽子手杀人是办公事，不算是杀人的凶手，只算是行法。”说完了，把米莱迪捆起来。米莱迪叫喊的声音入了树林，也无人听见。米莱迪道：“就使我犯了许多罪，你们只该把我送到法堂去，你们并不是执法官，不能定我的罪。”温特勋爵道：“我原叫你到泰本去的，你为什么不去？”米莱迪道：“我年纪尚轻，不愿意死。”温特勋爵道：“你在贝国纳修道院毒死的女子，年纪比你还轻，你为什么叫她死？”米莱迪道：“我到修道院里去当修女吧。”刽子手道：“你原是个修女。你还了俗，就害了我的兄弟。”米莱迪哼了好几声，跪在地下。刽子手把她抱起来，往小船处走。米莱迪道：“上帝可怜呀！你要把我溺死吗？”米莱迪喊得实在可怕，达达尼昂原是最要紧报仇的，听见喊得伤心，支持不住，身子靠着树，两只手掩住耳说道：“我不能看这个可怕的事！我不要这个女人这样死法！”

米莱迪听见了，心里又有了指望，喊道：“达达尼昂，达达尼昂，你可记得，我爱过你！”达达尼昂听了，立起来，向米莱迪那里走。阿多斯拔出剑来，拦住了，说道：“达达尼昂，你不要动。不然，我只好不顾交情，同你比剑了。”达达尼昂不动，回过头去看别处。阿多斯说道：“刽子手，办你的事。”刽子手说道：“我预备好了，我杀了这个女人，是为世界除害。”阿多斯走到米莱迪身边，说道：“你叫我受了许多祸害，你虽然是把我的前程毁了，把我的声名也糟蹋了，把我的爱也玷辱了，我都饶了你。你好好地死吧！”温特勋爵走上前说道：“你毒死我的兄弟，叫人刺死了白金汉公爵，叫费尔顿去受死罪，你还要想法害死我，你所犯这些罪，我今日都饶了你。你好好地死吧！”达达尼昂也走上前说道：“我骗了你，求你饶我，你把我的好朋友杀了，你还想出许多法来谋害我，我都饶了你，我还替你哭。你好好地死吧！”米莱迪说道：“我完了！我要死了！”说完，四周一看，是要求救的意思。看见树林里，只有一片黑，看不见人，听不见响。米莱迪问：“我在什么地方死？”刽子手道：“在对岸。”说完，把米莱迪放在小船里，自己上了船。阿多斯给他一袋钱，说道：“这是照例的酬劳。”刽子手道：“不错的。不过我要这个女人知道我做这件事为的是要办罪，不是为的几个钱。”随即把钱袋摔在河里。

那条小船，开往对岸，船上只有米莱迪同刽子手，余人站在初到时的地方，河面上月亮照着这条小船，到了对岸，这边约略可看见。当过河的时候，米莱迪想出法子，把绑绳弄松了，到了对岸，忽然跳出小船就跑。岸边泥滑，到了岸上，跌倒了，动不得，觉得兆头不好，在那里垂头合手。对岸的人，看见刽子手慢慢把两手举起，那把杀人的刀子在月亮下闪光，一会儿两手下来，听见刀响，又听见喊了一声，有一个无头的身子，倒在地下，刽子手把红衣铺在地下，把尸身同首级，放在衣上，拿四角打了结，包好了，背在身上，上了小船。走到河中间，停了船，把那包遗体摔在河里，说道："上帝执法无私，去你的吧！"

过了三天，四个火枪手回到巴黎，幸而未过假期，当天晚上，走到统领府里销假，特雷维尔统领问道："你们这趟出去，玩得快活吗？"阿多斯替众人答道："玩得很快活。"

第六十七章　达达尼昂二次见主教

再说9月6日，路易十三从巴黎动身去拉罗谢尔，听见白金汉公爵被刺，很动心。王后虽然知道有人要害公爵，起初听见说是刺死了，还不相信，说道："没有的事，他刚有封信给我。"到了第二天，拉波特回来了——因为英国封港口，耽搁了些时候，才能动身——他把白金汉吩咐的话，告诉王后，把纪念的东西，也呈交了，王后才相信。路易十三见了王后，作出十分高兴的样子来，得意极了。过了几天，又不高兴，这个人是不能长久高兴的。因为要到拉罗谢尔，他觉得营里的日子过得没趣，又很怕见主教，同鸟见了蛇一样，飞来飞去，只管害怕，总逃不出圈子。王上回到拉拉罗谢尔，一路上都不高兴。各人都看见那四个火枪手没一个打得起兴致来。到了之后，王上到了驻跸的地方。四个火枪手，无精打采地，有时到酒店去，有时在寓所，也不赌钱，也不吃酒，四个人谈天，都是很低声的，有什么热闹，他们都不去。

有一天，王上厌烦了臂鹰的日子，四个火枪手没得公事，到了大路边的一个酒店。他们坐在那里的时候，忽然看见一个人，骑了马，从拉罗谢尔来的，停下来，喝杯酒。看见他们，那人道："那位不是达达尼昂吗？"达达尼昂抬头一看，高兴得很，原来那人就是默恩镇会着的那人。达达尼昂拔出剑来，追出门口。这一趟，默恩镇人不躲他了，跳下马来。达达尼昂道："我这次同你面面相对，你可逃不了！"那人答道："我从来不躲你。我正要找你。我奉了王上之命，来拿你。你先把剑交出来。

你若是抗旨，你的性命不保。”达达尼昂把剑尖放低了，问道：“你是谁？”那人道：“我是罗什福尔，主教的家臣。我奉命带你去见主教。”阿多斯说道：“我们正要到拉罗谢尔去。你可以拿达达尼昂誓言作保，他马上就去见主教。”罗什福尔道：“我奉的命，是看管着他，带他去见主教。”阿多斯道：“我们自己看管着他。我们的意思是不让他一个人去。”罗什福尔回头一看，看见波尔多斯同阿拉米斯两个人，已经站好了，罗什福尔知道没法，说道：“只要达达尼昂把剑交出来，我就请你们领他到主教那里去。”达达尼昂交剑，说道：“这是我的剑，我就听你的吩咐。”罗什福尔道：“很好，就这样吧。我还要跑我的路。”阿多斯道：“如果你是要去找寻温特夫人，我告诉你，你永远找不着她了。”罗什福尔道：“怎么讲？她怎么样了？”阿多斯道：“你同我们一路回到拉罗谢尔，你就晓得了。”罗什福尔迟疑了一会儿，后来改了主意，同他们回去，那时主教，原约王上到了一个地方，离这里还有一天路，他一路回去，还可以看管着达达尼昂，于是一路同走。

翌日下午三点，到了，主教在那里等王上。主教同王上相见的时候，是很亲热的，互相庆贺，说是法国的大仇人死了，从此法国可以太平了。过了一会儿，主教告辞了，知道把达达尼昂拿了来，就要立刻去审问他。回到寓所来，看见达达尼昂在门前，还有三个火枪手护卫着，此次主教身边也有许多护卫。他叫达达尼昂跟他进去，阿多斯说道：“达达尼昂，我们在这里等你！”说话说得很响，要给主教听见。主教皱了眉头，停了一会儿，要说话又不肯说，一声不响，进去了，达达尼昂跟了进去，门口有许多人把守。主教进了书房，吩咐罗什福尔，叫达达尼昂进房。罗什福尔领了达达尼昂进去，鞠了躬，先出来了，只剩了达达尼昂同主教两个人。这是达达尼昂第二次见主教，后来出来对人说，他自己以为这总是最后一次了。

主教站着，先说道：“你可晓得，是我吩咐把你叫来的吗？”达达尼昂道：“我晓得。”主教道：“你可晓得，我为什么叫你？”达达尼昂道：“我不晓得。你叫我，或是为着一件事，不过这件事，你还不知道呢。”主教道：“是吗？你这句话，怎样讲？”达达尼昂道：“请主教先把我犯的什么罪告诉我，我随后再把我做的事告诉主教。”主教道：“你所犯的罪就是地位比你高的人犯了，也是要杀的。”达达尼昂道：“是什么罪？”主教道：“你同法国的仇人通谋，你得了国家的秘密消息，你破了上司的秘计。”达达尼昂晓得一定是米莱迪告他的，故意问道：“是谁告我这几条罪状的？我可猜得着几分，大约是一个犯了罪、刺了花的女人告我的。这个女人，原有男人活在法国，却在英国又嫁了人；这个女人，把第二个丈夫毒死，还雇了刺客杀我，拿毒药谋害我。”主教问道：“这是怎样讲？你说的女人是谁？”达达尼昂答道：“就是温特夫人。主教是很尊敬她，很信任她的。大约她那些罪状，主教是不会晓得的。”主教道：“如果温特夫人的确犯了这些罪，我是要办她的。”达达尼昂道：“她已经受了罪了。”主教道：“谁办她的罪？”达达尼昂道：“我们办的。”主教道：“她现在关进监狱了吗？”达达尼昂道：“不是的。她已经死了。”主教有点不相信，说道：“她死了吗？你说她死了吗？”达达尼昂道：“死了。她三次要害我的性命，我都不去报复，她把我所爱的女人杀了，我们因为这一件，还有她所犯别的罪，我们要办她，故此我同我的同伴把她捉了，审问她，定了她的罪。”达达尼昂就把波那瑟太太如何在贝国纳修道院中毒，米莱迪如何躲在河边那间小房子，他们如何把她拿着了，如何在利斯河边叫刽子手把她正了法，都说了一遍。主教听了米莱迪所犯的各种罪状，同她的结果，不禁打个冷战，说道：“你们几个人，就做起法官来去定人的罪！你可晓得，你们这样无法无天地去杀人，例律是不能容你们的。”达达尼昂道：“我现在并不辩护我们所做的事。主教要办我们一个什么罪，我们是甘受不辞的，性命不算了不得的，我又何必怕死。”主教脸色很温和地说道：“是的，我晓得你是个最有胆的人，你将来也要过堂受审，再定你一个应得的罪名。”达达尼昂道：“我不妨告诉主教，我原有赦罪的文书在身上，但是我还是请主教照律办就是了。”主教很诧异地问道：“你身上有什么赦书？”达达尼昂道：“是的。我身上有签过字的赦书。”主教露出很藐视的神气，说道：“谁签字的？王上签字的吗？”达达尼昂道：“不是的。是主教签的。”主教道：“我签的字？你疯了！”达达尼昂道：“主教也许还认得自己的笔迹。”说完了，达达尼昂从口袋里拿出那张公文来——原是阿多斯那天晚上在酒店同米莱迪硬要来的——拿了出来，送给主教看。主教接在手中一看，认得是1628年8月23日在拉罗谢尔大营里自己签的一张赦书。看了一会儿，在那里寻思，拿了那张纸，不肯交回。达达尼昂心里想道：他定在那里拟我的罪名了。不相干的，我给他看看，大丈夫是不怕死的。”

主教在那里想了一会儿，不停地用手指卷那张纸，后来抬起头，两眼不停地看达达尼昂。看见他那副聪明坦白的脸，还看出他受过忧愁着急的情形来，他想这个人不过二十一岁，倒办过好几件大事，胆子又大，主意又多，遇险不怕，不论何人能够得到这个人帮忙都是极有用的。随后又想想米莱迪的凶恶性情同她所犯的各种大罪。她现在死了，摆脱这种可怕的同谋之人也是件好事，于是慢慢地把那张纸撕碎了。达达尼昂想道：“他一定要治我的罪了。”主教一语不发，走到桌子边坐下，填写一张公文，那张公文，原已写了许多字了，写完，盖了印。达达尼昂想道：这一定是把我的罪名填写好了。大约他不要我去受审问监了，叫你早日死，不去拖长日子；他的用意，也还不错。主教说道：“我刚才从你手里，拿了一张公文，我现在另外还你一张，名字随后填吧，你自己可以填的。”达达尼昂把公文接过来一看，原来是补火枪营帮统的一张委任状。达达尼昂跪在地下，说道：“主教大人，从今以后，我就为您而死了。我自己不配补这个缺，我有三个朋友，他们倒可以补这个缺。”主教看见把这个天不怕地不怕的人降伏了，十分高兴，说道：“你真是个有胆子的人。这张委任状，随你怎样用吧，名字却还没填。你可不要忘了，我是专给你的。”达达尼昂道：“我永远不忘大人的恩典。”主教回过头来，大声喊罗什福尔。罗什福尔进来，主教说道：“罗什福尔，我要你晓得，达达尼昂是我的好朋友，你们两个人，握握手，从前的仇恨，一切都忘了。”主教两只眼看住他们，他们两个人没办法，只好在主教面前握手，却是有点勉强。握完手，两个人对主教鞠了躬，一同走出来。罗什福尔道：“我们还要会会。”达达尼昂道：“什么时候都可以。”罗什福尔道：“不久就有机会。”说到这里，主教开了门，往外看。两个人对着笑，又握握手，同主教再鞠躬，就走开了。阿多斯见了达达尼昂，说道：“我们很替你着急。”达达尼昂道：“我出来了，不但是个自由人，并且很蒙主教关照。”阿多斯道：“你见主教的情形，告诉我们听听。”达达尼昂道：“我今天晚上告诉你们。”

到了晚上，达达尼昂到阿多斯那里，看见他吃完饭，在那里喝西班牙好酒，就把同主教见面的情形，说了一遍，从袋里把授官的委任状拿出来，说道：“阿多斯，这是给你的。”阿多斯微笑，说道：“这张委任状，给了火枪手阿多斯，自然是很体面的，但是德·拉费尔伯爵却不便接受。你自己拿去吧，你是舍了性命换来的。”达达尼昂晓得无论怎样劝，阿多斯总是不肯要了，走去找波尔多斯，看见波尔多斯对着镜子称赞自己，穿了一身绣花的新号衣。波尔多斯道：“达达尼昂，原来是你啊？你看我这一身衣裳好不好？”达达尼昂道：“好看得很！我现在来送你一套，更好看。”波尔多斯道：“是什么？”达达尼昂道：“是一套火枪营帮统的号衣。”达达尼昂把见主教的情形告诉了他，从口袋里拿出委任状来，说道：“你只要填了你的名字，你就是我的司令官。”波尔多斯看了一看，还给了达达尼昂，达达尼昂很诧异。波尔多斯道：“好是很好，不过我恐怕不能当得久，你可晓得，我们到贝国纳办事的那几天，我的公爵夫人的丈夫死了，我要去娶她，她那里还有一个钱箱，箱子里的钱，我同公爵夫人一齐受用。你进来的时候，我正在这里试我做新郎的衣裳。我的好朋友，你不如把委任状收起来，自己用吧。达达尼昂没法，走去找阿拉米斯。看见阿拉米斯跪在地下，额枕着一本祈祷书，在那里祈祷。达达尼昂把见主教的情形告诉了他，又拿出委任状来，说道：“阿拉米斯，你受了吧。我们四个人之中，你的谋略最好，听了你的主意是无不成功的。这张委任状该是你的。”阿拉米斯叹口气道：“我看见我们做的最后一件事，生了厌世之心，我不当军人了。我这趟打定主意，永远不改了，等到军务完了，我就要做教士。你把委任状收好吧，当军人，与你的性格最相宜，你将来一定是个极有见识，极有胆子的司令官。”达达尼昂听了这句恭维话，晓得阿拉米斯是诚心的，很高兴，走回去找阿多斯。

看见他还在灯下喝酒，达达尼昂把委任状摆在桌上，说道：“他们都不要这张委任状。”阿多斯道：“这为的是别人都配不上它。”阿多斯随手执笔，在委任状上填了达达尼昂的名字，然后还给了他。达达尼昂道：“我晓得了，我的老朋友都要离开我了。我什么都丢了，只剩些凄凉痛心的回忆！”说完了，两手捧着头，滴了好些眼泪。阿多斯安慰他道：“你年纪还轻，将来只有快乐的回忆，没有凄凉的回忆了。”

第六十八章　结 局

再说拉罗谢尔的叛民看见英国的海军不甚得力，白金汉的救兵又日久不来，前后死守了一年，只好降了。1628年10月28日，投降签字，12月23日，路易十三凯旋。沿路百姓欢迎，仿佛是胜了大敌一样，其实不过是拿全国的兵力打胜了几个法国百姓罢了。

达达尼昂补了火枪营的帮统，波尔多斯不当军人了，第二年，果然娶了柯吉那太太，打开陪嫁的钱箱数数，原来有八十万个里弗赫。波尔多斯欢喜极了，穆斯格东也阔起来了，穿着很华丽的号衣，遇着波尔多斯坐了镀金的马车出门，他站在主人背后，洋洋得意，这就算他一生的希望到了极点了。阿拉米斯到了洛林，有好长时间，几个旧朋友都没接着他的信，后来听谢弗勒斯夫人说，阿拉米斯已经做了教士，就不知是在什么地方。巴赞也得到教里的一个小名目。阿多斯仍在火枪营里当达达尼昂的部下；到了1631年，告假到都兰，随后复员，住在鲁西永，因他有些祖上的遗产在那里，格里莫仍跟着他。

达达尼昂同罗什福尔比剑，比了三次，罗什福尔受伤三次。第三次比剑的时候，罗什福尔受伤倒地，达达尼昂扶他起来，说道："比到第四次，恐怕我要打死你了。"罗什福尔道："看起来，我们两个人，只好罢手了。你以为我是你的仇敌，其实并没这回事。我老实告诉你，我们最初会面的那一次，我只要同主教说一声，早已把你关在巴士底狱监牢了。"罗什福尔这句话，原不见得是尽实的，达达尼昂只好同他和解了，以后不再比剑。罗什福尔派布朗歇在亲兵营当了把总。

波那瑟永远不晓得他的老婆在哪里，也不去找寻，有一天，他还去见主教，说了许多他如何有功的话，想主教帮他个忙。主教吩咐他说，自然要照管你的。第二天晚上七点，波那瑟走到卢浮宫去，以后就不知所往了。有人晓得的，说是他住在一个城堡，主教照管着他呢。